Joseph Lemark

Tödliche Liebe

Ein Fall für Major Vierziger und Gaby Glück

Kriminalroman

federfrei

Ein herzliches Dankeschön an Frau Dr. Brigitte Loderbauer, stellvertretende Leiterin der Oberstaatsanwaltschaft Innsbruck und an das Büro für Öffentlichkeitsarbeit der Bundespolizeidirektion Linz für die hilfreichen sachdienlichen Hinweise.
Mein ganz besonderer Dank gilt auch meiner Tochter Flora für die erste Ausforschung von Verbrechen gegen die deutsche Orthografie.

Joseph Lemark
jo.lemark@gmail.com
http://members.liwest.at/lemark

Marchtrenk, 2008
www.federfrei.at

2. Auflage 2009

Umschlagabbildung: „Young Girl" by chinatiger, Fotolia
Autorenfoto: Heinz Kraml
Lektorat: Mag. Gertraud Mayr-Rosska
Druck und Bindung: Druckerei C. H. Beck, Nördlingen

ISBN 978-3-9502560-3-1

Mein bester Sohn! Es ist nicht immer möglich,
Im Leben sich so kinderrein zu halten,
Wie's uns die Stimme lehrt im Innersten.
In steter Notwehr gegen arge List,
Bleibt auch das redliche Gemüt nicht wahr.
Das eben ist der Fluch der bösen Tat,
Dass sie, fortzeugend, immer Böses muss gebären.

Friedrich Schiller: Wallenstein.

Die folgende Geschichte ist, genau wie alle darin vorkommenden Personen und Namen, frei erfunden. Im Gegensatz zu Kriminalgeschichten ist das wirkliche Leben aber voller Zufälle. Sollte es also in dieser Geschichte irgendwelche Ähnlichkeiten zu tatsächlich lebenden Personen geben, so können sie nur einem solchen Zufall entspringen und sind keineswegs beabsichtigt oder gar gewünscht.

- 1 -

Der Himmel hatte sich verzogen. Eine tiefliegende, geschlossene Wolkendecke reflektierte die Lichter der Stadt und sperrte die Hitze unter ihr ein.

„Feine Sache!“, dachte Paula. Drei Uhr früh, und sie war wieder einmal die Letzte. Bei hundert Gästen gab es eben immer ein Grüppchen, das nicht wusste, wann endlich Schluss sein sollte. Aber es nützte nichts: Ihre Kunden waren die unumschränkten Herrscher. Schließlich lebte sie von ihnen! Also immer freundliche Nasenlöcher und jeden, aber auch wirklich jeden Wunsch von den Augen ablesen. Der Müllsack, voll gestopft mit gebrauchten Papierservietten und welken Blumengestecken, musste noch weg, dann hatte sie es geschafft – für diese Nacht! Wenigstens war der Weg bis zum Heck des Schiffes nicht stockfinster. In der Dunkelheit zu stolpern und auf der Nase zu landen, war nicht gerade einer ihrer glühendsten Wunschträume.

Der Gestank von faulenden Küchenresten dampfte aus dem randvollen Container, als sie den Deckel zurückschob. Gott sei Dank war morgen Freitag: Müllabfuhrtag. Paula wuchtete den schwarzen Plastiksack mit aller Kraft in den Behälter und hoffte, das würde den restlichen Mist ein wenig zusammenpressen. Der Aufprall brachte einen der darunter liegenden Beutel zum

Platzen und eine blassgelbe Röhre quoll heraus. Zumindest dachte Paula das beim ersten Hinsehen. Auf den zweiten Blick entpuppte sich die gelbe Röhre als ein Arm. Ein Arm plus Hand mit rot lackierten Fingernägeln.

„Welcher Idiot schmeißt mir denn da eine Schaufensterpuppe hinein!", fluchte sie und zerrte wütend an dem Puppenarm. Was sie da in der Hand hielt, war aber nicht hart und steif, wie sie es erwartet hatte, sondern weich, warm und ein wenig schlaff. Als Paula endlich begriff, womit sie es da zu tun hatte, spreizte sie augenblicklich ihre Finger und ließ dieses Ding angewidert fallen. Sie stolperte einen Schritt zurück und begann hysterisch zu schreien. Dann blieb ihr die Luft weg, ihr Schrei erstickte in der Kehle und ihre Beine verwandelten sich in Gelee.

– 2 –

Vierziger stoppte sein Auto vor dem quer zur Straße stehenden Streifenwagen. Er stellte den Motor ab und stieg aus. Es war halb fünf Uhr früh, aber trotzdem noch immer so heiß, dass sein Polo-Shirt schon wieder auf der Haut klebte! Seit ein paar Tagen hockte diese fast tropische Schwüle über der Stadt wie eine brütende Henne. Allerdings noch lange kein Grund, jemanden umzubringen. Obwohl – diese Hitze war imstande, selbst die friedfertigste Seele verrückt zu machen. Und hier draußen an der Donau war es nicht wirklich besser.

„'n Morgen, Herr Major!" Der junge Uniformierte salutierte so stramm, als wäre er noch beim Bundesheer. Vierziger schaute ihn missmutig an. Frischling, dachte er sich und erwiderte den Gruß nur mit einem leichten Kopfnicken.

„Wo?", brummte er. Wo ist denn hier ein guter Morgen zu sehen, wollte er eigentlich sagen. Der Frischling fasste es anders auf.

„Kommen Sie mit, ich zeig's Ihnen." Das wäre gar nicht nötig gewesen. Die rotierenden Lichter und die Scheinwerferbatterien weiter hinten waren nicht zu übersehen.

Schweigend gingen sie auf der Straße den dunklen Umriss des Schiffs entlang, das da scheinbar friedlich im Hafenbecken lag. Am Ende standen ein weiterer Streifenwagen und zwei

Transporter. Alle mit eingeschaltetem Blaulicht, die Suchscheinwerfer der beiden Kastenwagen waren auf einen großen Müllcontainer gerichtet.

„Schon alles da?“

„Wir haben die Einsatzzentrale angerufen. Die haben den Notarzt und die Spurensicherung geschickt.“ Klar, die Einsatzzentrale, sonst läg’ ich ja noch im Bett, dachte Vierziger, schluckte es aber hinunter. Der junge Polizist konnte ja auch nichts dafür.

„Ist gut, du kannst wieder zurück.“ Der Umstand, dass noch ein paar andere aus ihren Betten gescheucht worden waren, stimmte ihn ein wenig friedlicher.

„Und schalt die Reklame ab, interessiert sowieso keinen.“

Das Hafenbecken war das erste von insgesamt sechs, die sich wie gekrümmte Finger von der Donau weg in die Industriezone krallten. Dieses hier beherbergte außer dem Reparatur-Dock der Schiffswerft noch einen Motorboot-Club, einen Ruderverein, den Stützpunkt der Wasserpolizei und eben dieses Restaurant- oder Was-auch-immer-Schiff. Auf der anderen Straßenseite, direkt neben dem Hochwasserschutzdamm, stand das Gebäude, in dem die Polizeihundeschule untergebracht war. Der Treppelweg auf der anderen Seite des Dammes und die asphaltierte Dammkrone waren beliebte Strecken von Hunde-Gassi-Gehern, Joggern und seit neuestem von Nordic-Walkern. Tagsüber eine belebte Gegend. Um diese nachtschlafene Zeit herrschte hier allerdings fast Totenstille. Die Stadt und das Stahlwerk waren zu weit weg, als dass man ihren Lärm bis hierher gehört hätte, und der Damm schirmte das Hafenbecken von der Autobahn auf der anderen Donauseite ab. Die Wellen eines einlaufenden

Flussfrachters klatschten an die Granitblöcke der Uferbefestigung. Bei geschlossenen Augen hätte man fast glauben können, am Meer spazieren zu gehen. Bloß dass dort wahrscheinlich die Luft besser gewesen wäre.

Mit einem weiteren Kopfnicken ging Vierziger an den Beamten vor dem zweiten Streifenwagen vorbei. Er deutete mit zuerst kreisenden und dann verneinenden Fingern auf die sich drehenden Blaulichter. Gleich darauf gab es einen Grund weniger, nervös zu sein.

„Servus Josef!" Das Michelin-Männchen, das Vierziger entgegenrollte, war Hans Hintringer, Chef der Spurensicherung Zwei. Wie seine Leute, hatte auch er sich in einen weißen Overall mit Kapuze gezwängt, der nur das Gesicht freiließ. Die Füße steckten in einer Art weißer Plastiksäcken mit Gummizug oben dran, die Hände in dünnen Gummihandschuhen. Schon vom bloßen Hinsehen bekam Vierziger wieder einen Schweißausbruch.

„Ich frag mich jedes Mal wieder, wie du in dieses Ganzkörperkondom hinein kommst.", grinste Vierziger. Hintringer verdrehte die Augen: „Willst auch eins?"

Vierziger überhörte das verlockende Angebot. „Schon irgendwas gefunden?"

„Wie denn? Der Weg vom Schiff bis hierher ist asphaltiert. Alles staubtrocken, also gibt's keine Fußspuren. Und selbst wenn – da kann jeder herumtrampeln. Den Mistkübel räumen wir erst aus, wenn die Leiche raus ist. Die Ärztin hat sie untersucht – kein Puls mehr –, also haben wir sie dringelassen." Hintringer deutete dabei auf den Notarztwagen. Die Türen standen offen. Hinten kauerten zwei Frauen – eine in weißer Arztuniform, die andere in einem dunklen Kleid. Die Zivilistin hatte den Oberkörper vorn übergebeugt, die Ellbogen auf die Knie gestützt, den Kopf in den offenen Handflächen vergraben. Neben dem Auto zwei Männer mit Rot-Kreuz-Montur. Das übliche Notarzt-Team.

„Die Frau hat die Leiche gefunden. Eine gewisse Paula Habringer. Ihr gehört der Dampfer da. Personalien haben die im Streifenwagen schon aufgenommen."

„Na dann! Wenn ihr sonst fertig seid, können wir uns die Kundschaft ja einmal anschauen."

Zwei Männer von der Spurensicherungstruppe räumten den Müllcontainer so weit aus, dass sie den Sack mit der Leiche unversehrt herausheben konnten. Eine weiße Kunststoff-Folie von etwa drei mal drei Metern wurde auf dem Boden ausgebreitet. Dann legten sie behutsam die Leiche darauf. Ihre Verpackung bestand aus zwei schwarzen Säcken, die an der Öffnung mit einem Band zugezogen werden konnten. Ein Sack für die Beine, der andere für den Oberkörper. Wo die Taille sein musste, waren die beiden Säcke miteinander verschnürt. Der eine war aufgeplatzt und ein nackter Arm hing heraus. Hintringer hatte aus seinem Gerätekoffer ein Skalpell geholt und hielt es zwischen Daumen und Zeigefinger auf Armeslänge vor sich hin als wäre es ein ekliges Insekt. Die Beamten der Streifenwagen und die Notarztwagen-Besatzung – mit Ausnahme der Ärztin – waren näher gekommen.

„Na, wer will?", fragte Hintringer in die Runde. Alle wichen einen Schritt zurück. Kein Laut, nur die Verschlussgeräusche vom Fotoapparat der Spurensicherung.

„Das hab ich gern! Zuerst neugierig sein und dann doch zu feig!", spottete Hintringer. „Was ist, Josef, du?" Er hielt ihm das scharfe Messer hin.

„Gib schon her!"
Vorsichtig schlitzte Vierziger zuerst den oberen, dann den unteren Sack auf und klappte die Teile zur Seite. Zum Vorschein kam eine junge Frau. Sie lag da als würde sie schlafen. Einmal abgesehen von der hässlichen Blut verkrusteten Wunde an der rechten Schläfe und dem schwarzen Strumpf, der sich in ihren Hals grub. Dem Gesicht nach zu urteilen eine Asiatin. China, Thailand, Vietnam, so was in der Richtung, keine Inderin. Vielleicht an die 25 Jahre alt, möglicherweise jünger. Etwa einssechzig groß. Ihre Haare hätten eigentlich pechschwarz sein müssen, die hier hingegen waren blond gefärbt, inklusive der Augenbrauen. Sie hatte ein schwarzes Kleid an, das knapp bis über die Knie reichte. Tiefer Ausschnitt. Kurze Ärmel, die genauso wie der Kragen mit einem knapp zwei Zentimeter breiten roten Band eingefasst waren. So wie es aussah, wurde das Kleid normalerweise vorne durchgehend von einem Reißverschluss zusammengehalten. Jetzt war er allerdings ganz aufgezogen. Keinerlei Unterwäsche, weder Slip noch BH. Nur am rechten Bein das Gegenstück zu dem Strumpf um ihren Hals. Darunter, am Knöchel, ein dünnes goldenes Fußkettchen. Ein schwarzer Schuh aus Lackleder mit ziemlich hohem Absatz. Der zweite Schuh lag daneben. Einer der langen, rot lackierten Fingernägel an der rechten Hand war abgebrochen. Keine Uhr, kein Armband. Dafür ein Nabel-Piercing, eine in Gold gefasste Perle. Unter dem Strumpf am Hals eine Perlenkette. Auf den ersten Blick war sonst nichts zu sehen.

Keiner der herumstehenden Leute sagte irgendwas. Obwohl die meisten von ihnen schon öfter mit Leichen konfrontiert gewesen waren, stellte sich doch jedes Mal wieder eine seltsame Beklemmung ein. Angesichts eines gewaltsam zu Tode gekommenen Menschen, noch dazu einer so jungen, zu Lebzeiten sehr attraktiven Frau, machte sich jeder seine Gedanken. Sicher, der Tod ist immer eine tragische und grausame Sache. Vielleicht etwas weniger tragisch bei jemandem, der sein Leben gelebt, all seine Möglichkeiten ausgeschöpft hatte. Aber dieses junge Leben auszulöschen hieß, es aller Möglichkeiten zu berauben. Ganz gleich, was diese Frau getan hatte, um so zu enden: Sie würde nie ihre Kinder im Arm halten können, nie ihre Enkelkinder am Schoß wiegen dürfen, sie würde nie mehr die Sonne aufgehen sehen. Vierziger spürte eine kalte Wut in sich aufsteigen. Die Haare auf seinen Unterarmen stellten sich auf und trotz der Hitze fröstelte ihn. Er schwor sich, ihren Mörder zu finden und ihn wenigstens der so genannten irdischen Gerechtigkeit zuzuführen. Aber was konnte das angesichts so eines Mordes schon sein: Gerechtigkeit?

Inzwischen war es halb sechs geworden. Über den Hügeln im Osten färbte sich die Wolkendecke allmählich rosa, auf der entgegengesetzten Seite zuckte das Wetterleuchten eines fernen Gewitters. Während noch jede Menge Bilder geschossen wurden, schlurfte Vierziger zum Notarztwagen hinüber.
„Frau Habringer? Wie geht's Ihnen denn jetzt?" Keine Reaktion. Genau wie vor einer Stunde saß sie mit ihrem in die Hände gestützten Kopf zusammengesunken da. „Sie haben die Tote doch gefunden. Könnten Sie sich die Frau bitte kurz ansehen und mir sagen, ob Sie sie kennen?", fragte er ruhig und leise.
„Sie hat einen schweren Schock erlitten. Ich glaub nicht, dass

sie in der Lage ist, sich die Leiche anzuschauen. Ich hab ihr ein Beruhigungsmittel gespritzt. Lassen Sie sie doch zufrieden!", wies ihn die Ärztin aufgebracht zurecht.
„Ist gut, es wird schon gehen." Das klang zwar nicht besonders überzeugend, aber Frau Habringer stand auf und ging mit hinüber zu den Containern.

Der Polizeifotograf war inzwischen fertig und man hatte die Frau wieder zugedeckt. Alleine schon, um nicht noch im Tod ihre Blöße aller Welt auszusetzen. Vierziger zog nur ein kleines Stück des schwarzen Plastiks über dem Kopf zur Seite. Den Umstand, dass die Tote darunter praktisch nackt war, behielt er für sich. Frau Habringer zuckte mit den Mundwinkeln und wurde noch blasser, als sie es ohnehin schon war.
„Das ist ...", flüsterte sie, dann schüttelte sie nur langsam den Kopf. Ein paar ihrer dunklen Locken klebten wie aufgemalt in ihrem Gesicht.
„Frau Habringer,", hakte Vierziger nach, „kennen Sie die Frau? Haben Sie sie schon einmal gesehen?"
„Nein, ich kenn sie nicht.", murmelte sie heiser. Ihre Knie gaben nach und Vierziger musste sie stützen.
„So, jetzt reicht's aber! Wir bringen sie nach Hause!" Dr. Jungbauer, die ihnen gefolgt war, nahm Frau Habringer am Arm und führte sie weg.

Was stimmt mit dieser Frau nicht, fragte sich Vierziger. Klar, mitten in der Nacht eine Ermordete zu finden, konnte einen schon aus dem Gleichgewicht bringen. Wer hat schließlich heutzutage noch mit Toten zu tun? Von Bestattungsunternehmern und vielleicht Ärzten einmal abgesehen. In unserer Gesellschaft ist es zwar völlig normal, dass junges, nacktes Fleisch von jeder zweiten Plakatwand herunter sprang, aber das Unausweichliche im Leben eines jeden haben wir schön brav in ein weit entferntes Ghetto gedrängt! Nur nicht dran denken, dass das ganze Gewusel um Sein und Schein, um Geld und Macht letztendlich für die Katz war. Trotzdem: Irgendetwas stimmte mit dieser Frau nicht. Wenn er nur darauf käme, was!

Seit fast einer Stunde marschierte Vierziger in seinem Büro auf und ab. Von der Tür zum Fenster und wieder zurück. Nicht im Kreis um die beiden Kopf an Kopf stehenden Schreibtische herum. Der Raum war, wie mit einem Lineal, peinlich genau in zwei Hälften getrennt. Die eine Seite war voll gestopft mit dem, was Vierziger sein erweitertes Wohnzimmer nannte: Bilder, Pflanzen, Radio mit CD-Player, ein Minikühlschrank, seine Espressomaschine ... Auf der anderen Seite herrschte, seit sich sein Ex-Partner vor über einem Monat in die Frühpension verabschiedet hatte, fast jungfräuliche Sterilität. Das würde sich ja heute wieder ändern. Manchmal unterbrach er seine Wanderung, um in seinem Wintergarten ein angeblich welkes Blatt von einem der Zitronenbäumchen zu zupfen, die er im Laufe der Jahre hier angesammelt hatte.
Seine Gedanken kreisten um die tote Frau vom Hafen. Was wusste er bis jetzt? Ihr war der Schädel eingeschlagen worden. Rechte Schläfe. Was bedeutete, dass es sich beim Täter um einen Linkshänder handelte. Kräftig! Man glaubt gar nicht, was ein menschlicher Kopf so alles aushält. Es muss schon ein ziemlich starker Schlag sein, um jemanden zu töten. Warum hatte sie

keine Unterwäsche an? Vergewaltigt? Die sonst bei so etwas üblichen, auf den ersten Blick sichtbaren Anzeichen fehlten: keine Rötungen oder Blutergüsse an den Oberschenkeln oder an den Handgelenken vom Festhalten. Der abgebrochene Fingernagel musste ja nicht unbedingt auf Gewaltanwendung hindeuten. Aber auszuschließen war das natürlich auch nicht. Hatte sie ihren Mörder gekannt? Wer war sie? Und was, um alles in der Welt, hat sie im Hafen getan? Sofern das überhaupt der Tatort war, und sie dort nicht lediglich wie ein Stück Abfall entsorgt worden war. Menschlicher Sondermüll, sozusagen! Fragen, Fragen, Fragen ... Na ja, er würde es herausfinden.

Die Bürotür flog auf, als er in seiner Runde gerade wieder einmal beim Fenster angekommen war.

„Guten Morgen, Herr Vierziger! Gaby Glück, ich soll heute bei Ihnen anfangen, damit hab ich gar nicht gerechnet, dass sie um diese Zeit schon da sind, eigentlich wollte ich noch vor Ihnen da sein und Sie überraschen, weil's ja doch mein erster Tag ist ..." Sie sprudelte fröhlich vor sich hin wie eine Gebirgsquelle im Frühling. Den Augenblick, den sie zum Luftholen brauchte, nutzte Vierziger aus.

„Herein!", meinte er trocken und übersah geflissentlich die ihm hingehaltene Hand. Dass sie Titel und Rang weggelassen hatte, war ihm ja ganz recht. Damit hatte er es sowieso nicht wirklich. Aber dass der junge Blondschopf ohne anzuklopfen in sein Reich eingefallen war, passte ihm schon weniger. Apropos Blondschopf: Auf die Haarbürste hatte sie anscheinend auch vergessen.

„Tut mir leid, dass ich so hereingeplatzt bin. Aber ich hab mich so gefreut, dass ich bei Ihnen anfangen darf. Gerade von der Schule und gleich beim großen Herrn Vierziger!" Sollte das vielleicht eine Anspielung sein? Als groß würde er sich ja nicht unbedingt bezeichnen. Trotzdem ging es ihm insgeheim wie Honig die Kehle hinunter. Gut, er hatte schon ein paar verzwickte Fälle gelöst, aber er war auch als Sonderling verschrien, das war ihm schon klar. Also das musste er ihr lassen: Einschmeicheln konnte sie sich.

„Pech gehabt, Frau Glück: falschen Tag ausgesucht. Übrigens, die kann frau auch wieder zumachen!" Er wies auf die offene Tür.

„Wieso falschen Tag? Heut ist doch der Erste, oder?" Mit einem Tritt nach hinten ließ sie die Tür ins Schloss fallen.

„Ja, ist. Aber Sie werden bald einen Haufen Arbeit haben. Kennen Sie sich mit dem Ding da aus?"

Sie warf einen Blick auf den Computer, der auf dem sonst leeren Schreibtisch seines Ex-Partners stand. Man konnte Vierziger wirklich nicht vorwerfen, dass er sich mit Sentimentalitäten aufgehalten hätte.

„Ist zwar nicht mehr das neueste Modell, aber ich werd schon damit zurechtkommen!"

Also war schon einmal klar, wer in Zukunft wieder den Schreibkram erledigen durfte. Vierziger hasste das wie die Pest. Und dieses elektrische Kastl sowieso! In der Vergangenheit hatte sich immer sein Ex darum gekümmert.

„Also dann! Versuchen Sie einmal herauszufinden, was es mit diesem Restaurant-Schiff unten im Hafen auf sich hat. Oder was immer das ist. Vielleicht spuckt das Wunderding ja was aus."

„Sie meinen das Falstaff-Gastro-Service?", fragte sie, während

sie sich hinsetzte, um den PC anzuwerfen. „Gibt's jetzt seit zehn Jahren, wenn Sie das Schiff meinen, das im gleichen Hafenbecken wie die Strompolizei liegt. Gehört einer gewissen Paula Habringer. Müsste jetzt 44 sein, glaub ich. Etwa 1,65 groß, schlank, braune Augen, dunkle, gelockte Haare, schulterlang, es sei denn sie hat sich eine neue Frisur zugelegt. Zusammen mit dem Koch, Hermann Kraut-was-weiß-ich heißt der, ist aber nur Junior-Partner, wenn sie ihn überhaupt noch hat. Ist die etwa umgebracht worden?"
Vierziger war verblüfft und beunruhigt. Verblüfft über ihr Wissen, beunruhigt über ihren Redeschwall. Wenn das ihr Normalbetrieb war, konnte er sich von einem einigermaßen friedlichen Büro-Alltag verabschieden.
„Hellseherin?", fragte er und fügte noch hinzu: „Warum umgebracht? Nein, ist sie nicht. Ich mein ja, schon, aber eine blonde Asiatin." Die Neue brachte ihn ganz durcheinander. „Kennen Sie die vielleicht auch? Und dann brauchen wir noch den Mörder und schon können wir uns für heute frei nehmen."
„Eine blonde Asiatin? Die sind doch normalerweise schwarz. Das hab ich mir nur so gedacht, das mit dem Umbringen. Nein, kenn ich nicht. Die sind sicher gefärbt, die Haare mein ich."
„No na! Ihre Naturfarbe wird's sein! So weit war ich auch schon!" Irgendwie ärgerte er sich, dass die Neue gleich so einen beeindruckenden Start hingelegt hatte. Und beeindruckt war er allemal. Auch wenn er das nie zugegeben hätte. Irgendwie hatte er sich ein anderes Bild von ihr gemacht, als sie da bei der Tür hereinwirbelte: ungefähr so groß wie er selbst, ein wenig pummelig, blond, weiße Capri-Hose, rosa Bluse – übrigens etwas zu offenherzig für seinen Geschmack, die Bluse. Nicht, dass er

ein Dummerchen erwartet hätte. Sie hatte Jus studiert, wie er selbst auch, dann Polizeischule. Glänzender Abschluss in beiden Fällen, nicht so wie er selbst, so viel war ihm schon bekannt. Schließlich hatte ja auch er seine Hausaufgaben gemacht.
„Woher wussten Sie denn ...?“
„Das war kein Kunststück. Ich hab während der Uni ein paar Mal als Aushilfskellnerin dort gejobbt.“
„Schade! Ich mein, dass Sie keine Hellseherin sind. Müssen wir doch auf Schnitzeljagd gehen. Und mit dem freien Tag wird's auch nichts.“
„Sorry! Man kann eben nicht alles haben im Leben ...“
Genau! Und im Tod auch nicht, dachte Vierziger.

– 3 –

Das war jetzt sein dritter Espresso an diesem Morgen. Irgendwann würde ihn das Zeug noch umbringen. Großzügigerweise hatte er auch Frau Glück eine Schale abgetreten. Die hackte seit einer Stunde auf dem Computer herum, den sie zwischendurch immer wieder mit ganz und gar nicht gesellschaftsfähigen Kosenamen bedachte. Steinzeitlich und vorsintflutlich waren dabei noch die liebevollsten.

„Also alt werd ich mit dem Miststück nicht!“, schimpfte sie vor sich hin.

Der Beamte der Spurensicherung, der gerade die Fotos vom Fundort brachte, warf ihr einen erstaunten Blick zu.

„Dicke Luft?“, fragte er und beeilte sich wieder zu verschwinden.

„Auf geht's!“ Vierziger baute sich vor der Pinnwand neben der Tür auf. Sorgfältig befestigte er die A4-großen Hochglanz-Ausdrucke darauf.

„Sind schon eine tolle Sache, diese neuen Digitalkameras. Nicht so ein Billigzeug aus dem Supermarkt. Für so eine, wie sie unsere Pfadfinder haben, müsste ich einen Monat lang arbeiten.“

Gaby Glück hatte sich zu ihm gesellt.

„Na, was meinen Sie?“

„Die Tote vom Hafen?"
„Mmhh." Vierziger wartete auf die Fortsetzung. Kam aber nicht. Sie kann tatsächlich auch kurze Sätze, stellte er erstaunt fest. Nach einer langen Pause, in der sie die Fotos aufmerksam studierte, begann die Quelle dann doch noch zu sprudeln.
„Die kenn ich. Die muss zum Personal vom Falstaff gehören. Die Uniform mein ich, also die Frau auch. Wir hatten damals genau die gleichen. Müsste schon ein komischer Zufall sein."
Der Gedanke, dass dieses Kleid eine Uniform sein könnte, war Vierziger noch nicht gekommen. Wie hatte die Habringer gesagt? „Die kenn ich nicht!" Interessant. Er schaute die Glück von der Seite her an und stellte sie sich in so einem kurzen Fähnchen vor.
„Hallo, keine Unverschämtheiten!" Sie grinste ihn an und zeigte auf das Bild in der Mitte, eine Großaufnahme vom Gesicht der Toten.
„Die hat's im Liegen erwischt. Sehen Sie? Das Blut von der Wunde ist nach hinten geronnen, da in den Haaren klebt noch was davon. Im Stehen hätte es über die Wangen rinnen müssen, zum Kinn hinunter. Leider können wir jetzt nicht sagen, wie groß der Täter war. Der Abdruck geht von links oben nach rechts unten. Hätte sie gestanden, müsste der Täter kleiner gewesen sein als sie. Aber wenn sie gelegen hat, war er über sie gebeugt, und das heißt, dass wir die Größe nicht feststellen können. Muss aber ein Linkshänder gewesen sein, sonst hätte sie der Schlag auf der anderen Seite getroffen. Es sei denn, er hätte so über den Kopf ausgeholt." Sie demonstrierte, wie sie das meinte. „Glaub ich aber nicht. Sie hat ihn gekannt, sonst wäre er in dieser Stellung nicht so nahe an sie

herangekommen. Schauen Sie sich die Oberarme an. Sie wirkt zwar zart, muss aber ganz schön kräftig gewesen sein. Aber warum der Strumpf um den Hals? Er hatte sie doch schon erschlagen! Sexualmord? Kann sein, jedenfalls muss der Täter einen ziemlichen Hass auf sie gehabt haben, sonst hätte er sie nicht gleich zweimal umgebracht. Ich mein erschlagen und erwürgt. Und er muss Zeit gehabt haben. Immerhin hat er sich die Mühe gemacht, ihr den Schuh auszuziehen, den Strumpf herunterzustreifen - halterlos - und ihr dann diese Halskrause zu verpassen. Das tut er nicht, wenn er es eilig hat oder fürchten muss, erwischt zu werden."

Vierziger hatte zum zweiten Mal Grund, beeindruckt zu sein. Diese junge Dame war ziemlich schnell und beobachtete gut. Hätte er ihr wirklich nicht zugetraut. Alle Achtung!

„Sexualmord also, Vergewaltigung? Wieso sieht man nichts davon? Da, keine Rötungen, Blutergüsse oder so was. Und wo ist ihre Unterwäsche geblieben? Und warum immer *der* Täter? Kann ja auch eine Sie gewesen sein."

Frau Glück ließ sich nicht irritieren.

„Sexualmord muss ja nicht unbedingt Vergewaltigung heißen. Aber OK. Keine Blutergüsse. Der Punkt geht an den Kandidaten!", stellte sie respektlos fest.

„Mit Damenwäsche kennen Sie sich auch nicht besonders gut aus, stimmt's?" Sie warf ihm einen herausfordernden Blick zu, aber Vierziger verweigerte die Aussage.

Ihr Finger tippte auf eines der Fotos, auf dem Oberschenkel, Becken und Taille der Toten zu sehen waren.

„Da! Nicht die geringsten Abdrücke. Es ist so: Die Haut von uns Frauen ist dünner als eure. Und darunter gibt es eine dickere

Fettschicht als bei euch, außer natürlich bei diesen Spaghetti-Tussis von der Werbung! Auf so was steht ihr ja. Aber das sind alles Aliens, das richtige Leben schaut anders aus!" Richtig ereifert hatte sie sich.

„Also ich muss schon sehr bitten!" Er spielte den Empörten und dachte sich: Aha, Selbstverteidigung!

„'tschuldigung, war nicht persönlich gemeint! Was ich sagen wollte, war Folgendes: Jeder Slip schnürt in irgendeiner Form ein. So hauchdünn kann er gar nicht sein. Erst recht ein BH. Es müssten also irgendwelche Abdrücke an den Rändern da sein. Sind aber nicht. Was heißt, sie hat keine Unterwäsche getragen, wenigstens nicht die letzte Stunde, bevor sie gestorben ist."

„Gut! Was haben wir also? Unsere Tote hat bei diesem Falstaff-Dings gearbeitet, wahrscheinlich Kellnerin. In der Küche hätte sie die Uniform nicht gebraucht. Sie hat gelegen, als sie umgebracht worden ist. Den Täter – oder die Täterin – vielleicht gekannt. Möglicherweise vergewaltigt, aber unwahrscheinlich, obwohl eines das andere ja nicht unbedingt ausschließt. Vielleicht wissen wir nach der Obduktion mehr. Und was haben wir nicht? Erstens: Warum hat die Habringer gelogen, noch dazu so blöd? Kann sie sich ja ausrechnen, dass wir dahinterkommen. Zweitens: Wer ist die Frau? Das wird uns auch die Habringer sagen müssen. Und drittens: Wer hat sie umgebracht, und warum? Na ja, zumindest stehen wir nicht mit völlig leeren Händen da. Für den Anfang ja nicht sch lecht. Jetzt warten wir einmal ab, was wir von unseren Pfadfindern noch erfahren, und natürlich vom Pathologen, darauf bin ich schon besonders gespannt. Dann werden wir ja weitersehen."

Nach dieser für seine Verhältnisse extrem langen Rede hatte sich Vierziger einen weiteren Espresso verdient. Gaby Glück schüttelte den Kopf, als er ihr auch eine Tasse hinhielt. Stattdessen nestelte sie aus ihrer riesigen Tasche einen Schokoriegel heraus und machte sich darüber her.

Das Telefon läutete mindestens fünf Mal, bevor Vierziger dranging.

„Ja? - Ah, schönen guten Morgen, gnädige Frau. - Nein, überhaupt nicht. - Natürlich, ich kann in einer halben Stunde da sein. Schon gut, danke für Ihren Anruf, Frau Habringer.".

„Was wollte die denn?"

„Irgendwie hab ich ja damit gerechnet, dass sie ihren Fehler bemerkt. Kluge Frau! Dann werd ich mir einmal anhören, wie sie sich herausredet. Mal schauen, ob sie klug genug ist. Ich treff mich mit ihr vorm Schiff."

Gaby Glück legte ihren Schokoriegel weg und griff nach ihrer Tasche.

„Nein, Sie nicht! Ich will unter vier Augen mit ihr reden. Wenn wir zu zweit auftauchen, fühlt sie sich womöglich in die Enge getrieben, Sie verstehen schon: zwei zu eins. Im Moment ist es besser, ich red allein mit ihr, in ihrer eigenen Höhle. Da fühlt sie sich sicher und womöglich kommt sie ins Plaudern. Außerdem kann sie sich vielleicht ja noch an Sie erinnern. Den Trumpf möcht ich momentan nicht aus der Hand geben. Wer weiß, wozu das noch gut ist!"

Gaby Glück war enttäuscht. Da passierte gleich an ihrem ersten Tag was Aufregendes, und sie durfte nicht dabei sein. Er bemerkte ihr langes Gesicht: „Sie finden mir inzwischen alles über die Habringer heraus. Alles: Das heißt, wenn's geht, auch, wann sie zuletzt am Klo war."

Bei Tag sah die Gegend ganz normal aus, so als ob es den Fund von heute Nacht nie gegeben hätte. Ein paar beamtete Hunde lagen scheinbar faul in ihrem Zwinger herum. Drüben, auf der anderen Seite des Hafenbeckens, gab es vier Reparaturplätze. Riesige Rampen, auf denen ein ganzes Donauschiff mit der Längsseite ins Trockene gezogen werden konnte. Nur eine davon war besetzt, aber auf dem rostigen Frachtkahn war niemand am Arbeiten. Obwohl er es dringend nötig gehabt hätte, wie Vierziger auch ohne Fachkenntnis unschwer feststellen konnte. Na ja, die Schiffswerft hatte auch schon einmal bessere Zeiten gesehen. Zwei Ruderer ließen ihr Boot zu Wasser. Ein paar Schwäne zogen still ihre Runden, eine Entenmutter scheuchte ihre Jungen ins Wasser und ein Dutzend streitsüchtiger Möwen balgte sich um irgendwas Fressbares. Weiter vorne ein einsamer Angler. Kurz vor der Stelle, an der die Dammkrone endete und das Hafenbecken in den Fluss mündete, standen drei große Birken, umringt von wild wucherndem Gebüsch. Die zwei Parkbänke davor rundeten die Idylle ab. Ohne den überquellenden Mistkübel und der Ansammlung von leeren Getränkedosen, Bierflaschen, zerknüllten Zigarettenschachteln und sonstigen Papierfetzen hätte man das Ganze kitschig nennen müssen.

Das Restaurant-Schiff war mit dem Bug zum Ende des Hafenbeckens hin am Ufer vertäut. Es war einer der alten Raddampfer, die man schon vor Jahren außer Dienst gestellt hatte. Die Schiffe, die jetzt den Linien- und Ausflugsverkehr auf der

Donau versahen, waren moderner, größer und angeblich wirtschaftlicher. „Falstaff G.S." stand vorne in roten, verschlungenen Lettern auf dem strahlend weißen Rumpf. Daneben war ein stilisiertes Weinglas aufgemalt, gekreuzt von Messer und Gabel. Eine Art lebender Zaun aus Koniferen und Buchsbäumen schirmte das Sonnendeck gegen neugierige Blicke von außen ab. Eine Reihe bunter Wimpel, die sich mit roten und gelben Glühbirnen abwechselten, zog sich dicht gedrängt an einer Leine vom Heck über den ausgedienten Schornstein bis zum Bug hin. Der gut zwei Meter breite Landungssteg in der Mitte des Dampfers, neben dem Schaufelrad, war auf der Landseite von blühenden Rosensträuchern flankiert. In einem Bogen zogen sie sich über das geschlossene Gartentor, das den Steg versperrte. Schiffsseitig, in einem Halbbogen aus Neonschrift, noch einmal „Falstaff G.S.". Weiter hinten gab es noch einen zweiten, unscheinbareren und schmäleren Landungssteg. Von ihm aus führte ein Weg zu den Müllcontainern.

Vierziger ließ sein Auto auf einem der asphaltierten Parkplätze neben dem mit Rosen verbrämten Haupteingang stehen. Das Gartentor war versperrt, anscheinend war noch niemand da, obwohl ein leises Summen vom Schiff zu hören war. Er wollte sich gerade auf den Weg zu den Müllcontainern machen, als ein kleines rotes Cabrio neben ihm einbog. Frau Habringer schwang sich aus dem Auto, klappte ihre Sitzlehne zurück und beförderte zwei Eimer, prall gefüllt mit weißen, roten und gelben Rosen, Efeuzweigen und Schleierkraut, heraus.

„Entschuldigung, Sie warten hoffentlich noch nicht zu lange. Ich hab noch schnell die Deko für heute Abend abholen müssen."

„Kein Problem, gnädige Frau. Bin selbst erst vor einer Minute gekommen“, erklärte Vierziger und griff nach einem der Blumeneimer. „Wenn ich schon da bin ...“ Zahnpasta-Lächeln war nichts dagegen. Vertrauensbildende Maßnahme, dachte er. Sie hängte sich eine orangefarbene Handtasche über die Schulter, warf die Autotür zu und nahm den zweiten Eimer.

„Dankeschön! Gibt ja doch noch Kavaliere. Kommen Sie!“

Neben der Gartentür war, unter dem Rosenlaub versteckt, ein kleiner Kasten mit einer Zahlentastatur. Frau Habringer tippte eine Nummer ein und die Tür schwang lautlos nach innen auf. Die Glasschiebetüren beim Schiffseingang glitten zur Seite, als sie sich ihnen näherten. Drinnen erwartete Vierziger eine Überraschung. Er konnte nicht genau sagen, was er sich eigentlich erwartet hatte, das hier jedenfalls nicht. Es sah aus wie in einer luxuriösen Hotelhalle. Etwas kleiner, aber immerhin. Roter Teppichboden, moderne, in gebürstetem Messing gefasste Kristall-Leuchten an der Decke und an den mit hellem Holz getäfelten Wänden. In der linken Ecke eine elegante Ledergarnitur im gleichen Farbton wie die Holztäfelung. An der gegenüberliegenden Wand so etwas wie eine Rezeption. Die Bilder, in breiten Rahmen aus ebenfalls gebürstetem Messing, stellten auf luftigen Aquarellen Stillleben mit Obst, Gemüse, Gläsern und Flaschen dar. Es war angenehm kühl in diesem Raum: Klimaanlage, daher also das leise Summen, das er vorhin draußen gehört hatte. Die Habringer hatte ganz offensichtlich einen guten Geschmack und verstand es, Atmosphäre zu schaffen. Sie setzten die Blumen vor der Rezeption ab.

„Wir gehen in mein Büro.“. Sie steuerte auf eine Treppe zu, die rechts nach oben führte. Daneben befanden sich ein kurzer

Gang und eine weitere Treppe nach unten. Überall der gleiche rote Teppichboden.
Im ersten Stock bot sich ein ähnliches Bild wie in der Etage darunter. Hinter der Tür, die in der Holztäfelung fast verschwand, öffnete sich ein großer, schmaler Raum. Die gleiche dezente Eleganz wie unten in der Halle. Über die gesamte Breite eine Fensterfront bis in Hüfthöhe. Offenbar war das früher die Brücke gewesen. Rechts ein großer, L-förmiger Schreibtisch, der mit dem kurzen Winkel an der Wand abschloss.
„Bitte sehr, nehmen Sie Platz. Darf ich Ihnen irgendwas anbieten?“ Sie deutete auf den Besprechungstisch. Die Lederpolsterung der Sessel in der gleichen Farbe wie die Garnitur unten, überall das gleiche helle Holz, nur dass der Teppich hier blau war.
„Ein Wasser bitte, wenn's keine Umstände macht.“
Aus einer Vitrine holte sie zwei Gläser, aus dem in der Wand versenkten Kühlschrank zwei Flaschen Mineralwasser und Eis.
„Was kann ich für Sie tun, gnädige Frau?“, fragte er, als sie sich endlich gesetzt hatte.
Sie drehte, scheinbar gedankenverloren, ihr Glas zwischen den Fingern und starrte aus dem Fenster. Vierziger wartete. Er wollte ihre Vorstellung keinesfalls unterbrechen. Sie war eine elegante Erscheinung. Sehr schlank, das schwarze Leinenkleid ließ die Figur darunter erahnen. Die dunkle, üppige Lockenpracht passte gut zu ihrer sonnengebräunten Haut. Das Make-up konnte allerdings die Schatten unter ihren Augen nicht verdecken.
„Wissen Sie, heute Nacht ...“ Sie fischte ein ledernes Zigarettenetui aus ihrer Tasche, öffnete es, schnippte von unten mit den Fingern dagegen und hielt ihm die Packung hin. Mit einem

Kopfschütteln lehnte Vierziger ab. Frau Habringer zündete sich selbst eine an.
„Also, heute Nacht", fing sie noch einmal an, „ich war den ganzen Tag auf den Beinen, ziemlich müde, immerhin war's ja schon drei und dann ... na ja, man findet schließlich nicht jeden Tag eine Leiche mitten in der Nacht."
Normalerweise tagsüber auch nicht, meine Liebe, wollte er schon einwerfen, schluckte es aber gerade noch hinunter.
„Ich glaub, ich hab mich geirrt." Endlich war es heraus. „Das Mädchen ist ... war eine von meinen Serviererinnen. Linh Phung Nguyen heißt sie." Sie nahm zwei hastige Züge aus ihrer Zigarette und dämpfte sie dann nervös aus. Vierziger sagte noch immer nichts. Sollte sie ruhig noch ein wenig schmoren.
„Sonst weiß ich nichts! Ehrlich! Keine Ahnung, wie sie da hingekommen ist oder wer sie ..."
„Aber Sie werden doch wenigstens wissen, wo sie gewohnt hat?"
„Tut mir Leid, aber sie war ja nicht fix angestellt bei mir. Ich hab sie, wie die anderen Mädchen auch, von einem Personal-Leasing-Büro. Das hilft Kosten sparen, und ich kann mich darauf verlassen, dass ich qualifizierte Leute krieg." Sie zündete sich eine neue Zigarette an und nahm dann einen Schluck aus ihrem Glas, das sie bis dahin nur in den Händen gedreht hatte. Langsam kehrte ihre Selbstsicherheit wieder zurück.
„Gut, Frau Habringer." Vierziger beschloss, die Komödie zu beenden, für dieses Mal. Mehr schaute jetzt nicht heraus. Ende der Plauderstunde.
„Ich kann schon verstehen, dass Sie heute Nacht ziemlich durcheinander waren. Gott sei Dank haben Sie das ja jetzt in

Ordnung gebracht. Ich mein, irgendwann wären wir sowieso darauf gestoßen. Trotzdem, danke, dass Sie von sich aus gekommen sind."

Er ließ sich Name, Adresse und Telefonnummer des Personal-Leasing-Büros geben.

„Ach ja, noch etwas! Ich brauche eine vollständige Liste von allen Personen, die gestern Nacht hier auf dem Schiff waren. Gäste und Personal. Faxen Sie die Liste bis heute Nachmittag in mein Büro." Er schob seine Visitenkarte mit Telefon- und Fax-Nummer über den Tisch.

„Das Personal ist kein Problem. Die Gästeliste müssen Sie sich von meinem Kunden besorgen. Die Lebens- und Freizeit Versicherungs-Union. Kennen Sie sicher. Die hatten gestern einen Incentiv-Abend für ihre Vertreter. Ich schreib Ihnen die Nummer vom Gebietsleiter auf, mit dem hab ich den Vertrag abgeschlossen."

Er war schon im Aufstehen begriffen, sein Wasser hatte er unberührt stehen gelassen, als ihm noch etwas einfiel.

„Ich hätte da noch ein privates Anliegen, Frau Habringer."

„Ja?"

„Es ist rein persönliche Neugier und natürlich nur, wenn es Ihre Zeit erlaubt." Vierziger kam sich vor wie im großen Schauspielhaus.

„Wenn ich kann, gerne! Um meine Zeit machen Sie sich keine Gedanken, wir haben erst heute Abend wieder eine Veranstaltung. Also, was kann ich für Sie tun?"

„Ich war noch nie auf so einem Schiff wie dem Ihren da. Wenn's Ihnen keine allzu großen Umstände macht, würd ich mir das gerne einmal anschauen."

„Das ist alles? Mach ich gerne, kommen Sie mit."
Sie kritzelte noch etwas auf einen der Notizblöcke, die am Tisch lagen, und hielt ihm den abgerissenen Zettel hin: „Die Telefonnummer der Versicherung."

Wie Vierziger vermutet hatte, war das Büro früher einmal die Brücke gewesen. Auf der freien Fläche hinter dem Treppenaufgang stand, von zwei Fici Benjaminen eingerahmt, eine weitere Ledergarnitur, davor ein niedriger Glastisch mit einigen Zeitschriften darauf, Kochjournale, soweit er sehen konnte. Dahinter befanden sich Aufenthaltsraum und Toiletten fürs Personal, Lagerräume für Tischtücher, Servietten, Dekorationsmaterial und ähnlichen Kram. Sozusagen im Erdgeschoß war zwischen den beiden Treppen ein kurzer Durchgang, der in einen großen Saal mündete. Die runden Tische boten einen chaotischen Anblick.
„Die Reste der Schlacht von gestern, ich hab in der Nacht nur mehr die Blumen weggeräumt. Wenn gedeckt ist, bringen wir da 200 Leute unter. Ohne Tische noch einmal 100 mehr. Da drüben haben wir eine Schank und den Speisenlift. Und hier geht's auf die Terrasse."
Sie durchquerten die Reihen der verwüsteten Tische und gingen durch eine Glasschiebetür nach draußen. Vierziger fand sich in einem lauschigen Gastgarten wieder. Der lebende Zaun, den er schon vorher gesehen hatte, schirmte das Plätzchen vollkommen von der Außenwelt ab. Topfpflanzen trennten gemütliche kleine Nischen voneinander, auf dem Boden ein grüner Teppich, der wohl einen Rasen vortäuschen sollte. Am Bug eine etwas erhöhte Bühne, davor eine kleine, aus Parkett

bestehende Tanzfläche. Über dem Ganzen spannte sich ein weißes Zeltdach.
„Im Sommer bringen wir hier noch einmal 100 Personen unter.“ Frau Habringer war unüberhörbar stolz auf ihr Reich.
Bevor sie von der Eingangshalle ins Untergeschoß stiegen, wies sie noch auf den Gang neben der Rezeption.
„Da gibt es noch zwei kleinere Seminar-Räume und dahinter eine zweite Terrasse.“
Unten befanden sich links und rechts Gästetoiletten, dahinter Lagerräume für Geschirr und Putzmittel. Am meisten beeindruckte Vierziger die Küche. Er vergriff sich selbst gerne hin und wieder an den Kochtöpfen, nur so zum Hausgebrauch natürlich. Gar kein Vergleich mit einem Arbeitsplatz, von dem aus ein paar hundert Leute verpflegt werden konnten. Dazu Kühl- und Gefrierräume, klimatisiertes Weinlager und was sonst noch alles dazugehörte. Alles in keimfreiem Edelstahl.
„Und was gibt's da drüben?“, wollte er noch wissen, als sie aus seinem Wunschtraum wieder auftauchten.
„Da sind die alten Kabinen. Wir haben sie gelassen, wie sie waren. Nur etwas modernisiert. Für den Fall, dass sich jemand von unseren Gästen einmal ...“, sie machte eine fast unmerkliche Pause, „zurückziehen möchte.“
Ohne lange zu fragen, betrat Vierziger den dunklen Gang. Die Deckenbeleuchtung flammte automatisch auf. Er zählte sieben Kabinen auf jeder Seite. Insgesamt vierzehn. Die Türen hatten keine normalen Schlösser, sondern solche, wie man sie sonst an Toilettentüren fand. Vierziger öffnete die erste auf der rechten Seite des Ganges. Sie war innen dick gepolstert, wie die Tür einer Arztordination. Er betrat ein geräumiges, luxuriös eingerichtetes

Zimmer. Dicker ockerfarbener Teppichboden, vor dem Fenster ein kleiner Schreibtisch mit Sessel. Daneben ein kurzes Sideboard, mit integrierter Minibar, oben standen auf einem Tablett ein paar Gläser. Eine Couch, ein Fauteuil, gegenüber eine Fernseh-Video-Kombination. Das große Doppelbett war unbenutzt, auf dem Nachtkästchen daneben eine schwere Kristallvase mit Trockengesteck. Hinten im Eck eine schmale Tür, die vermutlich in ein Badezimmer führte. Das nächste Zimmer bot den gleichen Anblick. Ebenso das dritte. Alle waren gleich eingerichtet, wenn auch spiegelverkehrt zueinander.

Damit sich die Gäste zurückziehen konnten! Ja, klar! Fragte sich nur wozu!

„Das ist alles legal! Ich hab eine amtliche Genehmigung dafür!"

Frau Habringer war am Anfang des Ganges wie angewurzelt stehen geblieben. Vierziger beachtete sie nicht. Er inspizierte ein Zimmer nach dem anderen. Alle boten das gleiche Bild wie die ersten paar, wenngleich er auch schon acht entdeckt hatte, bei denen die Betten benutzt waren. Und zwar heftig, so wie es aussah. Genauso wie beim zweiten Zimmer auf der linken Gangseite. Mit einem kleinen Unterschied allerdings: Das Bett war hier nur links leicht zerknittert, dafür fehlten ein Polsterüberzug und die Kristallvase mit dem Trockengesteck. Er ging in das Badezimmer. Doppelwaschbecken, darüber ein Spiegelschrank mit Leuchten auf beiden Seiten in der gleichen Art, wie er sie auch sonst schon auf dem Schiff gesehen hatte. In der Dusche standen zwar keine Wassertropfen mehr, sie war aber offensichtlich benutzt worden. Das Badetuch auf dem Gestänge zwischen Duschkabine und Waschbecken war noch ein wenig feucht. Bei dieser Schwüle trocknete eben alles schlecht. Im Spiegelschrank standen zwei

Gläser mit Zahnbürsten, eine davon benutzt, die andere noch in Zellophan verpackt. Kleine Packungen mit Seife und Shampoo, die ganz normale Ausstattung von Hotelbädern. Der Inhalt der beiden Schalen daneben gehörte allerdings nicht zum üblichen Hotelstandard. In der einen befand sich eine Hand voll dieser ovalen blauen Tabletten mit dem Namen dieses amerikanischen Pharmakonzerns, in der anderen eine Auswahl verschiedener Kondome. Vierziger griff nach der noch verpackten Zahnbürste und öffnete mit dem Stiel den Abfallbehälter unter dem Waschbecken. Bis auf eine leere Packung Shampoo und die Zellophanhülle der zweiten Zahnbürste war er leer. In der Wäschetrommel lagen ein feuchtes Handtuch und darunter ein Polsterüberzug. Letzterer mit ein paar hässlichen rostbraunen Flecken.
„Frau Habringer, ich fürchte, wir haben hier ein kleines Problem!", sagte Vierziger, als er wieder auf den Gang trat und holte sein Handy aus der Hosentasche. Arbeit für die Pfadfinder! Nach seinem Anruf bei Hintringer blieb er unschlüssig stehen und sah sich noch einmal genau um. Irgendwas war ihm entgangen, hatte er übersehen. Er ging wieder in das Zimmer zurück. Das halbzerwühlte Bett, der Polster ohne Überzug, im Bad das feuchte Badetuch, die benutzte Dusche. In der Wäschetrommel der blutige Kissenbezug, das nasse Handtuch. Nein, hier war es nicht. Bevor er das Bad wieder verließ, warf er noch einen kurzen Blick in den Spiegel. Dafür, dass es noch nicht einmal Mittag war, sah er schon ziemlich ramponiert aus. Unter den Achseln zeichneten sich auf seinem Polo-Shirt dunkle Flecken ab. Kein Wunder bei den Temperaturen, die draußen herrschten. Gott sei Dank hatte er im Büro ja eins zum Wechseln. Plötzlich fiel es ihm ein! Wie konnte er nur so derart vernagelt sein!

„Frau Habringer, zeigen Sie mir doch einmal den Umkleideraum fürs Personal."

Der Raum hinter den Lagerräumen im ersten Stock nahm die ganze Breite des Schiffes ein, genau wie Habringers Büro auf der gegenüberliegenden Seite. Hier gab es nur zwei schmale Fenster, die Vorhänge zugezogen, dazwischen eine Tür hinaus auf etwas, das aussah wie ein schmaler Balkon. Rechts an der Wand ein paar Tische mit Stühlen davor und Spiegeln dahinter. Auf dem fahrbaren Kleiderständer gleich links neben der Tür hingen ein paar dieser Uniformen, wie sie die Tote getragen hatte. Dahinter zwei Umkleidekabinen, wie man sie in Kaufhäusern findet. Neben den Kabinen eine Sitzbank über den Rest der Wand hin, darüber eine Reihe von Garderobehaken. Bis auf einen alle leer. Auf diesem einen Haken hingen eine Jean, eine weiße Bluse und ein Plastiksackerl mit dem Aufdruck einer Boutique, die Vierziger aus dem Shopping-Tempel in der Innenstadt geläufig war. Auf der Bank stand eine kleine goldfarbene Handtasche, darunter ein paar weiße Sportschuhe mit goldenen Streifen.

„Sind das die Sachen Ihrer Kellnerin?"

„Keine Ahnung. Kann schon sein, ich hab sie nicht gesehen, wie sie gestern gekommen ist."

Vierziger ging mit der Handtasche zu den Spiegeln hinüber und leerte den Inhalt auf den Tisch. Ein Handy, eine winzige Geldbörse aus goldfarbenem Leder, Lippenstift, Eyeliner, Augenbrauenstift und eine kleine Make-up-Schatulle, eine goldene Nagelschere, ein Kamm, eine Minipackung Papiertaschentücher und ein Schlüsselbund mit drei Schlüsseln, ohne Anhänger.

Das Handy war einer dieser neuen Winzlinge mit eingebauter Kamera und natürlich ebenfalls goldfarben. Auf der Tasche und an der Geldbörse war in Metall das Markenzeichen des Herstellers angebracht: GUCCI! Das kannte sogar Vierziger.
„Wenn das Zeug echt ist, dann hatte die Dame einen ziemlich erlesenen Geschmack", sagte er zu Frau Habringer, die noch immer in der Tür stand. Und vor allem teuer. Zu teuer für eine Aushilfskellnerin, fand Vierziger. Er räumte alles wieder ein und sah sich die übrigen Stücke an. An der Jean war ein schmaler Gürtel, wie hätte es anders sein können, ebenfalls in Gold. Die Jean selbst hatte einen Einnäher in italienischer Beschriftung von Dolce & Gabbana, die Bluse stammte laut Markenzeichen von Laura Biagotti. Vierziger hatte nicht mehr den geringsten Zweifel, dass die Sachen alle echt waren. In dem Plastiksackerl befanden sich ein winziger, mit schwarzen Spitzen besetzter Damenslip und der dazugehörige BH. Bestimmt auch von exquisiter Herkunft, aber er hatte keine Lust, sich in aller Öffentlichkeit an die Untersuchung getragener Dessous zu machen. Er stopfte alles zusammen in die Plastiktasche und ging ohne ein weiteres Wort mit Frau Habringer wieder nach draußen, um vor dem Schiff auf die Leute von der Spurensicherung zu warten.

In der verwüsteten Idylle vor den Birken beim Damm saß ein alter Mann auf einer der Bänke. Sein Äußeres war ganz und gar der vergammelten Umgebung angepasst. Von Zeit zu Zeit nahm er einen Schluck aus dem Doppler mit wahrscheinlich billigstem Supermarktfusel, den er neben sich stehen hatte.
Ein Lastwagen versperrte die schmale Kurve am Ende des

Hafenbeckens. Die schwere hydraulische Presse an seinem Hinterteil stopfte unter Knirschen, Ächzen und Splittern den Inhalt eines schwarzen Containers in seine Eingeweide. Müll, von dem wir allesamt solche Mengen produzierten, als würde unser Leben davon abhängen.

- 4 -

„Schön langsam kommen die Dinge ja in Gang!“ Frau Glück schwang hastig ihre Beine vom Schreibtisch, als Vierziger ins Büro kam. Um ein Haar wäre sie dabei aus ihrem Drehstuhl gekippt. Die beiden Fenster standen sperrangelweit offen, was aber auf die Temperatur hier drinnen nicht die leiseste Auswirkung hatte. Schmerzlich wurde ihm bewusst, dass so luxuriöse Einrichtungen wie eine Klimaanlage im Staatsdienst nicht zur Standardausstattung gehörten. Vielleicht hätte er doch besser auf dem Schiff bleiben sollen. Aber bei der Durchsuchung des Zimmers wäre er Hintringers Leuten von der Spurensicherung ohnehin nur im Weg gestanden. Großzügig hatte er zugesagt, das Falstaff nicht schließen zu lassen, damit die Habringer ihre Abendveranstaltung über die Bühne bringen konnte. Auf das „Sich-Zurückziehen“ würden ihre Gäste heute allerdings verzichten müssen. Ein klitzekleiner, völlig unbedeutender Hintergedanke hatte dabei natürlich schon eine Rolle gespielt: Er wollte sich die Habringer bis auf weiteres warm halten. Alles war noch nicht aus ihr heraus, da war er absolut sicher.
Ausnahmsweise genehmigte sich Vierziger keinen Espresso, sondern setzte Frau Glück bei einem kalten Mineralwasser über die letzten Entwicklungen ins Bild.

„Apropos entwickeln: Was haben Sie denn inzwischen über unsere liebe Frau Habringer herausgefunden?“, schloss er seinen Bericht und machte sich auf eine längere Ansprache gefasst. Sie blätterte in dem Schreibblock vor ihr ein paar Seiten zurück.
„Bis vor zehn Jahren hat sie im Stahlwerk gearbeitet. Sie hat dort das Service in der Verpflegungsabteilung, oder wie man das nennt, geleitet. Nicht für die Normalsterblichen, mehr so für größere Gelegenheiten, wenn die wichtige Gäste hatten: Großkunden, ausländische Kontakte, Vorstandssitzungen und so Zeugs. Dann haben die Gottobersten beschlossen, die Abteilung zu schließen und die ganze Mannschaft freizustellen, wie man das so schön nennt. Im Klartext: Die haben einfach alle an die Luft gesetzt. Die paar, die nicht zu den gewöhnlichen Ameisen gehört haben und schon lange genug dabei waren, haben als Trostpflaster eine fette Abfindung kassiert. Unter anderem die Habringer und Herbert Krautgartner, der damalige Chefkoch. Den Dampfer, auf dem die beiden jetzt das Falstaff betreiben, hat sie als Draufgabe zum Schrottpreis gekriegt. Aber so hinüber war der noch gar nicht. War sozusagen Teil der Abfindung und hat vorher dem Stahlwerk gehört.“
„Man muss eben zur richtigen Zeit zugreifen! Manche Leute haben's halt drauf!“
„Ja, es kommt aber noch besser! Die Habringer muss bei irgendjemand von den Stahlleuten einen gewaltigen Stein im Brett gehabt haben. Die haben ihr auch noch die Genehmigung für den Liegeplatz plus eine mehr als günstige Anlegegebühr verschafft. Mit dem Rest vom Geld, und das war noch mehr als genug – heute hört sich das nicht mehr so toll an, aber damals war das eine dreiviertel Million –, hat sie dann den Dampfer renoviert.

Das Geld vom Krautgartner war ja auch dabei, aber das Schiff gehört allein der Habringer. So haben sie auch die Firma aufgeteilt: Zwei Drittel gehören ihr, ein Drittel ihm. Recht viel hat er also nicht zu sagen. Jedenfalls waren sie in der glücklichen Lage, ohne Schulden anfangen zu können. Ziemlich selten heutzutage in dieser Branche. Das war auch nötig, weil am Anfang das Geschäft nicht ganz so gut gelaufen ist. Sie haben praktisch nur die Geschichten vom Stahlwerk auf eigene Rechnung weitergeführt. Damit haben sie sich gerade so über Wasser gehalten. Und dann, plötzlich, vor fünf Jahren: die Auftragsbücher randvoll! Jede Menge neuer Kunden: Banken, Versicherungen, Industrie, Politik. Sogar ein paar Modeschauen hat sie gehabt. Das war leider erst nach meiner Zeit. Die Gans, ich mein das Falstaff, legt quasi goldene Eier! Möcht wissen, was damals vor fünf Jahren passiert ist. Das heißt, teilweise weiß ich's ja: neuer stiller Teilhaber. Ist mit einer Finanzspritze und anscheinend der Verbindung zu den richtigen Leuten eingestiegen. Ich hab noch nicht herausfinden können, wer das ist. Werd ich aber noch!"
„Bravo!" Sie hatte Vierzigers uneingeschränkte Anerkennung – in diesem Fall.
„Und das haben Sie alles in unseren Polizeiakten gefunden?"
„Na ja, ein bisschen trockener waren die Informationen schon und die Kundenliste steht unter Referenzen auf der Homepage vom Falstaff ..."
„Und der Rest?"
„Das wollen Sie nicht wirklich wissen, Herr Vierziger. Ich hatte einmal einen Bekannten, der Informatiker war ..."
„Soll ich jetzt die Abteilung für interne Ermittlungen einschalten?"

„Lieber nicht. Schauen Sie, wir hätten das ja sowieso erfahren. Sagen wir, ich war einfach ein bisschen schneller."
Vierziger verdrehte die Augen.
„Hoffentlich kommt da nie jemand dahinter!"
„Nur keine Angst, ich weiß schon, was ich tu", sagte sie und tätschelte dabei ihren PC.
Von diesem Punkt war er nicht restlos überzeugt. Er wollte aber nicht darauf herumreiten und ließ die Sache auf sich beruhen. Wenigstens im Augenblick. Es gab Dringenderes. Wie zum Beispiel einen Termin bei dieser Personal-Leasing-Firma. Und die Gästeliste der Versicherung vom letzten Abend. Er schob der Glück den Zettel mit der Telefonnummer des Gebietsleiters hinüber.
„Und dann schauen Sie noch nach, was wir alles über diese Linh Phung haben. Als Ausländerin müsste sie ja irgendwo aufscheinen. Die Adresse kriegen wir zwar auch von diesem Personal-Service, ich wüsste aber gerne schon vorher was."
Sein eigener Anruf bei der Firma K&K-Personalservice war leider erfolglos. Es meldete sich lediglich ein Tonband, das ihm, von klassischer Musik untermalt, mitteilte, dass das Büro im Moment nicht besetzt sei und ... blablabla. Vierziger hatte was gegen Anrufbeantworter. Er wollte sich nicht mit einer Maschine unterhalten, also legte er wieder auf. Der Glück ging es um keinen Deut besser. Auch bei der Versicherung nur ein Tonband. Anscheinend war bei dieser Hitze um die Mittagszeit alle Welt in irgendeinen schattigen Gastgarten geflüchtet. Vielleicht war das ja gar keine so schlechte Idee. Das K&K Personalservice und die Gästeliste konnten auch noch eine Stunde warten. Und weil es ja der erste Tag von Frau Glück war, lud er sie ein.

Der Mühlenhof war ein gediegenes Wirtshaus ganz in der Nähe. Und hatte dazu einen angesichts der Wetterlage unbezahlbaren Vorzug: einen ausgedehnten Garten, durchsetzt mit großen alten Kastanien, die um diese Zeit sicher einen angenehmen Schatten spendeten. Zum Essen war es zu heiß, aber ein kühles Getränk unter freiem Himmel war ja auch nicht zu verachten. Gerade als sie das Büro verlassen wollten, setzte sich das Fax-Gerät in Bewegung und spuckte die Liste mit den Mitarbeitern der Habringer aus. Ob die Mittagspause zur Dienstzeit zählte, wenn sie die Liste mitnahmen? Aber eigentlich hatten sie ja das Privileg, einen der raren Jobs im sogenannten öffentlichen Dienst zu haben, bei dem das Wort Dienstzeit von untergeordneter Bedeutung war. Wenn's denn überhaupt ein Privileg war ... Wie immer dem auch sein mochte, Frau Glück stopfte das Fax in ihre Tasche und knallte die Bürotür hinter sich zu.

Der Gastgarten war gesteckt voll und dementsprechend laut. Wie das Leben so spielt, kannte Vierziger Gott sei Dank den Wirt. Vor ein paar Jahren hatte er ihm geholfen, eine unerfreuliche Angelegenheit aus der Welt zu schaffen. Im Mühlenhof gab es damals eine Kellnerin, deren Charakter leider das genaue Gegenteil zu ihrem Aussehen darstellte. Sie hatte das Wirtshaus als Betätigungsfeld missbraucht, um nebenbei ihr Einkommen aufzubessern, indem sie ihre zugegebenermaßen höchst attraktiven Kurven gegen Gebühr in eine horizontale Lage brachte. Zudem hatten sich ihre ebenso hübschen wie langen Finger in die Kasse verirrt. Vierziger hatte die Sache ohne großes Aufsehen beendet, was ihm die Dankbarkeit des Wirtes und – was noch viel besser war – immer wieder einen Platz am Cheftisch verschaffte. So bekamen sie trotz des Massenandrangs einen Tisch. Zwar nicht direkt im Garten, aber die Laube, die sich hinter der letzten Baumreihe hinzog, war genauso schattig. Außerdem lag sie etwas abseits vom allgemeinen Trubel und bot damit die Chance auf eine ungestörte Unterhaltung. Vierziger erkundigte sich, was Frau Glück trinken wollte, und verschwand Richtung Schank. Die vier Gläser auf dem Tablett, mit dem er zurückkehrte, drohten jeden Moment in den Abgrund zu stürzen. Als Kellner würde er nicht lange überleben, konstatierte die Glück amüsiert. Er stellte die beiden Mineralwasser mit Eis und Zitrone auf den Tisch und drückte ihr dann eins der beiden Sektgläser in die Hand.

„Also was mich betrifft", setzte er etwas linkisch an, „mir geht das Getue mit Sie und Frau Glück und Herr Vierziger gehörig auf die Nerven. Ich bin der Josef!" Er streckte ihr sein Glas zum Anstoßen entgegen. „Auf die Küsserei können wir ja verzichten!"

„Aber warum denn? Das ist doch das Beste daran! Vom Sekt einmal abgesehen." Fröhlich stand sie auf und drückte ihm links und rechts einen Kuss auf die Wangen. Die roten Flecken, die ihr Lippenstift hinterließ, breiteten sich aus und waren bestimmt nicht nur der äußeren Hitze zuzuschreiben.

„Wir werden uns schon zusammenraufen. Und wenn ich wirklich einmal zu viel reden sollte, stoppen Sie ... stoppst du mich einfach!" Gaby war sich ihrer wunden Punkte durchaus bewusst. Sie nahm einen Schluck, während sie Vierziger nachdenklich musterte. Dann förderte sie aus ihrer Tasche eine Packung mit Erfrischungstüchern zutage, zupfte eines davon heraus und deutete wortlos auf seine Wangen, während sie es ihm hinüberreichte. Es hatte sich eine peinliche Stille zwischen ihnen breit gemacht, etwas, das Vierziger schon öfter bei solchen Gelegenheiten erlebt hatte.

„Kennst du übrigens den kürzesten Kriminaler-Witz?", versuchte er die Situation wieder zu entkrampfen. Sie hob fragend die Augenbrauen.

„Na ja: Geht ein Bulle an einem Wirtshaus vorbei ..."

Nach einem kurzen verständnislosen Moment grinste sie.

„Das eine Gläschen wird uns schon nicht nach Kalksburg bringen! Prost, Josef!"

Der übliche Smalltalk brachte ein weiteres Stück Zwanglosigkeit zurück. Das Wetter gab in diesen Tagen ein durch und durch unverdächtiges Thema ab. Seit fast zwei Wochen hatte es täglich einiges über dreißig Grad. Die Wolkendecke hatte es seit heute Nacht auch nicht besser gemacht. Ganz im Gegenteil: Es war nur noch eine geradezu unerträgliche Schwüle dazugekommen. Er könnte es schon verstehen, meinte Vierziger, dass im Süden zwischen Mittag und Abend alles zu war und jeder unnötige Handgriff vermieden wurde. Und überhaupt: Es gab nur mehr Extreme. Entweder tropisch heiß oder saukalt, in diesem Punkt waren sie sich völlig einig.

„Wusstest du, dass bei so einem Wetter die Verkehrsunfälle rapide ansteigen? Die Leute werden total aggressiv. Schon bei der geringsten Kleinigkeit rasten sie aus. Mich wundert ja, dass wir nicht mehr Kundschaft haben", sinnierte Vierziger. „Und weil wir gerade bei Kundschaft sind. Du hast doch die Liste von der Habringer mitgenommen. Wen haben wir denn da alles drauf?"

Der Beruf hatte sie wieder eingeholt. Gaby holte das Fax heraus, legte die Beine auf den freien Sessel neben ihr und lehnte sich entspannt zurück.

„Also, da hätten wir einmal Herbert Krautgartner, den Koch. Kommt normalerweise nicht vor zehn Uhr, steht da. Dann einen gewissen Ahmed Farisi, Küchenhilfe, 10 bis 18 Uhr, Enes Alldashi, 17.30 bis 23 Uhr. Eine Jana Dugic, ebenfalls Küchenhilfe, 10 bis 18 Uhr, und Mila Markovic, Küchenhilfe, wieder 17.30 bis 23 Uhr, und eine Maria Veslinsky, Reinigungskraft, 10 bis 18 Uhr. Alles Ausländer, anscheinend. Und alle neu, ich kenn keinen davon, außer den Krautgartner natürlich. Dann sind da noch die Namen von, wart einmal ...", sie zählte kurz nach, „... von acht Frauen. Auch lauter ausländische Namen. Koch und Kellner Personalservice steht dabei. Das müssen die Servierkörper sein", bemerkte sie trocken. Frau Habringer hatte Namen, Funktion und Arbeitszeit fein säuberlich aufgelistet.

„Selbstverständlich alles Ausländer! Die sind billiger und außerdem froh, dass sie einen Job haben. Und ich nehm einmal an, dass die sich leichter unter Druck setzen lassen." Vierziger überlegte: „Wie funktioniert das eigentlich? Kannst du dir vorstellen, dass die mit so wenigen Leuten auskommen, wenn sie, wie die Habringer erklärt hat, zwei-, dreihundert Gäste haben?"

„Mein Lieber, heutzutage kannst du ein mittelprächtiges Restaurant führen, ohne überhaupt einen Koch zu haben. Was glaubst du eigentlich, was es alles fix und fertig gibt? Von Vorspeisen über Suppen, Fisch, Fleisch, Beilagen und Mehlspeisen bis zu den Desserts. Alles tiefgekühlt oder vakuumverpackt. Das ganze Zeug, das du im Supermarkt kriegst, ist nichts dagegen! Im Grunde genommen brauchst da nur mehr eine ordentliche Mikrowelle und einen Salamander und die Sache ist erledigt."

„Was, bitte schön, Fräulein, ist denn ein Salamander?"

Gaby überhörte das Fräulein geflissentlich.

„Das ist dieses Gerät, wo du die Teller mit den Speisen zum Warmhalten drunterstellst. So wie das dort drüben." Sie deutete auf die Speisenausgabe des Gastgartens. „Ein umgekehrter Grill, nur mit Infrarot, wenn du so willst."

„Aha, so nennt man das! Hab ich beim Georg im Goldenen Ochsen auch schon gesehen. Und den Leuten fällt das nicht auf, wenn sie lauter Dosenfutter vorgesetzt bekommen?"

„Ein geschickter Koch wie der Krautgartner peppt das schon so auf, dass die wenigsten was merken. Wenn das dann noch hübsch auf den Tellern angerichtet ist ... Und geschickt ist der Krautgartner. Glaub mir, ich hab's erlebt!"

„Also alles Lug und Betrug! Wirst Hint' und Vorn' besch... miert!"

„Na ja, machen ja nicht alle so. Ich glaub zum Beispiel, die in deinem Ochsen kochen das meiste noch selbst. Das siehst du dann halt auch auf der Rechnung. Aber bei einem Fünf-Euro-Menü kann es sich keiner leisten, einen Koch hinzustellen, der alles selber brutzelt. Das rechnet sich nie!"

So hatte es Vierziger noch nicht betrachtet. Gaby hatte schon Recht. Und billig war der Goldene Ochse ja wirklich nicht. Aber gut, trotzdem, bei nächster Gelegenheit würde er seinen Freund Georg, den Chef vom Ochsen, schon darüber aushorchen müssen.

„Übrigens, da hinten sitzt die Habringer! Sie ist hereingekommen, gerade als ich mir deinen Salamander angesehen hab."
Gaby drehte sich unauffällig um. Sie hätte Frau Habringer fast nicht wieder erkannt. Dünn war sie geworden und irgendwie überreizt und fahrig. Sicher, gestresst war sie seinerzeit auch immer gewesen, aber das hier machte einen anderen Eindruck. Wahrscheinlich noch die Auswirkungen der letzten Nacht. Vielleicht war es aber auch ihr Gesprächspartner, der sie nervös machte. Die Habringer hockte ganz vorne auf ihrer Sesselkante, hielt sich mit einer Hand an ihrem Glas fest und zupfte mit der anderen ständig am Ohrläppchen. Vor ihr lag ein offener Terminplaner. Ihr Gegenüber hatte selbst bei dieser Hitze sein Sakko anbehalten und noch nicht einmal die Krawatte gelockert. Er saß breitbeinig da, die Ellbogen auf die Tischkante gestützt, und redete energisch auf die Habringer ein. Hin und wieder betonte er anscheinend Wichtiges, indem er mit ausgestrecktem Zeigefinger in der Luft herumstocherte. Er war so um die sechzig, braungebrannt mit grauem Haar, schlank.
„Eine friedliche Mittagspause ist das aber nicht. Dafür hat sie eine interessante Begleitung, der schaut schon gut aus, alle Achtung! Hast du eine Ahnung, wer das ist?"
Vierziger warf einen verstohlenen Blick hinüber. Beim ersten Mal hatte er eigentlich nur die Habringer registriert.
„Der Stadtrat Schuhmann. Ist einer von der Law-and-Order-Fraktion, der uns ständig am Haken hat. Wir sind ihm viel zu lasch. Erst letzte Woche hat er wieder eine seiner berüchtigten Brandreden gehalten. Seiner Meinung nach ist jeder zweite Ausländer mindestens ein Drogenhändler und potenzieller

Terrorist. Und der Rest nutzt nur unser großzügiges Sozialnetz aus. Ein richtig niedliches Kerlchen ist das! Solche wie der haben mir gerade noch gefehlt." Der Sarkasmus war nicht zu überhören.

„Und die alte Dame, die noch bei ihnen sitzt?" Neugier, dein Name ist Weib. Für eine junge Polizistin trotzdem die richtige Eigenschaft. Gabys Frage offenbarte den Blick der Jugend. Die Frau war so um die Fünfzig, in Vierzigers Augen also keineswegs alt. Dame dagegen traf tatsächlich zu. Ihr elegantes, cremefarbenes Sommerkostüm sah nach teurem Innenstadt-Geschäft aus. Im Gegensatz zu Schuhmann trug sie den Blazer offen, die dottergelbe Bluse darunter hoch geschlossen und frisch gestärkt. Trotz der Hitze steckten ihre Hände in hellen Sommerhandschuhen. An ihrem aschblonden Pagenkopf wagte es kein einziges Härchen, eine falsche Richtung einzuschlagen. Sie beteiligte sich nicht an dem Gespräch, sondern begnügte sich damit, den Stadtrat durch ihre randlose Brille zu beobachten.

„Ich glaub, das ist der Vorzimmer-Drache vom Schuhmann. An der beißt sich selbst der seine Zähne aus. Aber überall wo der Schuhmann ist, kannst du damit rechnen, dass die nicht weit weg ist. Spielt so was wie seine Ersatz-Mama."

„Jetzt wär ich bei denen gerne Mäuschen. Ich wüsste nur zu gern, warum der die Habringer so herunterputzt."

„Mit der haben wir schon unsere eigenen Sorgen. Haben wir Adressen oder wenigstens Telefonnummern von ihren Leuten?"

„Den Gefallen hat sie uns nicht getan."

„Werd ich sie eben wieder besuchen. Ich bin ohnehin noch nicht fertig mit ihr!"

„Glaubst du, sie hat mit dem Mord was zu tun?"
„Nein, glaub ich nicht. Nicht direkt. Aber ganz koscher ist sie nicht. Das mit den Zimmern in einem Restaurant, Schiff hin oder her, find ich zumindest merkwürdig. Jedenfalls weiß sie mehr, als sie bis jetzt zugegeben hat. Vielleicht hat sie ja eine Ahnung, was da passiert ist."
Gaby warf einen Blick auf ihre Armbanduhr: „Mein Versicherungsmensch sollte eigentlich inzwischen von seiner Mittagspause wieder zurück sein. Wir übrigens auch."
Vierziger ließ einen Zehner am Tisch zurück und sie machten sich wieder auf den Weg in ihr überhitztes Büro.
„Dankeschön! Für den Sekt und so.", bemerkte Gaby, als sie beim Auto angekommen waren und er ihr die Tür aufhielt.

Offenbar war die Mittagspause auch bei anderen zu Ende gegangen. Frau Glück erreichte ihren Versicherungsmenschen. Die Liste mit seinen Mitarbeitern stellte kein Problem dar, er würde sie per E-Mail noch am Nachmittag schicken. Weil sie ja noch keine offizielle Mail-Adresse hatte, buchstabierte sie jene von Vierziger. Sie kam nur ein wenig ins Schleudern, als der Gebietsvertreter fragte, warum sie denn wissen wolle, wer am gestrigen Abend dabei war. Es gab zwar in dieser Hinsicht keine Absprache mit Vierziger, trotzdem hatte Gaby das Gefühl, mit dem tatsächlichen Grund noch hinterm Berg halten zu müssen. Sie schwindelte etwas von wertvollen gefundenen Gegenständen und dass man den Besitzer herausfinden wolle. Er gab sich letztlich damit zufrieden, obwohl Gaby so ihre Zweifel hatte, ob ihr die Geschichte auch wirklich abgenommen worden war. Aber egal, Hauptsache sie kriegte diese blöde Liste.

Vierziger bekam beim K&K Personalservice jemand ans Telefon, eine gewisse Frau Baumgartner, die Besitzerin der Firma.
„Ja, ich hab's schon gehört. Frau Habringer hat mich angerufen. Selbstverständlich kann ich Ihnen eine Aufstellung meiner Leute von gestern zukommen lassen."
Ihre Stimme war rauchig und ein wenig dunkel, mit einem festen und befehlsgewohnten Tonfall, wenn auch ein leichtes Zittern mitschwang. Vierziger wollte diese Frau aber lieber persönlich kennen lernen und dabei vielleicht auch etwas mehr über dieses Personalservice herausfinden. Er schlug ihr ein Treffen vor und sie einigten sich auf fünf Uhr an diesem Nachmittag. Davor hätte sie noch einen Termin, um diese Zeit wäre sie aber wieder zurück.
Telefonieren war eine Beschäftigung, die er nicht besonders liebte. Das Mienenspiel und die sonstigen Bewegungen fehlten, die das Sprechen begleiteten. Und daraus ließ sich oft mehr ablesen, als man an Worten hören konnte. Am Telefon log es sich einfach leichter. Vierziger kam sich dabei immer vor wie ein Blinder, nur dass er nicht diesen speziellen Gehörsinn hatte, den Blinde zwangsläufig ausbildeten. Weil er schon einmal dabei war und außerdem bei diesem Gespräch mit keiner Lüge rechnete, rief er noch bei der Gerichtsmedizin an. Vielleicht noch ein bisschen früh, aber seine Neugier ließ ihm keine andere Wahl.
„Dr. Liebmayer? Vierziger hier. Ich ruf wegen der toten Asiatin von heute früh an."
„Eine lebende wär mir lieber! Schicken Sie mir die Nächste, bevor sie sich zu ihren Ahnen versammelt hat."
„Ich werd mich bemühen, Herr Doktor." Ein blöder Kommentar

war bei Dr. Liebmayer immer drin. Wenigstens war das ein Zeichen dafür, dass er bei guter Laune war, was bei ihm nicht unbedingt die Regel darstellte.

„Im Augenblick muss ich mich aber leider mit der Toten auseinandersetzen. Können Sie schon irgendwas sagen?"

„Was glauben Sie denn? Ich hab sie ja erst seit halb sieben im Kühlschrank. Und Zauberer bin ich keiner!" Da war Vierziger anderer Meinung. Was sich der Pathologe alles von seinen Leichen erzählen ließ, grenzte manchmal schon an Zauberei, auch wenn diese Zauberei mit Hilfe modernster Technik zustande kam. „Ich hab sie mir nur einmal kurz angesehen in der Früh. War ein schönes Exemplar unserer Spezies. Schade, dass ihr jemand die Luft abgedreht hat."

„Wie meinen Sie das, die Luft abgedreht? Ich dachte, sie wäre erschlagen worden!"

„Geschlagen, mein Lieber!", gab der Doktor zurück und betonte dabei die ersten zwei Buchstaben besonders gedehnt.

„Geschlagen, nicht erschlagen. Das ist ein kleiner, aber doch lebenswichtiger Unterschied. Nein, nein, sie hat zwar ordentlich eins auf ihren hübschen Kopf bekommen, aber gestorben ist sie daran nicht. Bewusstlos, das schon, aber nicht tot. Gestorben ist sie, weil ihr zarter Schal zu eng gebunden war. Und ich nehm einmal an, dass sie das nicht selbst getan hat. Mehr kann ich aber jetzt noch nicht sagen. Ihr Innenleben hab ich noch nicht erforschen können. Nach dem Wochenende erzähl ich Ihnen dann ihren ganzen Lebenslauf, einschließlich wann sie zuletzt gelacht hat, wenn's sein muss." Er legte ohne Gruß einfach auf. Vierziger konnte sich nur schwer an den respektlosen Ton gewöhnen, den der Pathologe gegenüber den Toten auf seinem

Seziertisch anschlug. Aber vielleicht wurde man ja so, wenn man täglich mit Leichen zu tun hatte, und das mehrfach. Reiner Selbstschutz und möglicherweise auch eine Art, mit dem Ende umzugehen.
Jedenfalls war das eine aufschlussreiche Nachricht. Er lehnte sich in seinen Sessel zurück und überlegte. Sollte der Schlag auf den Kopf absichtlich nur betäuben, damit der Täter dann sein Werk auf andere Weise vollenden konnte? Oder brauchte er einen zweiten Anlauf, weil der erste Streich misslungen war? Vierziger war sicher, dass der Mord nicht kaltblütig geplant war. Die Mordwaffen wurden so genommen, wie sie vorgefunden worden waren. Für den Schlag auf den Kopf war die fehlende Vase benutzt worden, er sah keinen anderen Grund, warum sie sonst fehlen sollte. Dann hatte man sie verschwinden lassen, weil auf ihr Spuren zu finden waren, die den Täter verraten hätten. Die Geschichte mit den Fingerabdrücken kannte heute schon jedes Kind. Der Strumpf dagegen war dageblieben, er konnte ja auch schlecht Fingerabdrücke aufweisen. Oder gab's dafür noch einen anderen Grund? Sollte der vielleicht irgendein Zeichen sein? Sozusagen eine letzte Bemerkung an die Tote? Was mochte diese Linh Phung wohl für eine Reise hinter sich haben, die in diesem stinkenden Müllcontainer am Hafenbecken ein so gewaltsames Ende gefunden hatte?

Gaby Glück unterbrach seine Überlegungen.
„Ich hab jetzt die Adresse von dieser Linh Phung. Mit Nachnamen heißt sie Nguyen. Und sie ist ... war deutsche Staatsbürgerin! Mehr haben wir leider nicht."

– 5 –

Die Silhouette eines stilisierten Engels aus glänzendem Edelstahl bewachte den Eingang, über der Tür der ausgestreckte Flügel, rechts das wallende Gewand. Eine Nachbildung der Nike von Samothrake, die vor vielen Jahren einmal das Gebäude der Kunsthochschule der Stadt geziert hatte. Die Beleuchtung zwischen dem Engel und der Hauswand gab ihm einen bläulich schimmernden Strahlenkranz. „Angelo Azzurro" war aus schmalen Lettern in das dunkelblaue Rauchglas der Tür eingeätzt.

„Karl-Valentin-Straße 9 hat sie gesagt. Angelo Azzurro. Das müsste hier sein."

Vierziger stand mit Gaby Glück vor dem Eingang einer Cocktailbar. Weit und breit gab es nicht den geringsten Hinweis auf das K&K-Personalservice.

„Also die Bar kenn ich!", sagte Gaby, „Zumindest vom Hörensagen. Ist so ein teurer Schicki-Micki-Schuppen. Drin war ich aber noch nie. Wahrscheinlich gehört die Firma der Baumgartner ja dazu. Fragen kostet nix. Und außerdem komm ich so wenigstens endlich mal da hinein."

Vierziger hatte von der Bar noch nie was gehört. Was ihm an gastronomischen Betrieben geläufig war, beschränkte sich zum größten Teil auf die sogenannten gutbürgerlichen Gasthäuser.

Solche, in denen man noch was Ordentliches auf den Teller bekam. Ein Umstand, der für einen eingefleischten Junggesellen und überzeugten Single von ganz wesentlicher Bedeutung war. Auch wenn er sich durchaus selbst verköstigen konnte, für einen allein zu schnipseln und zu brutzeln machte keinen übermäßigen Spaß. Besonders wenn er die Renovierung des kulinarischen Tatortes mit dazu rechnete.

Während er noch seinen Überlegungen nachhing, war Gaby schon im Engel verschwunden. Fürs Erste blieb ihm nichts anderes übrig, als ihr zu folgen.

Hinter der Tür fand er sich in einem Mini-Stiegenhaus wieder, kaum einmal anderthalb Meter breit. Die Wände links und rechts waren mit irisierenden Spiegeln verkleidet, so dass er von unzähligen verschwommenen Doppelgängern über die paar Stufen hinaufbegleitet wurde. Aus der Decke floss mattes blaues Licht. Schmale gelbe Leuchtstreifen in jeder Treppe sollten wohl verhindern, dass man sich den Hals brach, noch bevor man überhaupt im Engel drin war. Hinter der letzten Stufe reichte ein Vorhang aus Glasperlen bis zum Boden und dämpfte nur teilweise die Musik von drinnen. Ein jazziges Klavier und eine raue Stimme: „It's wonderful ... good luck my babe ... I dream of you" ... blabla-blabla ... Vierziger kannte das Lied und auch den Sänger, aber beides wollte ihm partout im Augenblick nicht einfallen. Kein Amerikaner und auch kein Engländer, da konnte er zehnmal englisch singen – na ja, egal. Leider war's ihm nicht wirklich egal. Dieser verdammte Sänger würde von nun an so lange in seinen Gehirnwindungen herum geistern, bis Vierziger ihn dingfest machen und seinen Namen ausspucken konnte. Der Bluthund-Instinkt hatte wieder gnadenlos zugeschlagen!

Das Lokal wurde von einer ausladenden, hufeisenförmigen Theke dominiert. Die übrigen Wände waren in halbrunde Nischen unterteilt, mit Bänken aus blauem Lederimitat und Tischen aus dem gleichen Kunstmarmor wie der Boden. Offenbar hatte der Architekt versucht, das Ganze nach altem Rom aussehen zu lassen. Die Nischen waren von Säulen und Kopien alter Götterstatuen und Senatorenbüsten eingefasst, die Wände dahinter mit römischen Szenen bemalt. Alles war in blaues Licht getaucht, die Tische schummrig gelb beleuchtet. Die Szene schrammte hart an der Grenze zur Geschmacklosigkeit entlang, obwohl Vierziger zugeben musste, dass es recht gemütlich wirkte.
Gaby stand vor der Theke und unterhielt sich mit dem Kellner, der breitbeinig neben ihr stand und lebhaft gestikulierend auf sie einredete. Ein südländischer Typ mit schwarzer Kraushaarmähne und einer krummen Nase, die gut zu einem dieser alten, römischen Marmorköpfe gepasst hätte. Die fast bodenlange blaue Schürze ließ ihn groß und schlank erscheinen.
Unterhalten war wohl zuviel gesagt, weil Gabys Beitrag lediglich darin bestand, sich eine ihrer blonden Locken um den Finger zu wickeln. Dabei klebten ihre Augen förmlich an den Muskelpaketen unter dem engen T-Shirt dieses Reserve-Papagallos.
„Hätten Sie wohl die Freundlichkeit, uns zu Frau Baumgartner zu bringen!“ unterbrach Vierziger die idyllische Szene, mit einem Tonfall, der das genaue Gegenteil seiner Wortwahl zum Ausdruck brachte.
„Ah, si, natürlich, kommen Sie bitte mit.“
Paolo Conte, genau, der war's! Vierziger war der Sänger wieder eingefallen, womit er sich jetzt in aller Ruhe auf das Gespräch mit der Gastro-Service-Chefin konzentrieren konnte.

Durch das riesige Fenster hinter dem Schreibtisch aus Stahl und Glas kam so viel Licht in den Raum, dass Vierziger ein paar Augenblicke brauchte, um sich an den Unterschied zum dunklen Lokal zu gewöhnen. Die Umrisse der Baumgartner verwandelten sich erst nach und nach in ein erkennbares Bild. Zunächst einmal registrierte er die perfekt frisierten blonden Haare, die gerade um eine Idee zu kurz waren, um den Kragen der rosafarbenen Kostümjacke zu berühren. Allmählich konnte er auch ihr Gesicht wahrnehmen. Schmal, mit hohen Wangenknochen, fast ein wenig slawisch. Die Lachfältchen ließen auf ein fröhliches Gemüt schließen, auch wenn die nach unten gezogenen Mundwinkel und vor allem die dunklen Schatten über ihren Wangen im Moment eher das Gegenteil bezeugten. Die smaragdgrünen großen Augen waren knallrot und glasig, fast als hätte sie geheult. Sie streckte ihm die Hand über den Schreibtisch entgegen. Sie selbst blieb dabei sitzen und Vierziger war gezwungen, sich zu ihr nach vorne zu beugen. Er war nicht ganz sicher, ob er diese Geste als versteckte Machtdemonstration auffassen sollte oder ob es sich dabei lediglich um die Erfüllung eines Klischees handelte. Auch wenn es Herr Knigge korrekt gefunden hätte, einen Minuspunkt setzte er trotzdem auf ihre Liste.

„Also, Frau Baumgartner“, sagte Vierziger, nach dem die üblichen Formalitäten erledigt waren. „Was können Sie uns über diese Linh Phung erzählen?“
„Wissen Sie schon, wer sie ...?“
Er warf Gaby einen kurzen Blick zu, der soviel bedeuteten sollte wie: Lass mich reden und halt du lieber ausnahmsweise die

Klappe. Sie verstand, ihr Mund schloss sich wieder und sie beschränkte sich darauf, die Baumgartner zu mustern.

„Nein, wir wissen bis jetzt weder wer, noch wie genau. Ich habe gehofft, dass Sie uns ja ein wenig weiterhelfen könnten."

„Ich wüsste nicht wie. Was wollen Sie denn wissen?", schnappte sie.

„Na ja, zum Beispiel wüsste ich gerne, wo sie herkam, aus welchem Land?"

„Linh ist ... war deutsche Staatsbürgerin. Ihre Eltern sind aus Vietnam in die DDR gekommen, dort wurde sie in Chemnitz geboren. Anfang der 1980er-Jahre hat die ganze Familie die ostdeutsche Staatsbürgerschaft bekommen. Durch die Wiedervereinigung ist sie dann auch EU-Bürgerin geworden. Soweit ich weiß, leben ihre Eltern nicht mehr. Aber sie hat noch eine jüngere Schwester, die – glaub ich – jetzt in Dresden lebt." Sie fischte ein Taschentuch aus der Box neben ihrem Laptop und putzte sich geräuschvoll die Nase. „Entschuldigen Sie: Heuschnupfen. Um diese Jahreszeit erwischt es mich jedes Mal."

„Schon gut", sagte er. Deshalb also die roten Augen und die nasale Stimme.

„Sie wissen sicher, wie alt sie war?"

„Ja, 27 heuer im Frühjahr."

„Wie war sie denn so? Privat mein ich. Immerhin haben Sie ja mit ihr zusammengearbeitet, da werden Sie ja irgendwas mitgekriegt haben."

„Na ja, nicht wirklich, wir hatten nur auf beruflicher Ebene Kontakt. Und die Linh war so eine Ruhige, fast ein bisschen verschlossen. Aber ihren Job hat sie immer erstklassig erledigt. Da hat's nie irgendwas gegeben. Sie war eine meiner Besten

und die Kunden haben sie immer gerne gebucht."
„Wie hat das eigentlich funktioniert? War sie bei Ihnen angestellt?"
„Nein, ich hab sie nur vermittelt."
„Frau Baumgartner, was heißt das jetzt genau: nur vermittelt? Geht's nicht ein bisschen ausführlicher?"
„Na ja, ich such mir die Leute aus, schau ob sie für's Gastgewerbe geeignet sind und ein entsprechendes Niveau haben. Wenn alles passt, machen wir einen Vertrag und ich sorge dafür, dass sie genug Jobs kriegen."
„Das heißt, Sie sind so eine Art Agentin für diese Leute, wenn ich das richtig verstanden hab?"
„So könnte man das nennen."
„Gibt's denn so viel Arbeit in Ihrer Branche, dass Sie und Ihre Leute davon leben können? Ich mein auf diese Weise, immer nur für ein paar Stunden."
„Sie würden's nicht glauben, wie viele Events es außerhalb der üblichen Lokal-Szene gibt. Und gutes Personal, das auch noch mit den Gästen kann, ist immer gefragt. Ich bring einfach meine Leute mit den Veranstaltern zusammen. Da brauchen sich beide Seiten um sonst nichts kümmern. Alle wissen, dass man sich auf mich hundert Pro verlassen kann!"
„Wie viele ... Personen haben denn auf diese Art für Sie gearbeitet?"
„Siebzehn insgesamt."
„Alles Frauen?"
„Nein, es sind auch vier Herren dabei. Zwei Köche und zwei Barkeeper. Aber die werden seltener gebraucht."
„Wäre es möglich, eine Liste Ihrer Mitarbeiter zu bekommen?"

„Aber sicher!“

Sie tippte an ihrem Laptop herum und kurz darauf würgte der Drucker hinter ihr zwei Blätter heraus.

„Bitte sehr, Namen und Adressen. Sonst noch was?“ Sie schob die beiden Seiten über den Tisch.

Vierziger faltete die Papiere unbesehen zusammen und hielt sie Gaby hinüber, die sie in ihrer Tasche verstaute.

„Was springt eigentlich für Sie dabei heraus, Frau Baumgartner? Ich mein, Sie werdens ja nicht aus lauter Menschenfreundlichkeit machen, oder?“

„Also ich wüsste nicht, was mein Einkommen mit Linhs Tod zu tun hat!“ Sie war richtig laut geworden. Ihre Augen waren zu schmalen Schlitzen verkommen, was die dunklen Ringe darunter noch um einiges größer wirken ließ.

Womit hab ich sie denn jetzt auf dem falschen Fuß erwischt, wunderte sich Vierziger. Aber bevor er noch was sagen konnte, erhob sich die Glück langsam aus ihrem Sessel und beugte sich über den Schreibtisch direkt vor das Gesicht der Baumgartner. Was wird denn das jetzt, dachte er sich. Spielt sie jetzt die böse Polizistin? So nach dem Motto: guter Bulle, böser Bulle? Dann wäre sie ja eine Bullin, was sich ja wenigstens biologiemäßig nicht ganz ausgegangen wäre.

„Gnädige Frau!“, zischte Gaby die Baumgartner an, „Wir ermitteln hier in einer Mordsache, falls Sie das noch nicht bemerkt haben! Da ist alles wichtig, was wir wissen wollen. Aber wir können Ihnen ja auch die Finanz auf den Hals hetzen, wenn Ihnen das lieber ist!“

Gaby setzte sich wieder in ihren Sessel, als ob nichts gewesen wäre. Ziemlich leise fügte sie noch hinzu: „Und die Kollegen von der Sitte gleich noch dazu. Weil das Märchen von den braven Serviererinnen glaubt Ihnen ja nicht einmal Ihre Großmutter." Dann lehnte sie sich gemütlich zurück. Wäre sie eine Katze gewesen, hätte sie zufrieden geschnurrt. Vielleicht doch nur ein wenig stutenbissig?

Die Baumgartner hatte ihre Hände zu Fäusten geballt, gekrönt von weißen Knöchelbergen. Aus ihrem Gesicht war der letzte Rest von Farbe verschwunden.

„Ich hab Ihnen nichts mehr zu sagen. Wenn Sie noch was von mir wollen, wenden Sie sich an meinen Anwalt. Sie können davon ausgehen, dass ich mich höheren Orts beschweren werde. Und jetzt verlassen Sie mein Büro, auf der Stelle!"

Sie wandte sich ihrem Computer zu und ignorierte die beiden völlig. Vierziger wartete noch eine Minute, dann stand er auf und ging mit Gaby zur Tür.

„Ist schon interessant, wie Sie auf den Mord an Ihrer Mitarbeiterin reagieren ..." bemerkte er, bevor die Tür unglücklicherweise etwas zu laut ins Schloss fiel.

Gaby winkte dem Papagallo noch zu, während sie den Engel wieder verließen. Draußen auf der Straße wickelte sich die Schwüle wie dicke weiche Watte um sie. Der Unterschied zum gekühlten Innenleben des Engels bescherte Vierziger einen Schweißausbruch. Binnen Sekunden fühlte er sich wie ein nasser Aufwaschfetzen.

„Was war denn das für eine schräge Aktion erst da bei der Baumgartner?" Die Hitze tat ihr Werk und trampelte auf seiner Laune herum. Und sie führte ihn in Versuchung, seinerseits auf jemandem herumzutrampeln.

„Ich wollt einfach sehen, wie schnell sie aus dem Konzept zu bringen ist. Und außerdem ist mir ihr Gehabe ziemlich auf den Geist gegangen. Schickt ihre Weiber auf den Strich und tut dann so, als hätte sie keine Ahnung, was da abgeht!“
„Das hast du ja perfekt hingekriegt! Aus der bringen wir so schnell nichts mehr heraus. Absolut sinnlos das Ganze!“ Der Bocksfüßige hatte gewonnen und Vierziger trampelte.
„Brauchen wir vielleicht gar nicht. Ich erfahr hundert Pro von Giovanni mehr, als uns die Baumgartner jemals freiwillig erzählt hätte!“
„Aha, da schau her: Giovanni! Soweit sind wir also schon!“
Sie grinste und zuckte mit den Schultern.
„Außerdem: Was könnte die uns schon noch viel erzählen? Oder glaubst du, sie hat mit der Sache was zu tun?“
„Nein, nicht wirklich. Aber ich weiß halt gern so viel wie möglich über unsere Mordopfer. Ich brauch dir ja nicht zu erzählen, dass die Täter meistens im Bekanntenkreis zu finden sind.“
„Und was hältst du von einem kleinen Betriebsunfall bei ihrem Nebenjob? Wär doch das Naheliegendste!“
„Genau! Eben drum! Ich kann's mir nicht so recht vorstellen, dass der Verursacher von so einem Betriebsunfall sein Opfer als Sondermüll entsorgt. Der hätt sie doch einfach liegen lassen und abhauen können.“
„Na ja, man weiß aber nie, was so einem Mistkerl einfällt, wenn er nervös wird.“
„Klar, zum Beispiel, dass er seine Leiche mitten in der Nacht in einen Müllsack packt und sie dann zwischen allen Leuten zum Container schleppt! Das glaubst du doch selber nicht!“
„Wie heißt's beim Lotto so schön: Alles ist möglich!“

„Jetzt ist es jedenfalls möglich, dass wir uns noch die Wohnung dieser Linh Sowieso zu Gemüte führen."
Gaby warf einen verstohlenen Blick auf ihre Uhr.
„Unsere Kundschaft hält sich auch nicht an die offiziellen Bürozeiten.", sagte Vierziger und war sich selbst nicht ganz darüber im Klaren, ob er damit die Lebenden oder die Dahingegangenen meinte.

Die Wohnung von Linh Phung Nguyen lag im Neustadtviertel, vielleicht zehn Minuten zu Fuß vom Angelo Azzurro entfernt. Vor sehr langer Zeit war das einmal eine Wohngegend des gehobenen Bürgertums. Eine Reihe von Häusern im Gründerzeit-Stil zeugte noch davon. In den 1980er Jahren zogen nach und nach eine Menge Ausländer, hauptsächlich türkische Zuwanderer, dorthin. Zuerst in die Bauten, die nach dem Krieg die zerbombten Häuser ersetzt hatten. Später war dann der größte Teil des Viertels fest in kleinasiatischer Hand, von wenigen Enklaven abgesehen, in denen sich noch Einheimische behaupteten. In letzter Zeit waren einige der Gründerzeithäuser saniert worden. Dachböden waren zu Penthäusern mutiert und in den alten Gemäuern verbargen sich moderne Luxus-Appartements. Schön langsam wurde das Viertel wieder zu einer begehrten und vor allem teuren Adresse, so wie eben das Haus, in dem Linh Phung Nguyen gewohnt hatte. Vierziger hatte die Schlüssel eingesteckt, bevor sie zu Frau Baumgartner gefahren waren. Die Wohnung lag im zweiten Stock. In den Räumen daneben residierte ein Übersetzungsbüro für slawische Sprachen, wie ein Messingschild an der Tür verkündete. Darunter eine Zahnarztpraxis, darüber eine Zahntechnik-Werkstatt. Ziemlich praktisch, wenn man häufiger Probleme mit seinen Zähnen hatte. Auch im Hochparterre waren zwei Büros angesiedelt. Die Asiatin war also die einzige wirkliche Bewohnerin des Hauses. Sehr ungestört, so ganz ohne neugierige Nachbarn. „Nicht um die Burg möchte ich direkt über einem Zahnarzt wohnen", dachte sich Vierziger. Sein Verhältnis zu diesem Berufsstand war nicht ganz ungetrübt.

An der Wohnungstür stand nicht einmal der Name, nur „TOP 4" stand auf einem unscheinbaren Schild über der Klingel. Vierziger suchte zuerst einmal die Küche. Er fand Küchen immer sehr aufschlussreich, genau so wie Badezimmer. Diese hier war ganz in weiß, orange und gelb gehalten. Auf dem Tisch der kleinen Ess-Ecke lag der STANDARD mit aufgeschlagenem Wirtschaftsteil. Sonst war alles peinlich sauber aufgeräumt. Der Geschirrspüler war leer, der Schrank darüber beherbergte Gläser und Teller in jeweils vierfacher Ausgabe. Zumindest was Ess- und Kaffeegeschirr anging. Gläser gab's mehr. Der Inhalt des Kühlschranks unterschied sich nicht wesentlich von seinem eigenen, lediglich die zwei teuren Flaschen Champagner fehlten bei ihm zuhause. Der Müllsack war ganz frisch eingehängt und noch völlig leer. Alles in allem nicht wirklich aufregend. Da war das Bad schon interessanter. Einmal abgesehen davon, dass es fast so groß war wie Vierzigers Wohnzimmer, war es schlicht und ergreifend leer. Eine Wanne war schon vorhanden, und was für eine sogar: so übers Eck gebaut und mit integriertem Whirlpool. Auch die Dusche spielte alle Stückerln. In die runde Fliesenwand waren eine halbe Million Düsen eingelassen, die bestimmt für ein ganz besonderes Duscherlebnis sorgten. Und sie war geräumig genug für zwei Personen auf einmal. Aber auf dem Trockner neben der Wanne hing nur ein traurig in die Ecke gedrängtes Handtuch. Von den Ablagen links und rechts vom Waschbecken war nur eine belegt. Auch im Schrank neben der Wanne spielte sich das Gleiche ab: Auf der linken Seite stapelten sich Hand- und Badetücher, Waschlappen und anderes Badezeug, die rechte Seite war leer. Aus der Küche hörte er Wasser rauschen. Was zum Teufel trieb die Glück da jetzt wieder? Beim Spiegelschrank über dem marmornen Doppelwaschbecken öffnete er von vorneherein nur mehr die rechten Türen: leer. In der unteren Etage konnte man noch schwach einen runden Abdruck sehen. Wahrscheinlich hatte da ein Zahnputzglas gestanden.

Im Schlafzimmer hing ein sehr freizügiges Aktbild der Toten über dem großen Doppelbett. Ein riesiger, nur auf den Rahmen gespannter Ölschinken. Auf der Ablage hinter dem Bett standen ein Wecker und ein paar Bücher. Englische Krimis und zwei von diesen unsäglichen Liebesromanen aus Cornwall. Kasten gab es hier keinen, dafür aber ein gemütliches Doppelsofa zwischen den beiden Fenstern. Er nahm einen der Krimis und setzte sich auf das Sofa. »Alles Liebe vom Tod«. Eine zeitlang blätterte er in dem Buch herum, irgendwie landete sein Blick dann aber auf dem Aktbild. Es war in allen möglichen Blautönen gemalt, der Körper mit schwarzen Strichen umrissen und nur wenige Partien in gelber Farbe detailliert herausgearbeitet. Einmal abgesehen vom Motiv, das schon für sich eine unbestreitbare Anziehungskraft hatte, fand er das Bild auch vom künstlerischen Standpunkt nicht schlecht.

„Ich hab die Rosen im Wohnzimmer frisch gewässert, die haben schon so einen traurigen Eindruck gemacht. Und ihr

Zimmerdschungel hat auch einen Guss vertragen. Und man starrt unbekleidete fremde Damen nicht so an!", grinste Gaby nach einem kurzen Blick auf den nachdenklichen Vierziger. Er schaute sie verständnislos an.

„Was hältst du von der Behausung da?", fragte er. Seine offene Hand zeichnete einen weiten Kreis in die Luft. Er legte soviel Dramatik in diese Geste, dass man nicht so genau sagen konnte, ob jetzt die Wohnung oder alles Ungemach der Welt damit umschrieben werden sollte.

„Ist dir eigentlich schon aufgefallen, dass jedes Zimmer in anderen Farben gehalten ist? Und dass der Gang draußen immer in einem hellen Farbverlauf von einem Zimmer zum anderen ausgemalt ist? Toll gemacht!"

„Ja! Nein, das hab ich nicht gemeint!"

„Na ja, die Wohnung ist pipifein aufgeräumt. Ich wünschte, meine wär nur einmal in so einem perfekten Zustand. Andererseits wirkt das Ganze aber auch wie eine Ausstellungskoje in einem Möbelhaus. Im Wohnzimmer hängt neben dem Fernseher eine kleine Bildergalerie. Anscheinend ihre Eltern, andere Verwandte und Urlaubsfotos. Paris, Venedig, Rom, Mailand und noch ein paar andere. Mittendrin fehlt ein Bild. Der Fleck an der Wand ist nicht zu übersehen. Außerdem find ich es schon ein bisschen eigenartig, dass sich eine Aushilfskellnerin und Nebenerwerbsnutte – oder umgekehrt, ganz wie du willst – für den Wirtschaftsteil der Zeitung interessiert."

Vierziger erzählte von dem Eindruck, den er im Badezimmer gewonnen hatte.

„Da hat jemand in aller Gemütlichkeit und ziemlich gründlich die halbe Wohnung leer geräumt. Und dieser Jemand hat

zumindest zeitweise hier gewohnt. Ich möchte wissen, welcher Kerl da unbedingt eine Verbindung verschleiern will!"
Gaby ging zum Bett hinüber und schnupperte an den Bezügen. „Ganz frisch! Ich hab in der Abstellkammer was entdeckt: Unter dem ganzen anderen üblichen Zeug gibt es auch etliche Schachteln mit Tampons. Für eine Frauenwohnung ja völlig normal. Aber sie hat zwei verschiedene Marken in völlig unterschiedlichen Größen gebunkert. Könnt' gut sein, dass der Mitbewohner eine Mitbewohnerin war."
„Von so was versteh ich nichts, aber wär's nicht möglich, dass diese Linh die verschiedenen Sorten selbst benutzt hat?", wandte Vierziger ein. Gaby zuckte mit den Schultern und breitete die Arme vor sich aus.
„Du meinst, sie war eine Lesbe? Bei dem Nebenjob! Das glaub ich nicht."
„Da wär sie nicht die Erste."
„Ich nehm mir jetzt noch das letzte Zimmer vor und du wirfst einen Blick hinter den Vorhang da. Wahrscheinlich ein Schrankraum, zumindest hab ich sonst noch keinen Kleiderkasten gesehen."
Hinter der Tür neben dem Schlafzimmer lag eine Kombination von Gästezimmer und Arbeitsraum. Lindgrüne Wände, sandfarbene Decke und ein Vorhang in der gleichen Farbe – diesmal achtete er darauf. Das einfache Bett war nicht bezogen, Polster und Bettdecke fand er im sonst leeren Kasten. Auf dem Schreibtisch aus hellem Holz vor dem Fenster mit Blick auf die Straßenseite lag ein zugeklapptes Notebook. Das Ding sollte sich lieber die Glück zur Brust nehmen. Er angelte sich einen der Aktenordner, die in einem Regal über dem Tisch standen.

Der unvermeidliche Papierkram: Mietvertrag, Versicherungen, Strom- und Gasrechnungen, Geburtsurkunden und so weiter und so fort. Gott sei Dank fand er auch den Vertrag mit dem Handy-Netzbetreiber samt PIN-Nummer. Er musste also die Techniker nicht mehr mit dem Telefonaufsperren nerven. Es sei denn, sie hatte den Code geändert. Bei den Bank-Unterlagen waren die Formulare mit den Zugangs-Codes für's Online-Banking und die Nummer der Bankomatkarte.

„Kannst du dir den Computer da einmal anschauen?“, fragte er Gaby, als sie gerade ihre Nase bei der Tür hereinsteckte.

„Wow! Ein VAIO. Luxusmaschine! Mit Kabelanschluss fürs Internet!“ Sie hatte das Gerät von allen Seiten begutachtet und war beeindruckt. „Die Dame hat auch sonst nichts ausgelassen, was gut und teuer war. Ihren Klamottenfundus müsstest du sehen. Da frisst unsereinen der blanke Neid! Die hat schon gewusst, wofür sie sich flachgelegt hat!“

„Und? Was hat sie jetzt davon?“

„Sie gar nichts! Sudden turn, sudden dead!“

„Was soll denn das heißen?“

„So was wie: schnell gelebt und schnell gestorben! Und wir haben jetzt die Arbeit mit ihr. In den Rechner komm ich nicht hinein. Passwortgeschützt. Den muss ich mitnehmen, mit ein bisschen Geduld werd ich ihn schon knacken.“

„Hast du's schon mit ihrem Namen probiert?“

„Ja, aber soo blöd war sie nicht.“

Vierziger blätterte in dem Ordner herum.

„Eins sechs vier fünf.“

„Was, eins sechs vier fünf?“

„Ich kenn jemand, der benutzt seine Bankomat-Nummer als

Passwort. Hat sie ja vielleicht auch gemacht. Probieren kannst du's ja!"
„Wenn du meinst!" Gaby verdrehte die Augen und tippte die Zahlen ein.
„BINGO! Das wars!"
„Na also! So blöd ist der alte Vierziger gar nicht. Ich wette, ihr Handy ist mit derselben Nummer gesperrt." Zufrieden grinsend lehnte er sich an die Wand und sah Gaby dabei zu, wie sie sich mit dem Computer beschäftigte.
„Leider nützt uns dein genialer Einfall bei dem Baby da gar nichts. Die Festplatte ist leer wie mein Konto am Letzten. Der große Unbekannte hat auch den Laptop nicht vergessen!"
„Da hast du ja eine echte Herausforderung übers Wochenende. Ich bin sicher, du kriegst das hin!" Vierziger grinste von einem Ohr zum anderen. „Aber zuvor sollen sich die Pfadfinder das gute Stück noch anschauen. Ich sags dem Hintringer, er soll dir den Computer dann morgen auf den Schreibtisch stellen. Von mir aus kannst du jetzt Feierabend machen. Hast ja noch ein arbeitsreiches Wochenende vor dir!"
„He, Josef, bist du sauer auf mich? Hab ich dir irgendwas getan?"
„Tja, willkommen an Bord! Nein, im Ernst: Ich glaub echt, dass du das schaffen kannst. Und du kannst jetzt wirklich gehen. Nimm ruhig den Wagen, ich fahr dann mit dem Hintringer zurück."
Gaby rauschte beleidigt ab. „Dir wünsch ich auch ein schönes Wochenende!", zischte sie, bevor sie die Tür zuknallte.

– 6 –

Vierziger wohnte in einem dieser alten Höfe ganz in der Nähe seines Büros. Die Häuser waren Anfang der 1940er Jahre gebaut worden. Zu dieser Zeit war das sozusagen noch Vorstadt. Als junger Polizist – mein Gott, war das schon ewig her – konnte er eine der Eckwohnungen mit Balkon ergattern. Eigentlich war dieser Balkon ja mehr eine Laube, mit Rundbögen auf Säulen. Es sah fast ein wenig italienisch aus, bloß dass die südliche Leichtigkeit fehlte. Der Stil war klobig und schwerfällig, wie das eben im tausendjährigen Reich so war. Das Reich hatte glücklicherweise nicht einmal ein halbes Jahrhundert gehalten, aber die Häuser standen noch immer da. Als er einzog, lag die Polizeidirektion noch mitten in der Stadt. Praktischerweise hatten sie dann Mitte der 1970er Jahre diesen phantasielosen Betonklotz auf die grüne Wiese gestellt.

Es war schon fast sieben Uhr abends, als er endlich zuhause war. Auf dem kühlen Fliesenboden vor der Kommode im Vorzimmer streckte sich Frau Schmidt am Rücken aus. Sie drehte sich von einer Seite auf die andere und blinzelte ihn aus halb geschlossenen Augen an. Dann drückte sie ihre Vorderpfoten durch, streckte ihre Krallen aus und ließ sich zu einem schläfrigen

Miau hinreißen. Frau Schmidt war eine reinrassige Promenadenmischung mit langem, seidig glänzendem, schwarz-weißem Fell. Auf ihre alten Tage bestand ihre Lieblingsbeschäftigung - neben schlafen natürlich - darin, dieses Fell tagtäglich gleichmäßig in der ganzen Wohnung zu verteilen. Vierziger hatte sie vor etlichen Jahren aus dem Tierheim befreit und aus Dankbarkeit durfte er dafür jetzt in Frau Schmidts Reich wohnen. Selbstverständlich nur unter der Voraussetzung, dass er regelmäßig für Futter sorgte.

Zuerst einmal riss er alle Fenster auf, damit die aufgestaute Hitze und die stickige Luft, die sich tagsüber angesammelt hatten, den Weg nach draußen finden konnten. Unter der Dusche spülte er sich dann die schmierige Schwüle ab, die ihm auf der Haut klebte. Zum Schluss drehte er das Wasser noch einmal eiskalt auf. Aus Erfahrung wusste er genau, dass ihn danach die Hitze nur noch umso mehr quälen würde, aber die Verlockung war einfach zu groß. Er trocknete sich nur soweit ab, dass er beim Aufsammeln der Wäsche, die er zuvor in der halben Wohnung verstreut hatte, keine all zu großen Pfützen hinterließ. Im Schlafzimmer holte er frische Unterwäsche und zog ein neues T-Shirt an. Dann inspizierte er den Kühlschrank. Das war für Frau Schmidt das Signal, sich maunzend neben ihm einzufinden. Mit hoch erhobenem Schwanz strich sie ihm um die Beine. Ihr durchdringendes Miauen versuchte ihm klar zu machen, dass sie in spätestens einer Minute vor Hunger völlig entkräftet tot umfallen würde. Vierziger glaubte ihr kein Wort, zumal ihre Schüssel mit Trockenfutter noch nahezu unberührt beim Fenster stand. Wirklich großartig war die Auswahl in seinem

Kühlschrank ja nicht. Da stand noch der Teller mit den Fettuccine Puttanesca von vorgestern. Auf mikrowellisierte Nudeln mit Sardellen, Oliven und Kapern hatte er aber keinen Appetit. Das Tzatziki war da schon mehr nach seinem Sinn. Er holte die Schüssel aus dem Kühlschrank, dazu schwarze Oliven, die er letzten Samstag am Markt gekauft hatte, und einen Rest von Schafkäse. Damit Frau Schmidt endlich Ruhe gab, fischte er ein Blatt Schinken aus dem Papier und warf ihr klein zerteilte Stückchen auf den Boden. Zwei Scheiben blieben noch für ihn selbst übrig. Der trockene Frascati, von dem er noch eine angebrochene Flasche eingekühlt hatte, würde ganz hervorragend zu seinem mediterranen Imbiss passen. Beim Schließen der Kühlschranktür bemerkte er den gelben Klebezettel: Conny anrufen! Also auch das Telefon mitnehmen. Während er Essen, Zeitung, Wein und Handy auf den Balkon schaffte, wanderte noch ein halbes türkisches Fladenbrot zum Aufbacken ins Rohr. Ständig musste er darauf achten, dass er nicht über die Katze stolperte. Mit einer schon fast bewundernswerten Hartnäckigkeit lief sie ihm beharrlich zwischen den Beinen herum.

Sein Balkon besaß zwar nicht die Ausmaße wie die Terrasse der toten Asiatin, aber genug Platz für eine kleine Gartenbank, einen Tisch, ein Orangenbäumchen und eine Tomatenstaude bot er doch. Er stellte im Wohnzimmer noch am Fernseher den Lokalsender ein. So konnte er von Zeit zu Zeit durch die offene Glastür einen Blick hineinwerfen, damit er die Nachrichtensendung nicht verpasste. Sonst sollte das Kastl ruhig im Hintergrund unbeachtet vor sich hin dödeln, alleine die Geräuschkulisse zählte. Vorm Hinsetzen kontrollierte er noch schnell den Tisch, damit er sich anschließend nicht wieder selbst aufjagen musste. Er pflückte eine Tomate ab, goss sich einen Schluck Wein ein und machte sich über sein Abendessen her. Mit dem letzten Stückchen Brot putzte er noch gründlich seine Tzatziki-Schüssel aus. Frau Schmidt hatte sich auch noch den restlichen Schinken erbettelt und war jetzt neben ihm auf der Bank ganz in eine ausgiebige Fellpflege vertieft. Er gönnte sich noch einen Schluck Frascati und trug dann sein Geschirr in die Abwasch. Am Rückweg blieb er vorm Fernseher stehen. In den Nachrichten brachten sie gerade die Meldung von seiner Toten. Kurz und bündig, tote vietnamesische Kellnerin und so weiter mit einem Bild der Frau. Wo die Fernsehmenschen das wohl wieder her hatten? Vierziger hatte noch kein Foto an die Presseabteilung weitergegeben. Wahrscheinlich von der Baumgartner oder der Habringer. Dann noch eine Meldung über einen verunglückten tschechischen Kleinlaster: mit überhöhter Geschwindigkeit kurz nach Freistadt von der Straße abgekommen und einen Baum gefällt. Der Chauffeur sofort tot, der Beifahrer schwer verletzt im Krankenhaus. Im Anschluss brachten sie ein Interview mit Stadtrat Schuhmann, der selbst bei so was seinen Senf dazugeben musste. Wie die meisten Politiker war er natürlich ein Allround-Genie und konnte und wusste alles vor allem besser. Diesmal war der Schuhmann in seiner Eigenschaft als Kriminalist und darüber hinaus als Hellseher zugange: Seiner Meinung nach war die ermordete Vietnamesin selbstverständlich einer Fehde zwischen verfeindeten Asiaten-Clans zum Opfer gefallen oder die berüchtigte und nebenbei von der Polizei unverständlicherweise völlig unbehelligte Chinesen-Mafia wollte verhindern, dass sie ihr eigenes Restaurant eröffnete. Und die verunglückten Tschechen hatten in unserem Land mit ihrem schrottreifen Lkw sowieso überhaupt nichts zu suchen. Das Ganze war nur die unausweichliche Folge der EU-Erweiterung, weil dadurch jeder ehemalige Kommunist ohne jegliche Kontrolle ins Land kommen konnte, um unsere Arbeitsplätze zu stehlen und Waffen und Drogen zu verkaufen, wenn nicht noch viel Schlimmeres, und die Polizei, unterstützt von der selbstverständlich unfähigen Regierung sah tatenlos zu. Vierziger drehte den Kasten ab, bevor er sich noch mehr von diesen Weisheiten anhören musste und ihm davon zum Kotzen würde. Wäre schade um das schöne Essen! Er wunderte sich immer wieder, was für einen ausgewachsenen Schwachsinn ein einzelner Mensch von sich geben konnte. Womöglich glaubte der Kerl den ganzen Mist noch selbst, und Vierziger war sich gar nicht sicher, ob Politiker irgendetwas anderes glaubten als ihre eigenen Lügen. Er musste sich über das Interview und über Politiker im Allgemeinen so aufregen, dass er zur Beruhigung unbedingt noch ein Gläschen brauchte. Beim Einschenken kam ihm wieder der gelbe Zettel unter, der ihn daran erinnern sollte, Conny anzurufen. Im Moment war das aber völlig unmöglich. Sie konnte sicher warten, bis sich sein Blutdruck wieder auf Normalmaß eingependelt hatte. Außerdem wäre sie ja sowieso noch am Arbeiten. Als Besitzerin und in Personalunion auch einzige Angestellte eines kleinen Reisebüros hatte sie meistens bis spät am Abend zu tun. Er hatte Conny bei der Buchung seiner letzten Schiffspassage nach Griechenland kennengelernt. Mit dem Land als gemeinsame Vorliebe hatte eins das andere ergeben und seither gingen sie fast jedes Wochenende gemeinsam aus: Konzerte, Theater, Kino, Essen und unlängst sogar einmal zum Tanzen in eine Diskothek für Jung-Gebliebene. Das ging jetzt schon fast zwei Monate so, seit er vom Urlaub zurück war. Mehr hatte sich bis jetzt noch nicht ergeben. Irgendetwas war halt immer dazwischen gekommen. Jedenfalls war heute Freitag, also Zeit für die Wochenend-Planung. Die Schachtel für die Abendzigarette war leider in der Küche liegen geblieben. Am Rückweg strafte er das volle Abwaschbecken mit Missachtung.

Gerade als Vierziger es sich mit seiner Zigarette und dem Wein gemütlich gemacht hatte, bimmelte das Telefon. Ein Blick auf das Display zeigte, dass ihm Conny zuvorgekommen war. Gott sei Dank war sie nicht sauer. Sie verabredeten sich für Samstagabend zum Essen im Goldenen Ochsen. Damit schlug er nicht nur zwei, sondern gleich drei Fliegen mit einer Klappe: Küche und Keller im Ochsen waren hervorragend, er konnte bei der Gelegenheit seinen Freund Georg über die Habringer ausquetschen und außerdem hatte er noch die Gesellschaft von Conny. Was wollte er noch mehr!

Ihm ging das Lied vom Nachmittag wieder durch den Kopf. Es dauerte zwar eine zeitlang, aber schließlich fand er die CD. Am Anfang summte er noch leise mit: „It's wonderful ... good luck my babe ... I dream of you ... Via, via, vieni via con me, entra in questo amore buio, non perderti per niente al mondo...", aber dann fielen ihm immer öfter die Augen zu. Frau Schmidt lag noch immer neben ihm auf der Bank und schlief tief und fest. So ein Katzentag musste ganz schön anstrengend sein. Die CD war zu Ende, die Flasche war leer und Vierziger ging ins Bett. Zumindest hoffte er darauf, bei dieser schwülen Hitze wenigstens ein kleines Mützchen Schlaf zu erwischen. Das Lied hatte er noch immer in den Ohren: ... I dream of you ... Via, via, vieni via con me ...

Am Samstagmorgen war Vierziger schon in aller Herrgottsfrüh auf den Beinen. Oberflächliche Katzenwäsche und dann ging's im labbrigen Jogging-Anzug hinunter zur Donau. Er drehte seine Runde dem Ufer entlang bis hinauf zur Nibelungen-Brücke und wieder zurück bis zu dem Hafenarm, in dem das Falstaff-Schiff lag. Wenigstens einmal in der Woche musste er etwas für seine Kondition und seine Gesundheit tun. Ziemlich ausgepumpt und verschwitzt stellte er sich daheim unter die Dusche und stürzte anschließend im Stehen einen Espresso hinunter. Zwischen den Schlucken richtete er noch Futter und frisches Wasser für Frau Schmidt her. Sein eigenes Frühstück nahm er wie jeden Samstag – wenn er es nur irgendwie einrichten konnte – in einem Café am Markt ein. Da konnte er sich auch ausgiebig den Zeitungen widmen und anschließend seine Vorräte an Oliven, Schafskäse und sonstigen Kleinigkeiten wieder auffüllen. Am Rand des Marktes hatte eine steirische Winzergemeinschaft ihren Stand aufgebaut. Er verkostete ein paar Weine und kaufte schließlich eine Flasche Schilchersekt. Wär ja nicht verkehrt, wenn für eventuelle gewisse Gelegenheiten was Prickelndes im Kühlschrank lag. Bei einer Bäuerin nahm er einen großen bunten Wiesenstrauß fürs Wohnzimmer mit und schließlich erwarb er im Blumenladen eine Orchidee, eine wunderschöne Bakeria mit blasslila, ein wenig ins Pink spielenden Blütenblättern. Zuhause räumte er Waschmaschine und Geschirrspüler ein, erledigte noch die nötigsten Aufräumungsarbeiten und holte dann sein Fahrrad aus dem Keller. Er hatte eine eigenartige Unrast in sich, die er unbedingt loswerden musste. Diesmal nahm Vierziger den Weg hinunter zum Segelflugplatz und dann quer durch den Container-Hafen wieder zurück, immer am Wasser entlang. Als ob es ihn – wie den sprichwörtlichen Verbrecher – immer wieder zum Tatort zurück ziehen würde, landete er am Ende neuerlich bei dem Hafenarm mit dem Falstaff-Schiff. Er fuhr bis zum Spitz, wo das Hafenbecken von der Donau abzweigte. Auf der Bank unter den Birken saß ein heruntergekommener älterer Mann, völlig vertieft in die wahrhaft anspruchsvolle Aufgabe, aus einem ganzen Haufen Zigarettenkippen den restlichen Tabak herauszufieseln. Der Mist war nicht weniger geworden, seit Vierziger diese Idylle gestern früh das erste Mal gesehen hatte. Er machte kehrt und radelte zur nächsten Tankstelle gleich vorne an der Hafenstraße. Heutzutage waren Tankstellen ja schon halbe Supermärkte, wenn auch nicht so billig. Er kaufte eine Flasche Wein, eine Schachtel Zigaretten und zwei Wurstsemmeln und kehrte dann zurück zum Tschick-Fiesler.

„Da, hast was Richtiges zum Rauchen." Er hielt ihm die Zigaretten hin und stellte die Weinflasche auf die Bank. Der Mann verbreitete einen ziemlich üblen Geruch. Es musste schon Monate her sein, dass er sich einigermaßen gründlich gewaschen hatte. Wären sie nicht an der frischen Luft gewesen, Vierziger hätte es keine zwei Minuten neben ihm ausgehalten. Er schätzte ihn so um die sechzig, aber bei diesen Typen konnte man das nicht so genau sagen. Gut möglich, dass er in Wirklichkeit um zehn Jahre jünger war.

„Was zum Trinken kannst sicher auch brauchen." Vierziger setzte sich mit genügend Sicherheitsabstand neben den vermutlich mit Flöhen und Läusen bevölkerten alten Sandler. Der starrte ihn ungläubig an. Es passierte ja nicht jeden Tag, dass ihn ein Wildfremder so einfach mit Zigaretten und Alk versorgte.

„Was willst von mir?“ knurrte er misstrauisch.

„Bist öfter da?“

„Na, meistens fahr ich mit meinem Mercedes spazieren. Heut bin ich nur da, damit du mich blöd anquatschen kannst.“

„Sowieso, hab ich mir eh gedacht!“ sagte Vierziger. Er angelte sich das Sackerl mit den beiden Wurstsemmeln vom Gepäckträger und legte es neben dem Mercedes-Fahrer auf die Bank. In aller Ruhe holte er eine Semmel heraus und biss ab. Dabei verwandelte er sich vorübergehend in einen Vogelkundler, der das Wochenendleben der weißfiedrigen Hafenschwäne studierte. Aus den Augenwinkeln beobachtete er den anderen Vogel neben ihm. Der starrte gierig dem Bissen bis fast in den Magen nach. Vierziger hielt dem Sandler die zweite Semmel hin.

Eine zeitlang saßen sie schweigend da und verdrückten die Wurstsemmeln. Als der Stadtstreicher bis auf den letzten Krümel alles verputzt hatte, fingerte er ein Taschenmesser mit Korkenzieher aus seiner Hosentasche und machte die Flasche auf. Er nahm einen ausgiebigen Schluck, rülpste laut und genüsslich und zündete sich dann eine seiner neuen Zigaretten an.

„Also, was willst von mir?“ brummte er und blies Vierziger den Rauch ins Gesicht.

„Warst du vorgestern in der Nacht auch da?“

„Wenn's warm ist, immer. Im Sommer wohn ich da hinten.“ Er deutete zittrig auf ein paar Sträucher, die hinter den Birken wucherten. Zwischen den Zweigen waren eine verdreckte alte Decke und ein paar Plastiksäcke mit seinen Habseligkeiten zu sehen. „Wenn die auf dem Kahn da drüben was laufen haben,

gibt's immer was Feines zu fressen. Glaubst ja nicht, was die alles wegschmeißen!" Auch dem nächsten Schluck aus der Flasche folgte ein ausführlicher Rülpser. „Brauchst nur warten, bis alle weg sind. Dann kannst dir die besten Sachen aus der Mistkiste holen. Steaks und Lachs und so'n Zeugs alles. Bloß zum Saufen is' nie was dabei! Schweinerei! Der Mensch muss ja auch trinken, muss er doch, oder?" Wieder ein tiefer Schluck. Wenn der so weitermachte, würde diese Flasche die nächste halbe Stunde nicht überstehen.
„Warst jetzt vorgestern da oder nicht?
„Na klar war ich da! Hab aber nix erwischt. Die Alte war ja ewig noch auf dem Schiff und dann hat sie so ein Theater angefangen und dann waren die Bullen da. Scheißbullen!"
„Ja ja, Scheißbullen. Ist dir vorher irgendwas aufgefallen? Irgendwas das anders war als sonst?"
„He, warum willst denn das wissen? Selber Scheißbulle?"
Vierziger nestelte einen Fünf-Euro-Schein aus der Hosentasche und wedelte dem Sandler damit vor der Nase herum: „Also, war was?"
Noch bevor er danach greifen konnte, war der Schein schon wieder in Vierzigers Faust verschwunden.
„Zu früh waren sie. Sonst tragen die den Mist erst raus, wenn sie heimgehen, die von der Küche, meistens lang nach Mitternacht. Aber vorgestern sind die Jungen schon weit vor zwölf weg, ohne Mist. Den hat der Chef später auf einem Wagerl heraus gebracht."
„Bist dann gleich nachschauen gegangen?"
„Nein, war ja überall noch Licht. Und ich bin nichts darauf neugierig, dass die mich wie einen Hund verjagen."

„Sonst noch was?“

Der Alte schüttelte den Kopf. Vierziger holte noch einen zweiten Fünfer aus seiner Brieftasche und legte das Geld auf die Bank. „Kauf dir was zum Essen drum!“ Den Ratschlag hätte er sich sparen können. Die Scheine würden sich mit Sicherheit blitzartig in Schnaps verwandeln.

Das Mittagessen musste ausfallen, wenn er am Abend mit Conny beim Ochsen essen wollte. Stattdessen warf er die Kaffeemaschine an, machte sich einen Espresso und setzte sich damit auf den Balkon. Bei einer Zigarette ließ er sich durch den Kopf gehen, was der alte Stadtstreicher ihm da erzählt hatte. Selbst wenn er mit einrechnete, dass der Mensch sich im Dauerdelirium befand, sah es so aus, als ob der Koch der Habringer die Vietnamesin auf den Müll geschafft hatte. War der am Ende der Mörder? Aber was hatte der mit der Kellnerin zu schaffen und warum sollte er sie umbringen? Wenn ihm nur eingefallen wäre, wie der Koch hieß! Krautkopf oder so ähnlich. Na, egal, jedenfalls musste er ihn ins Gebet nehmen. Aber das konnte bis Montag warten, der würde ihm schon nicht weglaufen. Jetzt war Wochenende, und das war ihm heilig, besonders in den letzten drei Monaten. In der Küche drehte er den Teig für sein weißes Olivenbrot zusammen und schob es ins Rohr. Der Rest des Nachmittags verging mit Arbeiten wie Wäsche aufhängen, Staub saugen, Böden wischen und all den Dingen, die eben auch in einem Single-Haushalt anfielen und sich nicht von selbst erledigten. Nachdem außer Frau Schmidt und ihm selbst ja niemand die kleine Wohnung verwüstete, brauchte er dafür nicht allzu lange. Am Ende blieben ihm noch zwei Stunden,

genügend Zeit für einen ausgedehnten Aufenthalt im Badezimmer. Schließlich wollte er am Abend sozusagen auf Hochglanz poliert sein.
Er hatte versprochen, Conny um acht bei ihr zuhause abzuholen. Sie wohnte ganz in der Nähe vom Ochsen, gleich ums Eck in einem der Lentia-Wohntürme. Pünktlich auf die Sekunde ließ er das Handy dreimal läuten und wartete dann vor der Haustür. Als Conny dann mit der ihr zustehenden Verspätung von einer guten Viertelstunde herauskam, stellte er fest, dass er die falsche Blume gewählt hatte. Sie war dieses Mal ganz in Gelb. Eine weite Hose aus sehr dünner Baumwolle und eine legere gelbe Bluse, die schon fast ein wenig zu durchsichtig war, obwohl Conny sich das mit ihrer Figur durchaus leisten konnte. Dazu ein Sakko im gleichen gelben Grundton mit schmalen Längsstreifen in Blau, Pink und Türkis. Das Gelb erinnerte ihn an englische Teerosen, ein perfekter Kontrast zu ihrer sonnengebräunten Haut und dem dunklen Pagenkopf mit den bordeauxroten Strähnen. In einer Allegorie der vier Jahreszeiten hätte sie die idealtypische Besetzung für die Darstellerin des Sommers abgegeben. Vierziger war geschmeichelt, mit dieser attraktiven Frau den Abend in einer lauschigen Nische eines Gastgartens verbringen zu können. Den Gedanken, ob Conny denn nichts Besseres zu tun hatte, als diesen Samstagabend mit einem langweiligen Kriminaler zu verbringen, verbannte er in den hintersten Winkel seines Seelenlebens.

Erst als er bei Anna, der Kellnerin und guten Seele des Goldenen Ochsen einen Capuccino und einen großen Espresso für Conny und für sich selbst bestellte, fiel ihm auf, dass es im

Gastgarten inzwischen ruhig geworden war. Nur noch an zwei anderen Tischen saßen Pärchen, die anscheinend auch die Welt um sich herum vergessen hatten. Conny hatte ausführlich von dem Buch erzählt, das sie gerade las: Eine Geschichte über zwei junge griechische Männer, die einen kulinarischen Wettstreit um die Gunst der schönen und unersättlichen Nana austrugen. Beide versuchten, mit den feinsten Rezepten der hellenischen Küche ihre gemeinsame Geliebte zu beeindrucken und für sich zu gewinnen. Sie wollte aber um keinen Preis verraten, wie denn die Geschichte ausgegangen war. „Lies es selbst! Wird dir bestimmt gefallen!" Georg, der Chef vom Ochsen rettete ihn vor einer verbindlichen Zusage.

„Sie erlauben, gnädige Frau?"

„Wenn Sie das nächste Mal die Gnädige weglassen! Ich bin die Conny!"

„Das trifft sich ja ganz prächtig!" Er stellte die drei Gläser auf den Tisch, die er bis jetzt in einer Hand balanciert hatte.

„Ein erstklassiger Marillengeist aus der Wachau. Da glaubst, die Marillen sind gerade erst vom Baum gefallen! Spezialabfüllung nur für handverlesene Gäste. Prost!"

Der Schnaps war wirklich exquisit. Ein Duft wie ein ganzer Marillenbaum und auf der Zunge eine Erinnerung an Mandeln, von leicht öliger Konsistenz und mild im Geschmack. Conny lobte Georgs Küche über den grünen Klee, worauf im Handumdrehen noch eine Runde Marillengeist am Tisch stand.

„Weißt du schon was über die Linh?" Georg fiel gleich mit der Tür ins Haus. Jedem anderen wäre Vierziger über den Mund gefahren, nicht einmal mit Conny hatte er das Thema besprochen, obwohl sie wusste, dass er an dem Fall arbeitete. Georg war wirklich einer der wenigen, die ihn so etwas fragen durften.

„Gegenfrage: Woher kennst denn du die Frau?"

„Sie hat heuer im Frühjahr ihren Geburtstag unten im Kellerstüberl gefeiert. Und du weißt ja eh, wie das so ist in der Branche ..."

„Du weißt also, was sie gemacht hat?"

„Klar, sie gehört zu Ullas speziellem Leih-Kellnerinnen-Service."

„Wieso speziell?" Vierziger gab sich ahnungslos.

„Sagen wir es einmal so: Die Spezialität besteht darin, dass sie nicht nur Essen und Trinken servieren, wenn du weißt, was ich meine ..."

„Ich glaub, ich kann's mir vorstellen. Und da hat sich niemand aufgeregt? In *der* Branche ...?"

„Die Ulla hat eben eine Nische entdeckt und war damit erfolgreich. Jeder muss schauen, wo er bleibt, und sie hat niemandem was weggenommen! Leben und leben lassen, sag ich immer. Außerdem war sie ja sehr diskret, habt's ja nicht einmal ihr was davon mitgekriegt!"

„Wie lange macht sie das schon?"

„Ich glaub, das hat ungefähr zur gleichen Zeit angefangen wie sie das Angelo Azzurro aufgemacht hat. Das muss jetzt so an die fünf Jahre her sein. Wenn man bedenkt, dass sie gar nicht aus der Gastronomie kommt, macht sie sich ganz gut."

„Wieso? Was hat sie denn davor gemacht?"

„Da war sie Sekretärin im Stahlwerk. Das Lokal, das jetzt das Angelo ist, hat damals ihr Mann geführt. War ein ganz normales Kaffeehaus. Dann hat er diesen Unfall mit seinem Motorrad gehabt – er war auf der Stelle tot! Damals hat es so Gerüchte gegeben, dass sie nachgeholfen hätte ... kann ich mir nicht vorstellen. Wüsste nicht wie sie das gemacht haben sollte. Der Ludwig, also ihr Mann, war immer ziemlich genau mit seiner Harley. Da hat der niemanden drangelassen. Andererseits hat's bei den beiden ganz schön gekriselt. Jedenfalls hat die Ulla dann im Stahlwerk gekündigt und aus dem Kaffeehaus mit dem Geld von seiner Lebensversicherung das Angelo Azzurro gemacht."

Conny räusperte sich und legte ihre Hand auf Vierzigers Arm.

„Josef, ich stör euch eigentlich nur ungern, aber wir haben doch gesagt: nichts Berufliches. Lass es gut sein für heute!" Sie schickte ein strahlendes Lächeln über den Tisch.

„Entschuldigen Sie, gnädige Frau, das war meine Schuld. Darf ich zur Entschädigung noch so einen Marillengeist bringen?"

„Dankeschön, aber ehrlich gesagt wär mir ein Prosecco lieber!"

Es war schon ziemlich spät, als dann alle drei den Ochsen verließen. Sie hatten den Prosecco und eine halbe Flasche Schnaps vernichtet, aber von sonstigen Morden war nicht mehr die Rede gewesen.

– 7 –

Am Montag war Vierziger schon um acht im Büro. Zuvor hatte er sich noch in der Bäckerei gleich ums Eck ein Croissant besorgt. Auf seinem Schreibtisch lagen zwei Schnellhefter mit den Berichten der Spurensicherung. Hintringers Leute waren am Wochenende fleißig gewesen. Die erste Mappe enthielt den Bericht über die Kabinen am Schiff, die zweite die Auswertung der Wohnung. Fehlte nur noch der Obduktionsbefund von Dr. Liebmayer. Aber der würde wohl erst morgen auf seinem Tisch landen. Vorerst einmal mussten die zwei Mappen dem Frühstück und den Zeitungen Platz machen. Wie immer am Montag waren beide Blätter dünn, anscheinend hatte sich übers Wochenende nicht besonders viel ereignet, das würdig gewesen wäre, als Nachricht gebracht zu werden. Oder vielleicht war es ja auch so, dass die Damen und Herren Redakteure nicht so fleißig waren wie Hintringers Mannschaft. Jedenfalls war Vierziger schnell mit den Zeitungen durch. Er wischte die Brösel von seinem Croissant darauf und stopfte sie dann in den Papierkorb. Erster Tagesordnungspunkt abgehakt. Bei einem weiteren Espresso machte er sich über den ersten Schnellhefter her. Im Großen und Ganzen stand nichts drin, was er nicht schon selbst gesehen hatte. Drei Dinge waren allerdings interessant. Der Täter hatte viel Mühe darauf verwendet,

überall seine Fingerabdrücke abzuwischen, nur an einer Stelle war er schlampig gewesen. An der Hinterseite eines der Griffe am Spiegelschrank im Badezimmer der Schiffskabine waren die Abdrücke von einem Zeigefinger und einem Mittelfinger. Zugegebenermaßen eine Stelle, die leicht zu übersehen war. Immer wieder kam den Kollegen von der Spurensicherung zugute, dass selbst die kaltblütigsten Verbrecher bei ihrem Geschäft unter besonderem Stress standen. Von Auftragsmördern vielleicht einmal abgesehen, aber mit solchen Zeitgenossen hatte es Vierziger bis jetzt noch nie zu tun gehabt. Bei den meisten Bluttaten waren die Täter so gut wie immer im näheren Umfeld der Opfer zu finden. Möglicherweise hatten sie es aber im Fall der toten Vietnamesin auch mit einem Lustmörder zu tun, der mit seinem Opfer sonst in keiner Beziehung stand. Außer dem Umstand natürlich, dass er sie bei passender Gelegenheit umgebracht hatte.
Die zweite interessante Sache war ein Spermafleck auf der Matratze. Das Leintuch war zwar samt den Bettbezügen entfernt worden, aber die Flüssigkeit war auf die Matratze durchgesickert und hatte auch dort noch Spuren hinterlassen, genug für einen DNA-Test. Lag die Glück mit ihrer Theorie vom Betriebsunfall doch nicht ganz daneben? Andererseits war bei dem Nebenjob der Toten so ein Fleck keine wirkliche Überraschung, auch wenn man annehmen sollte, dass die Vietnamesin und ihre Kolleginnen schon zu ihrem eigenen Schutz Kondome verwendet hatten. Zumindest kämen sie mit den Ermittlungen ein ganzes Stück weiter, wenn der Samenspender gefunden wäre. Und das sollte ja nicht allzu schwierig sein. Schließlich kam ja nur einer der Männer in Frage, die sich in der Nacht vom Donnerstag zum Freitag auf dem Schiff befunden hatten.

Am wenigsten konnte Vierziger mit dem dritten Punkt anfangen. Hintringers Leute hatten am Teppichboden Abdrücke von Schuhen gefunden. Nicht sehr ausgeprägt, aber doch deutlich genug. Schuhgröße 41 oder 42 und ohne Profil. Wahrscheinlich glatte Leder- oder Gummisohlen. Jedenfalls bestanden die Spuren aus einer Mischung von Fett und Öl. „Zum menschlichen Genuss geeignet.", war der genaue Wortlaut. Auf einem dazu gehefteten Zettel stand in Hintringers Handschrift: „Wenn du willst, find ich dir auch noch die Marke heraus!" Sehr witzig! Außerdem waren diese Abdrücke zum Teil mit winzigen Fasern von geschnittenen Zwiebeln durchsetzt. Stammten die Spuren von jemandem aus der Küche? Krautgartner vielleicht? Das würde zu den Beobachtungen des alten Stadtstreichers passen. Es konnte aber genauso gut jeder andere in irgendwelche auf den Boden gefallene Speisereste getreten sein. Am wichtigsten war eindeutig der Spermafleck, der musste sich leicht einer bestimmten Person zuordnen lassen. Die Fingerabdrücke am Spiegelschrank waren auch nicht schlecht, aber die konnten schließlich ja auch vom Reinigungspersonal stammen.
Vierziger trank den letzten Schluck kalten Kaffee, stellte sich einen neuen zu und nahm sich die zweite Mappe vor. Die war um einiges umfangreicher als die erste, weil jedes einzelne Zimmer genau beschrieben war, letztlich lief es aber darauf hinaus, dass die Spuren in der ganzen Wohnung von insgesamt drei Personen stammten. Besonders bemerkenswert waren Haare, die sich im Ablauf der Dusche verfangen hatten. Alle stammten von Frauen, und alle waren gefärbt. Zum einen die ursprünglich schwarzen und dann blond gefärbten von Linh Phung Nguyen. Dann welche von Braun und Grau auf Schwarz, die dritten von einem

dunklen Brünett auf Blond. Er klappte die Mappe wieder zu, lehnte sich in seinem Sessel zurück und legte die Füße auf den Schreibtisch. Hatte die Vietnamesin tatsächlich ein lesbisches Verhältnis gehabt? Von wem war dann aber die zweite Sorte fremder Haare? Genau so gut könnten ja auch beide Sorten von Freundinnen oder Kolleginnen stammen, die einfach nur bei ihr übernachtet hatten. So was sollte ja schon einmal vorkommen, da musste ja nicht gleich eine Beziehung dahinter stecken. Beim Versuch, aus allem was er bisher wusste, in seinem Kopf ein Bild zu formen, fielen ihm immer wieder die Augen zu. Die drei Espressi nützten in seinem Fall wenig, bei den Mengen Kaffee, die er sich jeden Tag zumutete, war er schon immun gegen das Gift. Er musste das unbedingt einschränken. Vielleicht hätte er aber auch diesen blödsinnigen Fernseh-Krimi gestern Nacht nicht mehr anschauen sollen. Ihm fielen schon wieder die Augen zu. Und das um fast neun Uhr morgens! In dem Moment stürzte die Glück bei der Tür herein.

„'tschuldigung, bin ein bisschen spät dran, aber dafür hab ich jede Menge Neuigkeiten.".

„Hell's Angel", bemerkte Vierziger trocken. Sie schaute ihn verständnislos an. Er deutete auf den Motorradhelm in ihrer Hand und schloss dabei die schwarze Lederjacke über ihrem Arm gleich mit ein.

„Uh, und ich hab immer geglaubt, ich bin eine von den Guten!" Sie setzte eine enttäuschte Miene auf, die aber schon in der nächsten Sekunde einem fröhlichen Grinsen Platz machte.

„Irgend so eine japanische Maschine oder ein richtiges Motorrad?"

„Ein richtiges: Harley Wide Glide!"

Vierziger brummte anerkennend. Er stellte sich die Glück auf einer schweren Harley vor. Hätte er ihr gar nicht zugetraut.
„Also, was hast du denn für Neuigkeiten?"
Gaby fing schon an zu erzählen, während sie die schwarze Motorradjacke an der Garderobe neben der Tür aufhängte. Abgesehen von der Jacke war sie heute ganz in Blau: Jeans, eine Hemdbluse aus Jeansstoff und selbst die knöchelhohen Sportschuhe bestanden aus diesem Material. Vierziger kam der Gedanke vom Blauen Montag in den Sinn. Solange sie darunter nur die Farbe ihrer Kleidung verstand, sollte ihm so ein Blauer Montag recht sein. Außerdem sah sie ziemlich schick aus, so ganz in Blau.
„Ich hab mir am Samstag den Laptop von unserer Linh Phung vorgenommen. Jemand hat den kompletten Datenteil gelöscht, und zwar gründlich. Normalerweise stehen die Daten ja noch irgendwo auf der Festplatte, auch wenn sie gelöscht sind, und es ist kein großes Problem sie wieder lesbar zu machen, vorausgesetzt man weiß wie's geht. Dieser Jemand hat leider gewusst, wie's geht. Laut Log-File sind die Daten am Freitag um 13:49 Uhr gelöscht worden. Das heißt, eine gute Stunde bevor wir gekommen sind."
„So genau wollt ich das gar nicht wissen!" Vierziger meinte das im Hinblick auf den technischen Vortrag. „Heißt das jetzt, dass du nichts mehr gefunden hast? Was ist jetzt dann mit deinen Neuigkeiten?"
„Die Linh Phung hatte doch zuhause einen Internet-Anschluss, vielleicht kannst du dich ja noch erinnern. Also hab ich mich mit ihrem Laptop ins Netz gehängt und den Explorer gestartet."

„Mach's nicht so spannend! Außerdem kannst du dir das ganze Fach-Chinesisch sparen, da versteh ich kein Wort davon. Sag einfach, was du gefunden hast!" Ihre Fachsimpelei ging ihm auf die Nerven. Und eigentlich ärgerte er sich, weil er selbst mit Computern nicht so gut umgehen konnte. Wozu auch, bis jetzt war er noch immer ohne diese Dinger ausgekommen. Und zum Tippen seiner Berichte reichte es gerade noch. Irgendwann würde er aber doch noch heimlich einen Anfängerkurs nehmen müssen.

„Also, der Explorer speichert ja alle Internet-Adressen mit, die man aufgerufen hat." Gaby machte ungerührt von seinem Einwand weiter. „Und in dieser Verlaufsliste hab ich eine Hotmail-Adresse gefunden. Wer auch immer den Rest von ihrem Rechner gelöscht hat, daran hat der oder die nicht gedacht. Mit deiner genialen Passwort-Idee bin ich rein gekommen und hab einen Online-Kalender gefunden. Das heißt, alles was da drin steht, ist nicht auf ihrem Rechner gespeichert, sondern auf irgendeinem Server im Cyberspace."

„Gaby! Es reicht jetzt!"

„Ich will damit ja nur sagen, dass diese Daten nicht gelöscht waren, weil sie ja auch nicht auf ihrem Computer gespeichert sind. Die Linh Phung hat in diesem Kalender so eine Art Tagebuch geführt! Hochinteressant!"

Das Klingeln des Telefons auf Vierzigers Schreibtisch unterbrach den Crash-Kurs in Internet-Anwendungen. Erleichtert nahm er ab. Die Sekretärin seines Vorgesetzten, dem Leiter der Kriminalpolizei, war am Apparat.

„Tut mir leid, aber ich muss dringend zum Chef rauf.", sagte er, als der Hörer wieder auf der Gabel lag. „Du kannst ja inzwischen die Berichte von der Spurensicherung durchschauen."

Vierziger war gespannt, was das für eine Veranstaltung werden sollte. Dr. Helmuth Zulehner und er waren praktisch gemeinsam bei der Polizei groß geworden. Beide vom gleichen Jahrgang, hatten sie miteinander die Schulbank gedrückt: Zuerst Polizeischule, dann Abend-Gymnasium und später beim Jus-Studium. Aber während Vierziger sich schon immer mehr auf seine Fälle konzentriert hatte, verfolgte Zulehner eine Karriere als Beamter. Die Mitgliedschaft bei einer der beiden großen Parteien war dabei nicht gerade ein Hindernis. „Ohne Parteibüchel wirst nichts!", hatte ihm sein jetziger Vorgesetzter immer wieder gepredigt. „Egal ob rot oder schwarz, Hauptsache du bist wo dabei." Aber Vierziger wollte lieber unabhängig bleiben. Schließlich war Zulehner dann eben der Chef ihres Vereins geworden. Von Weihnachts- und Jubiläumsfeiern einmal abgesehen, bekam er den Herrn Kriminaldirektor nur mehr selten zu Gesicht. Die Sekretärin im Vorzimmer erwiderte seinen fragenden Blick nur mit einem Schulterzucken. Die Laune des Chefs war anscheinend im grünen Bereich. Er kam Vierziger schon bei der Tür entgegen und bot ihm sogar einen Sessel an.
„Grüß dich, Josef! Wie war denn der Urlaub so? Der Familie geht's gut?"
„Es hat die ganze Zeit geregnet und ich habe noch immer keine Familie, aber danke der Nachfrage." Er hielt es für ziemlich sinnlos seinen Chef darauf hinzuweisen, dass er den Urlaub in diesem Jahr noch vor sich hatte.
„Das freut mich zu hören!" Zulehner war wirklich ein netter Mensch und nahm immer regen Anteil am Privatleben seiner Mitarbeiter.
„Was gibt's Neues von der Chinesin?"

„Vietnamesin."
„Ist ja egal." Außerhalb von Europa war die Welt für ihn ziemlich einfach gestrickt. „Soweit ich weiß, hast du sonst im Augenblick keinen Fall. Und außerdem geht dir ja die Neue zur Hand. Wie macht sie sich denn so?"
Die Frage war von rein rhetorischer Natur, ohne Vierziger auch nur die Chance auf eine Antwort zu lassen, fuhr er schon fort:
„Du hast vielleicht von dem Unfall mit dem tschechischen Kleinlaster gehört."
Vierziger hatte, aber für seinen Chef war das bestimmt nicht so interessant.
„Schau dir den Wagen einmal an, er steht unten in der Garage. Der Chauffeur ist schon beim Liebmayer und der Beifahrer liegt im Unfallkrankenhaus. Kümmer' dich doch bitte drum!"
„Soll ich mich jetzt mit einem blöden Verkehrsunfall herumschlagen? Dafür haben wir doch eigene Leute."
„So wie's aussieht, war das ein merkwürdiger Unfall. Und ich hab sonst niemand, der sich damit befassen könnte. Weißt ja eh, Sommerzeit, die halbe Mannschaft ist auf Urlaub ..."
Er drückte Vierziger die Mappe mit dem Unfallbericht von der Verkehrs-Streife in die Hand und stand auf.
„Was stimmt denn nicht an der Sache?"
„Schau's dir einfach selber an. Ich will dich nicht beeinflussen, du wirst das schon machen! Einen schönen Tag noch!" Der Chef hielt ihm die Tür auf.
„Ich brauch die Genehmigung für DNA-Tests von allen, die in der Mordnacht auf diesem Schiff waren. Weißt eh, die Chinesin!" Der Chef sollte ruhig bei seinem Bild bleiben, das machte die Geschichte einfacher. „Erledigst du das für mich? Und legst

sie dann der Glück auf den Schreibtisch, die soll sich drum kümmern. Wie heißt's so schön: Eine Hand wäscht die andere!"

Auf dem Weg hinunter in sein Büro nahm er immer zwei Stufen auf einmal. Nicht weil er es so eilig gehabt hätte, den Unfallwagen zu besichtigen. Er musste nur seinen Ärger mit einem Espresso hinunterspülen. Ein Verkehrsunfall! Ja, war er denn wieder bei den Uniformierten gelandet? Sollte er sich vielleicht demnächst mit einer Radarpistole auf die Lauer legen?
„Eine Hitze hat's da herinnen! Kannst du nicht einmal ein Fenster aufmachen? Muss ich denn alles selber machen!" Gaby schaute ihm befremdet zu, wie er sich zuerst an den Fenstern und dann an seiner Kaffeemaschine zu schaffen machte. Er war ja soweit ein ganz netter Kerl, dachte sie, aber wenn er so weiter machte und jedes Mal seine schlechte Laune an ihr ausließ, würde sie ein ernstes Wörtchen mit ihm reden müssen. Für dieses Mal beließ sie es dabei, ihm einen giftigen Blick zuzuwerfen. Vergeblich, er bemerkte es nicht einmal. Gaby verdrehte die Augen und widmete sich wieder den Berichten der Spurensicherung.
Vierziger stellte seine Espresso-Tasse auf einen Stapel mit Akten und schlug den Unfallbericht auf. Der Kleinlaster war zehn Kilometer nach Freistadt in einer Linkskurve fast ungebremst geradeaus gefahren. An dieser Stelle führte die Straße durch ein kurzes Waldstück. An einem der Bäume war dann das Führerhaus zerschellt, nachdem der Wagen zuvor noch die Sträucher neben der Straße niedergemäht hatte. Der Fahrer war nicht angegurtet gewesen, das zersplitterte Lenkrad hatte ihn regelrecht aufgespießt. Er musste auf der Stelle tot gewesen sein. Der Beifahrer war durch die zerborstene Windschutzscheibe

geflogen. Dabei hatte er sich den Schädel, mehrere Rippen, den rechten Arm und beide Schlüsselbeine gebrochen, und laut Krankenhausbericht war die Lunge aufgerissen und die Milz und eine Niere zerquetscht. Es war fraglich, ob der Mann seine Verletzungen überleben würde. Vierziger versuchte lieber nicht, sich das Bild vorzustellen. War gewiss kein schöner Anblick gewesen. Beim Aufprall hatte sich der ganze Motorblock in die Fahrkabine geschoben und dem aufgespießten Fahrer auch noch beide Beine abgerissen. Aber das hatte er wahrscheinlich schon nicht mehr gespürt. Aus der gerissenen Kraftstoffleitung war Diesel ausgetreten, der sich schlussendlich am heißen Motorblock entzündet hatte, möglicherweise gab es auch Funken von herumliegenden blanken Kabeln. Einem vorbeikommenden Schichtarbeiter auf dem Weg nach Hause war der brennende Wagen aufgefallen. Im Unterschied zu den anderen Fahrern vor ihm, hielt er an und löschte mit seinem Bordfeuerlöscher das Wrack. Dieser junge Bursche hatte dann auch Rettung und Polizei gerufen. Manchmal waren Handys ja doch zu etwas Sinnvollem zu gebrauchen. Das Protokoll des Unfallkommandos schilderte in kühlen Worten den vermutlichen Hergang eines sicher tragischen Unglücks. Aber es war und blieb ein ganz normaler Autounfall. Aus dem Bericht ging in keiner Weise hervor, was daran so besonders war und warum Vierziger sich darum kümmern sollte. Alleine die Tatsache, dass es sich um ein ausländisches Fahrzeug handelte, konnte ja wohl nicht der Grund sein. Er klappte die Mappe wieder zu und trank seinen kalten Kaffee aus.
„Ich muss jetzt weg. Der Chef bildet sich ein, ich soll mich um einen Verkehrsunfall kümmern!"

Aha, deswegen hat der Herr so eine miserable Laune, dachte Gaby. Unter diesen Umständen konnte sie das sogar nachvollziehen, sie wäre auch nicht gerade begeistert, wenn sie sich jetzt noch mit einer Verkehrsgeschichte befassen müsste. Fast hatte sie ihm schon wieder vergeben, aber so anblaffen hätte er sie trotzdem nicht müssen.

„Inzwischen rufst du bitte deine Versicherungsmenschen von Donnerstagnacht an. Ich will von jedem Einzelnen wissen, wann er diese Linh zum letzten Mal gesehen hat. Wenn dir einer irgendwie komisch vorkommt, dann bestellst du ihn her. Das gleiche gilt für die anderen Servier-Mädchen. Vielleicht findest du ja eine, die diese Asiatin näher gekannt hat. Ich würd gerne noch mehr über sie wissen."

Vierziger pflückte sein leichtes Sommer-Sakko von der Garderobe. Er hatte nicht vor, es bei dieser Hitze anzuziehen, aber irgendwo musste er ja schließlich sein Handy, die Geldbörse und Schlüssel unterbringen. Und weil er sich mit einer dieser Herren-Handtaschen wie ein Schwuler vorgekommen wäre, schleppte er eben das Sakko über dem Arm mit sich herum. Bevor er die Tür hinter sich zumachte, steckte er noch einmal den Kopf herein: „'tschuldige, dass ich dich vorhin angeschnauzt hab. War nicht persönlich gemeint! Sorry!"

Wenigstens hatte er gemerkt, dass er sich daneben benommen hatte.

„Ist schon gut!", murmelte sie und konnte es sich dann aber nicht verkneifen, ihm noch hinterher zu rufen: „Und viel Vergnügen mit deinem Verkehrsunfall!" Von Zeit zu Zeit machte es eben Spaß, ein wenig in einer Wunde herumzustochern, und Rache musste sein.

So trist, grau und schmutzig sich die niedrige Halle der Polizeigarage von außen präsentierte, so gänzlich anders sah sie innen aus. Der Boden weiß verfliest, ebenso die Wände bis zur halben Höhe. Die Beleuchtung hätte auch einem Operationssaal alle Ehre gemacht, überhaupt machte das Ganze einen Eindruck von steriler Sauberkeit. Nur der Geruch von Öl, Benzin und Gummi ließ keinen Zweifel daran, dass man sich hier in einer Werkstatt befand. Der Lastwagen wirkte direkt wie ein Fremdkörper, etwas, das an diesem Ort nichts zu suchen hatte. Modelle dieser Art waren hierzulande gerade noch in den 1950er-Jahren zu sehen gewesen, in den Jahren nach dem Krieg. Und damals waren solche Lastwagen schon nicht gerade die Neuesten. Der ganze Wagen sah aus, als wäre er nur mit knapper Not der Schrottpresse entkommen. Von der Fahrerkabine war nur mehr höchstens die Hälfte der ursprünglichen Größe übrig geblieben. Dort, wo nicht das Feuer den matten, sandfarbenen Lack weggefressen hatte, zeugte ein Muster von braunen Rostflecken vom Alter des Autos. Es wirkte wie das Fell einer räudigen Tüpfelhyäne. Die Windschutzscheibe fehlte ebenso wie die ganze linke Tür. Soweit sich Vierziger entsinnen konnte, hatten diese Lastwagen am hinteren Teil des Fahrgestells einen freiliegenden, zylindrischen Tank. Die Halterung dafür war noch vorhanden, aber der Tank fehlte. An der Außenwand des Ladeaufbaus zogen sich an dieser Stelle Brand- und Rauchspuren hinauf. Darüber stand in großen roten, leicht angesengten Buchstaben >SpeedTrans<. Im Gegensatz zur restlichen Farbe – soweit man das überhaupt noch Farbe nennen konnte – sah die Beschriftung ziemlich neu aus. Es war nicht besonders verwunderlich, dass dieser betagte Schrotthaufen mit einem Unfall sein Leben – und das seines

Fahrers – beendet hatte. Ein Wunder war höchstens, dass er sich überhaupt noch bewegte und nicht schon viel früher Selbstmord begangen hatte. Bei diesem Gedanken bemerkte Vierziger erst die Stille in der Halle. Kein Hämmern oder Bohren, nicht einmal das Klimpern von Schraubenschlüsseln und ähnlicher Lärm, wie er sonst in der Werkstatt immer zu hören war. In der ganzen Halle war weit und breit kein Mensch zu sehen. Dabei war es hier, im krassen Gegensatz zu draußen, wo einem die schwüle Hitze schon am frühen Vormittag den Schweiß aus allen Poren quetschte, angenehm kühl.

Ein Glasverschlag am Ende der langen Halle diente als Büro, vielleicht konnte er ja dort jemanden finden. Maria Schneider, in Hintringers Spurensicherungsteam die Spezialistin für alles, was sich auf Rädern bewegte, saß vor dem Computer und bearbeitete mit den Zeigefingern ihrer Hände die Tastatur. Wie bei einem dieser Wackeldackel bewegte sich ihr Kopf auf- und abwärts, wenn sie am Bildschirm überprüfte, was sie gerade getippt hatte. Computer waren nicht ihre Welt, dafür machte ihr bei allem was auch nur im Entferntesten mit Fahrzeugen zu tun hatte, so schnell niemand etwas vor. Manchmal hatte Vierziger den Eindruck, als könnte sie das Innenleben von Maschinen fühlen, als gäbe es da eine geheimnisvolle Beziehung zwischen ihr und den Rädchen, Kolben, Schrauben und all dem Metall. Er hatte sie schon einmal dabei ertappt, wie sie mit einem unwilligen Motor geredet hatte, so wie andere Leute mit ihrem Hund. Jemand der nicht wusste, womit sie sich beschäftigte, hätte ihr das niemals zugetraut. Sie war eine kleine, zierliche Person, so ein südländischer Typ mit dunklem Teint, großen, braunen Augen und langen, schwarzen Haaren, die sie immer zu einem

Zopf zusammen geflochten trug. In den gut zehn Jahren, die er sie jetzt kannte, hatte er sie noch kein einziges Mal mit einer anderen Frisur gesehen. Und so gut sie mit Maschinen konnte, so schwierig gestaltete sich ihre Beziehung zu anderen Leuten. Ihre Seele hing eindeutig an den Motoren und an allem, was damit zu tun hatte. Vielleicht, weil die keine Erwartungen an sie hatten und nach einem bestimmten Plan funktionierten. Manchmal fragte sich Vierziger, ob das möglicherweise nicht das Schlechteste war. So eine Maschine war berechenbar, wenigstens für Leute wie Maria, was man von seinen Mitmenschen ja nicht immer behaupten konnte.

Er klopfte an die Scheibe der Tür und ging in den Glasverschlag, ohne eine Antwort abzuwarten.

„Servus Maria! Na, wer gewinnt, du oder der Computer?" feixte er.

„Deine blöden Sprüche kannst du dir sparen, Josef!" Ihre Augen wanderten noch immer zwischen Bildschirm und Tastatur hin und her und zwangen dabei den restlichen Kopf mitzuwandern. „Sonst kannst' dir dein Auto nächstes Mal selbst reparieren." Er hatte nicht den geringsten Zweifel, dass sie die Drohung mitleidslos wahr machen würde.

„Ich mach dir einen Vorschlag: Du erzählst mir was über den Schrotthaufen da draußen, und ich tipp dir danach deinen Bericht."

Maria drehte sich um und sah ihn zweifelnd an. „Kein Scheiß?"

„Kein Scheiß!", bestätigte Vierziger.

Sie drückte noch schnell die Sicherungstaste und stand dann auf. Selbst in der ölverschmierten Mechaniker-Montur konnte man sehen, dass kein Schlankheits-Institut mit ihr ein Geschäft machen würde. Sie winkte ihn mit und führte ihn zu einer der metallenen Werkbänke.

„Schau dir das einmal an!“ Sie deutete auf einen Reifen und auf den Tank, die beide so aussahen, als würden sie von dem verunglückten Transporter stammen. Der Reifen hing nur noch stückweise auf der Felge. Der größte Teil war zerrissen und baumelte in Fetzen herunter. Soweit sich das noch erkennen ließ, hatte das Profil auf der Lauffläche schon einmal bessere Zeiten gesehen, aber das musste lange her sein. Der Tank sah ziemlich verbeult aus. Vom Lack war nicht mehr viel übrig. Offenbar hatte das Feuer, von dem die Rauchspuren am Ladeaufbau des Lkw's stammten, hier seinen Ursprung gehabt.

„Tut mir leid, Maria, aber ein zerfetzter Reifen und ein ramponierter Tank überraschen mich jetzt nicht wirklich, so wie der Rest vom Wagen aussieht!“

Sie nahm einen langen Schraubenzieher und deutete damit auf eine Stelle am Reifen.

„Da!“

Vierziger musste sich ganz nahe zu der Stelle hinunterbeugen, bevor er sehen konnte, was sie meinte.

„Und da!“

Diesmal wies der Schraubenzieher auf einen Punkt zwischen den Beulen und Falten an dem verbrannten Tank. In beiden Fällen waren je ein kleines, kreisrundes Loch zu sehen. Scharf abgegrenzt, das am Tank bildete zudem einen nach innen führenden Krater. Eindeutig Einschusslöcher. Maria zog eine Schublade unter der Werkbank auf und holte zwei kleine durchsichtige Plastiktaschen heraus. Vierziger pfiff leise durch die Zähne, als er den Inhalt der beiden Taschen sah: „Stahlmantelgeschoße!“

„Das hier hab ich aus dem Reifen und das stammt aus dem Tank." Sie deutete auf das kürzere der beiden Projektile, das beim Durchschlagen der Stahlwand des Tanks deformiert worden war. Das andere hatte den Gummi des Reifens mühelos durchdrungen, ohne sich merklich zu verformen.

„Also kein Unfall!"

„Mit Sicherheit kein Unfall! Und ich kann dir auch sagen, von welcher Waffe diese hübschen Dingerchen stammen!"

Maria brachte ihr zweites Spezialgebiet ins Spiel. Mit Waffen kannte sie sich fast genau so gut aus wie mit Autos. Sie hatte zwar seit ihrer Ausbildung nicht mehr selbst geschossen, aber wenn es darum ging, Projektile oder Schusswaffen zu identifizieren, machte ihr keiner was vor. Am Anfang hatten die männlichen Kollegen das zwar nicht ganz ernst genommen, mittlerweile wurde ihr gesichertes Fachwissen aber von allen neidlos anerkannt. Wenn's um Waffen ging, war Maria genau wie bei den Fahrzeugen eine gefragte Kapazität. Vierziger sagte nichts. Er wartete ab, was ihre eingebaute Datenbank zutage fördern würde.

„Kaliber sieben-sechs, vierfach gezogen, Rechtsdrall. Die Dinger stammen mit 99-prozentiger Sicherheit aus einer Dragunov Dragonbreath IV. Scharfschützengewehr der Roten Armee, Reichweite um die 700 Meter, mit Zielfernrohr, Laserpointer, Schockpolster und Schallunterdrückung eine absolute Präzisionswaffe. War in den Armeen aller Warschauer-Pakt-Staaten und bei den Jugoslawen gebräuchlich. Jetzt kriegst du das Baby am Schwarzmarkt, na sagen wir einmal, für dreieinhalb oder viertausend Dollar. Besonders beliebt ist das Gewehr bei der Russen-Mafia, weil's sehr genau und sehr leise ist."

„Willst du damit sagen, dass wir es hier mit denen zu tun haben?“
„Würd’ mich nicht überraschen!“ Sie drehte sich um und marschierte los. Mit dem Zeigefinger ihrer über die Schulter gestreckten rechten Hand winkte sie Vierziger hinter sich her. Im Laufe der Jahre hatte er gelernt, sie nicht zu unterbrechen und zu tun, was sie wollte. Es war noch nie zu seinem Nachteil gewesen.
„Da.“ Maria zeigte auf die Griffe an den Ladetüren des tschechischen Lasters.
„Aufgebrochen.“ Sie entriegelte die Verschlüsse und öffnete die Doppeltür.
„Was sagst du dazu?“
Der Laderaum war bis auf ein paar zerrissene Seiten einer Zeitung völlig leer. Vierziger zuckte mit den Schultern und sah sie fragend an. Dabei verkniff er sich ein fragendes „Na und? “.
„Du glaubst doch nicht wirklich, dass die einen leeren Laster auf diese Weise gestoppt haben? Das Feuerchen am Tank ist übrigens auch nicht von selbst ausgebrochen. Da wurde nachgeholfen, meinen zumindest unsere Freunde von der Feuerwehr. Außerdem gibt es keine Frachtpapiere, keine Zulassungsdokumente vom Wagen und keinerlei Papiere von den beiden Insassen. Kein Führerschein, kein Reisepass, kein sonst was!“ Sie war mit ihrer Rede fertig und schaute ihn triumphierend an. Vierziger ließ sich das durch den Kopf gehen. Da hatte also jemand mit einem gezielten Schuss den Unfall herbeigeführt. Und zwar jemand, der ein verdammt guter Schütze war. Es war nämlich nicht gerade einfach, den Reifen eines fahrenden Autos zu treffen. Und wenn das hundert Mal im Kino und im Fernsehen

so dargestellt wurde! Anschließend war die Ladung geplündert und alle Papiere entfernt worden. Am Ende hatte man noch den Laster angezündet, um die Spuren zu vernichten. Beinahe wäre der Plan ja auch aufgegangen. Was mochten die nur geladen haben? Und wohin sollte die Lieferung gehen?

„So, jetzt bist du dran!", erinnerte ihn Maria und stocherte mit ihren Fingern in der Luft auf einer nicht vorhandenen Tastatur herum. Tja, versprochen war versprochen. Er war zwar selbst auch nicht unbedingt ein Weltmeister im Tippen, aber besser als Maria war er allemal. Zumindest beim Schreiben von Berichten.

– 8 –

„Der wie vielte ist das schon heute?“ Gabys Stimme klang nach einer Mischung aus Besorgnis und Vorwurf. „Wenn du bei der Hitze wegen deiner Überdosis Koffein einen Herzinfarkt kriegst, müsste ich dich ja noch glatt im Krankenhaus besuchen. Und ich hasse Krankenhäuser! Also sei so lieb und lass es, bitte!“

„Das kann ich dir natürlich nicht antun!“ So was hatte ihm gerade noch gefehlt! Fing die jetzt an, ihn zu bevormunden? Oder vielleicht gar zu bemuttern? Das musste eine spezifisch weibliche Krankheit sein. Seinem früheren Kollegen wäre es nicht im Traum eingefallen, ihn wegen eines kleinen Espressos anzumaulen. Und wenn er zwanzig am Tag getrunken hätte! Trotzdem stellte Vierziger die Espresso-Tasse wieder weg und nahm stattdessen ein Mineralwasser aus dem Kühlschrank. Er presste ein paar Tropfen Zitrone in sein Glas, leerte dann das Wasser darauf und probierte vorsichtig. Wenigstens war es schön kühl. Andererseits sollen kalte Getränke bei dieser Hitze ja gar nicht so gesund sein. Während er von dem Lastwagen-Unfall erzählte, nahm er zwischendurch immer wieder einen kleinen Schluck. Vielleicht gewöhnte er sich ja doch daran. Als das Glas leer war, hatte er auch seinen Bericht beendet.

„Wenn das wirklich die Russen-Mafia war, dann kannst das Ganze sowieso vergessen. Die schlagen zu und sind im Handumdrehen wieder weg. Von dort oben sind die in höchstens einer halben Stunde über der Grenze! Und dann: Poka! und Do swidanija!" Auch wenn die Schlussfolgerung ausgerechnet für eine Kriminalpolizistin ziemlich pessimistisch war, Gaby hatte vollkommen Recht. In den letzten Jahren hatten sich kriminelle Banden aus dem ehemaligen Ostblock ausgebreitet wie die schleichende Pest. Zuerst die polnischen Autoknacker, dann die Horden von Taschendieben aus Rumänien und Moldawien. Am Anfang waren es im Grunde genommen lauter arme Schweine, die da über die Grenzen kamen. Besonders kurz nach der Wende. Für diese Menschen musste unser Land ja wie das Paradies gewesen sein. Den unmittelbaren Nachbarn ging es ja mittlerweile recht gut, aber in den Gebieten weiter östlich gab es noch immer Gegenden, in denen die Leute nur knapp am Verhungern vorbeigingen. Und dann kommt so jemand zu uns, in ein Land, wo jeden Tag am Abend, wenn die Supermärkte schließen, Tonnen von Lebensmitteln im Müll landen. Da konnte Vierziger schon nachvollziehen, dass der eine oder andere ein kleines Stück vom Kuchen haben wollte. Auch wenn er das nicht billigen konnte, privat nicht, und von Berufs wegen sowieso schon gar nicht. Seit einiger Zeit lief dieses Geschäft aber organisiert ab. Da fielen dann ganze Banden ein wie die Heuschrecken, grasten ab, was zu holen war, und bevor noch irgendjemand überhaupt etwas gemerkt hatte, waren sie schon wieder verschwunden. Überfälle auf Banken, Juweliere und Lkw-Fahrer, Drogen, Falschgeld, Prostitution, nichts wurde ausgelassen. Nicht zu vergessen die Schlepperbanden, die horrende Summen dafür verlangten, so arme Teufel über die diversen Grenzen zu bringen. In ein Europa, wo angeblich Milch und Honig fließen. Am Ende gab es dann das böse Erwachen in einen Alptraum: Illegal eingewandert, ohne irgendwelche Papiere, dafür mit einem Berg Schulden. Oft genug fanden sich die Frauen und Kinder schnell als Sex-Sklaven wieder. Männer wurden zum Einbrechen oder Drogendealen gepresst. Und die Vorgehensweise wurde immer brutaler, ein Menschenleben zählte da nicht viel. Die Aufklärungsrate bei diesen Geschichten lag fast bei Null. Wenn überhaupt, wurden nur die armen Schweine erwischt, die selbst Opfer waren. Schon möglich, dass die Sache mit dem Transporter auf das Konto so einer Bande ging. Wär nicht die erste Lkw-Ladung, die spurlos verschwunden war. Normalerweise hatten die es aber auf große Sattelzüge abgesehen, die eine entsprechend wertvolle Ladung mitführten.

„Mich würde nur interessieren, was die für eine Ladung gehabt haben. Und wohin sie gehen sollte.“, murmelte er, laut denkend, vor sich hin.

„... in der Nähe vom Schlachthof ein Büro.“

„Entschuldige, was hast du gesagt? Ich war jetzt ganz woanders.“

„SpeedTrans. Du hast doch gesagt, SpeedTrans hat auf dem Wagen gestanden. Die haben doch da in der Nähe vom Schlachthof ein Büro. Ich bin da schon ein paar Mal vorbei gekommen.“

„Genau! Vielleicht werd ich denen am Nachmittag einen Besuch abstatten.“ Er nahm die Sache mit dem vorgetäuschten Unfall nicht ganz so wichtig. Am Ende würde sich ja doch die Vermutung der Glück bestätigen, und die Täter waren längst über alle Berge. Ein weiterer Fall fürs Archiv der ungelösten Fälle. Da war die Aussicht, den Mord an dieser Vietnamesin aufzuklären, wesentlich größer, schon fast ein Kinderspiel.

„Erzähl' mir jetzt lieber, was du im Computer von unserer Dahingeschiedenen gefunden hast."

Gaby strahlte von einem Ohr zum anderen. Endlich konnte sie ihre Story loswerden, sie hatte schließlich ja auch hart daran gearbeitet.

„Aber wehe du kommst mir wieder mit deinem Fachchinesisch daher! Dann kannst du mir alles schriftlich geben ..."

„Wo war ich stehen geblieben?"

„Tagebuch im Internet."

„Also, eigentlich ist es ja kein richtiges Tagebuch. Aber sie hat dort genau aufgeschrieben, wann sie wie viel gearbeitet hat, als Serviererin mein ich. Und dazu sind dann jeweils Sonderzahlungen vermerkt." Gaby fischte aus ihrer riesigen Handtasche einen Notizblock heraus. Vierziger wunderte sich immer wieder, wie die Damen das fertig brachten: Da schleppten sie Behältnisse mit sich herum, in denen er locker die Feriengarderobe für 14 Tage untergebracht hätte und dann gruben sie auch noch zielsicher mit einem einzigen Griff irgendein bestimmtes Teil heraus.

„Nur so zum Beispiel letzte Woche: Montag sechs Stunden, 90 Euro, zwei Mal Bonus; Dienstag acht Stunden, 120 Euro, drei Mal Bonus; Mittwoch neun Stunden, 135 Euro, drei Mal Bonus. Das war übrigens der letzte Eintrag, den hat sie am Donnerstagvormittag gemacht. Ich hab mir das über drei Monate zurück angesehen. Im Schnitt hat sie immer vier Tage pro Woche gearbeitet, einmal mehr, einmal weniger. Alleine im Juli sind auf diese Weise 1800 Euro zusammen gekommen, im Juni und im Mai war es noch ein bisschen mehr. Wenn du das durchrechnest, hat sie 15 Euro pro Stunde kassiert. Das stimmt auch mit ihrem Bankkonto überein. In diesem Internet-Kalender hatte sie nämlich alle Zugangs-Codes notiert. Bei den Konto-Listen hab ich dann festgestellt, dass ihr Verdienst als Serviererin jeden Monat pünktlich am Ersten von der Baumgartner überwiesen worden ist. Dafür hat sie auch schön brav Steuern und Versicherung bezahlt, die Linh Phung mein ich."

Gaby machte eine kurze Pause. Mit dem Zeigefinger fuhr sie die Zeilen auf ihrem Block entlang und vergewisserte sich, dass sie auch nichts vergessen hatte. Sie grunzte zufrieden, bevor sie umblätterte und ihren Bericht fortsetzte.

„Ihren Bonus hat sie anscheinend bar ausbezahlt bekommen. Auf ihrem Konto gibt es jede Woche Eigeneinzahlungen, die damit übereinstimmen. Vorletzte Woche hat sie zum Beispiel zehn Mal Bonus auf ihrem Kalender eingetragen und eine Bareinzahlung von 2 000 Euro. Das ist übrigens auch so der Durchschnitt: Zweitausend Euro pro Woche an Bonus, plus minus zweihundert. Ich geh einmal davon aus, dass mit Bonus ein Schäferstündchen in den Kabinen gemeint ist. Was heißt, dass sie dafür jedes Mal 200 eingestreift hat! Und das hat sie nicht versteuert. Knapp 3000 Schilling umgerechnet für jedes Mal hinlegen! Ganz schöner Nebenverdienst."

Gaby leierte noch die genauen Zahlen der letzten beiden Monate herunter, aber das interessierte Vierziger schon nicht mehr. Er begann zu rechnen. 1800 brutto pro Monat. Davon blieben ihr nach Steuern und Versicherung grob geschätzt zwei Drittel übrig, also zwölfhundert Euro. Dazu zweitausend Horizontalverdienst pro Woche, im Monat machte das über 8 000 Euro zusätzlich. Über neuneinhalbtausend zusammen mit dem offiziellen Einkommen. Nicht schlecht, dagegen war sein Verdienst als braver Staatsdiener ein Bettel! Dafür konnte sie sich natürlich locker diese teuren Klamotten leisten und es blieb ihr immer noch ein kleines Taschengeld übrig. Wieviel davon wohl die Baumgartner kassiert hatte? Er unterstellte ihr freundlicherweise einmal, dass sie menschlich war und nur zehn Prozent Provision nahm. Vierziger glaubte das nicht wirklich, aber es ließ sich einfacher rechnen. Angenommen, die anderen zwölf Damen brachten es auf eine ähnliche Summe wie diese Linh Phung, dann musste die Baumgartner alleine damit über elftausend im Monat verdienen. Die vier Männer noch gar nicht mit eingerechnet, aber er bezweifelte, ob die Herren auch so gut im Geschäft waren wie ihre Kolleginnen. Jedenfalls ein nettes kleines Nebeneinkommen.

„... find ich übrigens auch ziemlich interessant: ..." Er hatte schon wieder nicht zugehört. „Von ihrem Konto werden alle möglichen Sachen abgebucht: Kreditkarte, Bankomatkarte, Zeitungsabo, Handyrechnung und so weiter. Aber nicht ein Cent, der mit der Wohnung zu tun hätte! Weder Miete, noch Strom, Gas oder sonst irgendwas. Sieht so aus, als ob's da einen Galan gäbe, der ihr die Wohnung gesponsert hat. Vielleicht hat ihr ja der die Luft abgedreht.

„Oder die!"

„Wie bitte?"

„Schau, alle drei Haarsorten im Bad stammen von Frauen. Und du hast ja selbst vermutet, dass sie möglicherweise lesbisch war. Wenn's ein Liebhaber gewesen wäre, dann hätten wir auch Spuren von ihm gefunden. Darauf möchte ich wetten!"

„Na dann: Cherchez la femme!"

„Tja, leider sind wir nicht in Paris, und Indianer sind wir auch nicht." *

Gaby fragte sich insgeheim, ob ihm jetzt die Hitze endgültig zu weit in den Kopf gestiegen war.

„Wie weit bist du eigentlich mit deinen Versicherungsmenschen?"

„Das zieht sich, da werd ich wahrscheinlich noch den ganzen Nachmittag brauchen."

„Wenn du schon beim Telefonieren bist, dann besorg dir bitte auch einen Gesprächsnachweis für das Handy von dieser Linh. Es wär vielleicht ganz interessant, mit wem sie in der letzten Zeit telefoniert hat."

Vierziger schwang seine Beine vom Papierkorb und stand auf.

„Ich fahr jetzt zum Goldenen Ochsen. Auf einen Kaffee! Am Nachmittag schau ich dann noch einmal bei der Habringer vorbei und vielleicht komm ich auch noch in diese Spedition. Wir sehen uns dann morgen wieder."

Er war schon fast durch die Tür, als er sich noch einmal umdrehte: „Kannst du die Kontoauszüge der Linh Phung ausdrucken? Sagen wir einmal von den letzten drei Monaten. Sei so gut und leg sie mir dann auf den Schreibtisch. Damit ich heut am Abend was zum Lesen hab!" Er grinste sie an und machte dann die Tür hinter sich zu. Der macht sich einen schönen Tag und ich kann bei dieser Hitze im Büro bleiben und die Drecksarbeit machen, dachte Gaby. Wenigstens hatte sie den Raum jetzt für sich alleine. Aus den Tiefen ihrer Handtasche kramte sie die CD mit ihrer Lieblings-Sommermusik heraus und legte sie in den Computer ein. Italienische Schlager aus den letzten zwanzig Jahren dröhnten so laut aus den kleinen Boxen, dass jedes andere Geräusch keine Chance mehr hatte bis zu ihren Ohren vorzudringen. Sie lehnte sich gemütlich zurück und widmete sich den letzten Seiten des Spurensicherungs-Berichtes, bevor sie die Kontoauszüge der Linh Phung Nguyen ausdruckte.

Der Lift brachte Vierziger die acht Stockwerke von seinem Büro zum Parkplatz der Polizeidirektion hinunter, wo er sein Auto stehen hatte. In seinem kleinen japanischen Geländewagen hatte es eine Temperatur, die jeder Sauna Ehre gemacht hätte. Bei geöffneten Türen und Fenstern wartete er fünf Minuten, bevor er einstieg. Als nach dem Starten die Anzeigen am Armaturenbrett aufleuchteten, stellte er fest, dass es gerade einmal elf Uhr durch war. Zu früh für einen Besuch im Goldenen Ochsen. Sein Freund Georg, der Besitzer und Küchenchef vom Ochsen, hatte jetzt wahrscheinlich in der Küche alle Hände voll zu tun. Die Habringer wollte er sich für den Nachmittag aufheben, also blieb für jetzt noch das Büro dieser SpeedTrans übrig. Durch die offenen Fenster kam zwar auch keine kühlere Luft ins Auto, aber der Fahrtwind täuschte wenigstens eine kleine Erfrischung vor. Die Klimaanlage hätte sich für die kurze Strecke nicht ausgezahlt, denn keine fünf Minuten später stand er vor dem Gebäude, in dem die Spedition untergebracht war. Einer dieser billig aus Fertigteilen aufgezogenen Betonklötze. Die vor den Fenstern heruntergelassenen Jalousien ließen das Gebäude wie eine verbarrikadierte Trutzburg wirken. Er parkte seinen Toyota neben den zwei anderen Autos, die vor dem Eingang standen. Deren Besitzer bedauerte er schon jetzt, wenn ihnen nach Büroschluss die glutheiße Luft aus ihren Wagen entgegenschlug, die sich bis dahin wie in einem Dampfkessel aufgestaut haben würde. Am gegenüberliegenden Straßenrand parkte ein Sattelzug. Ein offenes Tor gab den Blick in den verlassenen Ladehof frei. Keine Menschenseele zu sehen. Im Inneren des Gebäudes war es einigermaßen dunkel, dafür aber auch kühler als draußen. Und merkwürdig still. Eigentlich hätte sich Vierziger geschäftiges Treiben, das Geklapper von Tastaturen und irgendwelche Gesprächsfetzen hinter Bürotüren erwartet, aber anscheinend hatten die Angestellten Hitzeferien. Oder eine andere Auffassung von Blauem Montag als Gaby Glück. Am Ende eines Ganges fand er dann schließlich eine Tür mit der Aufschrift 'Geschäftsleitung, Sekretariat'. Er sparte sich die Mühe anzuklopfen.

In diesem Raum war es fast genauso dunkel wie draußen auf dem Gang. Die einzige Lichtquelle war eine kleine Lampe auf einem der beiden Schreibtische. Die Dame vor dem Schreibtisch, die anscheinend das ganze Sekretariat darstellte, ließ eilig eine Zeitschrift unter einer Aktenmappe verschwinden, bevor sie sich Vierziger zuwandte. Auf dem Bildschirm neben ihr tummelten sich exotische Fische in einem virtuellen Aquarium. Auch eine Art, sich etwas Abkühlung zu verschaffen.

„Bitte sehr?" Die Stimme der Sekretärin klang, als läge sie in den letzten Zügen. Dabei war sie höchstens Mitte zwanzig. Wenn sie sich vom Wochenende oder was auch sonst immer wieder einigermaßen erholt hatte, sah sie wahrscheinlich sogar ganz attraktiv aus. Vierziger verkleidete sich mit dem charmantesten Kostüm, das er im Augenblick finden konnte.

„Diese Hitze schon am Vormittag macht einem ganz schön zu schaffen, nicht?"

Sie warf ihm einen apathischen Blick zu und enthielt sich der Stimme.

„Glauben Sie es wäre möglich, den Chef zu sprechen?“
„Haben Sie einen Termin?“ Es konnte sich nur mehr um Minuten handeln, bevor sie vor Müdigkeit, Langeweile und Abgeschlafftheit einschlief.
Vierziger bedauerte und erklärte ihr, unterstützt von seinem Dienstausweis, wer er war.
„Der Chef ist nicht da.“ Frau Langeweile wandte sich ab und holte ihre Zeitschrift wieder unter der Mappe hervor. Ohne ihn weiter zu beachten, füllte sie den wöchentlichen Psychotest fertig aus. Eine Tätigkeit, bei der er sie mit seinem rüden Eindringen unterbrochen hatte. Vierziger ließ sich davon nicht beeindrucken. Möglicherweise könnte sie ihm ja etwas über einen vermissten Transporter erzählen. Üblicherweise waren Sekretärinnen über solche Dinge informiert. In diesem Fall war das anders: „Bei uns fehlt kein Fahrzeug und wir haben am Freitag gar keine Lieferung aus Budweis erwartet.“
„Morgen ist der Chef wieder da. Rufen Sie an, vielleicht weiß er ja mehr als ich.“ Damit hatte er ihre Aufmerksamkeit endgültig verloren. Er packte sein Charme-Kostüm wieder ein und verließ das Büro, um die Sekretärin nicht weiter unnötig von ihrer nervenaufreibenden Arbeit abzuhalten. Sie schien es für nicht sehr wahrscheinlich zu halten, dass ihr Chef mehr wissen könnte als sie selbst. Schließlich war diese Sekretärin aber auch wirklich ein besonders schlaues Kind. Vierziger hatte sie nicht nach einer Ladung aus Budweis gefragt, nur nach einem vermissten Transporter.
Vor seinem Auto wiederholte er die Prozedur, die er schon auf dem Parkplatz der Polizeidirektion hinter sich gebracht hatte: Alle Türen und Fenster auf und fünf Minuten warten.

Für den Ochsen war es noch immer zu bald. Vor ein Uhr brauchte er dort nicht aufzukreuzen. Noch gut eineinhalb Stunden Zeit bis dahin. Wo hatte sein Chef gesagt, lag der Beifahrer dieses tschechischen Lasters? Richtig, Unfallkrankenhaus! Vielleicht war der Mann ja inzwischen ansprechbar.

In der Nähe des Krankenhauses fand er einen freien Parkplatz im Schatten der Bäume, die dort ihr kümmerliches Dasein neben der Straße fristeten. Mithilfe seiner Engelsgeduld und der Polizeimarke schaffte er es, sich bis zum diensthabenden Arzt des Tschechen durchzufragen. Der Doktor führte Vierziger in ein Zimmer der Intensiv-Station. Angeschlossen an alle möglichen Überwachungsgeräte, Sauerstoffversorgung und Infusionsflaschen lag dort ein fast völlig einbandagierter und eingegipster Körper. Die einzigen Geräusche in dem Raum waren das monotone Piepsen des EKG's und das Summen der Klimaanlage. Wenigstens musste der Mann nicht auch noch unter der Hitze leiden.

„Als Arzt dürfte ich das ja eigentlich gar nicht sagen, aber für den wäre es ein Glück, wenn er einfach nicht mehr aufwacht. Abgesehen von allen anderen Verletzungen, die schon schwer genug sind, hat ein großer Knochensplitter sein Gehirn zerschnitten. Irreparabel. Er wird sich nie mehr bewegen können, blind und taub, fraglich ob er überhaupt noch irgendetwas von seiner Umgebung mitbekommen wird. Wir tun was wir können, aber wahrscheinlich übersteht er die nächsten paar Tage nicht mehr."

Wieder draußen im Ärztezimmer, fragte er nach der Kleidung des Verletzten. Eine Krankenschwester drückte ihm einen gelben Müllsack in die Hand, man hatte die Sachen schon zusammengepackt. „Rufen Sie mich unbedingt an, wenn er doch noch aufwacht. Man kann ja nie wissen!" Vierziger drückte dem Arzt seine Visitenkarte in die Hand, der sie mit einem Schulterzucken achtlos einsteckte.

Direkt vor dem Goldenen Ochsen fand er gleich drei freie Parkplätze. Das stellte eine der segensreichen Auswirkungen der Urlaubszeit dar. Spätestens Mitte September, wenn die Ferien vorbei waren, würde sich das wieder ändern. Als er beim Automaten seinen Parkschein löste, fiel ihm ein paar Schritte weiter ein Blumengeschäft mit einem Fleurop-Schild ins Auge. Ihm kam wieder die Geschichte in den Sinn, die Conny am Samstag erzählt hatte. Er legte noch schnell das Ticket hinter die Windschutzscheibe und ging dann wieder zurück. Die Verkäuferin stellte ihm einen Strauß aus sechs langstieligen gelben und einer dunkelroten Rose zusammen, mit langen, dunkelgrünen Grasfäden, von denen er keine Ahnung hatte, wie sie wirklich hießen. „Vielen Dank für den netten Abend! Alles Liebe, Josef" kritzelte er noch auf eine dieser kleinen Karten und Connys Adresse vom Reisebüro in Blockbuchstaben auf einen Zettel, den ihm die Blumenhändlerin hingelegt hatte. Hoffentlich konnte Conny die Karte auch entziffern, seine Handschrift nahm es in punkto Lesbarkeit locker mit der eines Arztes auf.
Im kleinen Gastgarten des Ochsen ergatterte er gerade noch einen Tisch unter den mit wildem Wein zugewachsenen Lauben. Bei einem kleinen alkoholfreien Bier – immerhin war er ja offiziell im Dienst – studierte er gründlich Georgs Mittagskarte. Er bemühte sich wirklich ernsthaft, konnte aber zu keinem Entschluss kommen. Auch ein verstohlener Blick auf die Nachbartische half

ihm nicht weiter: Rechts deftiger Schweinsbraten samt Beilagen und ein Wiener Schnitzel, links eine Riesenportion Gemüsestrudel und eine große Salatplatte mit Schinken und Ei für die Dame. Es war ihm völlig unverständlich, wie manche Menschen sich solche Portionen einverleiben konnten, noch dazu bei diesen Temperaturen. Resigniert trank er sein Bier aus und legte die Karte wieder weg. Seine Rettung war Anna, der seine Unentschlossenheit nicht entgangen war, so wie ihr selten etwas verborgen blieb, was im Lokal so vor sich ging. Sie stellte ihm ein frisches Glas hin und nahm die Speisekarte: „Ich lass dir in der Küche eine Kleinigkeit herrichten. Warm oder kalt?"

„Ich glaub, kalt wär' mir lieber."

Eine Viertelstunde später kam Anna mit seinem Mittagessen zurück. Gegrillte und in Olivenöl eingelegte Melanzani und Paprika, mit Oregano und Basilikum bestreute Tomatenspalten, frittierte Zucchini, klein gerissener, grüner Salat, drei gebackene Bällchen aus Schafskäse und ein paar Oliven. Das Ganze wurde von einer aromatischen Joghurt-Knoblauch-Soße und frischen Brotstangen aus Pizzateig begleitet. Anna war nicht umsonst die wohltätige Seele des Goldenen Ochsen. Sie schaute ihren Gästen ins Herz und in den Magen und erfüllte kulinarische Wünsche, von deren Existenz die solcherart Beglückten selbst gar nichts wussten. Während Georg über die Töpfe und Pfannen herrschte, führte sie die Regentschaft in der Gaststube und im Keller. Die beiden Eheleute waren nicht nur privat ein perfektes Team. Anna tauschte sein Bier, von dem er noch nicht einmal die Hälfte getrunken hatte, gegen ein Weinglas aus. „Der passt besser dazu! Ein junger Weißer vom Zöhrer in Krems." Vierziger träufelte ein paar Tropfen Zitrone über seine Tomaten und überließ dann die Welt ihren Schlechtigkeiten, während er sich auf sein Essen konzentrierte. Als er das letzte Schafkäsebällchen verdrückt und seinen Teller fein säuberlich leer geputzt hatte, kehrte leider die Welt wieder zurück. Diesen bitteren Geschmack vertrieb er mit einer klitzekleinen Eispalatschinke und dazu gönnte er sich endlich einen großen Schwarzen, den ersten Kaffee seit zweieinhalb Stunden. Die Zeit, bis der Kaffee sich auf eine halbwegs trinkbare Temperatur abgekühlt hatte, konnte er noch für einen Anruf nutzen.

„Servus Franz! Nur für den Fall, dass ihr das nicht sowieso schon gemacht habt: Schaut euch die Ladefläche von diesem tschechischen Laster genau an! Ich hätt' gern, dass ihr jedes Staubkörndl untersucht. Dankeschön!" Der Hintringer war anscheinend auch gerade auf Mittagspause. Normalerweise tat er das ja nicht: Nachrichten auf ein Tonband sprechen. Da unterhielt er sich schon lieber mit lebendigen Menschen statt mit einer Maschine. Aber hin und wieder musste man schon eine Ausnahme machen. Als sich der Gastgarten langsam leerte, bestellte er noch einen Mokka. „Setz dich ein wenig zu mir. Jetzt ist bei euch ja eh nichts mehr los." Anna war über ein paar Minuten Pause nach dem anstrengenden Mittagsgeschäft froh. Sie holte sich auch eine Tasse Kaffee und setzte sich zu ihm.

„Diese Hitze hält euch auch ganz schön auf Trab." In den letzten zwei Stunden hatte Vierziger genügend Gelegenheit gehabt, die Hektik im Gastgarten zu beobachten. Bei dem ständigen Kommen und Gehen blieb keine Minute zum Verschnaufen, bei den meisten Gästen musste es schnell gehen, die Mittagspausen waren kurz bemessen.

„Na ja, da heraußen im Garten geht's ja und die Stuben haben wir letztes Jahr auch klimatisieren lassen. Aber den Georg und seine Leute in der Küche beneid ich nicht!"
„Sag einmal, Anna, kennst du die Habringer? Weißt eh, die mit dem Schiff drunten im Hafen."
„Die Paula? Ja, freilich kenn ich die! Warum? Du glaubst doch nicht, dass sie mit der toten Linh was zu tun hat?"
„Was ist denn das für eine? Ich mein, so privat?" Er überhörte Annas Frage einfach und sie wusste ja genau, dass er ihr darauf nicht antworten konnte.
„Hoffentlich kriegst du den Kerl bald, der die Linh umgebracht hat! Sie war so ein lieber Mensch, so fröhlich und lebenslustig! Ich hab sie gern gemocht."
„Anna, die Frau Habringer. Was ist mit der?" Auch wenn es ganz interessant war, welchen Eindruck die Vietnamesin so hinterlassen hatte, im Augenblick wollte er etwas mehr über die Lebenden erfahren.
„Ja, die Paula! Weißt du, die hat's auch nicht leicht gehabt. Von ganz unten hat sie sich hinauf gekämpft. Sie ist ja als Waisenkind im Heim aufgewachsen und nach der Schule hat sie dann gleich arbeiten müssen. Ich glaub, angefangen hat sie als Küchenhilfe im alten Bahnhofs-Restaurant. Und dann halt als ungelernte Kellnerin. Bei uns war sie auch einmal ein paar Monate, das muss jetzt schon über zwanzig Jahre her sein! Zu der Zeit hat sie es nirgends lange ausgehalten. Aber gut war sie schon damals! Und das eine kann ich dir sagen: Der Paula ist nichts in den Schoß gefallen, wie so mancher anderen. Die hat sich alles hart erarbeiten müssen!" Anna schaute ins Leere. In ihren Erinnerungen zogen eine Reihe Bilder vorbei, manche ganz klar

und deutlich, andere schon etwas verblasst und unscharf. Sie nickte bedächtig mit dem Kopf, als wollte sie sich ihre Meinung über Frau Habringer selbst bestätigen.

„Kann ich mir vorstellen, dass das nicht einfach war. Aber sie hat's ja auch zu etwas gebracht! Ich mein, ihr Schiff macht ganz schön was her. Und das mit ihrem Spezial-Angebot scheint ja gut zu laufen." Der Versuchsballon erhob sich unschuldig in die Luft und Vierziger wartete gespannt, wohin er treiben würde.

„Ich weiß schon, worauf du anspielst. Aber da kannst du sagen, was du willst, die Paula kann stolz auf das sein, was sie sich da geschaffen hat. Und mir persönlich ist es ganz wurscht, ob sich ihre Mädels zwischendurch hinlegen. Wenn's die Typen so nötig haben, dass sie dafür zahlen. Was willst du? Auf irgendeine Art verkauft sich doch jeder! Ich muss ja auch zu jedem Arschloch nett sein."

Es war schon eigenartig! Offenbar wussten alle genau, was sich da abspielte, aber niemanden schien das zu kümmern. Selbst Anna tat so, als würde es sich um den Verkauf von warmen Leberkäs-Semmeln handeln. Konnte es sein, dass vielleicht nur er selbst so verklemmt war, während alle Welt wegen des Nobel-Puffs auf diesem Falstaff-Schiff höchstens mit den Schultern zuckte? Er musste bei Gelegenheit einmal die Kollegen von der Sitte fragen, ob ihnen die Aktivitäten dort bekannt waren. Und es hätte ihn auch brennend interessiert, wie Conny über die Sache so ganz im Allgemeinen dachte. Eine ganze Weile saßen sie noch schweigend da, jeder hing seinen eigenen Gedanken nach. Durch Vierzigers Kopf geisterte ein kleines Reisebüro in der Altstadt, Anna war in Gedanken schon wieder bei ihrer Arbeit. Für den Abend hatte sich eine Geburtstagsgesellschaft angekündigt, sie musste noch das Kellerstüberl dafür herrichten. Schließlich zahlte Vierziger sein Essen, Annas Kaffee mit eingeschlossen. Dann begab er sich wieder in seine fahrbare Sauna und gondelte über die Eisenbahn-Brücke hinunter zum Hafen.

– 9 –

Das Bild am Hafen hatte sich seit seinem letzten Besuch nur wenig verändert. Zu dem friedlich vor sich hin rostenden Frachter drüben in der Schiffswerft hatte sich ein Passagierdampfer gesellt, auf dem sogar ein paar Arbeiter am Werk waren. Hinten, auf dem Plätzchen unter den Birken, war auf wundersame Weise die Müllhalde verschwunden. Der alte Stadtstreicher hatte anscheinend seine Wohnung aufgeräumt. Am Parkplatz vor dem Schiffsrestaurant stand das rote Cabrio der Habringer und weiter hinten bei den Müllcontainern lehnte ein klappriges Fahrrad am lebenden Zaun. Das Gartentor unter dem Rosenbogen stand weit offen. Vierziger ging über den Steg auf das Schiff, die Schiebetüren glitten zur Seite. Ganz schön leichtsinnig: Hier hätte jeder aus- und eingehen können wie er gerade wollte, so wie er selbst gerade. Drinnen blieb Vierziger einen Augenblick stehen und genoss das segensreiche Wirken der Klimaanlage und die Ruhe. Außer einem leisen Summen und entferntem Geklapper von Geschirr aus der Küche war nichts zu hören. Das ganze Kreischen und Quietschen, das Dröhnen und Tosen der Stadt, das sonst immer im Hintergrund quälte, war hier drinnen ausgeblendet. Dieses Schiff war wie eine Insel, eine eigene kleine Welt, dachte er sich. Eine eigene kleine Welt mit einem hässlichen Fleck. Nur ein weiterer dieser Flecken, von denen die andere Welt da draußen geradezu übersäht war. Er schloss die Augen und flatterte mit den Armen auf und ab. Hoffentlich sieht mich jetzt keiner, dachte er und lüftete auch noch sein Polo-Hemd. Als er das Gefühl hatte, genügend kühle Luft getankt zu haben, ging er die Treppe hinauf zum Büro der Habringer. Die Geräusche aus der Küche wurden leiser. Auf sein Klopfen hin rührte sich niemand, die Tür war versperrt. Er drehte wieder um und machte sich auf den Weg zur Küche. Das Geschirrgeklappere nahm wieder zu und er folgte ihm. Auf dem Gang zur Küche im Untergeschoss kamen auch noch Stimmen dazu. Ziemlich laut, es hörte sich nach einem wilden Streit an. Er spähte durch eines der beiden Bullaugen in der Doppeltür aus gebürstetem Edelstahl. Vierziger hätte die Habringer fast nicht wieder erkannt. Sie trug einen weißen Arbeitsmantel mit kurzen Ärmeln, ihr schwarzer Wuschelkopf steckte in einem Haarnetz. Gegen das Licht zeichnete sich unter dem Kittel ihre Figur ab, man konnte gut sehen, dass sie darunter außer einem Slip nichts anhatte. Kein Wunder bei dieser Hitze.

„Verdammte Scheiße! Schau dir an, was du jetzt wieder angerichtet hast! Idiot! Kannst denn überhaupt nichts richtig machen? Ich könnt dich umbringen! Das sag ich dir, Ahmed, wenn der Herbert wieder da ist, kannst dir deine Papiere abholen! Blöder Trottel, reiß dich endlich zusammen!" Der junge Mann, über dem sich dieses Gewitter entlud, mochte so um die Mitte zwanzig sein, schlank, genau genommen spindeldürr. Die Kochuniform aus der schwarz-weiß karierten Hose und der weißen, hochgeknöpften Jacke schlotterte an ihm. Pechschwarze Haare und dunkle Hautfarbe, so als ob er viel Zeit an der

Sonne verbringen würde. Wahrscheinlich aus dem ehemaligen Jugoslawien oder noch ein Stück weit südlicher. „Da, das Zeug können wir wegschmeißen!“ Die Habringer riss die Bratpfanne vom Herd und knallte sie dem verdatterten Ahmed vor die Füße. Eine angebrannte, schwarzbraune Masse spritzte auf den Küchenboden. „Putz das weg und dann kannst neue Zwiebel schneiden, aber schnell!“ Die Habringer kochte vor Wut. Weiter hinten putzte eine junge Frau mit Kopftuch Salat. Sie hielt ihren Kopf gesenkt und hoffte, dass dieses Donnerwetter an ihr vorübergehen möge. Wenn er den Dienstplan noch richtig im Kopf hatte, musste das Jana Dugic sein.

„Ich fürchte, jetzt komm ich etwas ungelegen ...“ Vierziger bemühte sich redlich, jeden Sarkasmus aus seiner Stimme herauszuhalten. Den beißenden Geruch der verbrannten Zwiebeln hatte er draußen vor der Tür noch nicht wahrgenommen, dafür stieg er ihm jetzt umso deutlicher in die Nase.

„Sie haben mir gerade noch gefehlt! Ich hab jetzt keine Zeit, Sie sehen ja, dass es hier drunter und drüber geht!“, fauchte sie ihn an. „Oder wollen Sie mit anpacken? Da drüben hab ich zehn Kilo Tomaten zum Schneiden! Bitte sehr!“ Vierziger wich vor dem angebotenen Messer unwillkürlich einen Schritt zurück.

„Tut mir leid, aber damit kann ich nicht dienen. Aber ich muss Sie trotzdem sprechen. Dauert nicht lange, kommen Sie! Ein bisschen frische Luft wird uns allen gut tun!“

Er wies mit der Hand zur Küchentür und ließ sie vorgehen. Draußen am Parkplatz vor dem Torbogen mit der Rosenranke zog sie eine Schachtel Zigaretten aus der Tasche ihres Kittels. „Also, was gibt es so Wichtiges?“, fragte sie gereizt nach dem ersten Zug.

„Sagen Sie, Frau Habringer, ist dieses Tor da eigentlich immer offen?“ Er deutete mit dem Kopf zu der Gartentür unter der Rosenranke.
„Solange jemand von uns da ist: Ja.“
„Das heißt, es kann jederzeit jemand ungesehen auf Ihr Schiff kommen?“
Sie überlegte einen Augenblick. „Schon möglich. Aber wer sollte das wollen, hier gibt's nichts zu holen. War das alles? Deswegen halten Sie mich von der Arbeit ab? Hören Sie, ich hab hier einen Betrieb zu führen und mein Gehalt zahlt nicht der Staat!“ Sie drehte sich um und wollte schon ohne Gruß verschwinden.
„Eigentlich wollte ich ja mit Ihrem Koch sprechen, dem Herrn Krautkopf. Aber der ist anscheinend heute nicht da.“
„Krautgartner, Herbert Krautgartner. Der Mistkerl hat heute früh angerufen und gemeint er ist krank! Wir haben heute Abend 150 Leute hier und der lässt mich einfach sitzen.“
„Und was machen Sie jetzt? Hat denn die Frau Baumgartner keinen Aushilfskoch im Angebot?“
„Lassen Sie mich nur mit der in Ruhe! Die blöde Kuh hat nur ihre Weiber und ein paar Gigolos. Aber niemanden der wirklich zupacken kann!“ Sie spuckte Gift und Galle. Vierziger hatte noch die Frau Habringer von letzter Woche in Erinnerung. Charmant, zuvorkommend und höflich. Jetzt stand ihr die Rage ins Gesicht geschrieben, mit hässlichen Beistrichen aus Falten um ihre nach unten gezogenen Mundwinkel. Vor ein paar Tagen hätte er sie noch als attraktive Frau bezeichnet. Davon war jetzt nicht mehr viel übrig. Fast als ob eine andere Person vor ihm stünde.
„Was wollen Sie eigentlich vom Herbert, ich mein, vom Herrn

Krautgartner? Sie glauben doch nicht im Ernst, er hat was mit der Linh zu tun?“
„Reine Routine, Frau Habringer, reine Routine!“ Die übliche Standardantwort auf solche Fragen. Außerdem hatte er nicht vor, ausgerechnet der Habringer auf die Nase zu binden, was er von ihrem Koch wollte. „Aber wenn wir schon dabei sind: Wann haben eigentlich Sie diese Linh Phung am Donnerstag zuletzt gesehen?“
„Das weiß ich jetzt auch nicht mehr so genau. Es war ja ziemlich was los, da hab ich nicht so darauf geachtet. Warten Sie, die Linh hat sich irgendwann von mir den Schlüssel für die Getränke-Kühlung geholt, weil sie noch ein paar Kartons Sekt gebraucht hat. Da waren die Chefs mit ihren Reden schon fertig. Muss also so gegen zehn gewesen sein. Den Schlüssel hat sie mir wieder zurückgebracht. Ich glaub, danach hab ich sie nicht mehr gesehen. Aber ich hab auch nicht darauf geachtet.“ Sie warf ihre Zigarette auf den Asphalt. Während sie den Stummel mit ihrer Schuhspitze austrat, zündete sie schon wieder eine neue an. Beim Gespräch über die tote Kellnerin hatte ihre Wut langsam nachgelassen. Die Beistriche an den Mundwinkeln waren noch da, aber ein wenig sanfter und ihre Stimme hatte an Schärfe verloren. Wenn er sich nicht sehr täuschte, spürte er eine gewisse Traurigkeit an ihr. Seltsam, sonst bemerkte er in der beruflichen Umgebung von Mordopfern eher Betroffenheit, das schon, aber das, was jetzt in den Augen der Habringer glänzte, war etwas anderes.
„Dankeschön, gnädige Frau, das hat mir schon geholfen. Hat Ihr Koch gesagt, wann er wieder da sein wird?“
„Nein. Er hat eine Sommergrippe erwischt, sagt er. Das kann dauern!“

„Was machen Sie jetzt tatsächlich, ohne Koch? Ihre Gäste werden Sie ja wohl kaum wieder ausladen können."
„Nein, das kann ich wirklich nicht! In einer Stunde kommt die zweite Küchenhilfe und zu viert werden wir das schon schaffen, wär ja gelacht! Das meiste ist ja sowieso tiefgekühlt und wir motzen das halt ein bisschen auf. Macht der Herbert auch nicht anders."
„Dann will ich Sie nicht mehr länger aufhalten, Frau Habringer, und danke noch einmal, dass Sie sich die paar Minuten Zeit genommen haben!" Er drückte ihr die Hand und schaute ihr nach, wie sie unter dem Rosenbogen wieder auf das Schiff ging. Auf dem Landungssteg schnippte sie ihre Zigarette ins Wasser.
„Entschuldigung, Frau Habringer, das hätt ich jetzt fast vergessen!" Sie war schon fast bei der Glastür angelangt.
„Was gibt's denn noch? Ich hab jetzt wirklich keine Zeit mehr!", stöhnte sie gereizt.
„Der Herr Krauthofer hat doch sicher einen Kasten oder einen Spind für seine persönlichen Sachen da auf dem Schiff?"
„Kraut..., ach was. Kommen Sie mit." Sie gab es auf, den Namen zu korrigieren. Ohne sich umzudrehen oder auch nur auf ihn zu warten, verschwand sie wieder in ihrem Reich. Vierziger wäre ihr auch ohne ihren Wink über die Schulter gefolgt. Bei der letzten Tür vor der Küche blieb sie stehen und sperrte auf.
„Hier, bitte sehr, das ist sein Office! Sie werden sich ja alleine zurechtfinden. Sagen Sie mir Bescheid, wenn Sie fertig sind, damit ich wieder abschließen kann." Sie ließ ihn einfach vor der offenen Tür stehen und ging wieder in ihre Küche. Der kleine Raum stellte so eine Art Büro dar. Es war lediglich ein Kabäuschen, gerade einmal zwei mal zwei Meter, höchstens! Ziemlich

schmucklos, kein Vergleich mit dem eleganten Büro, in dem die Habringer residierte. Auf einer Seite des Schreibtisches vor dem kleinen Bullauge stand ein Computer, auf der anderen Seite ein Stapel mit Papieren, Lieferscheine, Rechnungen, Prospekten und ein Telefon. Was sich halt in einem Büro so ansammelte. An der rechten Wand hing neben einem plakatgroßen Terminplaner ein Fotokalender. Das Blatt des laufenden Monats zeigte einen in zwei Teile gerissenen Marillenknödel. Die Tatwaffe in Form einer aggressiv wirkenden Gabel lag zwischen den zwei Hälften. An der Wand gegenüber war ein niedriges, mit Aktenordnern voll gestopftes Regal angebracht. Daneben ein schmaler Metallschrank. Vierziger setzte sich zum Schreibtisch und ließ die Szene auf sich wirken. Die Habringer ließ ihrem Koch ganz schön spüren, wer hier der Chef war. Er öffnete die Schreibtischladen, eine nach der anderen. Die üblichen uninteressanten Büroutensilien: Schreibzeug, eine angebrochene Schachtel Zigaretten, ein Aschenbecher, Schreibpapier, eine Fachzeitschrift für Köche, eine alte Zeitung, ein Schnellhefter mit Rezepten, der Katalog einer Firma, die Fertiggerichte herstellte. Vierziger blätterte die Broschüre durch. Die Glück hatte vollkommen Recht: Mit dem Zeug konnte sogar ein anspruchsvolles Restaurant eine Speisekarte voll kriegen. Er fand sogar die Bällchen aus Schafskäse, die er Mittag beim Ochsen gegessen hatte. Jedenfalls gab es am Schreibtisch keinerlei persönlichen Sachen. Vielleicht gab der Kasten in dieser Hinsicht ja mehr her. An einem Haken an der Seite hing außen eine getragene Kochuniform, darunter stand ein Paar weiße Küchenschuhe, wie er sie auch schon bei Georg gesehen hatte. Das billige Vorhangschloss ließ sich mit einem der Schlüssel aus der obersten Schreibtischlade öffnen. An der Innenseite der Tür klebte die Vergrößerung eines Fotos. Die Habringer, die Baumgartner, ein paar junge Frauen und der Koch, aufgenommen offenbar bei einer Geburtstagsfeier – auf einem Tischchen im Vordergrund stand eine Torte mit brennenden Kerzen darauf. Vielleicht der Geburtstag dieser Linh Phung. Krautgartner stand neben der Vietnamesin und hatte ihr den Arm um die Schulter gelegt. Interessant! Hatte der was mit ihr? Im Kasten hingen eine frische Kochuniform und ein hellgrauer Straßenanzug, noch im Plastiksack der Reinigung. Auf einem Zwischenbrett lagen zwei gebügelte Hemden, Unterwäsche, Socken und eine Krawatte. Nichts Besonderes, Vierziger hatte in seinem Büro ja auch Sachen zum Wechseln. Am Boden des Kastens stand ein Kulturbeutel mit Zahnputzzeug, Nagelschere, einem Deo, ein paar Streifchen mit Schmerztabletten und einer Haarbürste. Er holte die alte Zeitung aus der Schreibtischlade und wickelte die Bürste darin ein. Das Foto von der Tür steckte er zusammengefaltet in seine hintere Hosentasche. Bevor er das Schiff wieder verließ, sagte er noch Frau Habringer Bescheid.

Hoffentlich war die Komödie vom blöden Bullen, der sich nicht einmal einen Namen merken konnte, überzeugend genug gewesen. Draußen auf dem Parkplatz holte er aus dem Auto eine kleine Plastiktüte und schubste mit seinem Kugelschreiber den Zigarettenstummel hinein, den die Habringer dort ausgetreten hatte.

Ein Blick auf die Uhr im Auto zeigte ihm, dass sich noch ein Besuch bei Dr. Liebmayer ausgehen musste. Der Doktor war einer dieser Menschen, die so gut wie immer auch nach dem offiziellen Dienstschluss noch bei der Arbeit anzutreffen waren. Fünf Uhr Nachmittag war bestimmt kein Problem. Etwas anderes hingegen war sehr wohl ein Problem: Auf Anhieb einen freien Parkplatz um diese Zeit und in dieser Gegend zu ergattern, glich schon fast den sechs Richtigen im Lotto. Da half ihm auch das kleine Schild mit der Aufschrift „Einsatzfahrzeug – Bundespolizeidirektion Linz" nichts. Sechs Mal umkreiste er das halbe Viertel, bis er endlich eine Lücke fand, in die er sein Auto hineinzwängen konnte.

Tatsächlich traf er Dr. Liebmayer noch in seinem Büro an. Der große hagere Mann lümmelte mit dem Rücken zur Tür in seinem Drehsessel, der diesen englischen Clubfauteuils nachempfunden war: wuchtig und aus rotbraunem Leder. Die Stereoanlage dröhnte in voller Lautstärke und der Doktor dirigierte eine Oper: *„Carreau, pique...la mort! J'ai bien lu...moi d'abord. Ensuite lui...pour tous les deux la mort!"* Bizet, Carmen, dritter Akt. Vierziger erkannte seine Lieblingsoper sofort. Er hatte vor etlichen Jahren diese Aufführung mit der Baltsa und Carreras in der Staatsoper gesehen. Die Arie war für die heiligen Hallen der Gerichtsmedizin wie geschaffen. ... der Tod! Andererseits, handelten nicht die meisten Opern von Mord und Totschlag? Othello, Macbeth, Norma, Tosca, Lohengrin und gar nicht zu reden von den alten griechischen Tragödien. Sozusagen das Verbrechen in die geweihten höheren Sphären der Kunst erhoben. War Dr. Liebmayer deswegen der Opernliebhaber, als der er allenthalben bekannt war? *„Encore! Encore! Toujours la mort! Encore! De désespoir! Toujours la mort!"* Wieder und wieder! Immer der Tod! Die Karten-Arie der Carmen passte gut zum Geschäft des Pathologen, aber auch Vierziger hätte sie zu seiner Berufs-Hymne machen können.

„Ich unterbrech' Sie ja nur ungern, Dr. Liebmayer, aber ich hab

da ein paar Sachen, die Sie sich anschauen müssen." Vierziger musste fast schreien, damit er gegen die Musik ankam.
Aus dem Sessel streckte sich ein Arm in die Höhe und winkte Vierziger zu. Die Fernbedienung der Stereo-Anlage bereitete Carmen ein vorzeitiges Ende.
„Mein lieber Herr Vierziger, ich klage Sie an, den Kunstgenuss eines vom rauen Tagewerk müden Mitmenschen gestört zu haben! Was haben Sie zu Ihrer Verteidigung vorzubringen?" Dr. Liebmayer grinste ihm unschuldig entgegen, die Augenbrauen zu einer Frage erhoben.
Vierziger legte seine Beute auf das letzte winzige freie Plätzchen auf Dr. Liebmayers Schreibtisch. Der Doktor betrachtet die Bürste und den Zigarettenstummel ausführlich, dann schaute er Vierziger an und senkte den Blick wieder auf seinen Tisch.
„Was wird das? Ein Rebus? Ich bin heute zu müde zum Rätselraten! Also?"
„Ich hab die beiden hübschen Sachen von dem Schiff, auf dem unsere Asiatin gearbeitet hat." Bei dieser Erklärung beließ es Vierziger.
„Und? Was weiter? Mensch, Vierziger, lassen sie sich doch nicht jedes Wort aus der Nase ziehen!" Dr. Liebmayer wusste genau ‚was und weiter'. Dieses Spielchen trieben sie jedes Mal, wenn sie persönlich aufeinander trafen, was zu Vierzigers Bedauern viel zu selten vorkam. Die launigen Blödeleien mit dem kauzigen Pathologen waren ihm immer ein besonderes Vergnügen. Leider fanden die meisten Kontakte am Telefon statt, wobei ihm dann das Mienenspiel des Doktors vorenthalten blieb, das eines großen Mimen würdig gewesen wäre.
„Vielleicht könnten Sie ja einmal – bei Gelegenheit und nur,

wenn's nicht zu viele Umstände macht – die Haare von der Bürste und den Speichel von diesem Tschick-Stummel mit den Spuren vom Schiff und mit denen aus der Wohnung unserer Toten vergleichen. Ich hätte zu gerne gewusst, ob sich da irgendwelche Übereinstimmungen finden. Wie gesagt, natürlich nur, wenn Ihre kostbare Zeit es erlaubt." Diesmal war es an Vierziger, unschuldig zu grinsen.

„Wir werden sehen, was wir für Sie tun können. Es wird ja reichen, wenn wir bis Weihnachten damit fertig sind."

„Wenn Sie damit Weihnachten letztes Jahr meinen: Ja!"

„Morgen?" Dr. Liebmayer hatte das Spiel beendet.

„Ist gut, morgen Mittag." Auch Vierziger war fertig. „Bei der Gelegenheit: Haben Sie schon Ergebnisse über unsere Linh Phung?"

„Urteilsverkündung: Sie hören sich mit mir die Baltsa noch einmal an und dann lege ich meine Karten auf den Tisch. Nehmen Sie den Spruch an oder gehen Sie in die Berufung?" Offenbar war das Spiel doch noch nicht beendet gewesen. Vierziger kapitulierte und setzte sich in den Besucherstuhl vor dem Schreibtisch des Doktors.

„Ich nehme das Urteil an, Euer Ehren!"

„De désespoir! Toujours la mort!" Nachdem die letzte Silbe der Arie verklungen war und das Orchester eine Pause einlegte, schaltete Dr. Liebmayer die Stereo-Anlage ab und begab sich selbst wieder in die schnöden Niederungen der Realität.

„Das gute Kind ist erdrosselt worden. Aber das hab ich Ihnen ja letzte Woche schon gesagt. Der Schlag auf den Schädel mit dem berühmten scharfkantigen Gegenstand – nach Lage der Dinge tippe ich auf die fehlende Kristallvase – hat ihr eine schwere Gehirnerschütterung samt Bewusstlosigkeit eingetragen. Eine halbe

bis dreiviertel Stunde später wäre sie aus dem Land der Träume wieder zurückgewesen. Diese Zeit hat aber jemand genutzt, um ihr den Strumpf um den Hals zu legen: Kehlkopf eingedrückt, keine Luftzufuhr mehr – c'est toujours la mort – um bei Bizet zu bleiben. Auf dem Strumpf natürlich die ganz normalen Hinterlassenschaften unserer Verblichenen, hauptsächlich Haare und Hautpartikel. Darüber hinaus noch eine Menge Hautpartikel an beiden Enden des Strumpfes. Die haben wir aber bis jetzt noch nicht auswerten können. Kann sein, dass wir dafür noch ein paar Tage brauchen. Was möchten Sie sonst noch wissen?"
„Wie sieht's mit Gewaltanwendung aus? Ich mein, außer dem Schlag auf den Kopf."
„Schaut nicht danach aus, keine sonstigen Spuren äußerer Gewalteinwirkung, wie wir Patholgogen das so überaus elegant formulieren!"
„Dr. Liebmayer, jetzt lassen aber Sie sich jedes Wort aus der Nase ziehen! Was ist mit Geschlechtsverkehr? In dieser Richtung irgendetwas gefunden?"
„Na ja, was soll ich sagen? Sie war ein fleißiges Mädchen. Innerhalb der letzten anderthalb Stunden ihres Daseins hatte sie zwei Mal das Vergnügen! Mit verschiedenen Partnern. Wobei der erste der feurigere Liebhaber war, wenn ich das so sagen darf. Seine Schwimmerchen waren schon auf dem Weg zum Ziel, was ihnen übrigens nichts genützt hätte: Die Dame war sterilisiert. Die Sportler vom Zweiten haben sich noch immer außen an der Pforte zum Leben getummelt, weiter haben die es nicht gebracht." Die Ausdrucksweise des Doktors war an Blumigkeit kaum mehr zu übertreffen. „Der zweite Spender hat auch den Fleck auf der Matratze hinterlassen."

„Sterilisiert? Ein bisschen jung für so was."
„Ja, das hat mich auch gewundert. Normalerweise lassen Frauen das in etwas fortgeschrittenerem Alter machen, meistens wenn sie schon Kinder haben. Aber unsere Schönheit hatte noch nicht geboren. Möchte wissen, welcher Kurpfuscher sich dazu hat überreden lassen."
„Und wie war sie sonst so beisammen, gesundheitlich?"
„Tiptop! Keine Hinweise auf irgendwelche Krankheiten, sehr gut in Form, innen und außen. Sie hat ihren Körper immer schön brav bewegt, nicht geraucht und nicht über das normale Maß hinaus getrunken. Ihr wäre ein methusalemsches Alter vergönnt gewesen, wenn sie das Koksen aufgegeben hätte. Mit dem Zeug war sie voll gepumpt. Und das war kein einmaliger Ausrutscher, sondern eine regelmäßige Übung. Ihr hübsches Näschen hat schon begonnen, darunter zu leiden. Schade um das schöne Kind!"
Vierziger legte die Spitzen seiner gespreizten Finger aneinander, stützte sein Kinn auf die Daumen und dachte über das eben gehörte nach.
„Wir haben also eine pumperlg'sunde junge Frau, die nicht raucht, aber dafür kokst, zuerst eins über den Schädel bekommt und dann auch noch erwürgt wird. Können Sie sagen, wie viel Zeit zwischen dem Schlag und dem Erwürgen vergangen ist?"
„Schwierig. Aber keinesfalls länger als eine halbe Stunde, eher weniger. Die Wunde am Kopf muss noch geblutet haben."
„Und Sie meinen, dass keiner ihrer beiden Kunden damit etwas zu tun hat?" bohrte Vierziger nach.
„Den Schlag könnte der Zweite, der lahmarschige, geführt haben. Das können Sie aber höchstens unter schwerer Körperverletzung abbuchen. Ob sie einer ihrer Bereiter auch erwürgt hat,

kann ich Ihnen leider nicht sagen.“ Der Doktor sprach von der Frau wie von einem Pferd. Manchmal stellte Dr. Liebmayer das Pietätsgefühl seiner Mitmenschen auf eine harte Probe.
„Gut, den Ersten können wir ausschließen, sonst wäre ja der andere nicht mehr zum Zug gekommen. Aber der Zweite, der lahmarschige, wie Sie gesagt haben, hätte doch immerhin die Gelegenheit gehabt.“
„Nun gut, die DNA von der Matratze stimmt zwar mit dem Sperma im vorderen Scheidenbereich überein, aber ob sie auch zu den Hautpartikeln am Strumpf passt? Wie gesagt, die Spuren der Hände, die den Strumpf zugezogen haben, sind noch nicht ausgewertet.“
„Also der große Unbekannte! Schade! Das macht mir das Leben nicht wirklich leichter.“
„Ein leichtes Leben will er! Dolce far niente, womöglich hauptsächlich dolce, was? Vierziger, wenn Sie ein leichtes Leben haben wollten, dann hätten Sie auf Playboy studieren müssen, statt sich der Juristerei zu widmen!“
„Die Chance hab’ ich verpasst! Bei der Geisterbahn haben’s mich auch nicht genommen, also bin ich eben Polizist geworden.“
„... und schleppen mir die Leichen an, in denen ich dann für Sie herumwühlen soll!“
„Ja, man tut was man kann! Wie viel Zeit haben wir zwischen dem zweiten Verkehr und dem Schlag auf den Schädel?“
„Alles was Sie wollen, zwischen einer Sekunde und maximal einer Stunde.“
„Wir haben also insgesamt höchstens zwei Stunden zwischen dem zweiten GV und ihrem Tod.“
Das war eine ganze Menge Zeit, überlegte Vierziger. Gegen zehn

hatte die Habringer ihre Kellnerin das letzte Mal lebend gesehen. Wenn dann diese Linh innerhalb einer halben Stunde, nur einmal so angenommen, ihren ersten Kunden ...

„Sagen Sie, Doktor, wie weit waren die beiden Männer auseinander, zeitmäßig?"

Dr. Liebmayer schlug die Mappe vor ihm auf und blätterte darin herum. Auf einer bestimmten Seite fuhr er mit dem Finger die Zeilen entlang, dann ließ er den Kopf nach hinten sinken und begann nachzurechnen. Unhörbar, Vierziger konnte nur sehen, wie er die Lippen bewegte. Anscheinend war der Doktor mit seinem Ergebnis nicht ganz zufrieden, er schüttelte den Kopf und konsultierte noch einmal seine Aufzeichnungen. Bei geschlossenen Augen klopfte er ein paar Mal mit dem Zeigefinger auf seine Nasenspitze. Dann setzte er sich aufrecht in seinen Sessel und schlug die Mappe wieder zu.

„So wie die Dinge liegen, etwa eine Stunde. Plus minus fünfzehn Minuten. Können auch zwanzig gewesen sein, da lass ich mich nicht festnageln."

Vierziger nahm sich einen leeren Zettel von dem Stapel auf Dr. Liebmayers Schreibtisch und einen Kugelschreiber aus dem zum Schreibzeug-Behälter umfunktionierten Reagenzglas. Er malte eine senkrechte Linie und unterteilte sie fünf Mal. Die einzelnen Abschnitte bekamen wieder je vier Unterteilungen. Den Querstrich am Anfang der ersten Abteilung verstärkte er und schrieb 10 Uhr hin.

„Da hat sie die Habringer angeblich zum letzten Mal gesehen. Nehmen wir einmal an, sie hat eine halbe Stunde später ihren ersten Kunden." Er verstärkte die halb elf Markierung und schrieb K1 dazu.

Dr. Liebmayer verfolgte Vierzigers Malarbeiten aufmerksam.
„Und nehmen wir weiter an, Sie haben mit einer Stunde zwischen den beiden Freiern Recht. Das wäre dann halb zwölf." Wieder verstärkte er die entsprechende Querlinie.
„Irgendwann zwischen hier ...", Vierziger tippte mit dem Kugelschreiber auf die halb zwölf Linie, dann fuhr er mit dem Stift an seiner Zeitleiste entlang, „und halb zwei ist sie also gestorben. Was meinen Sie, Doktor, passt das zu Ihren Erkenntnissen?" Er malte einen fetten Punkt auf die halb zwei Markierung.
Dr. Liebmayer zog wieder seine Mappe zu Rate. Diesmal fand er die gesuchte Stelle schneller: „Wenn ich mich nicht sehr verrechnet habe, dann hat sie den ersten Glockenschlag des neuen Tages nicht mehr erlebt."
So weit war er also gar nicht daneben. Ungefähr eine halbe Stunde. Ein paar Minuten saßen die beiden Männer schweigend da. Als der Doktor mit den Fingerkuppen den Rhythmus der Carmen-Overtüre auf die CD-Hülle zu klopfen begann, verstand das Vierziger nicht ganz zu Unrecht als sanften Hinausschmiss. Er wollte sich schon verabschieden, da fiel ihm im letzten Moment noch der Fahrer des tschechischen Lastwagens ein. Dr. Liebmayer zählte ungeduldig alle Verletzungen auf, die schließlich zum Tod des Mannes geführt hatten. Es gab nicht den geringsten Hinweis auf irgendwelche Verletzungen, die nicht auf die Folgen des Unfalls zurück zu führen gewesen wären.
Néanmois il était meurtre, um im Bild der Oper zu bleiben. Trotzdem war es Mord.

- 10 -

Vierziger saß vor dem Pianino in seinem Wohnzimmer und mühte sich ab, die Noten der Aragonaise zu treffen. Dr. Liebmayer hatte es tatsächlich geschafft, ihm einen Ohrwurm aufzuhalsen. Vielleicht konnte er ihn durch diese ruppige Behandlung ja wieder vertreiben. Gott sei Dank stand das Klavier auf einem dicken, schalldämmenden Teppich. Womöglich hätte er sonst mit seinem Geklimpere in der Nachbarschaft den einen oder anderen Aufstand provoziert.

Die Fenster hielt er trotz der Schwüle geschlossen. Zum Ausgleich dafür hatte er nach der Dusche nur mehr ein Handtuch um die Hüften gebunden. Es waren mindestens ein Dutzend Versuche, bis er die Melodie richtig zusammenbrachte. Laut pfeifend begleitete er sich selbst. Vierziger hatte seine Vorstellung gefallen, auch wenn Frau Schmidt da ganz anderer Meinung war und unter dem Bett Zuflucht gesucht hatte. Damit er in Übung blieb, spielte er die paar Takte gleich noch einmal. Dabei kam ihm Connys Geschichte von den beiden griechischen Rivalen in den Sinn, die ihre schöne Angebetete um die Wette bekochten. Ob das Ganze ein Wink mit dem Zaunpfahl war? Vielleicht sollte er ihr tatsächlich eine kulinarische Überraschung bereiten. Andererseits wäre das keine einfache Aufgabe, Connys Gaumen war gleichermaßen verwöhnt wie erfahren, da musste er sich schon etwas Besonderes einfallen lassen.

Er klappte den Deckel über der Tastatur zu und holte einen Stapel Kochbücher aus dem Regal. Unterstützt von einem Glas kalten Orvieto machte er sich gerade daran, den lukullischen Schlachtplan zu entwerfen, als das Telefon klingelte.

„Ja?“, grantelte er in den Hörer, immerhin war es schon fast halb zehn.

„Hallo Josef, tut mir leid, dass ich dich so spät noch störe, aber ich hab bis jetzt gearbeitet und wollt mich noch unbedingt für die wundervollen Blumen bedanken.“

Conny, die Gedankenleserin! Das war eine Seite die er an ihr noch nicht gekannt hatte.

„Du störst mich nie, das weißt du doch. Und wenn's mitten in der Nacht ist!“ Kaum war die letzte Silbe draußen, wurde ihm bewusst, dass er dabei war, kitschig zu werden. Aber er meinte es wirklich so.

„Wie komm ich eigentlich zu den schönen Rosen?“

„Mir war einfach danach, dir eine Freude zu machen. Apropos Freude machen. Hör einmal zu, Conny: Ich würd dich am Samstag gerne zum Essen einladen. Was meinst du?“ Hoffentlich hatte sie nicht die Verlegenheit in seiner Stimme gehört. Frauen hatten ja einen besonderen Sinn für so etwas.

„Wir waren doch erst letzten Samstag essen!“

„Nein, nicht so. Ich würd gerne etwas für dich kochen. Bei mir zuhause.“ Soeben hatte er den nächsten Schritt gesetzt. Aber der war ohnehin längst überfällig gewesen. Noch nie hatte einer einen Fuß in die Wohnung des anderen gesetzt. Vierziger hatte sie immer unten an der Tür abgeholt. Die lange Pause ließ ihn befürchten, dass es auch dabei bleiben würde. Er kam sich vor wie ein Schüler bei der Prüfung, der darauf wartete, ob er durchgefallen war oder nicht. Lass mich jetzt nur nicht betteln, dachte er.

„Bist du noch da?"

„Ja."

„Wir können ja anschließend noch weg gehen. In Joe's Bar oder zur Nachtvorstellung ins Kino." Conny sollte ja nicht den Eindruck bekommen, dass er eine Gegenleistung erwartete.

„Was kochst du denn?"

„Das ist eine Überraschung! Aber ich garantier dir: du wirst es mögen, hundertprozentig!"

„Wann soll ich bei dir sein?" Der erste Teil der Prüfung war bestanden.

„Wäre acht für dich in Ordnung?"

„Also dann, Samstag um acht. Ich freu mich, ehrlich!"

„Du wirst es nicht bereuen, versprochen! Träum was Schönes!"

Er legte auf und gab einen Seufzer von sich. Frau Schmidt, die inzwischen wieder unter dem Bett hervorgekrochen war, blinzelte ihn beunruhigt an. Die Pfote mit den ausgefahrenen Krallen auf seinem Fuß brachte klar zum Ausdruck, was sie von seinem Vorhaben hielt. Bis jetzt hatten sie Eindringlinge in ihrem Reich nicht gerade zu Begeisterungsstürmen getrieben. Worauf hatte er sich da nur wieder eingelassen? Bis zu Connys Anruf war das Ganze bloß ein Gedankenspiel gewesen, ein Luftschloss, nicht wirklich ernst gemeint, eben nur so dahin gesponnen. Welcher Teufel hatte ihn geritten, ihr diesen unausgegorenen Vorschlag zu unterbreiten? Mit seiner Gemütsruhe war es für diesen Abend jedenfalls vorbei. Eigentlich wollte er ja noch die Kontoauszüge

der Linh Phung durchsehen. Er hatte sich die Unterlagen extra noch aus dem Büro geholt. So wie es aussah, würden die Listen noch bis morgen warten müssen.
Er ging ins Bad und begutachtete sich im Spiegel von allen Seiten. Eigentlich konnte er zufrieden sein. Gut, der leichte Ansatz von Schwimmreifen um seine Hüften war vielleicht überflüssig und seine Haare waren mit zwanzig auch noch dunkler und voller gewesen. Aber sonst ... Auf dem Rückweg ins Wohnzimmer wollte er schon das schmutzige Geschirr seines Abendessens übersehen. Ein Engel namens Conny in seinem Kopf versetzte ihm einen kräftigen Tritt gegen das Schienbein. Zwanzig Minuten später war die Küche in einem tadellosen Zustand – wenigstens fürs grobe Hinsehen. Er schleppte die Kochbücher ins Schlafzimmer und setzte den Entwurf seines Menüs im Bett fort. Den Orvieto hatte er zur Inspiration mitgenommen, Frau Schmidt lag zusammengerollt am Fußende der anderen Betthälfte und im Hintergrund brummelte Paolo Conte vom Diavolo Rosso.
Als Vierziger am nächsten Morgen aufwachte, verweigerten seine Augen den Dienst. Aber selbst durch die geschlossenen Lider bemerkte er, dass es draußen schon hell sein musste. Vorsichtig erforschten seine Finger die nähere Umgebung. Als er die raue Zunge auf seinem Handrücken spürte, konnte er beruhigt die Augen aufschlagen. Es war nichts passiert, er hatte nur geträumt ... schade. Vergeblich versuchte er, den Traum wieder zurückzuholen.

Obwohl es erst sechs Uhr früh war, hatte er für die Lektüre der Kontoauszüge schon drei Espressi verbraucht. Wie es Gaby schon gesagt hatte, ließen sich die Einnahmen aus ihren verschiedenen

Tätigkeiten leicht zurückverfolgen. Ein erkleckliches Sümmchen kam da zusammen! Tausend Euro gingen jeden Monat an ein Konto bei einer Bank in Dresden. Wahrscheinlich unterstützte sie damit ihre Schwester, von der die Baumgartner erzählt hatte. Noch einmal tausend Euro legte sie brav Monat für Monat auf ein Sparbuch. Verständlich, schließlich konnte sie ihrem Nebenerwerb ja nicht ewig nachgehen. Nachliegen hätte es besser getroffen. Ihre sonstigen Ausgaben hielten sich in einem normalen Rahmen, sofern man bei solchen Summen noch von normal reden konnte. Immerhin hatte die gute Frau jeden Monat mehr Geld für Kleidung und anderen Schnickschnack ausgegeben, als Vierziger verdiente. Alleine in den letzten drei Monaten hatte sie Einkaufs-Touren nach Paris, Rom und London unternommen. Gaby hatte auch die Kreditkarten-Abrechnungen ausgedruckt – weiß der Kuckuck wo sie die wieder her hatte – und die legten ein handfestes Zeugnis für den kostspieligen Lebenswandel der jungen Vietnamesin ab. Soweit konnte er das alles nachvollziehen. Bis auf eine winzige Kleinigkeit: jeden Monat landeten 700 Euro von einer ausländischen Bank auf ihrem Konto. Investissement & Participation S.A.R.L., Liechtenstein war als Absender der Überweisung aufgeführt. Interessant! Kohle aus dem Finanz- und Steuerparadies. Jetzt waren 700 Euro nicht gerade das wirklich große Geld, aber er kannte schon ein paar Leute, die dafür einen ganzen Monat lang hart arbeiten mussten, und dieser Frau flatterten die Scheinchen scheinbar einfach so aufs Konto. Dividenden aus einem Aktienpaket? So etwas wurde aber doch nicht monatlich abgerechnet, soviel wusste selbst Vierziger, auch wenn er von Aktiengeschäften sonst kaum etwas verstand. Meistens hatte er Mühe, seine eigenen Finanzen in Ordnung zu halten. Vielleicht sollte er sich doch irgendwann mit dem Börseteil der Zeitung beschäftigten. Aus welchem Grund hatte sich aber sonst das Füllhorn über die asiatische Goldmarie ergossen?

An diesem Morgen setzte er sich zum Frühstücken an einen der beiden Tische in der Bäckerei ums Eck. Die Verkäuferin war ungefähr im selben Alter wie seine tote Vietnamesin. Und sie wirkte auch ähnlich zierlich wie sie.

„Kann ich sonst noch was für Sie tun?", fragte sie, als sie den Kaffee und die Croissants vor Vierziger aufbaute. Er schaute sie nachdenklich an, musterte sie ausführlich von ihrer zu einem Pferdeschwanz zusammen gebundenen blonden Mähne bis hinunter zu den schwarz bestrumpften Beinen. Sie zupfte nervös an ihrer Bluse herum, während sie die Prüfung über sich ergehen ließ und auf eine Antwort wartete.
„Was würden Sie wohl alles tun, um neuneinhalb tausend pro Monat zu verdienen – netto?"
„Aber Herr Doktor, ich bin doch nicht so eine!", stammelte sie. Ihr knallrotes Gesicht zeugte eher von Verlegenheit als von Entrüstung.
„Entschuldigen Sie, so war das nicht gemeint.", versuchte Vierziger sie zu beruhigen als ihm klar wurde, dass die Verkäuferin das als eindeutiges Angebot aufgefasst hatte. Seine Gesichtsfarbe passte sich der ihrigen an. Der Tritt in den Fettnapf war ihm wieder einmal perfekt gelungen.
Als Vierziger endlich ins Büro kam, war Gaby schon da. Orange war diesmal die Farbe des Tages. Mit der über dem Nabel geknoteten Bluse und der orange-weiß gestreiften Capri-Hose sah sie

aus, als wäre sie einem dieser deutschen Schnulzenfilme aus den Fünfzigern entsprungen. Nur dass man damals vielleicht etwas weniger grelle Farben bevorzugt hätte.

„... dieses Miststück! Die kann dich deswegen doch nicht einfach rausschmeißen!" Gaby winkte ihm mit der Hand zu, als sie ihn bemerkte. Das Plastik ihrer Armbanduhr schimmerte im gleichen Orangeton wie die Haarlocke, die vor ihrer Stirn schaukelte. Vierziger sah sich um, aber außer ihnen beiden konnte er niemanden im Büro entdecken. Der Telefonhörer war aufgelegt, Gaby führte ein morgendliches Selbstgespräch.

„... tut mir leid, ich muss jetzt aufhören. Sehen wir uns am Abend? – Ist gut, ich melde mich."

Gaby drehte sich um und Vierziger sah den Funkkopfhörer. Waren die jungen Leute heutzutage schon zu bequem, um sich das Handy ans Ohr zu halten?

„Wer hat wen rausgeschmissen?"

„Die Baumgartner, dieses arrogante Miststück! Sie hat Giovanni gefeuert, nur weil er sich mit mir unterhalten hat."

„Woher wusste sie das überhaupt?"

„Naja, ich hab mit ihm im Angelo Azzurro geredet."

„Spitzenmäßige Idee! Noch was Besseres ist dir ja nicht eingefallen."

„Klar. Aber das ist erst danach gekommen!" Gaby grinste fröhlich.

Vierziger verdrehte die Augen.

„Hat sich's wenigstens ausgezahlt? Das Reden mein ich. Das Danach kannst du dir schenken."

„Die Baumgartner hat keinen Heuschnupfen. Noch nie gehabt, zumindest die letzten drei Jahre nicht."

„Das freut mich für sie. Und warum soll mich das interessieren?"
„Erinnerst du dich noch? Letzte Woche in ihrem Büro. Da hat sie doch ständig herumgeschnieft und gemeint, sie hätte Heuschnupfen. Jetzt interessiert?"
Vierziger nickte: „Kann sein. Sonst noch was?"
„Ja. Sie ist am Freitag so gegen elf in ihr Lokal gekommen – fröhlich und gut gelaunt, wohlgemerkt. Giovanni hat ihr ausgerichtet, dass sie die Habringer anrufen soll. Die hatte nämlich schon ein paar Mal versucht, sie zu erreichen. Danach ist sie völlig aufgelöst abgerauscht und erst so um halb fünf wiedergekommen – verheult und mit einer Familienpackung Tatüs bewaffnet." Gaby schaute ihn triumphierend an. „Na, was sagst du jetzt?"
„Die Habringer wird ihr die Geschichte mit der toten Linh Phung erzählt haben. Immerhin war die Baumgartner ja so was wie ihre Chefin. Vielleicht ist die ja so zart besaitet, dass sie deswegen ausgeflippt ist."
„Ja sowieso! Die Baumgartner und zart besaitet! Dass ich nicht lache. Lieber Josef, ich werd dir sagen, was die Baumgartner umgehauen hat: Sie hat ein Verhältnis mit der Kellnerin gehabt, deswegen war sie so aufgelöst. Und sie hat den halben Tag in der Wohnung unserer Toten verbracht, weil sie dort alle ihre Spuren beseitigen musste. Das hat sie ja immerhin auch ganz gut hingekriegt. Wahrscheinlich hat die Baumgartner auch die Miete bezahlt. Die Linh Phung war's jedenfalls nicht, soviel wissen wir ja. Außerdem hab ich's dir ja gleich gesagt, dass die vom anderen Ufer war." Gaby war mit sich restlos zufrieden. Am liebsten hätte sie noch hinzugefügt: Fall gelöst, jetzt können wir uns gemütlich zurücklehnen.

„Warum, bitte sehr, hätte die Baumgartner ihre angebliche Geliebte und Kellnerin umbringen sollen?"
„Eifersucht! Was denn sonst? Schließlich werden 80 Prozent aller Morde an Frauen aus Eifersucht begangen."
„Und auf wen soll die Baumgartner deiner Meinung nach eifersüchtig gewesen sein?"
„Vielleicht hat sich diese Linh Phung ja in eine andere verknallt. Wär aber immerhin auch gut möglich, dass sie sich bei ihrem Job einen Kerl angelacht hat. Sozusagen noch einmal die Seiten gewechselt. Was weiß denn ich!"
„Wär's da nicht naheliegender, wenn sie die Konkurrenz ausgeschaltet hätte, egal ob Männlein oder Weiblein, statt ihre Geliebte zu erwürgen?"
„Nicht, wenn sie nach dem Motto: Was ich nicht haben kann, kriegt auch sonst niemand, gehandelt hat."
„Diese Besitzanspruch-Sache treibt aber doch eher einen Mann zum Mord. Für mich passt das nicht so ganz zu einem weiblichen Tatmotiv."
„Schau Josef, ich stell mir das so vor: Die Linh Phung und die Baumgartner sind ein Paar. Wobei die Baumgartner den Macho-Part spielt und die Linh Phung gibt das Weibchen. Das würde ja auch ganz gut zu ihrem Horizontal-Job passen. Eines schönen Tages findet sich unser Mandelauge jemand anderen – ob Mann oder Frau lassen wir einmal dahingestellt. Die Baumgartner kommt dahinter, rastet aus und dreht ihrer Schickse die Luft ab. Von wegen was mir gehört und so weiter."
„Soweit ist deine Theorie ja ganz nett. Wir müssten der Baumgartner jetzt nur noch beweisen, dass sie zur fraglichen Zeit auf dem Schiff war. Die Habringer hat davon nichts gesagt."

„Das heißt ja noch gar nichts. Die hat zuerst ja auch behauptet, die Linh Phung überhaupt nicht zu kennen.“ Gaby gab sich noch nicht geschlagen.

„Außerdem kann ich mir nicht recht vorstellen, wie so eine schmächtige Person wie die Baumgartner jemanden erwürgen sollte. Ganz so einfach ist das ja nun auch nicht gerade.“

Gaby öffnete eine ihrer Schreibtischladen und förderte eine Packung mit einer Strumpfhose zutage. Vierziger fragte sich, was wohl der Schreibtisch seiner Kollegin noch so alles beherbergen würde, obwohl er das eigentlich gar nicht so genau wissen wollte. Inzwischen hatte Gaby die Verpackung aufgenestelt und ihm die Strumpfhose über den Kopf geworfen.

„Ich zeig dir, wie sie das gemacht hat!“ sagte sie und zog die beiden Enden blitzschnell kreuzweise zusammen.

„OK. Ist ja schon gut.“ keuchte Vierziger, als Gaby die Schlinge wieder lockerte.

„Und vergiss nicht: Die Linh Phung muss bewusstlos gewesen sein. Sie hatte ja eins über den Schädel bekommen und der Strumpf war fest zusammen geknotet. Sie zu erwürgen war geradezu ein Kinderspiel.“ Gaby betrachtete ihre Beweisführung endgültig als abgeschlossen.

„Wenn sich die Sache tatsächlich so abgespielt haben sollte, dann müssten ja auf dem Strumpf massenhaft Hautpartikel von der Baumgartner sein. Wir brauchen also nur noch abwarten, was der Dr. Liebmayer findet. Und dann müssten wir noch irgendwas von ihr zum Vergleich haben.“ So wie Gaby die Geschichte darstellte, klang das Ganze ja recht glaubhaft. Für Vierzigers Geschmack waren da nur ein bisschen zu viele Wenn und Aber drin verpackt. Nur auf die Feststellung hin, dass die Baumgartner keinen Heuschnupfen hatte, ihr einen Mord unterzujubeln, das war ihm dann doch etwas zu heftig, auch wenn sie ihm nicht gerade sympathisch war.

„Gaby, versuch einmal den Grundstein zu deiner Theorie zu legen. Find heraus, wer tatsächlich die Wohnung der Linh Phung finanziert hat und ob die Baumgartner zur Tatzeit auf dem Schiff war, irgendjemand müsste sie da ja gesehen haben. Dann reden wir weiter. Und jetzt packst du dich zusammen und fährst mit mir zur Grenze hinauf. Ich möchte wissen, ob die Kollegen vom Zoll etwas über diesen tschechischen Lastwagen wissen. Bei der Gelegenheit könnten wir uns auch gleich die Unfallstelle zu Gemüte führen."

„Tut mir Leid, Josef, aber das geht nicht. Ich hab gestern einen der beiden Kunden Linh Phungs von Donnerstagnacht ausfindig gemacht. Das heißt, eigentlich hat der sich bei uns gemeldet." Gaby warf einen Blick auf ihre Armbanduhr. „In einer Viertelstunde müsste er da sein."

„Was heißt das, er hat sich bei uns gemeldet?"

„Er sagt, dass er in der Zeitung darüber gelesen hat. Vielleicht hat ihn das schlechte Gewissen geplagt oder er hat einen Moralischen gekriegt, jedenfalls wollte er mit uns reden. Ich hab ihn für neun Uhr herbestellt. Willst du ihm auf den Zahn fühlen?"

„Nein, nein. Das kriegst du sicher auch alleine hin.", wehrte Vierziger ab.

Schlag neun tauchte der Mann auf. Ein Vertretertyp wie aus dem Bilderbuch, Marke Sunnyboy. Groß, schlank, braun gebrannt – den diesjährigen Sommerurlaub hatte er offenbar schon hinter sich – erste silberne Fäden an den Schläfen, perfekt manikürte

Hände. Den Kleidungsstil hatte er sich vom frühen Frank Sinatra ausgeliehen: Weißer Leinenanzug mit braunen Nadelstreifen, dazu passende weiße Schuhe, nur der Borsalino fehlte, wahrscheinlich aber nur, weil es auch ohne Hut schon heiß genug war. Vierziger fragte sich, was so einen Menschen in die Arme einer Professionellen trieb. Hatte der das wirklich nötig. Außerdem war Mister Reserve-Sinatra verheiratet, wie sich schon bei der Aufnahme seiner Personalien herausstellte: „Sie behandeln das hoffentlich diskret. Meine Frau braucht das ja nicht unbedingt erfahren!" Deswegen hatte er sich also freiwillig gemeldet.

„Tut mir Leid, aber nachdem Sie Ihr kleines Abenteuer umgebracht haben, wird sich das ja wohl nicht mehr vermeiden lassen.", setzte ihm Gaby gleich einen Schuss vor den Bug. Sie machte das wirklich gut. Ihre Stimme war ganz leise und sehr sanft. Vierziger lehnte sich gemütlich in seinem Sessel zurück und begann das Schauspiel zu genießen.

„Moment mal! Ich hab sie nicht ..." Die Schweißperlen auf seiner Stirn hatten bestimmt nichts mit den herrschenden Temperaturen zu tun. „Sie glauben doch nicht, ich renn freiwillig zu Ihnen, wenn ich die Kleine umgebracht hätte! Ich hab sie nur ... na ja, Sie wissen schon."

„Aber sicher! Fangen wir einfach ganz von vorne an." Gaby redete noch immer mit Engelszungen. „Um welche Zeit sind Sie mit der Dame in die Kabine gegangen?"

„So genau weiß ich das auch nicht mehr, es muss so zwischen zehn und halb elf gewesen sein."

„Also was jetzt?" Die Engelszungen waren ziemlich spitz geworden.

„Ich hab nicht auf die Uhr geschaut, aber das Essen war vorbei und der Schuhmann war mit seinem Gequassel auch fertig. Und kurz darauf bin ich mit ihr gegangen – so gegen halb elf, würd' ich sagen."

Gaby begutachtete die Spitze ihres Kugelschreibers so eingehend, als würde sich dort gerade etwas ungemein Wichtiges abspielen und so ganz nebenbei wollte sie wissen: „Wer ist denn der Schuhmann?"

„Sie wissen schon, der Stadtrat. Der sitzt bei uns im Aufsichtsrat. Bei solchen Gelegenheiten muss der immer seinen Senf dazu geben."

„Aha, der", sagte Gaby gelangweilt.

Leider war das die einzig interessante Information, die aus dem Versicherungs-Menschen herauszubringen war. Nach dem Tête-a-tête war er wieder zu seinen Kollegen zurückgekehrt und hatte mit seinem billigen Abenteuer auch noch angegeben. Dafür konnte er jede Menge Zeugen benennen und auch dafür, dass er sich bis Mitternacht nicht mehr von der Flasche weggerührt hatte. Gaby notierte sich ein paar Namen, nahm sicherheitshalber noch seine Fingerabdrücke und ließ sich eine Speichelprobe für den DNA-Vergleich geben. Mit dem üblichen Auftrag, sich zur Verfügung zu halten, schickte sie den Mann dann nach Hause.

Er war schon fast bei der Tür draußen, als sich Vierziger doch noch meldete: „Sagen Sie, wie kommt eigentlich jemand wie Sie dazu, sich mit einer Professionellen einzulassen?"

Wahrscheinlich wäre er in den nächsten fünf Minuten geplatzt, wenn er seine Neugier nicht befriedigt hätte. Mr. Sunnyboy grinste breit. Die Selbstsicherheit, mit der er eine Stunde zuvor ins Büro gekommen war, war wieder vollständig zurück.

„Was wollen Sie? Es ist wie ins Restaurant essen gehen, da brauch ich mich auch vorher und nachher um rein gar nichts kümmern. Kein Herumgemache und Gequatsche, noch dazu war's gratis und außerdem wollte ich schon immer einmal eine Schlitzäugige bumsen!"

„Macho-Sprüche! Auf so was kann auch nur ein gefühlloser Kerl stehen.", fauchte Gaby, nachdem ihr zuerst einmal kurz die Luft weggeblieben war.

„Sie haben ja keine Ahnung! Unsere obercoole Chefsekretärin hat sich an dem Abend den Barkeeper zur Brust genommen – von wegen auf so was stehen nur Männer!" Das Vertretergrinsen ging sozusagen schon um den ganzen Kopf herum: „Sollten Sie auch einmal probieren ..." Es war nicht ganz klar, an wen von den beiden diese Empfehlung gerichtet war. Vierziger deutete auf die Tür: „Raus jetzt, aber schnell!"

„Arschloch!", kam es, kaum dass die Tür zu war, so gleichzeitig von Gaby und Vierziger, als hätten sie stundenlang dafür geübt.

Vierziger stand auf und zupfte gedankenverloren ein paar welke Blätter von seinem Zimmerwald. „Wirklich üppig war der ja nicht. Außer dass unser allseits beliebter Herr Schuhmann dort war, aber das bringt uns auch nicht weiter."

„Wie kommt der Schuhmann in den Aufsichtsrat einer Versicherung?"

„Na, du kannst vielleicht naiv fragen! Der ist Politiker! So einer kann alles und vor allem weiß er alles – besser! Das reicht als Qualifikation für einen Aufsichtsrat doch, oder?" Vierziger konnte nur schwer verbergen, dass er die Mitgliedschaft im Hilfsverein für in Not geratene Politiker schon lange zurückgelegt hatte.

„Ehrlich gesagt, is' mir das wurscht! So wie ich das sehe, können wir den Versicherungsheini jedenfalls als Verdächtigen ausschließen, auch wenn er ein Macho-Arsch ist. Es sei denn, er ist eine Stunde später noch einmal zurückgekommen und hat ihr dann das Licht ausgeblasen. Aber warum sollte er das tun?“
„Vielleicht wollte er ein zweites Mal am Gratis-Töpfchen naschen und sie hat nicht mehr mitgespielt? Streiterei, Handgreiflichkeiten, eins führt zum andern und zack, schon ist es passiert!“
„Glaub ich nicht! Der Kerl war doch viel zu sehr damit beschäftigt, sein Macho-Ego bei seinen Kollegen aufzupolieren. Noch dazu gibt jeder einzelne von denen ein prächtiges Alibi ab.“ Gaby versuchte krampfhaft, ihre Theorie von der eifersüchtigen Geliebten am Leben zu halten.
„Diese Kellnerin umzubringen, hat alles in allem höchstens eine gute Viertelstunde gedauert. Nicht viel länger als wenn er aufs Klo geht. Und da wäre ja kaum einer seiner Freunderln mitgegangen. Zeit genug hätte er also gehabt und die Gelegenheit dazu sowieso.“
„Nur das Motiv steht auf ziemlich wackeligen Beinen.“
„Das wär nicht der erste Mord aus verletzter Macho-Ehre!“ Vierziger fühlte sich in der Rolle des Advocato Diaboli richtig wohl.
„Wir werden's erfahren.“, murrte Gaby und warf sich ihre Tasche mit den Ausmaßen eines mittleren Strandkorbes über die Schulter. „Von mir aus können wir dann. Ich bring noch die Fingerabdrücke und den Speicheltest ins Labor. Wartest du unten auf mich?“ Dem Geräusch der zufallenden Tür nach zu schließen benötigte ihre Laune dringend eine Hochglanzpolitur.

- 11 -

„Hier muss es sein.“, meinte Vierziger und ging vom Gas. Gaby schmollte noch immer, die ganze Fahrt über hatte sie keinen Ton von sich gegeben. Die letzten paar Kilometer war die Straße mehr oder weniger gerade über sanfte Hügel verlaufen. Nun beschrieb sie eine fast rechtwinkelige Kurve nach Osten, hinter der sie im Wald verschwand. Die schwarzen Schleifspuren von schleudernden Reifen, der aufgerissene Rasen am Straßenrand und niedergemähte Sträucher ließen kaum einen Zweifel aufkommen, was hier passiert war. Außerdem hatte sich niemand die Mühe gemacht, die entlang der Straße über verrostete Eisenstangen gespannten, rot-weiß gestreiften Absperrbänder zu entfernen. Mit einem halsbrecherischen Manöver wendete er den Wagen und ließ ihn an der Abzweigung zu einem schmalen Güterweg ausrollen.
„Lebensmüde geworden?“ Es war mehr eine Feststellung als eine Frage. Gaby klammerte sich noch mit weiß hervortretenden Knöcheln an ihrem Sitz fest, als das Auto schon längst auf dem holprigen Schotterweg zum Stehen gekommen war. „Ich glaub’s dir auch so, dass du Auto fahren kannst.“ Den dazu gemurmelten „Macho“ ließ Vierziger seiner inneren Zensur anheimfallen und fragte sich, was ihr wohl für eine Laus über die Leber gelaufen

war. Dass er ihre Mord-Theorie mit der eifersüchtigen Geliebten nicht vorbehaltlos teilte, konnte als Grund ja wohl kaum ausreichen. Andererseits, was wusste er schon davon, wie sich die Rädchen unter ihrem Wuschelkopf drehten. Vielleicht war es ja auch nur die tropische Hitze samt einer Luftfeuchtigkeit von sicher mehr als 70 Prozent, die ein einigermaßen normales Funktionieren nicht gerade förderte. Auch ihm war der Gedanke, aus dem schön klimatisierten Auto steigen zu müssen und sich in die Freiluft-Sauna zu begeben, alles andere als angenehm, aber es half ja doch nichts.

„So, auf geht's, schauen wir uns die Bescherung einmal an!" Ohne sich weiter um seine Kollegin zu kümmern, stieg er aus. Augenblicklich schoss ihm der Schweiß aus allen Poren, es dauerte garantiert keine zehn Sekunden bis sein Hemd einem gerade gebrauchten Badetuch ähnelte. Gaby blieb im Auto sitzen und machte auch dann noch keine Anstalten sich vom Fleck zu rühren, als er schon ein paar Meter weit weg war. „Was ist? Bist angewachsen oder hast die Hosen voll? Los, stell dich nicht so an!", rief er ihr noch zu, bevor er die Straße überquerte. Den „Macho" hatte er nämlich sehr wohl gehört.

Er schlüpfte unter dem Absperrband durch, um auf den staubigen Kiesstreifen zu gelangen, der nach etwa einem halben Meter fast eben in einen doppelt so breiten Streifen aus traurig welkem Gras überging. Die Reifen des Lastwagens hatten sich gut zwanzig Zentimeter tief in die Grasnabe zwischen den zerfetzten Sträuchern gegraben. Es sah aus, als ob die Erde gepflügt worden wäre. Eine kräftige Eibe hatte der Geisterfahrt ein Ende gesetzt. Ihr Stamm war leicht angekohlt, abgeschälte Rindenstreifen hingen herunter. Der Rest des Astes, der sich in die Fahrerkabine gebohrt hatte, ragte wie eine zerborstene Lanze etwa eineinhalb Meter über dem Boden waagrecht vom Stamm weg. Statt nach Moos und vermodernder Erde zu riechen, wie es sich für einen ordentlichen Waldboden gehörte, stank es hier nach Öl und Diesel, der aus dem Lastwagen ausgeflossen war. Vierziger bückte sich, um die noch verbliebenen Reifenspuren zu begutachten. Da war aber nichts mehr zu machen: Nach der Bergung des Wracks war lediglich eine Mondlandschaft übrig geblieben. Er versuchte es trotzdem. Die Nase wie ein Bluthund dicht über der Erde ging er den kleinen Fleck langsam in schmalen Schlangenlinien ab. Er wollte schon fast aufgeben, als ihm ein winziges, völlig verdrecktes Stückchen Papier unter einem mit Erde verklebten Stein auffiel. Einen der abgebrochenen Zweige, die hier überall herumlagen, missbrauchte er als Werkzeug. So gut es ging kratzte er die Erde weg und schob schließlich den Stein zur Seite. Vorsichtig hob er das Fetzchen Papier mit den Fingernägeln von Daumen und Zeigefinger auf. Bei näherem Hinsehen entpuppte es sich als eine Art kleines Briefchen, ein Miniaturkuvert. Es sah aus wie eines dieser Dinger, die im Kaffeehaus für den Zucker benutzt wurden. Genau das stand auch drauf: CRYSTALZUCKER verkündeten große blaue Buchstaben auf der einen Seite des schlicht gehaltenen Briefchens. In kleineren Buchstaben stand darunter „krystalovy cukr“. Das war aber auch schon alles. Kein Hinweis auf den Hersteller oder sonst irgendeine Beschreibung. Vierziger hegte den Verdacht, dass es vielleicht nicht ratsam wäre, den Inhalt in seinen Kaffee zu kippen. Er legte das Briefchen wieder auf den Boden und fischte ein kleines verschließbares Plastiktütchen aus seiner hinteren Hosentasche. Mit dem gleichen Zweigchen, das

er vorher zum Graben benutzt hatte, bugsierte er dann das Papier in das Plastiksäckchen. Obwohl er sich redlich bemühte und fast mit seiner Nase den Boden umgrub, war die weitere Suche vergeblich, dieses eine Briefchen blieb sein einziger Fund. Aber immerhin, es hätte weniger sein können. Er begab sich wieder in die Senkrechte, nicht nur, weil er mit dem Abgrasen dieser seiner speziellen Weide fertig war, sondern auch, weil ihm nach einer halben Stunde in gebückter Haltung sein Kreuz deutlich zu verstehen gab, dass es jetzt genug war.
Er stellte fest, dass es seine liebe Kollegin nicht der Mühe wert gefunden hatte, sich an der Begutachtung der Unfallstelle zu beteiligen. Seine Sucherei hatte ihn so in Anspruch genommen, ihm war es bisher gar nicht aufgefallen, dass er da alleine herumgekrebst war. Im Grunde genommen war ihm das ja nur recht, so störte ihn wenigstens niemand oder ging ihm sonst wie auf die Nerven. Vierziger beschloss, seine Sucherei zu beenden. Hier war ohnehin nichts mehr zu holen. Außer den recht deutlichen Reifenspuren des verunglückten Lastwagens hatte sich auf dem ausgetrockneten Boden nicht viel erhalten. Da und dort ein undeutlicher Schuhabdruck, wahrscheinlich von Leuten der Rettungsmannschaft, die die beiden armen Teufel aus der Fahrerkabine geholt hatten. Vierziger machte sich auf den Rückweg. Kaum hatte er den ersten Schritt auf die Straße gesetzt, verscheuchte ihn ein hysterisches Hupkonzert auch schon wieder. Das gebückte Suchen hatte ihm das Blut aus dem Schädel getrieben und ihn so benommen gemacht, dass er den vorbeifahrenden Autobus glatt übersehen hätte. Gott sei Dank hatte wenigstens der Chauffeur gerade noch rechtzeitig reagiert und das Lenkrad herumgerissen. Erschrocken torkelte er zurück und

musste sich dabei an die Zweige eines der lädierten Sträucher klammern, um nicht auf dem Hosenboden zu landen. Als er sich wieder aufrappelte, fiel sein Blick auf den schmalen, vertrockneten Rasenstreifen am Rand der Straße. Wenn er sich nicht sehr täuschte, hatten sich da die Zwillingsreifen eines schweren Lastwagens tief in die Wiese gegraben. Vielleicht die Spuren des Abschleppwagens. Die wären allerdings nicht parallel zur Fahrbahn verlaufen, so wie diese hier.

Diesmal war er vorsichtiger und schaute zuerst nach links und rechts, bevor er die Straße überquerte. „Deinen nächsten Selbstmordversuch startest bitte, wenn ich nicht dabei bin!“, giftete ihn Gaby an, als er drüben angekommen war. Sie lehnte gemütlich am Wagen und hatte sich scheinbar kaum angestrengt.

Vierziger warf ihr einen ebenso giftigen Blick zu, bevor er sie mit seiner Hand auf ihrem Rücken und einem friedlichen „Ist schon gut, komm, steig ein.“ zur Beifahrerseite bugsierte. Sie hatten beide die Türen offen gelassen, sodass sich die Hitze innen breit gemacht und die Arbeit der Klimaanlage wieder zunichte gemacht hatte. Vierziger schnallte sich an, ließ die Fenster herunter und schloss resigniert die Tür. Den Kampf gegen tropische Temperaturen gab er zumindest für diesen Tag auf.

Sie waren schon wieder eine zeitlang auf der Straße, als Gaby ihr Schweigen brach. Es hätte ihn ja auch wirklich gewundert, wenn sie es noch viel länger durchgehalten hätte.

„Da, schau was ich auf dem Parkplatz gefunden hab!“ Sie holte ein kleines Plastiksackerl aus ihrer Jeans-Tasche, in dem sich drei etwa vier Zentimeter lange Metallröhrchen befanden. Möglicherweise die Hülsen der Geschoße, die ihm Maria in der Werkstatt gezeigt hatte.

„Dort wo ich sie aufgelesen hab, hatte der Schütze eine ideale Position. Wenn der einigermaßen geübt war – und davon kannst bei einem, der so eine Waffe benutzt, ausgehen – dann war das schon fast wie Luftballone am Jahrmarkt abschießen."
Vierziger brummte zustimmend und fischte umständlich seinen eigenen Fund aus der Hosentasche, was ihm ein spitzes „Josef!" und einen vorwurfsvollen Blick einbrachte, bloß weil er dabei für einen Moment das Lenkrad nur mit einer Hand gehalten hatte. Vielleicht für zwei Momente, jedenfalls sicher nicht länger als zehn Sekunden.
„Hat wohl ihren ängstlichen Tag heute, die junge Dame!", sagte er und hielt ihr seine Beute unter die Nase.
„Die junge Dame will lediglich noch ein paar Jährchen durchhalten. Schließlich hat sie das Leben ja noch vor sich, im Gegensatz zu gewissen anderen Leuten!", keifte sie zurück, nahm Josef den Plastikbeutel aus der Hand und warf einen kurzen Blick darauf.
„Ja und? So ein Zuckersackerl kriegst in jedem Kaffeehaus."
„Sowieso! Und wegen ein paar Sackerl Kaffeehauszucker rauben die einen Lastwagen aus und metzeln dabei im Vorbeigehen die Besatzung nieder!"
„Schnee?", fragte sie, nachdem sie Vierzigers Fundstück noch einmal ausführlich begutachtet hatte.
„Glaub ich nicht. Schnee ist ein ziemlich feines Pulver, so ähnlich wie Staubzucker. Was da drin ist, fühlt sich an wie Kristallzucker. Ist aber natürlich keiner!"
„Was sonst?"
„Lass von der Aufschrift einmal den Zucker weg."
„Du meinst Crystal-Speed? Dieses Zeug, das vor ein paar Jahren in Polen aufgetaucht ist?"

„Bingo! Ziemlich gefährlicher Stoff, in der Hauptsache ein Methamphetamin. Nur neu ist dieser Mist nicht. Das haben schon die Nazis beim Militär eingesetzt. Hält wach und steigert die Libido, blöderweise verursacht es auch Gedächtnisverlust und Agression. Kein Mensch weiß, wie viel du davon für eine Überdosis brauchst, und über Langzeitwirkungen ist auch noch nichts bekannt: Dazu werden die Junkies nicht alt genug!"
Gaby befingerte das kleine Kuvert noch einmal. „Bei der Menge, die da drin ist, muss das aber ganz schön gestreckt sein. Wenn der Lastwagen mit dem Zeug voll war, hat sich da jemand ein kleines Vermögen unter den Nagel gerissen!"
Vierziger ließ sich gerade einmal zu einem undefinierbaren „Mmhh" hinreißen. Und weil auch Gaby keinen weiteren Kommentar mehr auf Lager hatte, blieb es die nächsten paar Minuten angenehm still. Zumindest empfand Josef das so, während Gaby unruhig auf ihren vier Buchstaben hin und her rutschte.
„Da haben wir ihn ja endlich wieder.", sagte Josef einige Kilometer weiter.
„Wen haben wir?"
„Na, den Autobus da!"
„Was willst du denn von dem Bus?"
„Vom Bus? Gar nichts! Aber vom Fahrer. Wär ja möglich, dass der auch letzten Freitag auf dieser Strecke unterwegs war. Vielleicht hat er ja irgendetwas mitgekriegt."

Bei der Haltestelle des nächsten Dorfes setzte Vierziger sein Auto so knapp vor den Bus, dass er ihn am Wegfahren hinderte, was ihm prompt zwei protestierende Huper einbrachte. Sah so aus, als ob sein Fahrstil heute keine breite Zustimmung fand. Sein

Widerstand kam wie ein Reflex, er war dagegen völlig machtlos. Für die paar Schritte zum Bus und zum Einsteigen ließ er sich extra viel Zeit. Die Schimpferei des Busfahrers erstickte er im Keim, indem er seinen Dienstausweis zückte. „Major Vierziger, Kriminalpolizei."

Ja, der Chauffeur war auch letzten Freitag diese Strecke gefahren, so wie an jedem anderen Wochentag auch. Achtmal hin und retour ab sechs Uhr früh, die letzte Fahrt talwärts um 15 Uhr. Da hatte er dann auch die Unfallstelle passiert. Auch nicht gerade abenteuerlich, dieser Job, dachte Vierziger.

„Da war aber nichts Besonderes zu sehen. Die Straße war ordentlich abgesichert, mit blinkenden Warnleuchten und so. Muss aber schon eine zeitlang her gewesen sein, der Unfall."

„Wie kommen Sie denn da drauf?"

„Am Straßenrand hat schon ein Ersatzwagen gestanden, in den sie die Ladung umgeräumt haben."

„Was soll das heißen, die Ladung umgeräumt?"

„Naja, da waren vier oder fünf Männer, so genau konnte ich das beim Vorbeifahren nicht sehen. Jedenfalls haben die Kartons vom Unfallwagen in den anderen Laster geschleppt."

„Was für ein Laster war das denn? Von irgendeiner Spedition?"

„Das kann ich nicht sagen, er war ganz weiß, ohne Aufschrift. Anscheinend ziemlich neu. Und bevor Sie fragen: Marke und Kennzeichen weiß ich auch nicht. Wie gesagt, ich hab das ja nur so im Vorbeifahren gesehen!"

„Haben Sie vielleicht bemerkt, ob der Unfallwagen gebrannt hat?" Die Frage kam von Gaby. Sie hatte die ganze Zeit draußen vor der offenen Bustür gestanden und zugehört.

„Also, es hat ja der weiße Laster die Sicht auf den anderen verdeckt, aber ich glaube nicht, dass es gebrannt hat. Sonst hätten sich die Männer mit dem Umladen etwas mehr beeilt, weil abgehetzt haben die sich nicht gerade."

„Auch kein Rauch?", hakte Gaby nach.

„Nein, ich sag' doch, dass da nichts war!"

„Sonst irgendetwas Auffälliges?", fragte Vierziger wieder weiter. „Denken Sie gut nach! Sie könnten uns damit sehr helfen."

„Tut mir leid, sonst kann ich wirklich nichts mehr dazu sagen."

„Trotzdem vielen Dank! Wenn Ihnen doch noch was einfallen sollte, rufen Sie mich an.", sagte Vierziger, steckte dem Fahrer eine Visitenkarte zu und kletterte wieder ins Freie. Hinter ihm schloss sich die hydraulische Tür. Der Bus setzte zurück, um an Vierzigers quer gestelltem Auto vorbeizukommen. Bevor er anfuhr, öffnete sich die Tür wieder. „Ich weiß ja nicht, ob das wichtig ist, aber das ist mir grad noch eingefallen." Er musste seine Stimmbänder ganz schön strapazieren, um den Lärm des Motors zu übertönen. „Auf der anderen Seite hat doch der Wagen von der Straßenmeisterei gestanden. Sie wissen schon, so ein oranger VW-Transporter mit eingeschalteten Blinkleuchten am Dach. Ich hab mich noch gewundert, dass der auch keine Beschriftung auf der Tür gehabt hat. Und daneben war ein schwarzer Geländewagen mit abgedunkelten Scheiben. Irgendwie hab ich den Eindruck, als ob der dazu gehört hat." Die Tür schloss sich und der Bus setzte seine Fahrt endgültig fort. Auch Vierziger und Gaby machten sich wieder auf den Weg zur Grenze.

„Was sagt uns das Ganze jetzt?", wandte sich Vierziger an Gaby, nachdem sie schon eine schöne Strecke schweigend hinter sich gebracht hatten.

„Das sagt uns, dass da jemand der Ost-Mafia in die Quere gekommen ist. Irgendein Oberschlauer wollte anscheinend auf eigene Faust eine Ladung Speed importieren und die Russen haben gezeigt, was sie davon halten. Punkt! Ich sag halt jetzt einfach einmal die Russen, können aber natürlich auch andere gewesen sein. Keine Ahnung, wer da wirklich dahinter steckt. Jedenfalls war das perfekt organisiert. Die haben so getan, als ob schon eine offizielle Unfallbergung im Gang wäre, und alle sind darauf reingefallen. Ich möchte wetten, dass dort in Wirklichkeit kein Wagen der Straßenmeisterei war!"

„Das sehe ich auch so!", stimmte Vierziger zu. „Ich nehm' einmal an, den Unfall-Lkw haben die erst in Brand geschossen, nachdem der ganze Zauber vorbei war. Die hätten nie riskiert, dass ihnen die Ladung abbrennt."

„Darauf kannst du dich verlassen! Und der schwarze Geländewagen war so was wie Begleitschutz für die ganze Aktion. Vielleicht ist aber auch der Schütze damit angereist. Ich mein, das muss man denen schon lassen: sauber gearbeitet! Die haben zugeschlagen, umgeladen und eine Stunde später war keiner von denen mehr im Land. Kompliment!"

„Hört sich ja fast so an, als ob du diese Gauner auch noch bewundern würdest! Nur für den Fall, dass du es vergessen haben solltest: Wir sind die Guten!"

„Jaja, ist schon OK. Aber wirklich traurig bin ich nicht, wenn da eine Krähe der anderen ein Auge aushackt! Wenn die sich gegenseitig erledigen, nehmen sie bloß uns die Arbeit ab. Kann mir nur recht sein!"

Vierziger schüttelte den Kopf und sagte nichts. Insgeheim musste er Gaby ja Recht geben. Aber als ihr Vorgesetzter und als Polizist

konnte er das offiziell natürlich nie zugeben. Also überging er Frau Glücks Ausflug in die Anarchie. Allerdings wunderte er sich, wie abgebrüht und desillusioniert die junge Kollegin schon war. Zu seiner Zeit, als er gerade frisch beim Kriminaldienst angefangen hatte, träumte er noch vom erfolgreichen Kampf gegen die Wurzeln des Verbrechens. Ein Traum, der sich freilich im Laufe der Jahre immer mehr verflüchtigt hatte. Vor fünfundzwanzig Jahren sah die Welt auch noch anders aus, da nannte man sein Land noch eine Insel der Seligen. Sicher gab es auch damals das eine oder andere Mal einen Mord. Aber das kam höchstens einmal im Jahr vor, so gut wie immer handelte es sich um ein Beziehungsdrama und der Täter fand sich im engsten Familienkreis. Heute hatten seine Kollegen und er schon alle paar Wochen mit solchen Tragödien zu tun.
Das Muster war immer wieder das gleiche: zu viele Sorgen, zu viel Alkohol, zu viel gekränkt geglaubte Ehre, zu viel Adrenalin, zu viel Gewalt – Ergebnis: zu viel Blut. Die Waffen fanden sich ja schließlich in jeder Küche. Auch die Besetzung dieser Dramen glich sich ein aufs andere Mal: Die Rolle der Mörder und Totschläger gaben die männlichen Mitglieder des Ensembles, die Partie der Opfer fiel den Frauen und Kindern zu. Das Stück für die weibliche Gewalt – insbesondere die justiziable Sorte – war meist wesentlich subtiler angelegt, sofern es so etwas wie subtile Gewalt überhaupt gab. Requisiten für diese Vorstellungen hielten jeder Hausgarten und die internationale Pharmaindustrie in einem breit gefächerten Arsenal bereit.
Dazu standen auf dem Spielplan noch die Räuberpistolen mit gut organisierten Banden aus allen Himmelsrichtungen: Diebstahl, Einbruch, Drogen, Bankraub bis hin zum Mord gaben

beliebte Motive ab. War diese Entwicklung das Ergebnis, wenn einer Gesellschaft jahrelang ins Poesiealbum geschrieben wurde „Ich will alles und das sofort!“, häufig gefolgt von dem Zusatz „Moral ist blöd!“ Stand dann noch das Postskriptum „Jedes Mittel ist recht“ drunter, brauchte man sich über das Resultat nicht mehr zu wundern. Vierziger war schon klar, dass diese Darstellung der Dinge etwas zu kurz griff. Er beschloss deswegen, seine Gondel in der Hochschaubahn der kriminal-philosophischen Denkübungen zu verlassen und sich wieder in die alltäglichen Niederungen der Verbrechensbekämpfung zu begeben.

„Irgendjemand muss ja wohl auf diese Drogenlieferung gewartet haben! Und der Laster ist ja auch kaum aus dem Nichts aufgetaucht.“

„Was?“ Gaby war während Vierzigers Philosophieexkursion mit ihrem armen Giovanni in einem Luftschloss herumgewandert. Er wiederholte seine Feststellung.

„Eigentlich sollte es ein Kinderspiel sein, herauszufinden, wo der Laster hergekommen ist. Die Nummerntafel hast du, da brauchst ja nur die tschechischen Kollegen fragen.”

„Schon längst erledigt! Die Karre gehört einem biederen Tischler aus einem Dorf in der Nähe von Prag. Er hat sie vorige Woche als gestohlen gemeldet, zwei Tage vor dem Überfall. Und die Kennzeichen stammen von einem Auto aus Liberec an der tschechisch-polnischen Grenze. Früher hieß das Reichersberg. Der Besitzer weiß noch gar nicht, dass ihm die Nummerntafeln geklaut worden sind, der ist auf Urlaub in Spanien.“

„Ist ganz schön riskant, mit einem geklauten Wagen voller Drogen über die Grenze zu fahren.“

„Wie man's nimmt. Erstens haben die Kollegen in der Tschechei die Meldung über das gestohlene Fahrzeug nicht an ihre Grenzbehörden weitergegeben und auf die Nummerntafel sind sie überhaupt erst durch meine Anfrage aufmerksam geworden. Und zweitens: Seit die Tschechen auch bei der EU sind, gibt's da oben ja kaum noch Kontrollen. Das Risiko war also so gut wie nicht vorhanden."

„Jedenfalls steckt da eine generalstabsmäßige Planung dahinter! Was erhoffst du dir eigentlich von unseren Grenzern, wenn die ja doch nicht mehr kontrollieren?"

„Werden wir gleich sehen!"

Es war sicher zehn Jahre her, seit Vierziger das letzte Mal da gewesen war. Mit dem EU-Beitritt Tschechiens waren die Grenzbalken und auch der Stacheldraht verschwunden. Jetzt wies nur mehr eine große Blechtafel darauf hin, dass man von einem Land ins andere wechselte. Der flache Betonbau, in dem die Büros der Grenz- und Zollbehörde untergebracht waren, hätte schon dringend eine Renovierung gebraucht. Vom Dach her liefen braune Streifen an der Wand hinunter, die von rostigem Regenwasser aus einer undichten Dachrinne stammten, und unten bröckelte der Verputz ab. Es sah aus, als ob das Haus aufgegeben worden wäre. Drei Autos auf dem Parkplatz davor, darunter ein VW-Bus in dem typischen Schlammgrün der Zollwache-Fahrzeuge, sagten aber etwas anderes.

Das Licht im Amtszimmer war gedämpft und in den hellen Lichtstreifen, die durch die halbgeschlossenen Jalousien drangen, tanzten Staubkörner wie Mücken in der Abendsonne. Am Schreibtisch hinter der Absperrung, die den normalsterblichen

Bittsteller von den wachhabenden Staatsdienern trennte, war ein Beamter mit dem Kreuzworträtsel einer Zeitung beschäftigt. Das Telefon hatte er außer Reichweite geschoben, um Platz für seine Kaffeetasse zu schaffen. In seinem braun gebrannten, faltigen Gesicht prangte eine Hakennase, die jedem Indianerhäuptling Ehre gemacht hätte. Den dünnen grauen Haarkranz glich er mit einem riesigen Schnauzbart aus und weil es auch in diesem Büro keine Klimaanlage gab, hatte er den obersten Knopf seines Uniformhemdes geöffnet, die Krawatte baumelte wie ein schlaffer Strick an ihm herab. Weiter hinten im Raum saßen zwei weitere Grenzwächter. Einer blätterte in irgendeiner Zeitschrift – Vierziger konnte nicht erkennen, worum es sich genau handelte –, der andere bearbeitete wie wild die Tastatur seines Computers, auf dem Bildschirm flatterten aufgeregte Moorhühner herum. Keiner der drei nahm von Gaby und ihm Notiz. Vierziger räusperte sich und klopfte mit den Knöcheln auf den Tresen, als ob er an eine Tür klopfen würde. Der Beamte vor ihm löste sich von seinem Rätsel, um den Störenfried gelangweilt zu mustern.

„Ja?"

Vierziger schob ihm seinen Ausweis hin.

„Hat einer der Herren letzten Freitag am Nachmittag Dienst gehabt?"

Der Ausweis wanderte wieder über den Tresen zurück und ohne sich umzudrehen rief der Beamte einem der beiden Männer im Hintergrund zu: „Franz, für dich. Kriminalpolizei." Damit war auch schon jegliches Interesse an den Besuchern erloschen und er widmete sich wieder der Lösung seines Kreuzworträtsels. Der Moorhuhnjäger ließ mit einem weiteren Tastendruck die aufgescheuchten Vögel verschwinden, statt ihnen tauchte ein Bild der

Straße draußen vor dem Gebäude am Monitor auf. Umständlich schälte er seine Körpermassen aus dem Drehstuhl und watschelte nach vorne. Er war nicht besonders groß und viel fehlte nicht, damit er ebenso breit wie hoch gewesen wäre. Zu viel Moorhuhnjagd und zu viel Bier, dachte Vierziger in Hinblick auf das stark gerötete Gesicht.
„Freitag Nachmittag, so zwischen 13 und 15 Uhr, ist da so eine alte sandfarbene Rostlaube von Lastwagen aus der Tschechei herein gekommen? Mit roter Aufschrift."
Der Schreibtischjäger brauchte nicht lange zu überlegen: „Ja, an den erinner ich mich. Ich hab ihn angehalten. Tun wir sonst ja nicht mehr, aber ich interessier mich für Oldtimer."
Der Grenzer hatte also auch noch ein anderes Hobby als die Jagd auf virtuelle Hühner.
„War irgendwas Besonderes dran?", fragte Vierziger geduldig.
„Ich hab dem Fahrer gesagt, er soll zusehen, dass er neue Reifen kriegt, und anscheinend war die Öldichtung vom Motor im A... also, die war halt hinüber, der hat total schwarzen Rauch hinten hinausgeblasen."
„Und Sie haben ihn trotzdem weiterfahren lassen?"
„Bin ich die Verkehrspolizei?"
„Was war mit der Ladung?"
„Zucker. Laut den Frachtpapieren hatte er nur Kaffeehauszucker geladen."
„Haben Sie sich die Ladung angesehen?", schaltete sich Gaby ein.
Der Mann schaute sie von oben bis unten an, als hätte er eine grüne Kuh vor sich.
„Haben Sie?", fragte Gaby noch einmal.

„Wozu denn? Ich weiß ja eh, wie solche Zuckersackerl aussehen.“, sagte er schließlich und wandte sich dabei demonstrativ an Vierziger. Gaby schloss die Augen und atmete dabei einmal tief durch. Gedehnt und äußerlich ganz ruhig fragte sie weiter: „Vielleicht die Frachtpapiere kopiert, damit wir wissen wer, woher, wohin?“ Die Antwort war lediglich ein langsames Kopfschütteln, das seine feisten Wangen zum Schwabbeln brachte. Dann stellte er stolzgebrüstet, noch immer an Vierziger gewandt, fest: „Wer hab ich mir nicht gemerkt, aber woher und wohin weiß ich noch!“
„Und, wie schaut's aus? Lassen Sie uns an Ihrem Wissen teilhaben?“ Die Ruhe war aus Gabys Stimme verschwunden, ihr Tonfall ließ darauf schließen, dass sie bei der nächsten blöden Antwort explodieren würde. Vierziger verfolgte den Wortwechsel amüsiert, ohne auch nur daran zu denken, sich einzumischen.
„Gekommen ist die Ladung von einer Firma Korunni Cukr in Prag und der Bestimmungsort war die Firma Pharm-Impex in Linz.“ Der Mann strahlte Vierziger an, als hätte er gerade die sechs Richtigen im Lotto gehabt.
„Das haben Sie sich einfach so gemerkt?“
Der Beamte griff hinunter zur Kaffeetasse seines Kollegen und legte dann ein leeres Briefchen auf den Tresen, das augenscheinlich früher Zucker enthalten hatte. Vierziger sah es sich genau an und meinte dann zu Gaby: „Es ist genau so eines, wie ich es an der Unfallstelle gefunden hab.“ Zu dem Beamten sagte er: „Geschenkannahme im Dienst! Ausgezeichnet! Aber das ist mir eigentlich egal. Wie viel davon haben Sie?“ Das Dickerchen ging zu einem niedrigen Schrank im hinteren Teil des Büros, auf dem die Kaffeemaschine stand, und kam mit einer Schachtel

zurück. „Es waren tausend Päckchen drin.“, sagte er. Die Röte aus seinem Gesicht war verschwunden und auch die beiden anderen Beamten beobachteten jetzt aufmerksam die Vorgänge am Tresen.

„Sie haben sich nicht wirklich für den Oldtimer-Lkw interessiert, stimmts?“, Gabys Worte waren mehr eine Feststellung als eine Frage.

„Doch, schon! Mit so einem alten Wagen waren die noch nie unterwegs.“ Diesmal hatte sich der Mann das erste Mal direkt an Gaby gewandt.

„Seit wann geht das schon so?“, fragte Vierziger.

Die Antwort kam von der Hakennase. „Seit einem halben Jahr kommen die einmal im Monat bei uns durch. Ich mein, das ist doch ganz harmlos, nur ein paar Packerl Zucker! Was ist da schon dabei?“

„Dabei ist, dass ihr nicht kontrolliert habt, was der Transporter wirklich geladen hat. Aber wie gesagt, das ist mir völlig wurscht. Darum werden sich eure Vorgesetzten kümmern.“

„Ist es Ihnen denn gar nicht eigenartig vorgekommen, dass eine Pharma-Firma eine Ladung Zucker bekommen soll?“, wollte Gaby wissen. Der Dicke zuckte nur mit den Schultern.

„Na gut. War sonst noch was an diesem Freitagnachmittag?“, fragte Vierziger.

„Nein, alles wie immer. Ein Haufen Einkaufstouristen, wie immer am Freitag. Die meisten fahren Mittag hinüber und kommen am Abend wieder zurück.“

„Zeichnet ihr das da auch auf Band auf?“ Gaby deutete auf den Monitor, der die Szene vor dem Haus der Grenzkontrolle zeigte. Der dicke Beamte öffnete einen Durchgang im Tresen und winkte

Gaby und Vierziger mit sich. Auf einem Tisch neben der Kaffeemaschine standen zwei Videorekorder und ein kleiner Fernseher. Er griff nach einer Kassette auf dem Regal darüber, legte sie in einen der beiden Rekorder und schaltete den Fernseher ein.
„Das ist das Band vom Freitagnachmittag. Bitte sehr!", sagte er, mittlerweile ziemlich kleinlaut, und drückte Gaby die Fernbedienung für den Videorekorder in die Hand.
„Danke, wenn wir Sie brauchen melden wir uns." Damit entließ Vierziger den Beamten, der beleidigt abzog.
Die Durchsicht des Videobandes brachte keine wirklich neuen Erkenntnisse. Von Zeit zu Zeit kam der Beamte aus dem Dienstgebäude, beobachtete kurz den Verkehr und verschwand dann wieder. Der überfallene Schrott-Lkw kam so gegen halb zwei Uhr durch. Die mitlaufende Uhr zeigte 15:23, als er einen dunklen Geländewagen stoppte. Aber auch der passierte nach der Kontrolle der Papiere unbehelligt den Grenzübergang.
„Was war mit dem Mercedes da?" Gaby hatte das Band wieder zu der betreffenden Stelle zurückgespult.
„Zwei junge Russinnen aus Moskau. Ich hab mich noch gewundert, dass die so eine weite Strecke nicht fliegen. Aber manchmal kommen sogar Wagen aus Finnland bei uns durch, das ist dann noch ein Stück weiter." Der füllige Grenzer hatte anscheinend die Sprache wiedergefunden.
„Kennzeichen?", wollte Vierziger wissen.
„Sag ich ja, der Mercedes kam aus Russland, Moskau."
„Siehst du, ich hatte doch Recht: Die Russenmafia hat sich die Ladung unter den Nagel gerissen!" Gaby triumphierte und der Beamte stierte die beiden verständnislos an.

„Also dann, meine Herren, noch einen schönen Tag!", sagte Vierziger und erhob sich aus dem Stuhl vor dem Fernsehgerät. Im Vorbeigehen griff er nach dem Karton mit den Zuckerpackungen: „Muss ich beschlagnahmen, das ist Ihnen ja wohl klar. Beweismaterial!"
Alle drei Grenzbeamten standen stramm und salutierten vorschriftsmäßig, als Gaby und Vierziger hinausgingen.

Auf der Rückfahrt sah sich Gaby die Zuckerpackungen genauer an und verglich sie mit dem Sackerl, das Vierziger an der Überfallstelle gefunden hatte.
„Es sind doch nicht die gleichen. Die hier sind auf beiden Seiten beschriftet." Sie hielt Vierziger eine der Zuckerpackungen von der Grenzstelle unter die Nase. „Bei dem, das du gefunden hast, ist nur eine Seite beschriftet."
„Auf diese Weise können sie unterscheiden, in welchem drin ist, was draufsteht, und in welchem die Drogen sind. Gar nicht so blöd, das fällt einem auf den ersten Blick gar nicht auf!"
„Willst du die Grenzer wirklich bei ihrer Dienststelle anzeigen?"
„Aber woher denn!", sagte Vierziger mit einem breiten Grinsen auf dem Gesicht. „Ich denk ja gar nicht dran! War nur ein Schuss vor den Bug, die werden es in der nächsten Zeit nicht wagen, auch nur ein Zündholz anzunehmen! Außerdem sollen sie ruhig ein bisschen in ihrem eigenen Saft schmoren, schadet ihnen überhaupt nicht!"
„Du bist ganz schön fies!", strahlte Gaby und Vierzigers Grinsen wurde noch breiter.
„Kehren wir noch auf ein Bierchen ein?", schlug er angesichts einer Raststätten-Ankündigung am Straßenrand vor. „Heute

richten wir ja doch nichts Gescheites mehr aus. Morgen knöpf ich mir einmal die Küchenhilfen von der Habringer vor und du kannst dich mit den Kolleginnen unserer lieben Toten beschäftigen. Außerdem möchte ich wissen, wer hinter dieser Pharm-Impex steckt!"

Gaby widersprach nicht. Weder den ihr zugedachten Aufgaben und schon gar nicht einem kühlen Bierchen. In Gedanken war sie ohnehin schon beim gemeinsamen Abend mit ihrem Giovanni.

- 12 -

Vierziger stand vor der Eingangstür einer kleinen Wohnhausanlage in einem Dorf knapp zwanzig Kilometer von der Stadt entfernt. Im Melderegister hatte er herausgefunden, dass hier Enes Alldashi wohnte, einer der beiden Küchengehilfen im Falstaff. Er nahm seinen Zeigefinger erst wieder vom Klingelknopf, als sich jemand an der Sprechanlage meldete.
„Major Vierziger, Kriminalpolizei. Machen Sie auf!"
„Meine Papiere sind in Ordnung und ich hab nichts gemacht.", kam als Antwort.
„Ist ja schon gut! Es geht um Frau Nguyen." Das war anscheinend das Sesam-öffne-dich, es summte und die Tür sprang auf.
„Zweiter Stock!", krächzte es noch aus dem Lautsprecher.
Oben wartete Alldashi schon an der offenen Tür. „Kommen Sie herein! Ich bin gerade beim Frühstück. Möchten Sie einen Kaffee mittrinken?"
„Da sag ich nicht nein!" Vierziger war überrascht. Nicht nur über die Ausdrucksweise Alldashis – er musste schon zweimal hinhören, um auch nur einen Anflug eines Akzents zu bemerken. Vor ihm stand ein braun gebrannter, sportlicher Mann, sicher an die eins achtzig groß, gertenschlank. Picobello rasiert, die glänzenden schwarzen Haare zu einer modernen Frisur gestylt, und das

schon um diese Zeit – immerhin war es gerade einmal neun Uhr vorbei. An einem freien Tag hätte man Vierziger selbst zu dieser Stunde noch in einem leicht verwüsteten Zustand angetroffen. Die Küche war zwar winzig, aber blitzsauber und gemütlich. Alldashi schaufelte Kaffeepulver, Zucker, eine Winzigkeit Kakao und eine noch kleinere Winzigkeit Zimt in ein kleines Messingkännchen, goss Wasser darüber und ließ das Ganze ein paar Mal aufkochen. Das Ergebnis war eine Offenbarung: heiß, schwarz, die genau richtige Mischung aus bitter und süß mit dem Duft eines orientalischen Bazars – mit einem Wort ein Kaffee, dem Vierziger seinen ganzen Respekt entgegenbrachte. Und zudem wieder eine der Gelegenheiten, wo er froh war, dass Koffein zu den legalen Drogen gehörte, sonst hätte er am Ende noch gegen sich selbst ermitteln müssen.

„Sie haben also Linhs Mörder noch nicht, sonst wären Sie nicht bei mir." Vierziger war zu keiner Antwort fähig, seine ganze Aufmerksamkeit galt bis zur letzten Geruchszelle hin dem Kaffee.

„Oder haben Sie ihn doch schon?"

„Entschuldigung! Nein, wir haben ihn noch nicht. Aber vielleicht können Sie uns ja weiterhelfen."

„Ich wüsste nicht wie. Außer von der Arbeit habe ich sie ja kaum gekannt."

„Was war letzten Donnerstag los? Ist Ihnen irgendetwas aufgefallen? Etwas das anders war als sonst?"

Alldashi dachte einen Augenblick nach. „Nein, es war alles wie immer."

„Und Ihr Chef, der Herr Krautgartner? War der auch wie immer?"

„Der Herbert? Eigentlich schon. Ich meine, er hat nicht gerade den besten Tag gehabt. Wir haben eine Lieferung Fisch zu spät bekommen und der Salat war auch nicht mehr ganz frisch. So was drückt dann schon auf seine Stimmung."

„Was heißt das genau? Bei Allah und seinen Propheten, Alldashi, lassen Sie sich doch nicht alles aus der Nase ziehen!" Die Religionszugehörigkeit hatte ebenfalls im Melderegister gestanden.

„Na ja, wenn so was passiert, rastet er schon einmal aus. Da kann man ihm nichts mehr Recht machen, brüllt nur mehr herum."

„Brüllt er nur oder wird er da auch handgreiflich?"

„Handgreiflich?"

„Ja, handgreiflich! Schlägt er zu, schmeißt er mit Gegenständen um sich und so weiter!"

„Nein, er schreit nur herum. Das bringt eher die Chefin, die schmeißt dir schon einmal eine Bratpfanne nach, wenn sie ausrastet. Aber Sie glauben doch nicht im Ernst, der Herbert hätte die Linh umgebracht? Nie im Leben! Der war doch voll in sie verknallt! Er hätte ihr nie was angetan!"

„Und? Wie hat die Geschichte umgekehrt ausgesehen?"

„Nicht so gut. Die Linh ist – äh – war anders herum. Der Herbert hätte nie irgendeine Chance gehabt."

„Sie meinen, die Nguyen stand mehr auf Frauen?"

„So könnte man das sagen."

„Wer ist *man*, der das so sagt? Oder haben Sie es selbst einmal bei ihr probiert?"

„Entschuldigen Sie, Herr Kommissar, bei allem Respekt, aber das ist nicht witzig."

„Ja, ist schon gut. Also, wie kommen Sie darauf?"

„Das ist schon ein paar Monate her. Ich war schon früher hier, weil in der Schule eine Stunde ausgefallen war, und da hab ich die beiden in der Garderobe gesehen. Die Linh ist der Chefin – wie sagt man – an die Wäsche gegangen, und es hat nicht so ausgesehen, als ob die was dagegen gehabt hätte!"

Vierziger erinnerte sich an die Wand voller Bücher, die er beim Hereinkommen in einem offen stehenden Zimmer bemerkt hatte.

„Nur so aus Neugier: Was für eine Schule? Sprachkurs haben Sie ja nicht nötig, oder?"

„Zuhause in Tirana war ich Lehrer, aber mein Diplom wird hier bei euch nicht anerkannt. Also muss ich die Ausbildung noch einmal machen, schließlich will ich ja nicht ewig Küchenhilfe bleiben."

Jetzt konnte sich Vierziger das gute Deutsch mit der fast perfekten Aussprache erklären.

„Wollten Sie erst damit andeuten, dass Frau Habringer und die Nguyen ein Verhältnis miteinander hatten?"

„Es hat ganz so ausgesehen."

„War das allgemein bekannt, dass die Chefin und die Nguyen ...?"

„Keine Ahnung! Ich glaub aber nicht, wenigstens ist nie was darüber gesagt worden. Und Sie wissen schon, beim Kartoffelschälen wird viel geredet. Und nur damit das klar ist: Von mir haben Sie das nicht!"

„Natürlich nicht. War sonst irgendetwas anders letzten Donnerstag?"

Alldashi überlegte. „Etwas war schon eigenartig. Wenn draußen das Buffet abgeräumt wird, dann sind wir in der Küche eigentlich fertig. Wir räumen dann nur noch die Reste in die Kühlung und machen sauber. Der Herbert hat sich davor immer gedrückt, wenn's irgendwie gegangen ist. Aber am Donnerstag hat er uns, also den Ahmed und mich, schon so gegen halb zwölf nach Hause geschickt. Obwohl da das Zeug von draußen gerade reingekommen ist."

„Und davor war der Krautgartner die ganze Zeit über in der Küche?"

„Ja klar! Wir haben ja gekocht und mussten immer darauf achten, dass es Nachschub gegeben hat, wenn draußen was ausging. Wie dann die ersten Buffetwagen hereingekommen sind, ist er eine rauchen gegangen. Und danach hat er uns nach Hause geschickt."

„Wann war das? Und wie lange war er da weg?"

„Er war vielleicht eine halbe Stunde weg. Und gegangen sind wir so um halb zwölf."

„Sonst noch was?"

„Wissen Sie, der Herbert trinkt schon gerne ein oder zwei Glas Wein beim Kochen. Mir ist vorgekommen, als ob er am Donnerstag mehr gehabt hat. Jedenfalls war die Flasche fast leer, aber vielleicht hat er sie ja auch für die Soßen gebraucht."

„Aber sicher! Für die Soßen!"

Auch eine zweite Tasse von Alldashis gottvollem Kaffee förderte keine weiteren Neuigkeiten mehr zutage, wenigstens nicht in Bezug auf die tote Frau Nguyen. Dafür bekam Vierziger einen kleinen Einblick in Alldashis Lebensgeschichte, von seiner Flucht aus einem Lager im Kosovo bis nach Österreich, vom demütigenden Procedere des Asylantrags bis hin zum Job als Küchenschabe im Falstaff. Eine Geschichte, um die Vierziger ihn keinesfalls beneidete. Beim Gehen versicherte ihm Alldashi noch einmal, er hielte es für völlig unmöglich, dass sein Chef der

Vietnamesin auch nur ein Haar gekrümmt hätte. Offenbar war er ihm treu ergeben.

„Du sollst zum Dr. Zulehner hinaufkommen und der Staatsanwalt hat auch angerufen, der wollte wissen wie es im Fall Nguyen steht.“, überfiel ihn Gaby, kaum dass er einen Fuß ins Büro gesetzt hatte.
„Ja ja, dir auch einen schönen Tag!“
„Dankeschön! Außerdem hab ich eine Kollegin der Toten ausfindig gemacht, die mit ihr näher bekannt war, fast so was wie befreundet. Ich hab sie herbestellt, damit wir uns gemeinsam anhören können, was sie zu erzählen hat.“
Vierziger schaltete seine Espresso-Maschine ein. Während er darauf wartete, bis sie ihre Betriebstemperatur hatte, widmete er sich seiner Miniatur-Zitronenplantage – einer Beschäftigung, die hervorragend geeignet war, seine Gedanken frei herum wandern zu lassen. Als er das letzte welke Blatt entfernt hatte, knipste er seine Kaffeemaschine wieder aus, ohne sie benutzt zu haben und machte sich auf den Weg. „Zum Zulehner.“, brummte er, als er schon fast bei der Tür draußen war. Beim Treppenaufgang überlegte er es sich doch noch einmal anders. Die Lust auf einen Besuch beim Chef hielt sich in ziemlich engen Grenzen. Also entschied er sich statt treppauf lieber für treppab und ging dann über den Hof des Polizeipräsidiums, um bei Maria in der Werksatt vorbeizuschauen. Vergeblich, in der weiß gekachelten Halle war keine Menschenseele. Das Wrack des überfallenen Lkws stand verlassen vor dem Glasverschlag, in dem Maria ihr Büro hatte. Vierziger stöberte in den metallenen Werkbänken nach einem Metermaß. In der siebenten Lade wurde er endlich fündig. Er

kletterte in den Laderaum des Lkws und begann zu messen. Dann setzte er sich an Marias Schreibtisch, zog sich einen Notizblock heran und begann zu rechnen. Der Laderaum war viereinhalb Meter lang, zwei Meter zwanzig breit und knapp zwei Meter hoch. Die Schachtel mit dem Drogenzucker hatte ein Maß von 40 x 20 x 8 Zentimetern. Vierziger hatte den beschlagnahmten Karton abgemessen. Das bedeutete, dass der Lastwagen über 3.000 Schachteln geladen hatte, jede mit 1.000 Packungen Zucker beziehungsweise mit diesem verfluchten Crystal. Selbst wenn er davon ausging, dass aus Sicherheitsgründen nur ein Viertel der Kartons mit der Droge bestückt war, ergab das immer noch 750.000 Speed-Briefchen. Die Kollegen vom Suchtgift-Dezernat veranschlagten jedes dieser Drogentütchen mit einem Marktwert von 10 Euro. Der Überfall auf den Lastwagen hatte demnach eine dreiviertel Million Euro eingebracht. Nicht gerade eine Kleinigkeit. Vierziger riss die Seite mit seinen Berechnungen vom Block und steckte sie, fein säuberlich zusammengefaltet, in die Hosentasche. Die Auftraggeber hatten schlicht und einfach knallhart kalkuliert: 750.000 minus Unkosten für das ausführende Personal und Logistik allerhöchstens 50.000 – blieben satte 700.000 übrig. Abgaben- und steuerfrei. Es waren schon Morde für eine wesentlich geringere Summe begangen worden. Seit einem halben Jahr ging das schon so, hatte der Grenzer gesagt. Das bedeutete das bescheidene Körberlgeld von viereinhalb Millionen Euro für denjenigen, der das Geschäft organisierte. Und dabei offensichtlich den Bossen der Ostmafia in die Quere gekommen war.

Auch der schönste Aufschub war einmal vorbei und Vierziger hatte den Besuch in Marias Reich ja wirklich nur als Ausrede für ein Hinauszögern des Rapports beim Chef benutzt. Missmutig machte er sich auf den Weg und – wie um seine schlechte Laune noch ein wenig zu verstärken – ignorierte er den Lift und stapfte die vier Stockwerke zu Fuß hinauf. Der nach unten zeigende Daumen von Dr. Zulehners Sekretärin gepaart mit einem Blick auf die Tür zum Allerheiligsten bestätigte seine Ahnung: Der Ruf ins Chefbüro verhieß selten Gutes. Vierziger sparte sich das Anklopfen.

Bei der Einrichtung seines Büros hatte Dr. Zulehner die Klischees amerikanischer Filme als Vorbild genommen: mit Eichenpanelen verkleidete Wände, in der rechten Ecke hinter dem Schreibtisch aus schwerer Eiche hing die österreichische Flagge mit eingesticktem Bundesadler von einer Stange, daneben ein Foto des Vorsitzenden der gerade aktuellen Regierungspartei, gleichermaßen Demonstration und politisches Credo. An der Wand hinter ihm ein Ölgemälde von Oskar Kokoschka, das eine Ansicht der Stadt zeigte. Die Beziehungen zum Direktor des städtischen Museums schienen bestens zu funktionieren, wenn so eine Leihgabe dabei herausschaute.

Vertieft in die Zeitung auf seinem Schreibtisch nahm sein Chef keinerlei Notiz von ihm. Nach einer halben Minute wurde es Vierziger zu blöd.

„Was gibt's, Helmuth, du hast nach mir telefonieren lassen?"

Dr. Zulehner fand es noch immer nicht der Mühe wert, den Blick von seiner Zeitung zu heben. Stattdessen schlug er mit dem flachen Rücken seiner rechten Hand auf den Artikel, der seine Aufmerksamkeit derartig in Anspruch nahm.

„Da, die fragen sich schon, ob wir denn überhaupt nichts weiterbringen!"

„Von mir aus sollen die sich fragen, was sie wollen!“
„Der Dr. Schuhmann hat auch schon angerufen. Er meint, du solltest lieber herausfinden, wer diese Chinesin umgebracht hat, statt angesehene Bürger zu belästigen.“
Vietnamesin, aber sei's drum. Daher wehte also der Wind! Die Baumgartner hatte demnach ihre Kontakte spielen lassen und sich an „höherer Stelle“ beschwert, wie sie das genannt hatte.
„Wenn die angesehenen Bürger ihre sauberen Finger in zwielichtige Geschäfte stecken, müssen sie damit rechnen, dass wir uns mit ihnen beschäftigen.“
„Was habt ihr denn bis jetzt?“ Die Stimme des Chefs klang schon etwas besänftigter.
Vierziger setzte ihn über die Ermittlungen im Fall der Vietnamesin ins Bild. Viel war das wirklich nicht, das musste er ja zugeben. Die Sache mit dem überfallenen tschechischen Lastwagen mitsamt den Bestechungsgeschichten an der Grenze behielt er für sich, schließlich hatte ihn auch niemand danach gefragt.
„Sei so gut und geh ein wenig diskreter vor, die Baumgartner hat ein paar wichtige Leute im Rücken. Und Brandreden vom Schuhmann kann ich jetzt überhaupt nicht brauchen.“
„Wir werden uns bemühen. Dafür könntest du dem Staatsanwalt berichten, wie weit wir sind. Das spart uns Zeit und wir kommen mit den Ermittlungen schneller voran.“ Dieser Spruch kam beim Chef immer gut an. Den darauffolgenden Grunzer nahm Vierziger als Zustimmung. Der Herr Kriminaldirektor widmete sich wieder seiner Zeitung. Nachdem ihm ohnehin kein Stuhl angeboten worden war, drehte sich Vierziger um und ging.
„Auch noch einen schönen Tag!“, sagte er, bevor die gepolsterte Bürotür ins Schloss fiel.

„Ja, schon recht. Und lass mir bei Gelegenheit einen Bericht über den verunglückten Laster zukommen!“, brummelte Dr. Zulehner und signalisierte, dass er darauf keineswegs vergessen hatte, aber da war Vierziger schon draußen.
„Möchte bloß wissen, warum sich der Schuhmann gar so sehr für die tote Horizontalkellnerin interessiert.“, überlegte Vierziger während er die Stufen zu seinem Büro hinab ging. Dass es dem Stadtrat dabei nur um die leidige Ausländerfrage ging, konnte er sich nicht vorstellen. Zumal die Dahingeschiedene ja eigentlich EU-Bürgerin gewesen war. Obwohl – in den Augen des Herrn Stadtrats war ja die EU an sich genauso verdächtig wie jeder, den er für einen Ausländer hielt.

„War's schlimm?“ Gaby hob kaum den Blick von den Papieren vor ihr.
„Ich hab's überlebt. Aber der Schuhmann fängt an lästig zu werden. Anscheinend hat ihn die Baumgartner auf uns gehetzt.“
„Seit wann geht denn einen Politiker unsere Arbeit was an?“
„Für mich heißt das, jemand versucht zu verhindern, dass wir unsere Nase zu tief in gewisse Mauscheleien stecken. Aber nicht mit mir, jetzt erst recht! Wann kommt denn diese Freundin der Nguyen?“
„Hältst du den für so blöd, dass er sich dermaßen aus dem Fenster lehnt?“ Gaby warf einen Blick auf ihre Uhr. „Die Freundin müsste in einer Viertelstunde da sein. Du kannst dir davor ruhig noch schnell einen Becher Gift reinziehen!“
Gabys sarkastischem Rat folgend warf er seine Espressomaschine an, auch wenn er im Augenblick eigentlich gar keine so große Lust auf einen Kaffee verspürte. Andererseits waren seit Alldashis

unvergleichlichem Kaffee schon über zwei Stunden vergangen und die nächste Dosis Koffein war ohnehin fällig. Er spülte gerade seine leergetrunkene Tasse aus, als es an der Tür klopfte und eine melangefarbene Schönheit das Büro erhellte. Die Frau war hochgewachsen und gertenschlank, ein dicker Zopf von schwarz glänzendem gekräuseltem Haar hing bis fast zu den Hüften hinab. Vierziger versuchte sich vorzustellen, wie lang die Haarpracht sein musste, wenn sie nicht geflochten und mit einer goldenen Schleife verziert war. Das eng anliegende, cremefarbene Sommerkleidchen passte perfekt zu ihrer bronzefarbenen Haut und schien in die gleiche preisliche Kategorie zu gehören, wie die Garderobe der toten Linh Phung. Ihr Auftreten war allerdings das genaue Gegenteil der äußeren Erscheinung. Die Füße in den hochhackigen Schuhen standen eng aneinandergepresst und sie hielt sich krampfhaft an ihrer kleinen Handtasche fest, obwohl sie ohnehin an einem langen Riemen über die Schulter hing. Die Begegnung mit der Polizei verursachte ihr sichtliches Unbehagen.
„Buenos Dias, Senorita Ferlito!", versuchte Gaby durch die Begrüßung in der Muttersprache bei der Besucherin wenigstens ein Minimum an Vertrauen herzustellen.
„Bitte, setzen Sie sich doch!", sagte sie und deutete auf den Stuhl neben ihrem Schreibtisch. „Sie haben bei uns nichts zu befürchten, das hier ist nicht die Fremdenpolizei. Wir möchten nur etwas mehr über Ihre verstorbene Kollegin erfahren." Ohne sich mit ihm vorher darüber verständigt zu haben, nahm Gaby das Gespräch in die Hand. Vierziger beließ es dabei, von Frau zu Frau redete es sich in so einer Situation leichter.
„Es ist so schrecklich, die arme Linh ..." Vierziger war überrascht von der tiefen, rauchigen Stimme.

„Was können Sie uns über Frau Nguyen erzählen, Mercedes? Ich darf Sie doch so nennen?"
Die junge Frau nickte leicht mit dem Kopf und ließ ihre Handtasche los. Gaby machte das ziemlich geschickt.
„Uns würde besonders interessieren, ob es da vielleicht einen Freund gab, etwas Ernstes, Sie wissen schon, eine Liebesgeschichte vielleicht. Jemand, der mit dem, was sie gemacht hat, nicht einverstanden war."
Senorita Ferlito schüttelte den Kopf.
„Nein, Linh hatte keinen Freund. Sie war ...", ein verlegenes Lächeln huschte über ihr Gesicht, „sie hatte lieber eine Freundin, la pobra!" Der Zusatz klang weniger mitleidig als viel mehr missbilligend.
„Mercedes, wissen Sie auch, wer das war?"
Die Ferlito senkte den Kopf und schwieg.
„Es wäre sehr wichtig für uns, Senorita!", mischte sich Vierziger in ruhigem, väterlichem Tonfall ein. „Vielleicht können Sie uns damit helfen herauszufinden, wer ihr ...", er machte eine kleine Pause, „... wer ihr das angetan hat."
Frau Ferlito sah Vierziger prüfend an, wandte sich dann aber wieder an Gaby: „Sie war lange Zeit mit Senora Baumgartner zusammen, aber seit ein paar Wochen war sie heimlich mit Senora Abringer." Sie verschluckte das H des Namens, aber Gaby und Vierziger wussten auch so, wer gemeint war.
„Sind Sie da ganz sicher, Mercedes?"
„Aber ja! Linh hat es mir selbst erzählt. Sie hatte deswegen ein ganz schlechtes Gewissen, weil sie doch nicht wusste, wie sie es Senora Baumgartner sagen sollte."

„Könnte es sein, dass Frau Baumgartner alleine dahinter gekommen ist?“, hakte Gaby nach.
„Ich weiß es nicht. Möglich wäre es schon, jedenfalls hatten sie an diesem Tag einen heftigen Streit!“
„Sie meinen letzten Donnerstag, auf dem Schiff?“, platzte Vierziger dazwischen.
„Aber ja, ich sage doch an diesem Tag, an dem sie ...!“, ihre Hand glitt mit einer schnellen Bewegung über den Hals, als wollte sie sich die Kehle durchschneiden.
„Um welche Zeit war das?“, hakte Vierziger nach.
„Das muss so um halb sechs gewesen sein, kurz bevor die Gäste gekommen sind.“
„Hatte Linh eigentlich irgendwelche Feinde oder fühlte sie sich bedroht?“
„Nein, ich glaube nicht.“
„Ist Ihnen in letzter Zeit sonst etwas aufgefallen an Linh, etwas das anders war, als es hätte sein sollen? Denken Sie bitte gut nach, Mercedes, jede Kleinigkeit kann für uns wichtig sein!“ Gabys Stimme klang, als spräche sie zu einem Kind.
Frau Ferlito schloss die Augen und hielt sich wieder an ihrer Handtasche fest. Eine zeitlang passierte gar nichts, außer dass sie ihre Lippen bewegte, als würde sie mit sich selbst stumme Zwiesprache halten. Noch immer die Augen geschlossen murmelte sie: „... vielleicht das. Aber das hat sie ja schon länger gemacht. No.“ Vierziger warf Gaby einen fragenden Blick zu. Sie schüttelte den Kopf und wartete noch einen Augenblick.
„Was, Mercedes? Was hat sie schon länger gemacht?“
„Sie hat seit langem von jemand Geld bekommen. Siebenhundert Euro jeden Monat. Sie hat damit ihre kleine Schwester

unterstützt. Ich hab ihr immer gesagt, sie soll das sein lassen, das ist gefährlich! Aber sie hat immer gemeint, sie passt schon auf sich auf, ihr geschieht schon nichts."

„Hat sie jemanden erpresst? Wen?", fragte Vierziger ungeduldig.

Die Ferlito wandte sich trotzdem wieder an Gaby. „Ich glaube schon, aber ich weiß nicht, von wem sie das Geld genommen hat. Und ich weiß auch nicht wofür.", nahm sie die nächste Frage vorweg. „Sie hat nur gesagt, es sei kinderleicht und ihr kann dabei überhaupt nichts passieren, weil sie ja auf sich aufpasst."

„Das einzig Neue ist die Sache mit der Baumgartner und der Habringer. Außerdem find ich es ja interessant, dass die Baumgartner an diesem Abend auch auf dem Schiff war. Davon hat uns die Habringer nichts erzählt.", stellte Vierziger fest, nachdem Senorita Ferlito wieder gegangen war, mit der üblichen Auflage, sich weiter zur Verfügung zu halten.

„Vielleicht hat sie es ja nur vergessen?"

„Aber sicher! Sie übernimmt die Bettgenossin von der Baumgartner und dann kommt ihr bei so einer Sache nicht der Gedanke, dass ihre Konkurrentin an diesem Abend am Tatort war und daher auch die Möglichkeit gehabt hätte, die Angelegenheit in ihrem Sinn zu regeln. Und dann bist du munter geworden, oder was!"

„Nehmen wir einmal an, nur so zum Spaß, die gute Frau Habringer hat diesen Gedanken gehabt. Was wäre, wenn sie auf die Idee kommt, selbst daraus Kapital zu schlagen – zum Beispiel eine klitzekleine Erpressung so nebenher! Wie würde dir das gefallen?"

„Schon möglich. Erpressungen scheinen in diesem Kreis ja nichts Besonderes zu sein. Jedenfalls hätten wir damit ein Motiv für die Baumgartner, sofern man ihr wegen einer verlassenen Liebschaft einen Mord zutrauen kann."
„So wie die sich letztes Mal aufgeführt hat und besonders nach dem Rausschmiss von Giovanni, trau ich der alles zu, wenn sie dahinter gekommen ist, dass ihr Herzblatt zweigleisig fährt!"
„Ja, vielleicht, falls sie dahinter gekommen ist. Es könnte aber genauso gut die Habringer gewesen sein, für den Fall, dass sich das gute Mädchen doch anders entschieden hat! Abgesehen davon, hätten wir da auch noch die Person, die sie erpresst hat. Sich einen gierigen Blutsauger vom Hals zu schaffen, wäre ja auch kein ganz abwegiger Grund, die Nguyen aus dem Weg zu räumen."
„Da kann ich dir nicht widersprechen. Nur wissen wir leider noch nicht, wer das ist. Obwohl ich was Interessantes über die Geldquelle unserer Linh herausgefunden hab!"
„Du meinst über diese Investment-Firma aus Liechtenstein?"
„Genau! Investissement & Participation S.A.R.L. Die haben ihre Finger in einer ganzen Reihe von Unternehmen hier im Land. Import- und Export-Gesellschaften, Speditionen, Gastronomie und noch ein paar andere."
„Aber nicht vielleicht Firmen, die wir kennen!"
„Auf Umwegen die Falstaff GmbH, das K&K-Personalservice, eine gewisse Spedition, auf die wir ein Auge geworfen haben, und so nebenbei auch noch eine Pharma-Import-Firma."
„Zufälle gibt's!", feixte Vierziger und machte sich daran, den nächsten Espresso aus der Kaffeemaschine zu quetschen.

– 13 –

„Hast du auch herausbekommen, wer hinter dieser Investmentfirma steckt, bei der die gute Linh abkassiert hat?"
„Nein, leider noch nicht. Aber das ist nur eine Frage der Zeit. Irgendwann findest du im Internet alles, da brauchst du lediglich genügend Geduld und natürlich ein paar Tricks!", schmunzelte Gaby. Sie saßen in einem kleinen Bistro am Markt. Vierziger blätterte in einer Aktenmappe mit Laboranalysen, die kurz vor ihrer Mittagspause ein Bote von Dr. Liebmayer vorbeigebracht hatte.
„So wie es aussieht, ist der Koch von der Habringer auch wieder im Spiel.", stellte er fest.
„Der Krautgartner?", fragte Gaby ganz undamenhaft mit vollem Mund nach, während sie schon die nächste Portion Spaghetti kunstvoll auf ihre Gabel wickelte. „Warum?"
„Er war der zweite Mann, der sich mit der Nguyen in dieser Nacht vergnügt hat. Ich hab unserem Dr. Liebmayer ein paar Haare geschickt, die ich an einer Bürste im Spind vom Krautgartner gefunden hab. Die DNA ist mit der zweiten Samenprobe identisch."
„Das würde dann aber heißen, dass der Alldashi doch nicht Recht gehabt hat. Ich meine von wegen keine Chance bei ihr."

„Vielleicht hat sie sich dafür bezahlen lassen, so wie bei den anderen auch."
„Aber warum hätte er sie dann umbringen sollen? Er hatte ja offensichtlich bekommen was er wollte!"
„Keine Ahnung! Vielleicht gerade weil er dafür bezahlt hat. Demütigung, gekränkte Eitelkeit, kein anderer mehr, irgend so ein Scheiß halt. Such dir was davon aus! Ich brauch dir doch nicht erklären, wie viele Gründe es gibt, aus denen ein Kerl die Frau umbringt, die er gerade gebumst hat. Jedenfalls werden wir uns den guten Mann demnächst vornehmen. Bin ja gespannt, ob er inzwischen wieder bei der Habringer aufgetaucht ist oder ob er noch immer krank spielt."
Gaby wandte ihre Aufmerksamkeit wieder dem Teller Spaghetti Aglio e olio zu, die einzig und allein wegen der herrschenden tropischen Temperaturen noch nicht kalt geworden waren. Vierziger stocherte lustlos in seinen Ravioli herum. „Wenn ich Glück habe,", dachte er, „kommen diese Dinger aus der Tiefkühlpackung. Mit etwas weniger Glück stammen sie aus einer Dose." Und er hatte nicht das Gefühl, heute einen besonderen Glückstag zu haben, wenigstens nicht in dieser Hinsicht. Er schob den Teller zur Seite, um mehr Platz für den Laborbericht von Dr. Liebmayer zu schaffen, dem er ein wesentlich größeres Interesse entgegen bringen konnte als seinem Essen.
„Ja, das wissen wir inzwischen auch schon." Er bemerkte das mehr zu sich selbst, als dass er sich an Gaby gewandt hätte.
„Was?", fragte Gaby und angelte mit der Zunge nach einer widerspenstigen Nudel.
„Die Haare im Bad der Nguyen stammen von der Baumgartner, von der Habringer und von ihr selbst."

„Menage á troi", grinste Gaby, ließ sich aber durch ihren Kommentar nicht weiter vom Essen abhalten.

„Das hier ist interessant!" Vierziger legte seine Gabel mit dem gerade aufgespießten Ravioli wieder auf den Teller. „Ich hab Dr. Liebmayer gebeten, sich den Strumpf vom Hals der Nguyen noch einmal genauer anzusehen. Und weißt du, was er gefunden hat?"

„Si, Signore! Hautpartikel und Haare von der Linh Phung, vom Versicherungsmenschen und sicher vom Krautgartner. Ché sorpresa!!"

„Genau! Und die sind alle an den Stellen, wo sie auch zu erwarten sind. Ihre eigenen schön gleichmäßig auf dem ganzen Strumpf, die von ihren Galanen hauptsächlich am oberen Ende. Aber da war auch noch was anderes, und zwar an Stellen wo es eigentlich nicht hingehört, zumindest wenn der Strumpf nur zu seinem vorgesehenen Zweck benutzt wird."

„Und das wäre was? Und wo?" Gaby hatte ihre Gabel hingelegt und wartete gespannt.

Vierziger verleibte sich betont langsam zwei Ravioli ein, bevor er antwortete.

„Er hat winzige, helle Baumwollfädchen gefunden, an beiden Enden des Strumpfes. Genau dort, wo du ihn in den Händen hast, wenn er zum Strangulieren benutzt wird! Reicht dir das als Überraschung?"

„Die könnten vom Krautgartner stammen. Kochuniformen sind meistens aus Baumwolle."

„Da müsste er sich aber seine Uniform um die Hände gewickelt haben, bevor er sie erwürgt hat."

„Klar! Deswegen ja auch die Baumwollfasern statt Hautpartikel."

„Na gut. Und die Fußspuren aus Fett, Öl und Zwiebeln würden auch ganz gut dazu passen. In einer Küche kannst du gar nicht verhindern, dass so ein Zeug an die Schuhsohlen kommt. Ich sag's dir ja, der Koch steht momentan ganz oben auf unserer Kandidatenliste. Er hat definitiv mit der Nguyen zum fraglichen Zeitpunkt Kontakt gehabt! Die übliche Leier: Ort, Zeit und Gelegenheit passen, was wollen wir noch mehr?"
Gaby überlegte einen Augenblick. „Die Küchenspuren samt den Baumwollfasern würden aber auch auf deinen Küchengehilfen passen, diesen – wie heißt der doch gleich? Ist ja egal, jedenfalls war der auch auf dem Schiff! Was ist, wenn er dir einen Mordsbären aufgebunden hat und selbst auf die Linh Phung scharf war, lesbische Frauen sollen ja angeblich eine besondere Anziehungskraft auf euch Männer haben. Er bekommt mit, dass der Krautgartner bei ihr gelandet ist, kriegt einen Eifersuchtsanfall und dreht ihr die Luft ab. Bei diesen südländischen Typen weiß man ja nie, so einem kannst du das schon zutrauen! Wäre ja immerhin auch möglich, nicht?"
Vierziger starrte sie verwundert an. Diese Anspielung mit den lesbischen Frauen schluckte er ja zur Not noch. Aber den Spruch über die südländischen Typen von einer, die sich ein paar Tage zuvor genau so einem südländischen Typ geradezu an den Hals geworfen hatte, fand er dann doch ein wenig heftig! Und außerdem: Er mochte nicht so recht daran glauben, dass jemand, der zu so einem delikaten Kaffee fähig war, imstande sein sollte, einen Mord zu begehen. Nebenbei schien ihm Alldashi auch zu gebildet für einen Mord aus so billigen Beweggründen. Obwohl er sich im nächsten Augenblick gleich selbst eingestehen musste, dass natürlich weder Bildung und Kultur noch die kunstvolle

Zubereitung eines Kaffees schon jemals irgendeine Bluttat hatten verhindern können. Und es ärgerte ihn, dass Gaby Recht hatte: Der albanische Lehrer war auf dem Schiff und die Küchenspuren in der Kabine konnten selbstverständlich auch von ihm hinterlassen worden sein. Trotzdem!

Vierziger legte seine Gabel auf den Teller und warf ärgerlich das zerknautschte Fetzchen Papier darüber, das man ihm als Serviette untergejubelt hatte. Mit dem Essen war vorerst einmal Schluss. Und das nicht nur, weil Gaby ihn dazu gezwungen hatte, seinen Kaffeekünstler wieder in den Kreis der Verdächtigen einzuschließen. Das hätte er ja noch hinnehmen können, aber dass jemand ungestraft diese Gebilde aus Mehl, Wasser und höchstwahrscheinlich Unmengen von Chemie als Ravioli unter die Leute bringen durfte, widersprach seinem persönlichen Rechtsempfinden. Dabei wurde durch derartige Anschläge auf Geschmacksnerven und Verdauungstrakt die Volksgesundheit mindestens ebenso geschädigt wie mit der Verabreichung dieses verfluchten Crystal-Speed. Am liebsten hätte er den Menschen, der sich in diesem Lokal als Koch ausgab, dafür verhaftet, stattdessen winkte er die Kellnerin heran, um seine und Gabys Deppensteuer für diese Verhöhnung der italienischen Küche zu entrichten. Dann fischte er sein Handy aus der Hosentasche und klickte sich zum Eintrag von Frau Habringer durch. Die für den jeweils aktuellen Fall wesentlichen Telefonnummern hatte er immer abrufbereit.

„Grüß Sie, Frau Habringer, Vierziger hier. Nur eine kurze Frage: Ist eigentlich Ihr Koch schon wieder bei Ihnen aufgetaucht oder kränkelt er noch immer? ... Ahja! Können Sie mir seine Adresse sagen? Ja, also: Altenberger Straße 49. Das ist da draußen bei

der Uni, nicht? Gut, ich werd es Sie wissen lassen! Also bis dann! Warten Sie, noch etwas! War eigentlich auch die Frau Baumgartner letzten Donnerstag bei dieser Veranstaltung? Was Sie nicht sagen! Um welche Zeit war das? Mmmh, Dankeschön!"
Gaby sah ihn erwartungsvoll an.
„Ich wollte nur einmal sehen wie sie reagiert, wenn ich sie auf die Baumgartner anspreche."
An der Reaktion der Habringer war Gaby aber nicht wirklich interessiert. „Was ist mit dem Krautgartner?"
„Der ist seit letztem Freitag nicht mehr auf dem Schiff gewesen. So wie es aussieht, tut er noch immer so, als ob er krank wäre."
„Und das nimmst du ihm nicht ab?"
„Wenn der krank ist, dann kannst du mich ab morgen Kojak nennen! Wir werden jetzt fahren und dem Krautgartner ein wenig auf den Zahn fühlen."
Vierziger überquerte den Fluss auf der Stadtautobahn und nahm dann die Abfahrt Universität. Das Haus Nummer 49 lag am Ende der Straßenbahnlinie und grenzte unmittelbar an den Campus der Uni. Gemeinsam mit Nummer 47 bildete es eine freistehende Einheit. Die beiden Häuser waren rosa gestrichen, was allerdings den trostlosen Eindruck nicht wesentlich verbessern konnte. Von den Parkplätzen neben den Häusern war nur einer besetzt. Um diese Zeit gingen die meisten Bewohner wahrscheinlich ihrem Broterwerb nach. Der Klingeltafel nach zu schließen, musste Krautgartner im vierten und damit letzten Stockwerk wohnen. Die Haustür gab auf leichten Druck hin nach. Wenigstens brauchten sie den Koch nicht schon vorzeitig von ihrem Besuch informieren. Der blasse, abgestandene Mief von Küchendünsten schlug ihnen entgegen. Gaby und Vierziger

ignorierten den nachträglich an der Außenwand angebauten Aufzug und nahmen stattdessen den Weg über das Treppenhaus. Neben dem kostenlosen Fitness-Training konnten sie sich dabei auch gleich einen näheren Eindruck von der Situation im Haus verschaffen. Auf jeder Etage befanden sich drei Wohnungen, fast vor jeder Tür lag ein achtlos hingeworfener Packen von Prospekten und Gratiszeitungen, die wohl in den meisten Fällen ungelesen in den nächsten Mülleimer wandern würden. Manchmal hatte Vierziger den Verdacht, dass dieses ganze Zeug einzig zur Schaffung von ein paar Arbeitsplätzen in der Papierindustrie, in Werbeagenturen, Druckereien und schlussendlich bei der Müllentsorgung diente. Jedenfalls waren diese Papierhäufchen auch ein deutlicher Hinweis darauf, dass hier niemand zuhause war. Und ein bequemes Signal für die immer mehr um sich greifenden Einbrecherbanden, die sich darauf spezialisiert hatten, tagsüber verwaiste Wohnungen auszuräumen. Auch vor der Wohnungstür des Kochs lag so ein Haufen Papier. Allerdings war hier von drinnen Musik zu hören. „Schöner fremder Mann ...“ trällerte Connie Francis. Hier war offenbar jemand zuhause. Vierziger legte den Zeigefinger seiner Rechten auf die Lippen und deutete mit der Linken nach unten.

„Wir schauen uns das Haus lieber noch von hinten an, bevor wir zu ihm reingehen. Ich möchte keine Überraschung erleben.“, erklärte er, als sie wieder unten vor der Haustür standen. Die Rückseite des Wohnblocks stellte gegenüber der Straßenfront keine wesentliche Verbesserung dar. Zu jeder Wohnung vom ersten Stock aufwärts gehörte ein winziger einfacher Balkon. Der Hauswand entlang zog sich ein vielleicht drei Meter breiter Rasenstreifen. Dahinter begann der Parkplatz der Uni.

„Gut! Vom vierten Stock kommt er über die Wände nicht herunter!" Zufrieden ging Vierziger zurück und kletterte zum zweiten Mal die Stufen bis ganz hinauf. Inzwischen wünschte sich Gitte einen Cowboy als Mann. Deutsche Schlager aus den sechziger Jahren des letzten Jahrhunderts standen bei dem Koch anscheinend hoch im Kurs. Gaby senkte ihren Zeigefinger auf den Klingelknopf und bereitet damit der Cowboy-Suche ein jähes Ende. Kein Mucks drang mehr aus der Wohnung. Nichts rührte sich. Totenstille. Es kam ihr viel länger vor, auch wenn in Wahrheit höchstens eine halbe Minute vergangen war. „Die Musik ist aber schon aus dieser Wohnung gekommen?", flüsterte sie.

„Ja sicher, ich hab doch keine Bohnen in den Ohren", feixte Vierziger zurück.

Gaby verdrehte die Augen: „Bitte Josef, nicht du auch noch!"

Diesmal blieb ihr Finger lange auf der Klingel liegen, das konnte nicht einmal mehr für einen Bewusstlosen zu überhören sein.

„Hier ist die Polizei! Kommen Sie, Krautgartner, machen Sie auf, wir wissen, dass Sie da drin sind!", rief Vierziger durch die geschlossene Tür, als Gaby den Finger wieder vom Klingelknopf nahm.

Das Ergebnis war das gleiche wie beim ersten Läuten: Nichts rührte sich. Nach einer weiteren Minute wurde es Vierziger zu blöd, er hämmerte mit der Faust an die Tür: „Krautgartner, wir müssen mit Ihnen reden. Machen Sie auf!"

Mit einer kleinen Verspätung kam die Reaktion: „Aber ich will mit niemandem reden. Außerdem bin ich krank. Verschwindet's da draußen und lasst mich in Ruhe!"

„Krautgartner, was soll denn das! Wollen Sie, dass wir die Tür aufbrechen?"

„Ich kenn mich aus, das dürft ihr gar nicht! Also haut jetzt endlich ab!"
„Krautgartner, so wie Sie sich anhören, da stimmt bei Ihnen was nicht. Das heißt für mich, es ist Gefahr im Verzug und schon darf ich rein. Meine Kollegin wird das nachher sicher gerne bestätigen. Also was ist, machen Sie jetzt auf?"
„Wenn ihr hereinkommt, passiert was!" Die Stimme des Kochs überschlug sich fast.
Gaby kramte die Waffe aus ihrer Handtasche und entsicherte sie. Vierziger drückte ihren Arm nach unten. „Steck das wieder weg, wir werden so was nicht brauchen.", flüsterte er. Gleichzeitig fischte er ein Etui mit Schließwerkzeugen aus seiner Hosentasche. Lautlos glitten zwei schmale Metallstäbchen ins Schloss. Vierziger drehte den Kopf zur Tür hin und bewegte seine Lippen wie ein Fisch im Aquarium. Gaby verstand.
„Herr Krautgartner, ich bin Gaby Glück. Vielleicht kennen Sie mich noch. Ich hab früher einmal bei Ihnen gekellnert. Sie wissen schon, die kleine pummelige Blonde." Sie arbeitete wirklich mit vollem Einsatz.
„Ja, und jetzt bist du bei der Polizei gelandet? Hättest dir auch was Besseres verdient.", kreischte er.
„Hören Sie, Herr Krautgartner, das bringt doch nichts! Irgendwann müssen Sie ja doch mit uns reden! Lassen Sie uns rein und bringen wir es hinter uns!"
„Ich hab's euch schon gesagt! Haut ab, sonst passiert was!"
Vierziger drückte die Klinke nach unten und riss die Tür auf. Der Koch stand mitten im spärlich beleuchteten Flur. Im flimmernden Licht der offenen Tür hinter ihm tanzten Millionen von aufgewirbelten Staubteilchen. Auf den ersten Blick hätte

man meinen können, es hätte sich ein größerer Mückenschwarm eingenistet. Was auch weiter kein Wunder gewesen wäre, denn so wie es aussah, achtete Krautgartner nur in der Schiffsküche auf peinliche Sauberkeit. Hier dagegen roch es nach abgestandenem Wein, auf dem Küchenregal hinter ihm stapelten sich die Schachteln eines Pizza-Lieferservice und auf dem Boden wuselten gemächlich ein paar Staubmäuse herum. Krautgartner umklammerte mit beiden Händen ein großes Küchenmesser. Die Spitze hinterließ eine winzige Grube an seiner Kehle und Vierziger war sich nicht ganz sicher, ob da nicht auch ein erster Blutstropfen aus der Haut quoll.

„Noch einen Schritt weiter und ich stech' mich ab! Und ihr seid dann schuld!"

„Krautgartner, lass den Blödsinn! Du willst dich doch gar nicht wirklich umbringen!" Er ging den einen Schritt weiter und streckte die Hand aus. „Du bist Koch und kein Fleischhauer, also gib mir das Messer, wir setzen uns hin, trinken ein Gläschen und reden ein bisschen!" Der Koch rührte sich nicht. Gehetzt sah er zwischen Vierziger und Gaby hin und her. Sie war nur einen Schritt in das Vorzimmer gekommen und stand knapp hinter ihrem Chef. Vierziger machte einen weiteren Schritt auf Krautgartner zu. „Komm, mach keinen Scheiß und gib das her!" Die Entfernung war jetzt gering genug, dass er notfalls mit einem Sprung bei Krautgartner gewesen wäre. Der wurde unsicher. Selbst in diesem dämmerigen Vorzimmer waren die glitzernden Schweißperlen auf seiner Oberlippe deutlich zu erkennen.

„Sie soll rausgehen und die Tür zumachen!", schrie er und zeigte dabei mit seinem Messer auf Gaby. In dem Moment stürzte Vierziger auf Krautgartner zu, riss ihm das Messer aus der Hand und warf ihn zu Boden. Gaby hatte schon wieder ihre Waffe gezogen und zielte damit auf Krautgartner. Vierziger hielt ihr das Küchenmesser hin. „Da, räum das weg und pack deine Pistole wieder ein, bevor noch jemand verletzt wird!“, brummte er sie an. Dann streckte er dem Koch die Hand hin, half ihm wieder auf die Beine und dirigierte ihn in die Küche. Dort drückte er Krautgartner auf einen der beiden Stühle. Der ließ alles mit sich geschehen, er hockte apathisch zusammengesunken da wie das sprichwörtliche Häufchen Elend. Vierziger sah sich in der Küche um. Das Chaos war unbeschreiblich. In der Spüle türmten sich schmutzige Teller und verschmiertes Besteck, auf der Arbeitsfläche daneben standen ein paar Gläser mit Resten von Rotwein, in einem hatte sich schon der Schimmel festgesetzt, und überall standen leere Weinflaschen herum. In einer Ecke entdeckte Vierziger eine Flasche mit Himbeergeist.

„Finde ich in diesem Saustall da noch irgendwo ein paar saubere Gläser?“

Krautgartner deutete auf einen der Hängeschränke. „Du auch?“, wandte Vierziger sich an Gaby. Die schüttelte den Kopf und verzog angeekelt den Mund. Er holte zwei kleine Bechergläser aus dem Schrank, wischte sie mit einer Lage frisch heruntergerissenem Küchenpapier ab und füllte sie je zur Hälfte mit Schnaps. Um Platz zu machen, schob er einfach mit seinem Arm den ganzen Krempel auf dem Tisch ein wenig nach hinten. Es störte ihn nicht besonders, dass dabei am anderen Ende des Tisches ein paar Gläser und eine Kaffeetasse abstürzten und zu Bruch gingen. Auch Krautgartner nahm davon nicht die geringste Notiz. Bevor Vierziger sich setzen konnte, musste er erst ein paar alte Zeitungen vom zweiten Sessel entfernen. Er warf sie einfach auf

den Boden, bei der allgemeinen Schweinerei in dieser Küche war das auch schon egal.
„Prost, Krautgartner!“ Vierziger nahm einen kleinen Schluck vom Himbeergeist. „Gut, sehr gut!“, sagte er anerkennend. Krautgartner ignorierte das Lob seines Schnapses. Stattdessen stierte er das Glas vor ihm eine zeitlang an, bevor er es zu sich heranzog und es in einem einzigen Zug leerte.
„So, jetzt erzähl! Was ist da letzte Woche passiert auf eurem Schiff?“
Krautgartner zog eine Lade neben sich auf und holte ein Päckchen Marlboro und ein Feuerzeug heraus. Umständlich steckte er sich eine Zigarette an und schob dann die Packung zu Vierziger hinüber. Zur Förderung des Gesprächsklimas nahm sich auch Vierziger eine und beide rauchten schweigend. Vierziger dachte nicht daran, den Koch noch einmal anzureden. So wie der jetzt beisammen war, würde er das Schweigen nicht lange durchhalten. Nach ein paar Zügen warf Krautgartner seinen Tschik in eine halbleere Kaffeetasse, die neben ihm auf dem Tisch stand, zündete sich eine neue an und schob Vierziger mit dem Zeigefinger das ausgetrunkene Schnapsglas hin. Auch die zweite Portion Himbeergeist stürzte er in einem Zug hinunter.
„Sie da soll verschwinden!“ Der Koch unterstrich seine Forderung, indem er mit seinem Kopf auf Gaby deutete. Vierziger winkte Gaby mit dem Handrücken hinaus. „Mach die Tür hinter dir zu.“, sagte er und quittierte ihre säuerlich heruntergezogenen Mundwinkel mit einem Schulterzucken. Kaum war Gaby draußen, schob ihm Krautgartner wieder sein leeres Glas hin. Er benahm sich, als wäre er nur ungebetener Gast in seiner eigenen Wohnung.

„Ich glaub, fürs Erste hast du genug! Zuerst will ich wissen, was letzte Woche auf eurem Schiff passiert ist, dann kannst du noch einen haben."
Krautgartner sah Vierziger an wie ein geprügelter Hund. „Ich hab sie nicht umbringen wollen! Wirklich nicht! Sie müssen mir das glauben!"
„Aber ja, tu ich doch! Erzähl mir trotzdem, was passiert ist! Von Anfang an!"
Krautgartner zündete sich eine neue Zigarette an und betrachtete eine zeitlang die aufsteigenden Rauchkringel. „Ich hab sie wirklich gern gehabt, die Linh. Ich hab ihr jeden Wunsch von den Augen abgelesen. Sogar das goldene Handy hab ich für sie besorgt, das ihr so gefallen hat. Aber sie wollte nichts von mir wissen." Er machte eine Pause und starrte wieder seine Rauchzeichen an, als hätte er so etwas noch nie zuvor gesehen. „Mit jedem dahergelaufenen Idioten ist sie in die Kiste gehüpft, aber mich hat sie abblitzen lassen." Vierziger nickte verständnisvoll und ließ ihn weiterreden. „Am Donnerstag hab ich durchs Küchenfenster beobachtet, wie sie wieder mit so einem gelackten Kerl in ihre Kabine ist. Nach einer halben Stunde war der wieder draußen und da bin ich dann zu ihr hinein. Sie ist noch auf dem Bett gelegen und ich hab gesagt, wenn sie will, bezahl ich dafür, genauso wie der andere. Die Linh hat nichts gesagt, sie hat nur die Beine breit gemacht." Er warf die Zigarette in die Kaffeetasse und zündete sich die nächste an. Dem gierigen Blick auf das leere Schnapsglas begegnete Vierziger mit einem Kopfschütteln. „Eigentlich wollte ich das ja nicht auf diese Art, aber dann hab ich mir gedacht, besser so als gar nicht. Normalerweise passiert mir das nicht, aber ich war ziemlich nervös und aufgeregt ..."

Krautgartner machte eine Pause, in der er wieder seine Rauchringe betrachtete. „... na ja, jedenfalls war ich schon fertig, bevor ich noch richtig bei ihr war. Ich mein, so was kann ja einmal vorkommen in so einer Situation, oder?“

„Klar, das gibt's! Ist ja auch weiter nicht schlimm.“, bestätigte ihm Vierziger.

„Eben! Und wissen Sie, was die Linh gemacht hat? Sie hat gelacht! Sie hat überhaupt nicht mehr aufgehört zu lachen! Es war so was von demütigend! Ich hab eine derartige Wut gekriegt, weil sie mich so ausgelacht hat, und da hab ich mir die Vase geschnappt und ihr damit eine über den Schädel gezogen. Aber ich wollt sie nicht umbringen, ehrlich nicht! Ich hab sie doch gern gehabt. Ich wollte nur, dass sie aufhört mich auszulachen. Nur dass sie mit diesem schadenfrohen Lachen aufhört, mehr wollte ich nicht!“

Vierziger füllte noch einen fingerbreit Himbeergeist in Krautgartners Glas. Er hatte die Flasche noch nicht einmal zugestöpselt, da war das Glas schon wieder leer.

„Und dann? Was ist dann passiert?“

„Na ja, wie ich dann das Blut an ihrem Kopf gesehen hab und sie hat sich auch überhaupt nicht mehr gerührt, obwohl ich sie ganz fest geschüttelt hab, da war mir dann klar, dass ich sie umgebracht hab. Ich hab mich wieder angezogen, bin mit der Vase raus aufs Deck und hab sie ins Wasser geschmissen, die Vase mein ich. Dann bin ich zurück in die Küche und hab meine Leute heimgeschickt. Später, wie dann unsere Gäste schon weg waren, bin ich mit einem von unseren Küchenwagerln wieder zurück in die Kabine, hab die Linh in zwei Müllsäcke gepackt und sie draußen in eine von unseren Tonnen gelegt. Ich hab mir gedacht, am nächsten Tag kommt sowieso die Müllabfuhr und dann ist sie einfach weg."

Vierziger wartete, aber der Bericht war anscheinend zu Ende, es kam nichts mehr.

„Du hast dir also gedacht, sie ist einfach nicht mehr da und das wird ja auch sicher keinem auffallen, dass sie von heut auf morgen verschwunden ist. Und so nebenbei hüpft sie auch nicht mehr mit irgendwelchen anderen Kerlen ins Bett. Praktisch!"

„Nein, so hab ich mir das nicht gedacht! Aber was hätt ich denn machen sollen?"

„Zum Beispiel hättest du nachsehen können, ob du sie wirklich umgebracht hast. Du hättest einen Arzt rufen und bei ihr bleiben können, wär ja immerhin auch eine Möglichkeit gewesen. Aber nein, stattdessen ziehst du ihr einen Strumpf aus und erwürgst sie. Damit du sie auch ganz sicher los bist, nicht! Und dann hast du sie auf den Müll geworfen wie ein Stück Dreck!"

„Nein! So war das nicht! Und überhaupt, welchen Strumpf und warum erwürgt. Ich geb's ja zu, dass ich sie umgebracht hab, es ist ja sowieso schon egal. Aber ich hab ihr mit der Vase auf den Kopf geschlagen und sie nicht erwürgt."

„Bist du da ganz sicher? Du hast sie nicht gewürgt?"

„Na sicher bin ich sicher! Ich weiß doch, was ich gemacht hab!"

Vierziger lehrte noch einmal zwei fingerbreit Himbeergeist in Krautgartners trocken gefallenes Glas.

„Was hatte sie eigentlich an, als du zu ihr gekommen bist?"

„Nichts. Sie hatte gar nichts an außer ihren Schuhen." Die Erinnerung an den Anblick brachte seine Augen noch immer zum Glänzen. Gut möglich, dass der Glanz aber auch vom Schnaps kam.

„Kannst du dich erinnern, ob sie vielleicht einen Schal oder so was Ähnliches umhatte?"
„Weiß nicht. Ich glaub, wie ich sie angezogen hab, bevor ich sie ... bevor ich sie weggebracht habe, da hat sie so was Ähnliches wie einen Schal umgehabt. Wen interessiert das noch, sie war tot, mit oder ohne Schal. Und ich hab sie umgebracht. Ich wollte das wirklich nicht, ich hab sie doch gern gehabt!" Er ließ seinen Kopf in die vor ihm auf dem Tisch liegenden Arme fallen und begann haltlos zu heulen wie ein kleines Kind, dem sein Spielzeug kaputtgegangen war. Krautgartner zerfloss förmlich in Selbstmitleid, während ihm nicht ein einziges Wort des Bedauerns für die tote Linh über die Lippen gekommen war.
„Gaby, du kannst wieder reinkommen! Mit dem da sind wir fertig. Und ruf bitte zwei Kollegen von der Streife, die sollen ihn abholen. Wir werden uns hier noch ein wenig umsehen!"
„Und, was ist? Hat er's wenigstens zugegeben?" Ihr Tonfall ließ keinen Zweifel, dass sich Gabys Stimmungslage schon wieder im roten Bereich befand. Diesmal hatte Vierziger sogar Verständnis dafür, obwohl ihm solche Anwandlungen sonst eher auf den Geist gingen.
„Wie man's nimmt. Er hat zugegeben, dass er sie erschlagen und nicht erwürgt hat. Darauf besteht er, und das glaub ich ihm auch."
„Wieso, was ist passiert?"
Vierziger schilderte in groben Zügen, was ihm der Koch erzählt hatte. Und er vergaß dabei auch nicht, gebührend hervorzuheben, dass wahrscheinlich Krautgartner ohne ihr Feingefühl, die Küche zu verlassen, nie von der Peinlichkeit seines sexuellen Ausrutschers erzählt hätte.

„Ich hab hier in der Wohnung etwas herumgeschnüffelt, während ihr da drinnen geredet habt. Du musst dir sein Schlafzimmer einmal anschauen! Das ist fast komplett mit Fotos von der Nguyen tapeziert. In allen Lebenslagen, er hat sie sogar bei ihren Tête-a-têtes in der Kabine fotografiert. Echt krank, der Typ! Das hätt ich dem nicht zugetraut."

„So wie das hier alles aussieht, trau ich dem vor allem nicht zu, dass er seine Wäsche von voriger Woche schon gewaschen hat. Möglicherweise finden wir ja noch die Arbeitskleidung, die er am Donnerstag getragen hat."

Die Küche stellte in hygienischer Hinsicht keinen Ausnahmefall dar. Die ganze Wohnung war ein einziges Chaos und strotzte nur so vor Dreck. Ein echtes Kontrastprogramm zur akribischen Sauberkeit, die er seinem Arbeitsplatz auf dem Schiff angedeihen hatte lassen. Im Bad fanden die beiden Schmutzwäsche von mindestens vierzehn Tagen. Darunter auch eine Koch-Jacke mit winzigen Blutspritzern auf dem rechten Ärmel. Hintringers Leute von der Spurensicherung konnten sicher die Stofffasern der Jacke mit jenen vergleichen, die Dr. Liebmayer am Strumpf gefunden hatte, und feststellen, ob es sich dabei um die gleiche Art handelte oder nicht. Denn auch wenn Vierziger dazu neigte, den Beteuerungen des Kochs Glauben zu schenken, ein handfester Beweis war ihm dann doch lieber und würde sich außerdem auch im Ernstfall vor Gericht besser machen, ganz gleich was dabei herauskam.

- 14 -

„Hast du eigentlich schon herausgekriegt, wer die Wohnung der Nguyen finanziert hat?“, wollte Vierziger von Gaby wissen, als er mit dem Papierkram wegen der Verhaftung Krautgartners fertig war.

„Mein Gott, ja, das hab ich ganz vergessen!“ Gaby blätterte ein paar Seiten in dem Notizheft zurück, das vor ihr auf dem Schreibtisch lag.

„Also, die Wohnung gehört der Angelo Azzurro GmbH.“

„Das heißt demnach, die Baumgartner ist für das Nest ihrer Geliebten aufgekommen.“, fiel ihr Vierziger ins Wort.

„Ja und nein, wie man’s nimmt!“, erwiderte Gaby kryptisch.

„Was jetzt? Hat sie die Wohnung bezahlt oder nicht?“

„Die Sache ist ein bisschen kompliziert. Die Wohnung ist zwar im Besitz des Angelo Azzurro und damit rein theoretisch von der Baumgartner. Die ist aber in Wirklichkeit nur Minderheitseigentümerin des Lokals. 55 Prozent davon gehören dem K&K-Personalservice.

„Unterm Strich ist es also doch die Wohnung der Baumgartner!“, versuchte Vierziger zu resümieren.

„Nein. Ich sag’s ja, so einfach ist die Angelegenheit nicht. Die Baumgartner ist nämlich nur angestellte Geschäftsführerin des

K&K-Personalservice und das wieder gehört zu 100 Prozent einer Gastronomie-Partizipations-Gesellschaft. Übrigens auch das Falstaff der Habringer. Sie und der Krautgartner haben zusammen nur mehr 45 Prozent, den Rest hält diese Gastro-Gesellschaft. Und der gehört auch das ganze Haus, in dem sich die Wohnung der Nguyen befindet."

„Da blick ich jetzt aber nicht ganz durch!" Vierziger sah Gaby mit erhobenen Augenbrauen an.

„Ja, es ist ein ziemlicher Filz! Das Ganze läuft jedenfalls darauf hinaus, dass die Firmen sowohl von der Baumgartner als auch von der Habringer letztlich der Gastronomie-Partizipations-Gesellschaft gehören. Bei diesem Namen sollte es eigentlich bei dir klingeln."

„Du meinst diese Liechtensteiner? Die heißen doch auch irgendwas mit Partizipation."

Gaby blätterte in ihrem Notizbuch noch eine Seite weiter nach hinten.

„Ja genau: Investissement & Participation S.A.R.L. Die haben mit jeder Firma zu tun, auf die wir in diesem Fall gestoßen sind!"

„Da versucht offenbar jemand zu verschleiern, wo er überall seine schmutzigen Finger drin stecken hat."

„Richtig, und zwar ziemlich erfolgreich! Weil egal bei welchem Faden in diesem verworrenen Knäuel ich ziehe, am Ende lande ich immer bei dieser liechtensteinischen Gesellschaft. Das heißt, einen Schritt komm ich schon noch weiter: Hinter den Liechtensteinern steht eine Verdandi-Holding. Das ist aber nur eine Briefkasten-Firma mit einem kleinen Büro in Vaduz, die noch nicht einmal einen Telefonanschluß besitzt. Hier ist dann aber wirklich Sendepause, vorläufig zumindest noch."

„Das riecht nach organisiertem Verbrechen." Vierziger klang ziemlich resigniert.
„Tja, es ist wie ein gordischer Knoten.", seufzte Gaby. „Nur wenn ich diesen da auf die klassische Art zerschlage, dann fallen alle Teile auseinander und ich hab überhaupt nichts mehr in der Hand. Ich muss schon versuchen, dieses Knäuel schön langsam aufzudröseln. Aber das dauert halt."
„Wie viele Gesetze hast du denn gebeugt, bis du das alles herausbekommen hast?" In seiner leisen Kritik schwang auch ein guter Teil Bewunderung mit, obwohl er es nicht schaffte, Gaby das auch direkt zu sagen.
„Bis jetzt ist das alles völlig legal. Diese Informationen findest du im amtlichen Firmenbuch, in den Archiven von Wirtschaftsmagazinen und bei guten Finanzdienstleistern, wenn du weißt, wie du suchen musst. Aber um von da ab weiterzukommen, müsste ich schon kreativere Methoden anwenden als bisher."
„Lass mich bloß aus deinen kreativen Methoden heraus! Du weißt genau, dass wir so was nicht dürfen. Zumindest nicht ohne Genehmigung vom Untersuchungsrichter. Und bei dem, was wir bis jetzt haben, kriegen wir die nie und nimmer!"
„Nur keine Sorge! Ich setz mich dazu in ein Internet-Cafe, damit's keine Spuren in dieses Büro hier gibt. Dumm ist nur, dass wir alles, was ich dabei herauskriege, offiziell gar nicht wissen dürfen. Das heißt, dem Richter kannst du das nicht vorlegen."
„Aber uns würde das ein Stück weiterhelfen. Schön langsam glaub ich nämlich nicht mehr an die Eifersuchtstheorie, egal ob hetero oder lesbisch. Die Nguyen hat doch bei dieser liechtensteinischen Investment-Firma abkassiert – für mich eindeutig die Beute aus einer Erpressung! Wahrscheinlich ist sie dahinter

gekommen, wer hinter diesem Firmengeflecht steckt und ist dann einfach zu gierig geworden."

„Da müsste dann aber jemand schon sehr viel zu verlieren haben, wenn die Geheimhaltung eines Firmengeflechtes einen Mord wert ist."

„Es sieht doch ganz danach aus, als ob die Verschachtelung dieser Gesellschaften nur die Tarnung für einen netten Drogenring darstellt."

„Du meinst, die Gastro-Unternehmen sind nur da, um das Speed unters Volk zu bringen. Da würde die Geschichte mit dem überfallenen Lkw ja gut dazupassen."

„Schon möglich, zumindest teilweise. Jedenfalls wäre es gut, wenn wir bald einmal wüssten, wer da im Hintergrund die Fäden zieht!" Für Gaby war das die stillschweigende Zustimmung, ihre »kreativen« Recherchen fortzuführen.

„Außerdem möchte ich endlich einmal wissen, wer letzten Donnerstag wirklich alles auf dem Schiff war. Die Habringer gibt natürlich nur zu, was ich ihr sowieso schon beweisen kann, und ich will nicht weiter auf Zufallsinformationen angewiesen sein. Du hast doch sicher noch die Telefonnummer von diesem Versicherungsmenschen?"

Gaby drückte ein wenig auf der Tastatur ihres Computers herum und ein paar Sekunden später begann der Drucker zu arbeiten. Sie nahm das Blatt Papier, das der Drucker ausspuckte, und reichte es Vierziger über den Tisch.

„Bitte sehr, Name, Adresse, Telefonnummer und Bürozeiten."

Vierziger zog das Telefon zu sich heran und wählte die angegebene Nummer. Er kam in den Genuss von mindestens einer halben Mozart-Sinfonie, ehe sich endlich am anderen Ende der

Leitung der für die Veranstaltung am letzten Donnerstag zuständige Mitarbeiter der Versicherung meldete. Er stellte sich vor und erklärte dann ausführlich, worum es ging und was er wollte. So ganz nebenbei und in jede Menge Höflichkeiten verpackt, ließ er dabei einfließen, dass er es wirklich gerne vermeiden würde, die für den Umgang mit verbotenen Substanzen zuständigen Kollegen zu belästigen. Natürlich genauso wenig die Damen und Herren von der Sitte. Und selbstverständlich sollte das keineswegs als Drohung aufgefasst werden. Jedenfalls bekam er die Zusage, bis am nächsten Tag eine CD mit allen Fotos auf dem Schreibtisch zu haben, die der von der Versicherung engagierte Fotograf geschossen hatte.

„Na ja, geht doch! Eigentlich hätte mir das auch schon früher einfallen können!" Vierziger schlug sich mit der flachen Hand auf die Stirn.

„Was erwartest du dir von den Fotos? Ich denke, die Teilnehmer an dieser Veranstaltung haben wir schon ausgeschlossen."

„Wie du es drehst und wendest, egal ob es eine Eifersuchtssache war oder ob die Nguyen einfach zu gierig geworden ist: Der Mörder muss ja wohl auf dem Schiff gewesen sein, oder?"

„Bei einer Liebesgeschichte kommen eigentlich nur zwei in Frage, die wir kennen. Blöderweise können wir keiner von den beiden irgendwas beweisen. Und jetzt hoffst du, auf den Fotos einen Hinweis auf die Erpressungsgeschichte zu finden?"

„Ehrlich gesagt, ich tu mir immer schwerer, an einen Mord aus Eifersucht zu glauben. Für mich bleibt lediglich die andere Möglichkeit übrig. Eine blütenweiße Weste mit einem ziemlich schmutzigen Hemd darunter!"

Gaby wippte auf ihrem Sessel vor und zurück, während sie nachdenklich ihren Finger an der Nasenwurzel rieb. Wenn sie noch lange Zappelphilipp spielt, fällt sie noch um, dachte Vierziger. Er erwartete den Plumps jeden Augenblick. Gaby brachte ihn um das Vergnügen, indem sie die Schaukelei plötzlich stoppte und mit ihrem Zeigefinger einen fetten Punkt auf den Schreibtisch machte.

„Eine weiße Weste? Zum Beispiel so wie jemand, der ein feines Restaurant führt und im Hinterzimmer ein paar Nutten laufen hat? Oder wie jemand, der eine Schicki-Micki-Bar führt und vielleicht so ganz nebenbei ein bisschen Speed vertickt? Womit wir wieder bei unseren beiden Karriere-Schatzis wären! Was hältst du davon?"

„Erstens wissen wir noch nicht, ob die Baumgartner im Drogengeschäft ist, und zweitens denke ich an eine weiße Weste, die den beiden Damen ein paar Nummern zu groß ist. Eine weiße Weste, die sich besser unter Kontrolle hat und die Fäden im Hintergrund zieht, statt in einer Küche mit Bratpfannen zu schmeißen oder aus lauter Nervosität einen Papagallo-Kellner zu feuern!"

„Den Papagallo-Kellner nimmst du sofort zurück!", zischte Gaby mit zusammengekniffenen Augen. Anscheinend war die Sache ernster als Vierziger geglaubt hatte.

„OK. Sorry, war nicht persönlich gemeint. Trotzdem müssen wir endlich dahinter kommen, wen die Nguyen womit erpresst hat. Die Spurensicherung hat ihre Wohnung komplett auf den Kopf gestellt und nichts gefunden, und du sagst, auf ihrem Computer war nichts. Wissen wir irgendwas von ihrem Handy?"

„Fehlanzeige. Außer ihren beiden Geliebten, der Ferlito und ihrer Schwester hatte sie nur zwei Taxi-Zentralen, ein paar

Restaurants, ein Home-Pizza-Service, ein Reisebüro und so ein paar Frauensachen im Telefonbuch gespeichert. Und die gewählten und eingegangenen Anrufe passen dort dazu."

„Frauensachen?"

„Friseur, Kosmetikerin, Nagelpflege, Gynäkologe und so weiter. Frauensachen eben! Oder bist du schon einmal beim Gynäkologen gewesen?"

Vierziger starrte auf die Schreibtischplatte vor ihm und ging eine nur für ihn sichtbare Liste durch. „Das Reisebüro. Ich will wissen, wo sie überall hingefahren ist. Vielleicht ergibt das ja irgendein Muster. Kannst du dich bitte darum kümmern?"

„Reicht das auch morgen noch? Jetzt hätte ich nämlich noch einen Termin in der Stadt."

„Ja ja, und einen schönen Gruß an deinen Giovanni! Ist dir eigentlich schon der Gedanke gekommen, dass du dich da möglicherweise in einen Dealer verknallt hast?"

„Spinnst du?"

„Überleg einmal! Wenn die Baumgartner in ihrem Lokal Speed unters Volk bringt, dann müsste er doch wenigstens etwas davon mitbekommen haben oder am Ende war er überhaupt dran beteiligt. Wie schmeckt dir das?"

„Das koste ich erst gar nicht! Glaubst du im Ernst, die würde Giovanni rausschmeißen, wenn er an ihren Drogengeschäften beteiligt gewesen wäre?"

Vierziger blieb ihr eine Antwort schuldig, er braute stattdessen lieber einen frischen Kaffee.

Gaby packte ihre Tasche zusammen und verließ das Büro, um in die Arme ihres Giovanni zu eilen. Vierziger hingegen ließ das soeben geführte Gespräch noch einmal in seinem Kopf ablaufen.

Was, wenn Gabys Theorie stimmte und tatsächlich die zwei Frauen dieses ganze Geflecht von Firmen und Gesellschaften aufgebaut hatten? Wenn die beiden das wirklich drauf hatten, dann hatte sie Vierziger gewaltig unterschätzt. Um so ein Nebelgebäude auf die Beine zu stellen, musste man schon ein wenig mehr können als das bisschen Buchhaltung, das zur Führung eines kleinen Gastronomiebetriebes nötig war. Ein paar gute Kontakte zu bestimmten Finanzkreisen wären da sicher auch hilfreich. Solche Verbindungen könnten aus der Zeit stammen, als die beiden Damen noch im Stahlwerk gejobbt hatten. Für den Augenblick beschäftigte sich Vierziger lieber mit naheliegenderen Kleinigkeiten. Er holte die Mappe mit den bisherigen Ergebnissen von Gabys Schreibtisch und suchte die Aufstellung der Mitarbeiter, die er von der Habringer bekommen hatte. Insgeheim musste er dabei Gaby seinen Respekt zollen. Fein säuberlich hatte sie alles zusammengetragen und übersichtlich geordnet. Solche übergenauen Unterlagen hatte er mit seinem früheren Partner nie gehabt. Gaby hatte offenbar die Zeit, wenn er unterwegs und sie alleine im Büro war, gut genutzt. Bei den Falstaff-Mitarbeitern fand er den zweiten Küchenhelfer, Ahmed Farisi, samt Adresse und Telefonnummer. Eine Handy-Nummer, was die Sache erleichterte. So sehr Vierziger diese kleinen Dinger manchmal verfluchte, in so einem Fall war es ziemlich praktisch. Der Besitzer des Handys war sozusagen immer an der langen Leine, quasi die moderne Version einer Sklavenkette. Das Gespräch mit dem jungen Mann gestaltete sich etwas schwierig, seine Kenntnisse der deutschen Sprache waren bei weitem weniger ausgeprägt als jene des albanischen Lehrers. Am Ende bekam er aber die Information, die er haben wollte, und sie passte ihm ganz ausgezeichnet in den Kram: Alldashi hatte die Küche den ganzen Abend über nie verlassen und gegen 23:30 waren sie dann gemeinsam nach Hause gegangen. Damit war der Kaffeekünstler aus dem Spiel und Vierziger konnte ein weiteres Puzzleteil seinem Bild hinzufügen, von dem leider trotzdem bis jetzt nur die Ränder erkennbar waren. Er trank den letzten Schluck seines Kaffees, der inzwischen nur mehr lauwarm war, und legte die Ermittlungsmappe wieder an seinen Platz zurück. Schließlich wollte er sich nicht Gabys Unmut zuziehen, nur weil er ihre Ordnung durcheinander gebracht hatte. Vierziger fand, dass es für diesen Tag genug war und verabschiedete sich aus dem Büro. Sein Schreibtisch mit den darauf verstreuten Zeitungen und Zetteln, garniert mit einer nicht abgewaschenen Kaffeetasse bildete einen interessanten Kontrast zu dem von Gaby, der bis auf die eine Mappe völlig leergeräumt war.

Am Abend brütete Vierziger auf seiner Veranda vor einem Stapel Kochbücher über dem Menü für Conny. Großzügig strahlten die umliegenden Häuser die Hitze wieder ab, die sie den ganzen Tag über so fleißig in sich aufgesogen hatten. Das Glas Pinot Grigio war lediglich dazu imstande gewesen, die Schweißperlen auf seiner Stirn zu vermehren, statt die ersehnte Abkühlung zu bringen. Mittlerweile war der Mittwoch schon fast vergangen und was er am Samstag kochen sollte, stand noch völlig in den Sternen. Am Montag, als er Conny diesen Vorschlag unterbreitete, war ihm alles ganz einfach vorgekommen. Immerhin war er im Laufe der letzten Monate oft genug mit Conny essen gewesen, um zu wissen, welchen Geschmack sie bevorzugte: Die mediterrane Küche nahm den ersten Platz auf ihrer Favoritenliste ein. Bis dahin passte ihm das ja auch ganz gut, die Vorliebe für Gerichte aus den Mittelmeerländern teilte er ebenso mit Conny wie die gemeinsamen Vorlieben für Musik, Theater, Film oder Bücher. Bei näherem Hinsehen dämmerte ihm allerdings, dass die Sache ziemlich knifflig war. Zuerst war da einmal der Knoblauch, nahezu unverzichtbarer Bestandteil der meisten Rezepte, die Vierziger so durch den Kopf gingen. Leider völlig ungeeignet für ein romantisch geplantes Candle-Light-Dinner zu zweit. Schließlich wollte er ja einen eventuell später folgenden Hautkontakt nicht von vornherein sabotieren. Knoblauch und Zwiebel durften also höchstens in einer forensisch kaum nachweisbaren Dosis verwendet werden. Es kam aber nicht nur darauf an, aus den verschiedenen Lebensmittel und Gewürzen in einem möglichst perfekten Spiel von Harmonie und Gegensätzen ein überwältigendes Konzert zu komponieren. Auch die Zeit nach dem Genuss wollte bedacht sein. Im Bauch sollte ein ganzer Schwarm von leichtsinnigen Schmetterlingen zu einem sinnlichen Ballet animiert werden. Um stattdessen einen rüden Aufruhr zu vermeiden, musste Vierziger alle Zutaten, die bei ihrer Reise durch den Körper eine ungebührliche Neigung Methan zu produzieren an den Tag legten oder diese Reise gar zu beschleunigen suchten, gnadenlos von der Kandidatenliste streichen. Also Finger weg von Bohnen, Kohl, Rhabarber oder Artischocken. Und nicht ganz zuletzt sollten die Speisen auch noch leicht sein und durften nicht träge, müde und unbeweglich machen. Tellerweise Pasta, Risottos oder in Olivenöl getränkte Melanzani schieden sonach ebenso aus wie gehaltvolle Desserts. Tiramisu, Pannacotta und in Honigsirup getränkte griechische Nusspasteten waren folglich auch nicht zugelassen. Außerdem wollte er ja Conny nicht die ganze Zeit alleine bei Tisch sitzen lassen, während er in der Küche Pfannen und Töpfe zu bändigen suchte. Es war daher nicht nur ein ausgeklügelter Zeitplan von Nöten, er musste bei der Auswahl der Rezepte auch darauf achten, dass möglichst Vieles davon schon am Nachmittag vorzubereiten war, damit er dann am Abend den größten Teil seiner Zeit mit Conny verbringen konnte. Die Zusammensetzung eines in jeder Hinsicht zufriedenstellenden Menüs stellte Vierziger vor eine gar nicht so kleine Herausforderung. Mindestens sechs Varianten landeten im Papierkorb, bevor er eine Zusammenstellung fand, die seinen und – was ihm noch viel wichtiger war – hoffentlich auch Connys Ansprüchen genügen würde. Zwei Stunden waren vergangen, bevor er endlich seine Einkaufsliste schreiben konnte: Zwei Kalmare, Wildreis, ein Wildhuhn von seinem Biobauern, frische Erdbeeren und Himbeeren, Limetten, eine Mango, Spinat, Schafkäse, einen Steinpilz, Rucola, Friseésalat und Chilischokolade. Im Speiseschrank lagerte noch ein zehn Jahre alter Balsamico, den er einem kleinen Winzer in der Toskana abgeschwatzt hatte und der seitdem auf seinen Einsatz wartete. Weinrote Tagliatelle waren noch von seinem letzten Venedigbesuch her auf Vorrat, das Gewürzregal war sowieso immer wohl gefüllt und das kleine, aber ausgesuchte Wein- und Spirituosenlager war bei seinen Freunden ohnehin schon längst Legende. Wenigstens was den kulinarischen Teil anging, konnte er dem kommenden Samstag beruhigt entgegensehen, auch wenn sein Plan bedeutete, dass er spätestens um sechs Uhr aus den Federn musste. Als Frühaufsteher war ihm das aber das geringste Problem. Wesentlich weniger sicher war er in Hinblick auf den Rest des Abends. Irgendwie kam er sich vor wie ein Schuft, weil sich in den entlegensten Verzweigungen seiner Ganglien, die wahrscheinlich sonst Jahr und Tag keine vernünftige Aufgabe zugeteilt bekamen, immer wieder ein Gedanke breit machte, der ihm so überhaupt nicht gefiel. Dieser hinterhältige kleine Belzebub versuchte ihm einzureden, diese ganze Veranstaltung hätte nur den einzigen Zweck, Conny ins Bett zu kriegen. Was Vierziger dabei am meisten ärgerte, war die Tatsache, dass dieser niederträchtige Teufel von einem Gedanken ein winziges Stück weit Recht hatte. In Wirklichkeit und hauptsächlich wollte er ihr natürlich nur eine Freude machen und ihnen beiden einen schönen Abend bescheren. Wenn er sie darüber hinaus mit seinen kulinarischen Ambitionen ein wenig beeindrucken konnte, war das sicher auch nicht verkehrt. Und sollten sie dann tatsächlich ... Bestimmt hätte Conny seine Einladung nicht angenommen, wenn das für sie nicht einmal denkmöglich gewesen wäre. Bisher hatte sich einfach nicht die richtige Gelegenheit ergeben, zu mehr als ein paar - zugegebenermaßen sehr innigen - Küssen war es nie gekommen.

Ein klirrendes Geräusch schreckte Vierziger auf. Frau Schmidt hatte sich während seiner Grübeleien auf seinem Schoß eingerollt und zwischen den Ohren kraulen lassen. Irgendwann war ihr die Sache zu blöd geworden, sie wechselte auf den Gipfel des Kochbuchberges, den Vierziger vor sich aufgebaut hatte. Die glitzernden Tropfen an seinem Weinglas waren für die Katze unwiderstehlich und schließlich landete das Glas auf dem Boden. „Conny wird schon wissen, was sie will!", dachte er und machte sich daran, die Scherben aufzusammeln. Im Augenblick wusste er überhaupt nicht mehr genau, ob er wirklich wollte, was er wollte. Er ließ das Kochbuchgebirge auf dem Tisch stehen und ging ins Bett. Eine halbe Ewigkeit wälzte er sich unruhig hin und her, bevor er endlich einschlafen konnte. Im Traum durchlitt er die bevorstehende samstägliche Nacht. Höhnisches Gelächter schreckte ihn irgendwann hoch. Er versuchte es zu ignorieren, kalter Schweiß stand ihm auf der Stirn und dieses schadenfrohe Lachen wollte einfach nicht aufhören. Durch einen schmalen Spalt seiner Augen sah er neben dem Kopfkissen Frau Schmidt, die nachdrücklich ihr Futter einforderte. Vierziger zog sich die Decke über den Kopf. Fast augenblicklich fand er sich in seinem Kopfkino wieder. Es lief ein wirrer Streifen, der Regisseur musste wohl einer der ersten surrealistischen Filmemacher gewesen sein. Die Hauptrollen gaben eine splitterfasernackte Stewardess mit feuerwehrrot gefärbten Haaren und ein unbekleideter kahlköpfiger Polizist, die sich in einem monströsen Himmelbett um einen abgenagten Hühnerknochen stritten. Die Sache wurde handgreiflich, die Hühnerkeule zersplitterte und die Stewardess rammte dem Politzisten das spitze Ende in den großen Zeh. An dieser Stelle riss der Film, aber der Hühnerknochen hörte nicht auf, sich trotzdem weiter in seine Zehe zu bohren. Vierziger beschloss, das Kino wieder zu verlassen. Frau Schmidt hatte sich vom Maunzen aufs Beißen verlegt, der Wecker zeigte fünf Uhr früh, an ein Weiterschlafen war nicht mehr zu denken. Mit einer kalten Dusche holte er sich endgültig wieder ins Leben zurück, bevor er sich in Begleitung eines starken Espressos auf die Veranda begab. Beim zweiten Kaffee beschloss er, über die Bedeutung von Träumen lieber nicht weiter nachzudenken. Stattdessen stellte er seine Bücher wieder ins Regal, räumte den Geschirrspüler ein und begab sich dann auf einen Morgenspaziergang.

Mit keinem bestimmten Ziel vor Augen nahmen seine Füße den Weg, auf den sie gerade Lust hatten, und am Ende fand er sich vor dem Haus wieder, in dem die Wohnung der dahingegangenen Vietnamesin lag. Vierziger betrachtete eingehend die Fassade, gerade so, als ob sie ihm sagen könnte, was er ausgerechnet hier zu schaffen hatte. Mit dem Zeitungsausträger, einem armen Teufel von Schwarzafrikaner, der sich in diesem Land wohl auch ein besseres Schicksal erhofft hatte, schlüpfte er ins Haus und kletterte hinauf in den zweiten Stock. Hier wurde ihm klar, auf welcher Mission sich seine Beine befunden hatten. Der amtliche Papierstreifen, mit dem Hintringers Leute von der Spurensicherung nach ihrer Arbeit die Wohnungstür der Nguyen versiegelt hatten, war zerrissen. Irgendjemand hatte da gehofft, in der Wohnung der Toten noch etwas Interessantes zu finden. Auf den ersten Blick konnte Vierziger keinen Hinweis auf ein gewaltsames Eindringen feststellen, keine Kratzer auf dem Schloss und auch sonst keine Spuren, die ein Aufbrechen der Tür vermuten hätten lassen. Von drinnen war kein Laut zu hören. Vorsichtig drückte er mit dem Handrücken gegen die Tür. Verschlossen. Dummerweise lagen die Schlüssel zusammen mit allen anderen Sachen, die bei der Vietnamesin sichergestellt worden waren, in einer Lade seines Schreibtisches im Büro. Er holte das Etui mit seinen Dietrichen aus der Hosentasche, das er immer bei sich trug so wie andere Männer ein Taschenmesser. Eine halbe Minute später stand er im Vorzimmer. Ein heller Streifen gelben Morgenlichts fiel durch die Glasfüllung der Küchentür. Den Griff zum Schalter konnte er sich also sparen. Die Luft im Vorzimmer war stickig und heiß. Vom letzten Besuch wusste Vierziger noch wo es Haushaltshandschuhe gab. Er nahm sich ein Paar und

riss das Küchenfenster auf, bevor er mit der Untersuchung des Appartements begann. Nichts deutete darauf hin, dass die Wohnung durchwühlt worden wäre. Alles war picobello in Ordnung, gerade so als hätte jemand noch vor einer Minute gründlich aufgeräumt. Die Kollegen von der Spurensicherung pflegten ihre wechselnden Arbeitsplätze gewöhnlich nicht in so einem Zustand zu hinterlassen. Selbst der begehbare Schrank neben dem Schlafzimmer war fein säuberlich geordnet. Nach Stil und Farbe sortiert hing sogar die Unterwäsche auf Kleiderbügeln. Sachte, fast zärtlich, glitt seine Hand über die Ansammlung dieser duftigen Gebilde aus Spitze und sündiger Verheißung schwüler Nächte – Livreen gefallener Engel. Er nahm so ein schwarz-seidiges Spinnennetz von der Stange, ein Hauch von Nichts, bestimmt nicht für den täglichen Gebrauch und schon gar nicht zur Verhüllung bestimmter Körperteile gedacht. Eher zum Aus- als zum Anziehen gemacht. Vierziger ertappte sich für einen Augenblick dabei, Conny in so einem filigranen Stückchen Stoff zu sehen, und hängte den BH samt der Winzigkeit von einem Slip wieder zurück, bevor seine Phantasie zu sehr auf Abwege geriet.
Auch alle anderen Räume boten das gleiche Bild von akkurater Sauberkeit. Der Person, die hier am Werk gewesen war, musste viel an der Wohnung gelegen sein. Vierziger kamen eigentlich nur zwei in den Sinn, die dafür in Frage kamen: die Habringer und die Baumgartner. Eher noch die Baumgartner, war sie doch quasi auf Umwegen die Besitzerin des Appartements. Und die war mit Sicherheit nicht da gewesen, um gründlich aufzuräumen. Wahrscheinlich war sie dahinter gekommen, wen ihre Ex-Geliebte erpresst und vor allen Dingen welches Wissen sie

auf diese Weise zu Geld gemacht hatte. Vielleicht hätte sie ihre Suche weniger sorgfältig verschleiern sollen. Aber auch damit wäre es für Vierziger nicht einfacher geworden. Etwas nicht mehr Vorhandenes zu suchen, war nicht gerade die leichteste Übung. Er ging zurück in die Küche. Kaffeedosen und ähnliche Vorratsbehälter gehörten ja immer wieder zu den beliebtesten Orten um Dinge zu verstecken. Fehlanzeige! Nichts sah danach aus, als hätte es bis vor kurzem einen Gegenstand beherbergt, der dort nichts zu suchen hatte. Das gleiche galt für den Kühlschrank, die Regale mit den Tellern und Tassen und der Vitrine mit den Gläsern. Hinter einer Klapptür unter der Glasvitrine verbarg sich eine Hausbar, voll mit Flaschen von teuren Cognac- und Whiskeysorten, Gin, Vodka, Obstbränden und anderen Spirituosen, daneben eine Reihe von Utensilien zum Mixen von Cocktails. Der luxuriöse Lebensstil, den die Nguyen zu Lebzeiten gepflogen hatte, zeigte sich auch hier. Aber alles stand an seinem Platz, nirgends waren verräterische Staubspuren zu sehen, die auf einen fehlenden Gegenstand hätten schließen lassen. Einzig der verschlossene Shaker hätte sich eventuell für ein Versteck geeignet, wenn auch ein ziemlich unpraktisches. Immerhin wäre er dann ja nicht mehr zu gebrauchen gewesen. Vierziger nahm ihn trotzdem heraus und öffnete den Deckel. Und hier war auch das Versteck, allerdings sicher erst seit kurzer Zeit. Er fischte drei durchsichtige Plastiktütchen heraus, die ein feines, weißes Pulver enthielten. Wären die schon bei der ersten Durchsuchung da gewesen, hätten Hintringers Leute sie mit Sicherheit nicht übersehen. Er ritzte eines der Tütchen mit seinem Fingernagel auf und kostete: Kokain, noch dazu von sehr guter Qualität. Ein bizarrer Begriff für tödliches Rauschgift. Vierziger fragte sich, was denn die Baumgartner mit diesem durchsichtigen Manöver, nachträglich ein paar Straßen Koks in der Wohnung zu platzieren, bezweckte. Sofern sie es überhaupt gewesen war. Ein Hinweis, dass die Nguyen auf Drogen war? Das wussten sie ja ohnehin schon von Dr. Liebmayer. Wollte sie den Mord an ihrer Ex als das Ergebnis einer Auseinandersetzung im Rauschgiftmilieu darstellen? Im Kokainhandel waren diese paar Gramm geradezu lächerlich, deswegen würde niemand umgebracht. Möglicherweise sollte aber auch auf gar nichts hingewiesen, sondern nur von etwas abgelenkt werden. Zum Beispiel von der Tatsache, dass ihre Suche erfolgreich war. Vierziger machte sich erneut auf die Wanderung durch die Wohnung. Im Schlafzimmer blieb sein Blick auf dem Ölgemälde mit dem Akt der Toten hängen, das dem Original nicht wirklich gerecht wurde. Selbst im Tod strahlte sie noch mehr Attraktivität und Lebendigkeit aus, als ein drittklassiger Maler auf dieses Bild zu bannen imstande gewesen war. Und nach allem, was er bisher über sie gehört hatte, war sie nicht nur eine Schönheit, sondern dazu auch noch ziemlich klug. Leider nicht klug genug, um sich von gefährlichen Blödheiten fernzuhalten. Was hatte die Ferlito von ihrer Freundin gesagt, überlegte er: „Ich pass schon auf mich selber auf!" Offenbar hatte sie es doch nicht geschafft, auf sich selbst aufzupassen, vielleicht war sie auch zu gierig geworden und hatte damit ihr Erpressungsopfer gezwungen, den Geldhahn auf seine Weise abzudrehen. „Was hättest du nicht alles aus deinem Leben machen können, wenn du dich bloß auf der richtigen Straßenseite gehalten hättest.", sagte er zu dem Bild. Dabei fiel ihm auf, dass es ein ganz klein wenig schief hing. Schief hängende Bilder gehörten zu den Dingen, denen er keinen Widerstand entgegensetzen konnte. Er hatte den Rahmen gerade einmal höchstens drei Millimeter verschoben, da fiel das Bild von der Wand und landete vornüber auf dem Bett. Der Nagel, an dem es aufgehängt war, musste wohl schon ziemlich locker gewesen sein. Braunes Packpapier verdeckte die Rückseite des Bilderrahmens fast zur Gänze. Nur fast, denn in der linken unteren Ecke fehlte ein rechteckiges Stück von der Größe eines Briefumschlages. Vierziger riss den Rest des Papiers vom Rahmen. Die Leinwand des Bildes war mit einem Karton hinterlegt, auf dem sich noch deutlich die Klebstoffspuren des Briefumschlags abzeichneten, sogar ein Fetzchen des Papiers klebte noch daran. Das hatte die Nguyen also mit „auf sich selbst aufpassen" gemeint. Unglücklicherweise hatte sie die Aufgabe als Selbstbeschützerin nicht annähernd so gut erledigt wie ihre Nebenbeschäftigung auf dem Schiff. Langsam wurde es Zeit, Hintringers Leute herzubestellen. Vielleicht ließ sich ja doch noch irgendein Hinweis darauf finden, wer diesen getarnten Briefkasten leergeräumt und dafür das Koks im Cocktail-Shaker hinterlassen hatte. Schließlich nützte ja die schönste Hypothese nur wenig, wenn er nichts beweisen konnte. Und bei genauer Betrachtung ließ sich bis jetzt gar nichts beweisen. Vierziger überlegte, welcher der beiden Damen er zuerst auf die Zehen treten sollte. Die Kuschelermittlungen hatten bisher außer ein paar interessanten Theorien kaum etwas eingebracht.

Er zog sich in der Küche einen Sessel unter dem Esstisch hervor und wartete auf die Kriminaltechniker. Die Espresso-Maschine auf dem Küchenschrank stellte eine Versuchung dar, der er nur mit äußerster Willenskraft widerstehen konnte. Nach einer halben Stunde war die Prüfung bestanden, er wies die Kollegen noch auf einzelne Stellen hin, die er gerne besonders genau untersucht haben wollte, und ging dann zum Markt, der nur ein paar Schritte entfernt lag. Weil er schon einmal da war, besuchte er seinen Bio-Bauern und bestellte das Huhn für Samstag. Der frühmorgendliche Einsatz verlieh ihm das Recht auf eine deftige Leberkäs-Semmel, die seine Fett-Ration für die nächsten vierzehn Tage verschlang. Sein Cholesterinspiegel vollführte einen Freudensprung und den Gutschein für eine Kopfwäsche beim nächsten Arztbesuch hatte er so gut wie in der Tasche. Auf dem Weg ins Polizeipräsidium zwängte er sich noch auf einen schnellen Espresso in das kleine Marktcafe, das um diese Zeit schon von den ersten emsigen Hausfrauen mit vollen Einkaufstaschen besetzt war. Ob sie auch in den hintersten Winkeln ihrer Kleiderschränke durchsichtige Dessous horteten mit deren Hilfe sie versuchten, an Samstagabenden ihre schwitzenden Ehemänner von einschlägigen Spelunken fernzuhalten? Er spülte diese Vorstellung mit einem zweiten Espresso und einem kleinen Grappa hinunter, bevor er sich wieder in die wenig berauschende Alltäglichkeit begeben musste.

– 15 –

Nachdem Vierziger schon in aller Herrgottsfrüh eine der angenehmen Seiten des Lebens in Form der Leberkässemmel genossen hatte, kam jetzt eine von den unangenehmen Seiten dran. Die Semmel hatte ihm wenigstens geschmeckt, auch wenn sie ungesund war. Die andere Geschichte war zwar nicht gerade ungesund, er konnte aber auch nicht behaupten, dass sie ihm schmeckte. Aber es nützte alles nichts. So wie die Dinge standen, musste er den Staatsanwalt anrufen. Es war ja nicht so, dass er den Mann nicht leiden oder mit ihm nicht auskommen konnte. Sie hatten nur das eine oder andere Mal unterschiedliche Ansichten über bestimmte Ermittlungsmethoden. Vor dem Griff zum Hörer genehmigte er sich noch einen extra starken Kaffee. Es dauerte etwas, bis er den Richter über fast alle Einzelheiten und Zusammenhänge ins Bild gesetzt hatte, über die sie bis jetzt Bescheid wussten. Dass Vierziger an diesem Morgen mit einem Dietrich in die Wohnung der Nguyen gekommen war, brauchte er ja nicht unbedingt an die große Glocke zu hängen, und wegen ein paar Kilo Zucker wollte er auch nicht gleich eine Staatsaffäre anzetteln. Eine Dreiviertelstunde später hatte er die Genehmigung für zwei Hausdurchsuchungen, wusste aber noch immer nicht, mit welcher er beginnen sollte. Die Beschäftigung

mit seiner mediterranen Zimmerplantage half ihm da auch nicht wirklich weiter. Er schaffte es einfach nicht, sich auf diesen Fall zu konzentrieren. Immer wieder flimmerte das anzügliche Bild von Conny und den Dessous der Nguyen über die Leinwand in seinem Hinterkopf. So sehr er sich auch bemühte, am Ende landete er immer wieder bei spärlich bekleideter Haut und schwarzer Spitze. Nicht einmal ein paar tiefe Züge frischer Luft am offenen Fenster konnten daran etwas ändern. Draußen war es zwar weniger stickig als im Büro, aber um keinen Deut kühler. Diese Hitze schon am frühen Morgen machte ihn noch verrückt. Vierziger kapitulierte. Er schloss die Augen und ergab sich seinen Phantasien. Bis die Tür aufflog und Gaby mit einer geradezu ekelhaften Frische ins Zimmer gestürmt kam. Gelb und orange waren heute ihre Farben, zu schrill für diese Tageszeit und zu grell für Vierzigers Stimmung. Sogar den Motorradhelm, den sie wie eine Tasche in der Hand trug, hatte sie ihren Tagesfarben angepasst: knallgelb. Er versuchte sich vorzustellen, wie sie mit diesem orangen Minirock auf ihrer Harley gesessen hatte, ohne vom nächstbesten Streifenpolizisten wegen öffentlicher Unsittlichkeit arretiert zu werden. Und er versuchte sich weiter vorzustellen, was von ihrer Haut noch übrig bleiben würde, wenn sie mit ihrem Motorrad auch nur den winzigsten Crash baute.
„Hast du eigentlich einen Organspenderausweis?"
„Ja, da drin, wieso?" Sie deutete auf ihren Rucksack, der fast die gleiche Farbe hatte wie ihr Röckchen und damit einen schönen Kontrast zur knallgelben Bluse darstellte.
„Nur so." Um ein Haar hätte Gaby es geschafft, seine Rotlichtphantasien zu verscheuchen. Dazu hätte ihre Bluse über der

schwarzen Spitze aber mindestens drei Knöpfe weiter geschlossen sein müssen.
„Da, ich hab deine Post von der Einlaufstelle unten gleich mitgenommen!" Sie legte ein dünnes Kuvert auf seinen Schreibtisch und hängte ihren Helm an die Garderobe. Auf dem Umschlag war das Logo der Versicherung, innen drin eine CD. Wahrscheinlich die versprochenen Bilder vom Abend des letzten Donnerstag.
Während Gaby den Computer anwarf, erzählte er von seiner frühmorgendlichen Wanderung.
Dann schob er seinen Drehsessel zu Gabys Schreibtisch hinüber. Sie konnten sich bequem den Blick auf den Bildschirm teilen und außerdem waren dadurch gewisse Einblicke aus den Augen. Auf den ersten Fotos standen die Angestellten der Versicherung mit Sektgläsern bewaffnet in fidelen Grüppchen beisammen. Dann Fotos von einer Mitarbeiter-Ehrung. Der Stadtrat Schuhmann machte sich auf einem kleinen Podest wichtig. Er überreichte Urkunden an offenbar verdiente Angestellte der Versicherung, hängte ihnen irgendwelche Medaillen um und beglückte sie dann noch mit einem feuchten Händedruck. Der erste Kunde der Nguyen an diesem Abend war auch darunter. Neben Schuhmann grinste ein Mittdreißiger mit Halbglatze in die Kamera, der eine Diät ganz gut vertragen hätte.
„Also ich versteh nicht, wie die das bei diesen Temperaturen aushält!", stellte Gaby fest und vergrößerte eine bestimmte Stelle auf einem der Fotos. Schuhmanns Sekretärin war damit beschäftigt, ihm Mappen mit den Urkunden und die Medaillen auszuhändigen. In ihrem steifen Outfit wäre sie glatt als Double der englischen Queen durchgegangen. Ihr Farbdesign war aus einem Guss: Kostüm, Schuhe, Tasche, das biedere Hütchen und

die fein durchbrochenen Handschuhe, alles in sommerlichem Hellbeige. Die einzigen farbmäßigen Ausreißer waren in Gold gefasste Ohrhänger und eine Halskette aus Bernstein.
„Was willst du, sie ist halt eine Dame! Etwas altmodisch, aber immer perfekt."
„Ja, wie die Queen höchstpersönlich - sogar die Handschuhe fehlen nicht. Also ich pfeif bei dieser Hitze auf die Perfektion!"
„Wird schon nicht so schlimm gewesen sein, immerhin haben die ja eine Klimaanlage."
„Tät uns hier auch ganz gut!", motzte Gaby und widmete sich wieder den Bildern auf ihrem Monitor.
Bis dahin konnten die Fotos die Hoffnungen, die er in sie gesetzt hatte nicht erfüllen. Es war niemand auf ihnen zu sehen, von dessen Anwesenheit auf der Veranstaltung er nicht sowieso schon gewusst hätte. Die Habringer dirigierte ihr Personal großteils von der Bar aus, nur die Chefs der Versicherung und den Stadtrat Schuhmann samt Anhang bediente sie selbst. An diesem Tisch saß auch die Baumgartner. Ein Haufen Fotos mit den Leuten beim Essen, darunter ein paar außerordentlich vorteilhafte Schnappschüsse, wenn sich jemand gerade die Gabel in den Mund steckte, sonstigen kaubedingten Verrenkungen der Gesichtsarchitektur oder sich gar mit den Fingernägeln die Zähne reinigte. Eines der Fotos zeigte im Hintergrund die Nguyen, wie sie mit dem Reserve-Macho gerade den Saal verließ.
„Kannst du das hier vergrößern?", fragte er Gaby bei einem der nächsten Bilder und zeigte dabei auf einen Ausschnitt in der Mitte. Sie drückte ein paar Tasten und auf dem Bildschirm war nur mehr die breite Schiebetür vom Ausgang des Speisesaales

zu sehen. Die beiden Flügel standen offen, eine Blondine in einem weißen Kostüm ging hinaus.
„Ist das nicht die Baumgartner?“ Vierziger war sich ziemlich sicher, auch wenn die Frau nur von hinten zu sehen war. Gaby blätterte zurück bis zu dem Foto von vorhin, wo sie mit den Versicherungschefs und mit dem Stadtrat beim Essen saß. Das gleiche Kostüm. Kein Zweifel, die Frau die da durch die Tür ging, war die Baumgartner. Etliche uninteressante Bilder später kam noch einmal ein ganz ähnliches Bild. Am äußersten rechten Rand gerade noch zu erkennen, die Baumgartner, wie sie wieder in den Saal hereinkam.
„Wäre interessant, um welche Zeit diese beiden Fotos geschossen worden sind.“, murmelte Vierziger.
„Kein Problem! Digitalkameras speichern neben dem eigentlichen Foto noch einen Haufen andere Daten. Wenn wir Glück haben, hat der Fotograf das Datum auf seiner Kamera richtig eingestellt, dann wissen wir es genau.“
Gaby drückte wieder ein paar Tasten.
„Hier, bitte sehr! Die Baumgartner ist um 22:35 raus gegangen und um 23:18 Uhr wieder zurückgekommen.“
„Wann hat die Nguyen ihren Freier abgeschleppt?“
„Moment bitte, der Herr, das haben wir gleich!“, witzelte Gaby, und einige Sekunden später: „Die Linh Phung hat sich um 22:33 Uhr ins Vergnügen gestürzt.“
„Und gleich anschließend in den Tod.“, kommentierte Vierziger trocken. „Such einmal alle Fotos heraus, auf denen zu sehen ist, wer in dieser Zeit den Raum verlassen oder betreten hat.“
Am Ende hatten sie insgesamt neun Bilder, auf denen mehr oder weniger scharf die Schiebetür mit herein- oder herausgehenden

Personen zu sehen war. Drei davon kannten sie schon, auf vier weiteren waren die Kellnerinnen, teilweise mit Begleitung zu erkennen. Auch Mercedes Ferlito hatte sich an diesem Abend ihren Nebenverdienst gesichert. Eins der Fotos zeigte zwei Männer beim Hinausgehen. Das letzte wollte Vierziger wieder vergrößert haben. Eine hell gekleidete Frau kam gerade in den Saal, leider ziemlich unscharf und kaum zu erkennen.

„Kannst du das schärfer machen?"

Übermäßig berauschend fand Vierziger das Ergebnis ja nicht gerade, trotzdem war die Frau eindeutig zu erkennen.

„Die Sekretärin vom Schuhmacher. Um welche Zeit ist das?"

„Fünfzehn Minuten nach elf. Aber du wirst doch nicht ernsthaft die Sekretärin von diesem Stadtrat verdächtigen wollen!"

„Momentan find ich zumindest jeden einmal interessant, der sich in diesem Dunstkreis aufhält."

„Wie heißt denn die Frau überhaupt?"

„Keine Ahnung! Ich kenn sie auch nur als Vorzimmerdrachen vom Schuhmann. Ich hätte jetzt noch gerne alle Fotos, auf denen die Habringer in dieser Zeit zu sehen ist."

Es gab nur ein einziges, aufgenommen um 22:46. Da stand die Chefin des Falstaff hinter der Bar und schenkte Getränke aus. Mehrere andere Aufnahmen zeigten zwar die Bar, aber ohne die Habringer.

„Das muss jetzt ja gar nichts heißen. Nur weil sie der Fotograf nicht erwischt hat, bedeutet das ja nicht zwangsläufig, dass sie nicht da war.", meinte Gaby.

„Gut. Aber bei der Baumgartner steht jetzt definitiv fest, dass sie zur fraglichen Zeit nicht in diesem Raum war. Es könnte doch so gewesen sein: Sie sieht, wie ihr Ex-Liebchen mit einem

Freier abhaut, geht ihr nach und wartet bis der Kerl wieder aus der Kabine raus kommt. Bevor sie noch zu ihr rein kann, taucht der Koch auf. Wie wir wissen, hat der ja nicht besonders lange gebraucht. Die Baumgartner geht rein, sieht die bewusstlose Nguyen und nutzt die Gelegenheit."

„Gestern hast du mir noch erklärt, du glaubst nicht an diese Eifersuchtskiste! Außerdem beweisen die Fotos gar nichts. Die Baumgartner hätte genauso gut einfach auf den Topf gehen können!"

„Klar, und dafür hat sie eine Dreiviertelstunde lang gebraucht! In der Zeit hat sie sich nicht nur ihr Näschen gepudert, sondern sich auch gleich noch eine neue Dauerwelle machen lassen. Das glaubst du doch selbst nicht!"

„Sie könnte in der Zwischenzeit noch dreimal aus- und eingegangen sein. Es ist genau so wie bei der Habringer: dass sie auf keinem Foto ist, heißt noch gar nichts!"

„Wir werden uns die Damen trotzdem heute genauer anschauen, und sei es nur, damit sie aus der Geschichte raus sind. Ich hoff aber, dass wir wenigstens einen besseren Einblick in dieses Firmengeflecht kriegen, in dem die beiden stecken. Durchsuchungsbefehle hab ich schon genehmigt bekommen. Ich hab nämlich schön langsam genug von unbeweisbaren Vermutungen. Wenn die Papiere da sind, kann's losgehen!"

„Was soll denn das, Herr Kommissar?" Die gnädige Frau Habringer war ziemlich aufgebracht. „Ich soll heute am Abend 200 Leute abfüttern und Sie stellen mir hier das ganze Schiff auf den Kopf!" Vierziger hatte ihr den Durchsuchungsbeschluss präsentiert, als sie gerade eine Kaffeepause in ihrem klimatisierten

Schiffsbüro einlegte. Aus durchaus verständlichen Gründen hatte es Frau Habringer nicht für notwendig gehalten, ihm eine Sitzgelegenheit oder gar einen Kaffee anzubieten. Er überlegte, ob ihr schwarzer Rock und die hochgeschlossene schwarze Bluse als Ausdruck der Trauer um den Tod ihrer Geliebten zu werten waren. Zusammen mit den dunklen Haaren sah sie darin noch um eine Spur blasser aus als sonst. Überhaupt wirkte sie ziemlich mitgenommen, die dunklen Ringe unter ihren Augen sprachen eine deutliche Sprache.

Vierziger stützte sich mit den Händen an der Schreibtischkante ab und beugte sich zu ihr hinunter. „Kommissar gibt's nur im Fernsehen.", sagte er leise. „Und diese Suppe haben Sie sich selbst eingebrockt!", fügte er hinzu, bevor er sich wieder aufrichtete. „Sie haben mir in dieser Geschichte von Anfang an nur Lügen aufgetischt!"

Frau Habringer starrte ihn giftig an und wickelte dabei ihre Perlenkette um den Zeigefinger der linken Hand.

„Sie sollten lieber zusehen, dass Sie den Mörder meiner Linh erwischen statt unbescholtene Bürger zu terrorisieren! Oder glauben Sie etwa, der versteckt sich hier auf meinem Schiff?"

Vierziger hatte die Verhaftung Krautgartners nicht öffentlich gemacht, ganz abgesehen davon, dass der Koch als Täter ohnehin ausgeschieden war.

„Wer weiß, vielleicht sitzt die Mörderin ja gerade vor mir!"

Die Perlenkette fiel wieder auf die Bluse zurück. „Warum, bitte schön, hätte ich die Linh umbringen sollen?" Sie versuchte sich unbeeindruckt zu geben, auch wenn der letzte Rest Farbe aus ihrem Gesicht gewichen war.

„Vielleicht, weil das Vögelchen lieber wieder in seinen alten

Käfig zurückwollte? Aber im Moment suchen wir eigentlich nach etwas anderem." Vierziger griff nach dem leeren Zuckerbriefchen neben ihrer Kaffeetasse und wedelte damit vor ihrer Nase herum.

„Ich hab gar nicht gewusst, dass neuerdings der Besitz von Zucker strafbar ist!", grinste sie ihn an. Ihre Gesichtsfarbe war wieder zurück und mit ihr auch ein Quäntchen Sicherheit. Entweder war sie eine exzellente Schauspielerin oder sie hatte wirklich keine Ahnung, wovon er überhaupt redete. Er tippte auf die Komödiantin. Das Briefchen war zwar auf beiden Seiten bedruckt, also echter Zucker von der gleichen Sorte, mit der sich die Grenzbeamten hatten bestechen lassen, aber Vierziger hielt es für gut möglich, dass die Habringer selbst hin und wieder versuchte, lange Nächte mit einer Prise Speed erträglicher zu machen. Schließlich hatte die Nguyen ja auch gekokst.

„Das werden wir ja sehen.", murmelte Vierziger und ging nicht mehr weiter auf das Thema ein. Er wanderte vor dem großen Panoramafenster auf und ab und bewunderte die Aussicht auf den Hafen. Vielleicht hundert Meter weiter vorne versuchte ein Angler sein Glück. Vierziger konnte sich nicht entscheiden, worüber er sich mehr wundern sollte: Dass in dieser trüben Brühe überhaupt noch Fische herumschwammen oder dass irgendjemand diese armen Kreaturen auch noch verspeisen wollte. Aber es fanden sich ja offenbar auch immer wieder genügend Geistesgestörte, die freiwillig Gift schluckten. Auf dem alten Frachter, der in der Schiffswerft gegenüber im Trockenen lag, war gerade einmal ein einzelner Arbeiter zugange. Wenn der weiter in diesem Tempo den Rost vom Rumpf kratzte, würde das Schiff noch jahrelang auf einen neuen Anstrich warten müssen, dachte Vierziger. Frau Habringer blieb hinter ihrem Schreibtisch sitzen und erging sich in eisigem Schweigen. Ein halbes Dutzend Kollegen von der Spurensuche durchkämmten inzwischen das Schiff. Gaby unterstützte sie, die Ortskenntnisse aus ihrem früheren Studentenjob beim Falstaff waren dabei sicher hilfreich. Zwei Taucher suchten den Schlamm des Hafenbeckens rund um das Schiff nach der Vase ab, die der Koch ins Wasser geworfen haben wollte. Schön langsam wurde Vierziger ungeduldig, er hätte gute Lust auf einen Kaffee gehabt, aber er hätte sich lieber die Zunge abgebissen, als danach zu fragen.

„Ich hab's Ihnen ja gleich gesagt: Sie werden hier nichts finden!", ätzte die Habringer. Sie zündete sich eine Zigarette an und griff dann zu ihrem Handy: „Ich glaube, es ist jetzt Zeit, dass ich meinen Anwalt anrufe! Der wird diese Vorstellung hier ganz schnell beenden und ich kann mich wieder in Ruhe meiner Arbeit widmen."

„Tun Sie das, in Ihrer Lage ist ein Anwalt sicher nicht verkehrt.", pflichtete ihr Vierziger trocken bei.

„Ich hätt' gerne den Herrn Dr. Schuhmann gesprochen, dringend!", bellte sie, und nach einer kurzen Pause und eine Winzigkeit weniger heftig: „Was? Erst am Nachmittag! Ich hab hier die Polizei auf dem Hals, die stellen mir das ganze Schiff auf den Kopf und der Herr Anwalt ist nicht da!"

Sie knallte das Handy auf den Tisch und schickte ihm ein wütendes und gänzlich undamenhaftes „Scheiße!" hinterher. Obwohl die vorherige Zigarette noch im Aschenbecher gloste, steckte sie sich eine neue an.

„Der Schuhmann ist Ihr Anwalt? Ist ja interessant!"

„Und? Haben Sie was dagegen?“, zischte sie zurück und begann wieder ihre Perlenkette um den Finger zu wickeln.
„Aber nein! Sie können sich jeden Anwalt der Welt nehmen. Seit wann sind Sie denn schon bei ihm?“
„Schon seit fünf Jahren. Aber das nützt mir jetzt auch nichts! Wenn man ihn braucht, ist der Herr ja in Polen! Außerdem wüsste ich nicht, was Sie das angeht!“
Vierzigers Antwort ging in der auffliegenden Bürotür unter. Gaby stürmte zur Habringer und knallte eine Schachtel auf den Schreibtisch.
„Schönen Tag, Gnä' Frau! Wofür halten Sie das da?“ Gaby tippte mit dem Finger auf die Schachtel und schaute ihre ehemalige Chefin triumphierend an. Sie hatte noch die dünnen Latexhandschuhe an, die sie für die Suche getragen hatte. Die Schachtel sah genau so aus wie jene, die sie bei den Zollbeamten am Grenzübergang beschlagnahmt hatten.
Frau Habringer zuckte fast unmerklich zusammen und lehnte sich in ihrem Sessel zurück. Zum zweiten Mal wich die Farbe aus ihrem Gesicht, sie wurde noch blasser als vorhin, wenn das überhaupt noch möglich war, ihre Lippen bildeten nur mehr einen schmalen Strich. Ob das war, weil sie Gaby wiedererkannt hatte oder wegen der Schachtel, die vor ihr auf dem Tisch lag, ließ sich nicht sagen.
„Hat's Ihnen jetzt die Sprache verschlagen?“, stichelte Gaby streitlustig.
„Überrascht es Sie wirklich, wenn Sie in einem Restaurant einen Karton mit Zucker finden?“
„Ihre Witzchen können Sie sich sparen! Es ist mir nämlich völlig egal, wenn Sie Ihr Liebchen auf den Strich schicken, aber bei

diesem Zeug da hört sich für mich der Spaß auf! Ich frage mich nur, warum es mich eigentlich nicht überrascht, dass ich so was bei Ihnen finde?“ Gaby hatte den Karton geöffnet und eines der Zuckerbriefchen herausgenommen. Vierziger nahm es ihr aus der Hand und musterte es von beiden Seiten. Vorne war es bedruckt, wie es bei einem ganz normalen Zuckersäckchen nicht anders zu erwarten war. Die Rückseite war blank, ohne jeglichen Aufdruck. Er riss das Papier auf, tauchte einen befeuchteten Finger hinein und probierte. Dann schüttete er das weiße Pulver in Frau Habringers Kaffeetasse.

„Wollen Sie nicht kosten, ob Ihr Kaffee jetzt süß genug ist?“ Vierziger lächelte die Habringer unschuldig an.

„Ich trinke keinen kalten Kaffee.“

„Natürlich! Frau Habringer, ich denke Sie sollten die Komödie beenden! Wir wissen doch genau, was in diesen Briefchen drin ist. Woher kommt das Zeug?“ Vierziger hatte sich wieder über den Schreibtisch gebeugt und sah ihr in die Augen. Die winzigen Schweißperlen auf ihrer Stirn und ihrer Oberlippe rührten bestimmt nicht von der Hitze, die blieb ja durch die Klimaanlage ausgesperrt. Ihm stieg der säuerliche Geruch von Angst in die Nase und entlarvte ihr überhebliches Gehabe als Lüge.

„Ich habe diese Schachtel noch nie gesehen und mehr hab' ich dazu nicht zu sagen!“ Frau Habringer saß jetzt kerzengerade in ihrem Drehsessel, die Hände vor der Brust verschränkt. Eine zeitlang hielt sie seinem Blick stand, bevor sie zur Seite sah und sich eine neue Zigarette anzündete.

„Wie viele?“ Vierziger brauchte Gaby gar nicht anzusehen, sie wusste auch so, dass sie gemeint war.

„Ich hab nicht gezählt, aber es werden so an die fünfzig Kartons sein. Platz wäre aber für mindestens fünf Mal so viel!"
„Wo?"
„Unten im Küchenlager. Zuerst hab ich gar nichts bemerkt. Es ist mir nur merkwürdig vorgekommen, weil ich den Raum viel größer in Erinnerung hatte. Dann sind mir die Kratzer am Boden aufgefallen und da hab ich mir das näher angesehen. Ein Regal an der Rückwand lässt sich zur Seite schwenken und dahinter ist das Giftlager. Ganz schön raffiniert gemacht, zu meiner Zeit war das noch nicht so."
„Ich hab's ja gleich gewusst, dass ich Sie von irgendwoher kenne!", platzte die Habringer dazwischen. „Sie haben vor Jahren einmal bei mir als Serviererin gejobbt, stimmt's?"
„Genau! Hätten Sie sich auch nicht gedacht, dass wir uns so wiedersehen?"
„Ja, Frau Habringer, ich fürchte Sie werden mitkommen müssen!" Vierziger konzentrierte sich wieder auf die Restaurant-Chefin. „Können wir das zivilisiert ablaufen lassen oder muss ich Ihnen Handschellen anlegen?"
„Soll das heißen ich bin verhaftet, wegen dem bisschen Speed? Damit hab ich nichts zu tun, keine Ahnung, wie das dort hingekommen ist! Das können Sie nicht machen! Außerdem hab ich heute am Abend einen Haufen Gäste da, es ist noch nichts vorbereitet und ohne mich funktioniert's hinten und vorne nicht! Wie stellen Sie sich dann das vor?"
„Woher wissen Sie denn auf einmal, dass in den Briefchen Speed ist? Ich dachte, Sie haben diese Schachtel noch nie gesehen!" Gabys Hohn troff zäh und fett zu Boden.

„Frau Habringer, ich fürchte Sie werden heute Abend gar keine Gäste haben! Mordverdacht, fünfzig Kilo Drogen, organisierte Kriminalität und wer weiß, was sonst noch alles! Und Sie glauben, wir tun so, als ob nichts gewesen wäre? Das Lokal wird versiegelt und bleibt natürlich bis auf Weiteres geschlossen!"

„Das können Sie nicht machen! Wenn sich das herumspricht, bin ich ruiniert!"

„Daran hätten Sie denken sollen, bevor Sie sich auf diese krummen Geschäfte eingelassen haben!", blieb Vierziger ungerührt. „Wenn Sie sich mit dem Teufel ins Bett legen, müssen Sie schon damit rechnen, hinterher nach Schwefel zu stinken!"

Die Habringer starrte ihn wütend an. Wütend, stumm und kreidebleich.

„Komm, Josef, die Rederei bringt doch nichts! Wir nehmen die Schlampe jetzt mit und nach einer Nacht in der Zelle sehen wir dann weiter!" Gaby ging um den Schreibtisch herum und packte Frau Habringer am Arm. Vierziger schaute sie erstaunt an. An ihre unkonventionelle Art hatte er sich ja inzwischen schon fast gewöhnt, aber diese Ausdrucksweise fand er doch ein bisschen heftig. Bei Gelegenheit würde er mit ihr einmal darüber reden müssen. Frau Habringer war in ihrem Sessel zusammengesackt. Wie eine Gliederpuppe, der die Fäden gekappt worden waren. Ihre Augen waren feucht. Dünne, dunkle Fäden begannen sich links und rechts über ihre Wangen nach unten zu ziehen: „Ich hab die Linh nicht umgebracht. Sie müssen mir das einfach glauben.", flüsterte sie und versuchte dabei, Vierzigers Blick zu finden. Die Fäden wurden rasch zu breiten, schwarzen Schnüren. Sie legte den Kopf in ihre auf dem Schreibtisch gekreuzten Arme und zitterte in haltlosem Schluchzen. Von der Energie, mit der sie jahrelang das Restaurant aufgebaut und ihre Umgebung auf Trab gehalten hatte, war nicht das winzigste Fünkchen mehr übriggeblieben. Nach ein paar Augenblicken richtete sie sich wieder auf und schmierte mit ihren Handrücken dunkle Flecken auf ihr Gesicht. Sie schaute zu Vierziger hinauf und wiederholte: „Ich hab sie nicht umgebracht, wirklich nicht!“ Ihre verheulte Stimme war so leise, dass er sie fast nicht verstanden hätte. Gaby blieb ungerührt, sie hatte den Griff um Frau Habringers Arm nicht gelöst.

Vierziger zog einen Stuhl heran und setzte sich ihr gegenüber. Eine zeitlang sah er schweigend zu, wie sie still vor sich hin schluchzte. Irgendwann konnte er es nicht mehr mitansehen, er fischte ein Papiertaschentuch aus seiner Hosentasche, schon ein wenig zerknautscht, aber noch sauber, und schob es über den Tisch. Er war drauf und dran, seine Hand tröstend auf die ihre zu legen. Fremde Tränen, ganz besonders, wenn es sich um weibliche handelte, lösten bei ihm regelmäßig einen Zustand aus, der einer zeitweisen geistigen Umnachtung schon recht nahe kam. Gerade noch im letzten Moment besserte sich sein Befinden, er zog seine Hand wieder zurück und stützte damit stattdessen sein Kinn ab. Frau Habringers Bemühungen, die schwarzen Flecken unter den Augen abzuwischen, verwüsteten ihr Gesicht nur noch mehr. Vierziger versuchte seinen sentimentalen Anfall auszubügeln und wieder in seine gewohnte Polizistenhaut zu schlüpfen. Er lehnte sich entspannt in seinem Stuhl zurück und beobachtete Frau Habringer dabei, wie sie angestrengt einen Punkt auf der Schreibtischoberfläche fixierte. Vierziger überlegte, wie lange sie das Schweigen noch durchhalten würde. Draußen tuckerte ein Touristendampfer vorbei, seine Bugwellen brachten das Büro

zum Schaukeln. Aus dem Bauch des Schiffes unter ihnen drang das Knirschen von Metall. Aus den Augenwinkeln bemerkte er, wie Gaby zum Reden ansetzte. Ein scharfer Blick stoppte sie, noch bevor ihr die erste Silbe entschlüpfen konnte. Gaby ließ den Arm der Habringer los und trat sogar einen Schritt zurück. Das Schlingern des Schiffes legte sich wieder. Frau Habringer hatte nur kurz auf ihren Arm gesehen, als sie von Gaby losgelassen worden war, dann starrte sie weiter ihren Schreibtisch an.
„An dem Ganzen ist nur diese blöde Kuh schuld!", erklärte Frau Habringer dem Punkt auf ihrem Schreibtisch. Vierziger machte es wie dieser ominöse Punkt, er blieb völlig unbeeindruckt und lümmelte sich sogar noch ein wenig lässiger in seinen Stuhl. Die ersten Risse in der Fassade waren da, er brauchte nur mehr abzuwarten, bis sie sich ganz von selbst vergrößerten.
„Der Herbert hat schon Recht gehabt, wir hätten den Betrieb auch ohne ihren ganzen Scheiß wieder flott bekommen. Ich weiß nicht, was ich mir dabei gedacht habe!" Sie hatte ihre Augen noch immer auf den Schreibtisch geheftet. Vierziger hatte das Gefühl, als würde die Habringer seine und Gabys Anwesenheit überhaupt nicht mehr wirklich wahrnehmen, als würde sie mit sich selbst reden. Die Muschelschale war dabei, sich zu öffnen und er wusste aus langer Erfahrung, dass die geringste Störung sie auf der Stelle wieder zuklappen lassen würde. Entweder redete sie sich jetzt alles von der Seele oder es war vorbei. Er durfte ihr keine Gelegenheit geben, die bröckelnde Mauer wieder zu flicken. Hoffentlich funkt die Glück jetzt nicht dazwischen, dachte Vierziger. Aber Gaby hatte die Situation begriffen. Sie hielt sich still im Hintergrund, ihr Blick wanderte gespannt zwischen den beiden hin und her.

„Es kann überhaupt nichts passieren, hat sie gesagt, dieses Miststück! Ja, super.“, murmelte sie, dieses Mal etwas deutlicher als zuletzt.
Vierziger war sich nicht sicher, ob die Mauer einen weiteren Sprung bekommen hatte. Er beschloss es zu riskieren.
„Das Miststück ist die Frau Baumgartner?“
Sie nickte.
„Der Herbert und ich haben geschuftet wie die Blöden, aber es ist sich nicht ausgegangen.“ Dieses Mal schaute sie ihm geradewegs in die Augen, Vierziger hatte das Gefühl, dass die Mauer nun brüchig genug war.
„Was ist passiert?“
Ein paar Sekunden lang sah sie ihn wortlos an.
„Eines schönen Tages ist die Ulla zu mir gekommen. Ich hab einen Scheiß-Tag hinter mir gehabt und sie hat gemeint, sie könnte uns aus der Patsche helfen. Finanziell und so. Sie hatte da jemand, der in den Betrieb einsteigen und außerdem gute Kontakte zu neuen Kunden mitbringen wollte. Neue Kunden haben wir zu der Zeit gut brauchen können und sie hat das ja selbst auch gemacht. Ich hab nur das Geld gesehen und am Anfang war ja auch alles in Ordnung. Wir haben das Restaurant umgebaut, die Küche komplett neu gemacht und Aufträge hatten wir mehr als genug. Alles Paletti.“
Sie kritzelte mit einem Bleistift auf dem Block vor ihr herum.
„Da waren Sie ja sicher hoch zufrieden, oder?“ Vierziger versuchte, ihren Redefluss nicht abreißen zu lassen.
„Ja, zuerst schon. Bis die Ulla dann die Idee mit den Mädchen hatte. Ich hab gesagt, so was mach ich nicht, ich bin ja schließlich keine Puffmutter! Sie hat nur gemeint, ich sollte einmal den

Teilhaber-Vertrag genau lesen. Da bin ich erst dahinter gekommen, dass mir der Betrieb eigentlich gar nicht mehr gehört."
Ihre Augen wurden wieder feucht, sie hatte sich inzwischen aber weit genug im Griff, um keinen Heulkrampf mehr zu kriegen. Ein paar Tränen tropften trotzdem über ihre Wangen.
„Haben Sie denn diesen Vertrag nicht gelesen, bevor Sie sich auf diese Geschichte eingelassen haben?"
Frau Habringer legte den Stift neben den Block, penibel entlang der Papierkante ausgerichtet.
„Ich kenn mich mit solchen Sachen nicht aus und der Schuhmann hat gesagt, es wäre alles in Ordnung, ich kann das ruhig unterschreiben, er kümmert sich um den ganzen Rest. Ich hab ihm damals den Mist auch noch geglaubt."
„Heißt das, der Herr Dr. Schuhmann ist Ihr Geschäftspartner?", wunderte sich Vierziger.
„Nein, doch nicht der Schuhmann! Der hat nur den Vertrag gemacht. Das Geld kam von einer Investment-Firma."
„Investissement & Participation S.A.R.L. aus Liechtenstein?"
„Genau! Woher wissen Sie denn das?" Er überhörte die Frage.
„Und wer hat die neuen Kunden vermittelt?"
„Die hat niemand vermittelt! Seit die Liechtensteiner eingestiegen sind, können wir uns vor Aufträgen gar nicht mehr erwehren. Irgendjemand lässt da offenbar gute Beziehungen spielen, aber ich hab nie herausgekriegt, wer. Ist mir eigentlich auch wurscht, Hauptsache der Laden brummt." Vierziger hatte den Eindruck, als wäre ihr nicht ganz klar, in welcher Lage sie sich befand.
„Der Gedanke, dass dieser Jemand Dr. Schuhmann sein könnte, ist Ihnen nie gekommen?"

„Blödsinn! Der ist nur mein Anwalt und kümmert sich um die Verträge! Sonst hat der mit der Sache überhaupt nichts zu tun!"
„Das glaub ich jetzt nicht! Sind Sie so naiv oder tun Sie nur so?", konnte sich Gaby nicht mehr zurückhalten.
„Dass ich eine naive Ziege war, weiß ich inzwischen selbst auch! Heute würde ich mich nicht mehr so über den Tisch ziehen lassen, aber das hilft mir jetzt auch nicht weiter!"
„Sagen Sie, Frau Habringer, wer hat dann die Sache mit den Drogen eingefädelt?"
Sie zündete sich eine neue Zigarette an, nahm einen tiefen Zug und blies den Rauch durch die Nase wieder aus. Nach einem zweiten Zug sagte sie dann resigniert: „Das war auch die Ulla. Aber mit der Verteilung hab ich nichts zu tun! Das Zeug haben die nur auf dem Schiff gelagert."
„Wer sind *die*?", wollte Vierziger wissen.
„Keine Ahnung! Die haben das einmal im Monat angeliefert und dann so nach und nach wieder abgeholt. Ich hab mich da komplett herausgehalten, das hat immer die Ulla überwacht, die hat ja auch das Versteck im Lager machen lassen."
„Seit wann geht diese Drogengeschichte schon?", fragte Vierziger, auch wenn er sich die Antwort schon denken konnte.
„Das hat Anfang März begonnen, also seit ungefähr einem halben Jahr."
„Und Sie haben das einfach so zugelassen?"
„Was hätt ich denn tun sollen? So wie die Dinge liegen, hab ich in meinem eigenen Betrieb überhaupt nichts mehr zu sagen. Jetzt bestimmt die Ulla, wo es langgeht, und hinter der steht was weiß ich wer! Ich konnte gar nichts machen."

„Na, Sie hätten zum Beispiel zu uns kommen können! Aber Sie haben ja sicher nicht schlecht davon profitiert.“, schaltete Gaby sich wieder ein.
Frau Habringer senkte wieder den Kopf und starrte die Kritzeleien auf ihrem Block an.
„Sie brauchen nichts zu sagen, wir kommen auch alleine dahinter, wie viel Sie mit dem Speed verdient haben!“

– 16 –

„Du kennst die Habringer doch noch von früher: Kannst du dir vorstellen, dass die tatsächlich so naiv war und diesen eigenartigen Gesellschaftervertrag unbesehen unterschrieben hat?"
Vierziger fuhr mit Gaby wieder zurück ins Polizeipräsidium. Die Restaurantchefin war in Begleitung von uniformierten Kollegen unterwegs zum Erkennungsdienst. Fotos, Fingerabdrücke, DNA-Probe und so weiter, die übliche Geschichte. Auf dem Schiff hatten sich insgesamt 53 Drogenkartons gefunden. Die Vase hatten die Taucher, eingewickelt in einen Polsterbezug, aus dem Schlamm geholt. So gesehen war die Durchsuchung ein veritabler Erfolg gewesen.
„Ich weiß nicht so recht. Eines kann ich sagen, blöd ist sie bestimmt nicht! Andererseits: Dieses Schiffsrestaurant war ihr ganzes Leben, das hab ich damals schon so mitbekommen. Sozusagen ihr Baby, dafür hätte sie alles getan. Ich mein', das hat sie schlussendlich dann ja auch. Du darfst dabei nicht vergessen, sie hat aus dem Waisenhaus heraus, also praktisch aus dem Nichts, diesen Betrieb aufgebaut. Dass sie dann alles unternimmt, um ihn auch zu behalten, kann ich schon irgendwie verstehen."
„Jetzt muss ich mich aber schon sehr wundern! Vor einer

Stunde hast du sie fast bei lebendigem Leib gefressen und jetzt verteidigst du sie geradezu. Was ist los mit dir?"

Gaby schaute ihn an, dann wandte sich ihr Blick ab und verlor sich irgendwo in der Ferne. Vierziger hatte das Gefühl, einen Anflug von Traurigkeit über ihr Gesicht huschen zu sehen, aber möglicherweise täuschte er sich da auch.

„Ich ..." Ihre Stimme zitterte, sie schüttelte den Kopf und kehrte mit feuchten Augen wieder in die Realität zurück.

„Jedenfalls haben wir sie jetzt. Und eine Nacht in der Zelle wird vielleicht ihre Erinnerung ein bisschen auffrischen."

„Na hoffentlich! Ich fürchte, recht viel länger werden wir sie auch nicht hier haben."

„Was meinst du denn damit?"

„Komm! Das brauch ich dir doch nicht erst erklären. Überleg einmal: Den Mord an der Nguyen können wir ihr nicht beweisen, abgesehen davon, dass wir selbst nicht daran glauben. Bei der Drogengeschichte lässt sich nur der Besitz nachweisen, ob sie mit dem Zeug auch gehandelt hat, wissen wir nicht. Da kann sie sich ganz leicht auf die Baumgartner ausreden. Wir haben das Restaurant zugedreht, ihre Unterlagen beschlagnahmt – also kriegen wir sie nicht einmal wegen Verdunkelungsgefahr dran. Den Schuhmann können wir höchstens 48 Stunden von ihr fernhalten und wenn der will, hat er die Habringer im Handumdrehen wieder raus. Das gleiche gilt übrigens auch für den Krautgartner."

„Du hast ja Recht. Schaut nicht gut aus. Und dem Mörder der Linh sind wir noch immer keinen Schritt näher. Ich glaube, wir sollten dem Schuhmann einmal ordentlich auf die Zehen treten. Es kann mir doch kein Mensch erzählen, dass der nicht weiß,

wer hinter diesen Liechtensteinern steckt." Gaby hatte sich anscheinend wieder im Griff.
„Stimmt genau! Aber was willst du von dem? Als Anwalt von der Habringer und mit Sicherheit auch von der Baumgartner braucht er uns überhaupt nichts erzählen. Außerdem ist er ein mit allen Wassern gewaschener Politiker. Bei dem gehört das Lügen doch zum Beruf, der würde dir sogar nach einer Doppeldosis Wahrheitsserum noch einen Bären aufbinden!"
Vierziger stellte seinen Wagen im Hof des Polizeipräsidiums ab. Sie waren schon auf dem Weg zum Lift, als Gaby wissen wollte: „Hast du die Habringer eigentlich gefragt, wo sie zwischen halb zehn und halb zwölf war?"
„Nein, hab ich nicht. Wär ja sowieso sinnlos! Wenn sie nicht die ganze Zeit über in diesem Speisesaal war, hätte sie bestimmt gelogen. Da müssen wir schon jemand anderen fragen."

Missmutig brütete Vierziger über einem Stapel von Formularen. Die vorläufigen Protokolle der Durchsuchung des Schiffes und der Verhaftung der Habringer schlugen ihm schwer aufs Gemüt, daran konnte auch eine Tasse von seinem selbst gebrauten Speed nichts ändern. Da war ihm das Läuten des Telefons eine willkommene Unterbrechung, obwohl er nicht sagen konnte, was ihm mehr auf die Nerven ging: das Schreiben seiner Protokolle oder das penetrante Klingeln des Telefons. Trotzdem ließ er es eine Weile läuten, bevor er den Hörer abnahm.
„Vierziger", brummte er. „... Jetzt bin ich ja da. ... Hat er es wenigstens überstanden. Danke für den Anruf und einen schönen Tag noch."
Er legte den Hörer wieder auf. Gaby sah ihn fragend an.

„Der Beifahrer aus unserem Drogen-Lkw hat heute Vormittag das Zeitliche gesegnet.“
„Noch ein Opfer dieses verfluchten Pulvers, wenn auch nur indirekt.“
„Für uns eine Auskunftsperson weniger, auch wenn's wahrscheinlich nur ein kleiner Gauner war, der uns sowieso nicht viel sagen hätte können.“, kommentierte Vierziger und widmete sich wieder der Bürokratie. Gaby bearbeitete in der Zwischenzeit mit Hingabe ihren Computer.
„So!“, verkündete Vierziger und warf seinen Kugelschreiber auf den Schreibtisch. „Fertig!“ Eine gute Stunde und eine weitere Tasse Kaffee waren vergangen.
„Ich bring das Zeug der Sekretärin vom Chef rauf, die kann sich um den Rest kümmern. Und dann gehen wir die Baumgartner besuchen, die soll auch ihre Freude haben.“ Niemand konnte ihm vorwerfen, dass er sich krampfhaft abmühte, seine sarkastische Ader zu unterdrücken.
„Weißt du, dass unser ehrenwerter Herr Stadtrat in der kritischen Zeit auf keinem einzigen Bild drauf ist? Das letzte Mal hat ihn der Fotograf um 22:25 erwischt, danach ist er anscheinend verschwunden.“
„Vielleicht ist er nach Hause gegangen, ist ja ein viel beschäftigter Mensch. Irgendwann wird auch der müde und muss am Polster horchen.“
„Ohne seine Sekretärin? Du sagst doch, dass die an ihm klebt wie eine Klette. Und die war ja immerhin um Viertel nach elf noch da.“
„Also ich glaub nicht, dass der Schuhmann mit seiner Sekretärin was hat, die ist doch locker um zehn Jahre älter als er.“

„Was soll denn das heißen? Meinst du, nur die Herren der Schöpfung dürfen sich ein jüngeres Spielzeug suchen? Außerdem red ich davon überhaupt nicht. Ich find es nur merkwürdig, dass er ohne sie abgezogen sein soll.“, gab Gaby zurück und feministische Kampfeslust blitzte in ihren Augen auf.
„Was weiß denn ich!“, murmelte Vierziger. „Bei dir muss man sich auch jedes Wort dreimal überlegen. Ganz schön nervig, das kann ich dir sagen.“
„Ein bisschen weniger Machogehabe schadet dir sicher nicht!“, stichelte Gaby streitlustig.
Vierziger wollte schon etwas darauf sagen, ausgerechnet ihn als Macho hinzustellen, fand er schon stark. Dann ließ er es aber doch bleiben, über dieses Thema wollte er nicht mit ihr diskutieren. Er warf ihr nur einen langen Blick zu und klaubte seine Papiere zusammen.
„Wir treffen uns unten beim Auto.“, sagte er und räumte das Schlachtfeld des Geschlechterkrieges.

Das Angelo Azzurro bot von außen noch fast das gleiche Bild wie vor einer Woche. Nur dass die Glastür weit und einladend offen stand. Innen wartete dieses Mal kein strammer Italiener auf Gaby, Paolo Conte krächzte kein Lied und auch sonst sang niemand. Alles war still. Kein Laut. Nicht einmal ein leises Summen deutete auf die segensreiche Wirkung einer Klimaanlage hin. Obwohl das sicher nicht geschadet hätte, der penetrante Gestank von kaltem, abgestandenem Rauch stand wie zum Schneiden im Lokal. Dazu mischte sich noch ein kaum wahrnehmbarer, eigenartig, säuerlich fauler Geruch. Im Gegensatz zu der schummrigen blau-gelben Beleuchtung von voriger Woche, die das ganze Lokal in einer gnädigen Dämmerung hatte versinken lassen, förderten die grellen Lampen von heute die traurige Realität zutage. Im Angelo Azzurro konnte seit der Eröffnung vor ein paar Jahren nichts mehr gerichtet worden sein, ausgenommen höchstens dem Wechseln einiger Glühbirnen. Die Häupter der falschen antiken Statuen waren millimeterdick mit Staub bedeckt, Spinnweben machten sich an der Decke breit und auf den abgewetzten Lederbezügen der Stühle und Bänke prangten hässliche Brandlöcher. Die Tür zum Büro von Frau Baumgartner stand genau so weit offen wie die blaue Rauchglastür am Eingang des Lokals. Je näher Vierziger dem Büro der Baumgartner kam, desto intensiver stieg ihm der strenge, säuerlich faulige Geruch in die Nase.

„Frau Baumgartner?“, rief Vierziger durch die offene Tür, erhielt aber keine Antwort, auch nicht nach mehrfacher Wiederholung. Frau Baumgartners Arbeitszimmer war anscheinend leer.

„Das gibt's doch nicht!“, murmelte Gaby. „Da stehen alle Türen sperrangelweit offen. Irgendjemand muss doch da sein.“

„Ist ja auch!“ Vierziger war inzwischen in das Büro hinein und um den Schreibtisch herum gegangen. Der seltsame Geruch in dem Raum war geradezu unerträglich.

„Gaby, komm da rüber und mach einmal das Fenster auf!“

Vierziger nestelte sein Handy aus der Hosentasche und suchte die Nummer von Dr. Liebmayer.

„Schönen Tag, Doktor, ich brauch Sie hier sofort, so schnell wie's geht! Angelo Azzurro, Karl-Valentin-Straße 9. Die Türen stehen alle offen!“

Frau Baumgartner lag hinter ihrem Schreibtisch auf dem Boden. Arme und Beine waren auf skurille Art verrenkt, die rechte Hand um den Hals gekrallt. Ihre hervorquellenden Augen waren weit geöffnet, die Pupillen riesengroß. Neben dem umgeworfenen Schreibtischsessel lag der Laptop der Baumgartner. Es musste ein ziemlich robustes Gerät sein, denn der Bildschirm flimmerte noch immer. Um die Scherben einer zerbrochenen Kaffeetasse hatte sich ein feuchter Fleck gebildet. Das ganze Büro war ein einziges Chaos. Offene Aktenordner und zerrissene Papiere lagen überall herum. Aus dem umgekippten Papierkorb sickerte säuerlich riechendes Erbrochenes und ein guter Teil des ekelhaften Gestanks verströmte die Körpermitte der Baumgartner. Im Todeskampf hatten sich Darm und Blase entleert.

„Die ist tot, nicht wahr?" Gaby hielt einen Respektabstand von einem guten Meter zwischen ihr und der auf dem Boden liegenden Baumgartner. Es war ihre erste Leiche, und auch wenn sie während der Ausbildung immer wieder auf diese Situation vorbereitet worden war, in Wirklichkeit sah die Sache dann ja doch ein wenig anders aus.
„Wenn sie nicht eine ganz ausgezeichnete Schauspielerin ist, würde ich sagen, dass es für sie vorbei ist." Zynismus war eines der Mittel Vierzigers, sich vor der Begegnung mit dem Tod zu schützen. Er hatte das Handy noch in der Hand und wählte eine neue Nummer.
„Hallo Franz, ich muss dich schon wieder bemühen! Ich hab hier eine Tote, Fremdeinwirkung, möglicherweise Gift. Ihr dürft jeden Millimeter absuchen!"

„Wieso glaubst du, dass sie jemand vergiftet hat? Könnte ja auch ein Versehen oder Selbstmord gewesen sein."

„Ein Versehen vielleicht, obwohl ich an so was nur sehr ungern glaube. Aber Selbstmord niemals! Schau sie dir an! Die ist ziemlich qualvoll gestorben. Selbstmörder sind meistens feige. Wenn sie schon Gift nehmen, dann irgendwas von dem sie einfach hinüber schlafen, aber nicht auf diese Weise!"
Gaby war ans offene Fenster gegangen und massierte sich mit den Fingerspitzen die Schläfen. Vierziger stellte sich zu ihr, hauptsächlich in der Hoffnung, am offenen Fenster dem penetranten Gestank zu entkommen. Er wusste aber auch noch ganz gut, wie sehr einen die erste Leiche mitnehmen konnte. In dieser Situation wollte er Gaby nicht einfach so alleine lassen.
„Du kannst ruhig rausgehen, wenn dir das hier zu viel wird. Im Augenblick können wir sowieso nichts tun."
„Nein, es geht schon. Ich hab nur Kopfschmerzen von dem üblen Geruch da herinnen."
Vierziger ging es selbst nicht viel besser. Die Ausdünstungen der Exkremente und des Erbrochenen wurden zwar durch die frische Luft von draußen etwas verdünnt, aber es kam ihm vor, als ob dieser stechende, faulig-süße Mief hier noch schlimmer war. Wie ein Spürhund sog er den Geruch in seine Nase und drehte sich dabei in alle Richtungen, um die Quelle ausfindig zu machen. Neben dem Fenster stand eine Topfpflanze, ein kleiner Strauch von etwa einem Meter Höhe, mit dunkelgrünen, gezackten Blättern und weißen Blüten. Er beugte sich dem Grünzeug zu und wandte sich augenblicklich wieder ab. Die trichterförmigen, großen weißen Blüten verströmten diesen faulig süßen Gestank, der alles andere hier im Büro überlagerte und sich sogar bis ins Lokal hinaus gezogen hatte.

„Wie kann man sich nur so ein stinkendes Gestrüpp ins Zimmer stellen!“ Es war mehr eine Feststellung als eine Frage. Gaby hatte ihn beobachtet und roch auch vorsichtig an der Pflanze.
„Ist ja widerlich! Vorige Woche hatte sie diese Staude noch nicht, da bin ich mir absolut sicher!“, stellte Gaby fest und hielt ihren Kopf so weit sie konnte aus dem Fenster, um ihren Lungen ein paar Züge frische Luft zu gönnen.
„Wahrscheinlich ist der Baumgartner davon auch schlecht geworden.“, versuchte sie eine Erklärung.
„Würde mich nicht wundern! Aber von dem bisschen Gestank stirbt man nicht, schon gar nicht so!“
„Naja, ihr wird schlecht, sie übergibt sich, wird ohnmächtig, fällt samt ihrem Schreibtischsessel um und bricht sich dabei den Hals. Wär doch möglich!“
„Schau sie dir an! Ein gebrochener Hals sieht anders aus.“
Vierziger schaute sich ausführlich im Büro um. Das Chaos auf und um ihren Schreibtisch hatte er ja schon vorhin bemerkt. Auf den ersten Blick konnte er sonst nichts Außergewöhnliches entdecken. Eine der Türen in der Schrankwand war nicht ganz geschlossen, das gleiche galt für die unterste Schublade im Schreibtisch. Er nahm einen der herumliegenden Kugelschreiber und zog damit die Lade auf. Briefumschläge und Papiere lagen wild durcheinander. Auch in den anderen Laden herrschte das gleiche Wirrwarr. Die Büroschränke boten ein ähnliches Bild. Nur notdürftig wieder eingeräumte Aktenordner, herausgerissene Hängeablagen und aufgerissene Schnellhefter bildeten eine wüste Unordnung.
„Da hat jemand das ganze Büro durchsucht! Deine Theorie mit dem Schlechtwerden und so weiter kannst du dir abschminken!“,

rief er Gaby zu. Die stand noch immer am Fenster und hielt ihren Kopf in die frische Luft.
„Kannst du dir einmal ihren Computer ansehen? Ich glaube, der lebt noch."
Gaby holte ein paar Gummihandschuhe aus ihrem Rucksack und schlurfte zögerlich zu dem am Boden liegenden Laptop. Samt den beiden Kabeln, an denen das Gerät wie durch eine doppelte Nabelschnur mit Strom und Netzwerk verbunden war, trug sie den Computer um den Schreibtisch herum zu einem der Besucherstühle und stellte ihn darauf ab. Dabei bemühte sie sich krampfhaft, ihren Blick von der toten Frau Baumgartner fernzuhalten. Auf dem Boden kniend begann sie, die Tastatur zu bearbeiten. Die vertraute Beschäftigung brachte sie wieder ein wenig ins Gleichgewicht.
„Da schau her! Das glaub ich jetzt aber nicht wirklich!"
„Was glaubst du nicht?", fragte Vierziger nach.
„Moment, ich zeig's dir gleich!" Sie drückte noch ein paar Tasten, rappelte sich dann hoch und ging zu dem Drucker, der auf einem kleinen Tischchen neben dem Schreibtisch stand. Ungeduldig zerrte sie schon an dem Papier, während der Drucker noch arbeitete. Mit zwei Blatt Papier in der Hand kam sie Vierziger entgegen, der sich von der Untersuchung der Schränke abgewandt hatte.
„Eins davon war schon in der Papierlade. Sie hat sich sogar noch die Mühe gemacht, es für uns auszudrucken.", kommentierte sie trocken.
Vierziger las die Seite, die ihm Gaby in die Hand gedrückt hatte, laut vor.
„Geständnis: Vor einer Woche habe ich meine Geliebte Linh Phung Nguyen erwürgt, weil sie mich verlassen hat. Wenn ich

sie nicht mehr haben kann, soll sie auch keine andere haben. Ohne Linh hat mein Leben keinen Sinn mehr, ich mache jetzt allem ein Ende. Ulla Baumgartner." Vierziger ließ seine Hand mit dem Papier sinken.

„Na, was sagt man dazu!"

„In einem Drei-Groschen-Roman würd's auch nicht mehr viel kitschiger stehen! Du glaubst doch diesen Mist nicht, oder?"

„Warum nicht? Die Baumgartner wär nicht die Erste, die sich wegen einer verschmähten Liebe umgebracht hat! So was kann ein Mann natürlich wieder nicht verstehen. Hast du noch nie Liebeskummer gehabt?"

Er schluckte die Bemerkung hinunter, die ihm auf der Zunge lag. „Ja, und davor durchwühlt sie noch ihr eigenes Büro und schluckt dann irgendein Gift, an dem sie möglichst qualvoll zugrunde geht! Schließlich will sie ihr Selbstmitleid noch bis zum Schluss so richtig auskosten."

„Vierziger, Sie haben keinen Sinn für Romantik!" Sie hatten beide Dr. Liebmayer nicht bemerkt, der in der offenen Bürotür stand.

„Mein lieber Dr. Liebmayer, bei so was hört sich bei mir die Romantik auf! Aber vielleicht fängt sie bei einem Leichenfledderer da erst an!"

„Sie müssen es ja wissen! Wollen Sie mir nicht diese junge Dame vorstellen?"

„Frau Dr. Gabriele Glück, meine neue Partnerin. Unser medizinisches Genie Dr. Friedrich Liebmayer, Opernliebhaber und nebenbei noch Pathologe und Gerichtsmediziner." Etwas säuerlich kam Vierziger seiner gesellschaftlichen Pflicht nach. Als er Gabys bewundernden Blick auf Dr. Liebmayers grauen Schläfen

ruhen sah, konnte er es sich nicht verbeißen, eine kleine Ergänzung anzubringen: „Unser lieber Doktor hier unterhält sich mit den Toten besser als unsereins mit den Lebenden!"
„Für Ihre kommunikative Talentlosigkeit sind Sie aber schon selbst verantwortlich, verehrter Herr Kriminaloberrat.", parierte Dr. Liebmayer treffsicher und nahm Vierziger den Wind aus den Segeln und den angeblichen Abschiedsbrief der Baumgartner aus der Hand.
„Und? Glaubt ihr das?", fragte er, nachdem er gelesen hatte.
„Nein, natürlich glaube ich nicht, dass sie sich selbst ..."
„Die Asiatin, Vierziger, ich meine die Asiatin. Aber was rede ich, Sie haben keine Ahnung wer das schöne Kind vom Leben zum Tod befördert hat! Zeigen Sie mir lieber meine neue Klientin."
Vierziger antwortete mit einer Handbewegung. Der Pathologe ging um den Schreibtisch herum und beugte sich zu der Toten hinunter.
„Mein lieber Dr. Vierziger, ich hatte Sie doch letztens gebeten, mir die nächste Dame in vita zu überlassen!", tadelte er scherzhaft, während er die Leiche betrachtete.
„Seien Sie froh, die hier kann wenigstens nicht mehr vor Ihnen die Flucht ergreifen!"
„Verehrte Frau Glück, nehmen Sie sich vor Ihrem Chef in Acht! Junge Schönheiten erleiden in seiner Umgebung allzu oft ein letales Schicksal!"
Die jungen Schönheiten gingen Gaby wie Honig die Kehle hinunter. Amüsiert verfolgte sie den verbalen Hahnenkampf der beiden Männer.
„Hat sie sich erbrochen?" Dr. Liebmayer wandte sich wieder seinen beruflichen Agenden zu.

„Im Papierkorb.“, brummte Vierziger.
Der Pathologe widmete sich weiter ausführlich seiner neuen Klientin, wie er das so überaus charmant ausgedrückt hatte.
„Na, was erzählt Ihnen jetzt unsere Frau Baumgartner?“
„Unsere verehrte Dahingeschiedene sagt mir, dass sie vor höchstens zwei Stunden von uns gegangen ist. Und dass sie diese Welt unter erheblichen Qualen verlassen hat.“
„Sagt sie Ihnen auch, woran sie gestorben ist?“
„Nein, mein lieber Herr Vierziger, das kann sie mir im Augenblick noch nicht sagen. Nur dass sie am Ende zu wenig Luft bekommen hat. Ist das nicht eigenartig? Das schöne Kind von letzter Woche bekam ebenfalls zu wenig Luft, Sie erinnern sich vielleicht noch. Übrigens auch ein Donnerstag, an dem sie in eine hoffentlich bessere Welt ging.“
„Wo gibt's eine bessere Welt? Hallo Doc!“ Franz Hintringer stand in der Bürotür, hinter ihm seine Leute von der Kriminaltechnik, allesamt in den üblichen weißen Kunststoffanzügen.
„Wenn ich die Adresse herausgefunden hab, sind Sie der Erste, dem ich sie zukommen lasse. Aber vorher packen Sie mir diese leblose Dame ein und schicken mir das Paket ins Institut. Diese Kaffeetasse hätte ich auch gerne! Und die Datura.“
Hintringer sah ihn verständnislos an. „Datura?“
Dr. Liebmayer rappelte sich auf und ließ Hintringer einen prüfenden Blick zukommen.
„Aha, auch mit der Botanik auf Kriegsfuß, was? Dieses lieblich duftende Gewächs da drüben am Fenster. Und fassen sie es ja nicht mit bloßen Händen an!“ Er räumte seine abgewetzte alte Ärztetasche ein und schickte sich an, das Baumgartner'sche Büro zu verlassen.

„Wollen Sie damit andeuten, sie wäre erwürgt worden?“ Vierziger wollte den Doktor nicht so ohne weiteres ziehen lassen.
„Nein, ganz und gar nicht! Aber Näheres kann ich Ihnen erst sagen, wenn sie mir ihr Herz ausgeschüttet hat, das wissen Sie doch, mein Lieber. Schönen Tag noch und ein frohes Schaffen allesamt!“ Er hob die rechte Hand mit zwei ausgestreckten Fingern zum Gruß und rauschte ab.
„Ob das ein Zufall ist, dass die Nguyen genau letzten Donnerstag gestorben ist?“ Gaby hatte diese Frage eher an sich selbst gerichtet.
„Gestorben worden ist!“, korrigierte Vierziger. „Und Zufälle gibt's höchsten im Casino.“
„Franz, ich brauche als Erstes den Computer, also fangt bitte damit an. Und lass mir dann auch noch alle Ordner und Papiere ins Büro schicken. Sonst brauch ich dir ja nicht zu sagen, was zu tun ist. Nur eines: Es ist dringend, ich fürchte, schön langsam rennt uns die Zeit davon!“
Er gab Gaby einen leichten Klaps auf die Schulter. „Komm, wir gehen!“

Vis-à-vis vom Angelo Azzurro, schräg gegenüber auf der anderen Straßenseite, befand sich, versteckt hinter einem länglichen Grünstreifen und eingekeilt zwischen einer alten Kirche und einem modernen Parfumerie-Supermarkt, ein kleines Kaffeehaus. Vierziger steuerte auf einen der freien Tische zu, die vor dem Schaufenster mit darin ausgestellten Kuchen und Torten aufgestellt waren. Der Platz an der frischen Luft und im relativ kühlen Schatten der alten Bäume, die auf dem Grünstreifen ihr karges Großstadtleben fristeten, war ideal für den Kaffee, den Vierziger

jetzt dringend brauchte. Gaby bestellte einen riesigen Eisbecher. Das Ansinnen, ihrem Beispiel zu folgen, lehnte er ab.
„Das süße Zeug verklebt dir doch nur den Magen. Außerdem musst du dieser Hitze mit Hitze begegnen!“, erklärte er und schlürfte vorsichtig von dem heißen Gebräu in seiner Tasse.
„Sieht so aus, als ob die Drogengeschichte an der Habringer hängen bleiben würde.“, sinnierte Gaby zwischen zwei Löffeln von ihrem Eisbecher.
„Das ist noch überhaupt nicht gesagt!“, widersprach Vierziger. „Warten wir zuerst einmal ab, was der Dr. Liebmayer und die Leute vom Hintringer herausfinden. Und dann werden wir uns noch die Bankkonten der Baumgartner ansehen. Auch uns können Tote was erzählen, nicht nur dem Dr. Liebmayer.“
„Weißt du, was mich eigentlich wundert?“, fragte Gaby, ohne wirklich eine Antwort zu erwarten.
Vierziger nahm einen Schluck aus dem Wasserglas, das er zu seinem Espresso bekommen hatte. „Mmhh?“
„Warum haben die beiden ihr Drogenlager nicht abgeschafft, wo sie doch schon einmal die Polizei im Haus gehabt haben. Mir wär das viel zu heiß!“
„Vielleicht weil Selbstüberschätzung immer ein schlechter Ratgeber ist.“
Vierziger schob einen Zehner unter seine Espressotasse und stand auf.
„Ich werd jetzt noch ein paar Takte mit der Habringer reden, die müsste es sich in ihrem neuen Quartier ja inzwischen gemütlich gemacht haben. Wer weiß, vielleicht hat sie das ja ein wenig gesprächiger gemacht.“
„Na dann viel Spaß! Ich werde noch in diesem Reisebüro

vorbeischauen, in dem die Linh alle ihre Ausflüge gebucht hat. Obwohl ich nicht weiß, was das bringen soll."

„Frau Habringer, ich kann Ihnen nur raten mit uns zusammenzuarbeiten!" Vierziger saß ihr in einem der Vernehmungsräume im Gefangenenhaus gegenüber. Das Gebäude sah aus, als ob im Laufe vieler Jahre die triste Lage der Insassen auf die Umgebung abgefärbt hätte. Es musste schon ewig her sein, dass die schmutzig grauen Wände einmal weiß gewesen waren. An manchen Stellen blätterte der Anstrich ab, nur um darunter wieder nichts als stumpfe Farblosigkeit zum Vorschein zu bringen. Auch der Boden und selbst der Metalltisch vor ihnen - grau in grau. Frau Habringer hätte an diesem Tag bei der Auswahl ihrer Kleidung keine bessere Wahl treffen können: Schwarzer Rock und schwarze Bluse passten perfekt. Mit verschränkten Armen und zu einem schmalen Strich zusammengepressten Lippen starrte sie ihn feindselig an und schwieg.
„Sie können Ihre Lage nur verbessern, wenn Sie mit mir reden! Wir haben über 50 Kilo Drogen gefunden, allein das bringt Ihnen schon etliche Jahre ein. Dazu kommen noch der Betrieb eines illegalen Bordells und möglicherweise die Mitgliedschaft in einer kriminellen Vereinigung! Vergessen Sie nicht: Die Drogen waren genauso wie diese Prostitutionsgeschichte auf Ihrem Schiff! Wollen Sie das wirklich alles alleine ausbaden und die Frau Baumgartner einfach so davonkommen lassen?"
Vierziger hatte nicht den geringsten Anlass, sie über das Ableben der Baumgartner aufzuklären, das würde sie schon noch früh genug erfahren. Er gab ihr eine halbe Minute Zeit, das einmal zu verdauen. Ihre Gesichtsfarbe hatte am Vormittag schon

reichlich fahl gewirkt, jetzt fing ihr Teint an, sich dem übrigen Grau anzupassen. Sie begann mit den Fingern einen nervösen Rhythmus auf die zerkratzte Tischplatte vor ihr zu trommeln.
„Ich kann Ihnen nichts versprechen, aber beim Richter macht es sicher einen guten Eindruck, wenn Sie mit uns kooperieren. So was wirkt sich immer strafmildernd aus."
Sie rang noch immer mit sich selbst. Vierziger fürchtete schon fast, sie würde weiter hartnäckig schweigen, aber er hatte sie an diesem Tag schon einmal zum Reden gebracht. Es brauchte nur genügend Zeit, damit sie sich über ihre Lage klar werden konnte.
„Was wollen Sie wissen?", presste sie nach einer langen Pause hervor.
„Am besten fangen wir ganz von vorne an." Er schaltete das Mikrofon ein, das wie eine metallene Pflanze aus der Mitte des Tisches wuchs. Das dazugehörige Bandgerät war aus Sicherheitsgründen im Nebenraum untergebracht, wo auch der Monitor der Videokamera von einem Justizbeamten überwacht wurde.
„Diese Sache mit den Mädchen – wie hat das eigentlich funktioniert?"
„In Ihrem Alter sollten Sie eigentlich schon über die Geschichte mit den Bienen und den Blumen hinaus sein!"
„Die Bezahlung. Sie werden auf den Rechnungen ja wohl kaum einen eigenen Posten fürs Bumsen angeführt haben!"
„Sicher nicht! Das geht doch ganz einfach. Wir haben das Honorar der Mädchen plus Spesen zur Konsumation dazugerechnet, fertig."
Die Habringer bemerkte Vierzigers verständnislosen Blick.
„Mein Gott, Beamte! Sagen wir einmal, fünf Mädchen ...", sie

unterbrach sich, um zu überlegen wie sie das möglichst sachlich und neutral ausdrücken konnte. „... also fünf Mädchen gehen in ihre Kabinen. Macht zusammen einen Tausender. Wir haben eine Rechnung von sechseinhalb Tausend. Die Tausend für die Mädchen plus 200 für mich sind ungefähr 20 Prozent. Also kostet zum Beispiel ein Essen eben statt 20 Euro dann 24 und jeder ist zufrieden."

„Und das versteuern Sie alles schön brav?"

„Freiwillige Sozialleistungen und Schwund beim Inventar drücken den Gewinn und die Steuern dann wieder herunter. Bei solchen Veranstaltungen gehen schon ein paar Gläser kaputt!" Sie grinste zufrieden. Anscheinend war das Ganze raffiniert genug, um damit beim Finanzamt durchzukommen.

„Hat das auch die Frau Baumgartner ausgeheckt?"

„So was fällt mir gerade noch selbst ein, dazu brauch ich diese blöde Kuh nicht!" Offenbar hatte er sie in ihrer Ehre getroffen.

„Seit wann ging das mit Ihnen und Frau Nguyen schon?" Bei diesem Thema wurden ihre Augen feucht. Sie senkte den Kopf und flüsterte: „Knapp zwei Monate."

„Nur so aus persönlichem Interesse: Hat Sie da nicht die Eifersucht geplagt, wenn Ihre Geliebte andauernd mit wildfremden Männern ins Bett gehüpft ist?"

Sie warf ihm einen verächtlichen Blick zu.

„Sind Sie auch einer von denen, die sich an der Vorstellung von zwei Frauen aufgeilen? Sie haben ja keine Ahnung! Wir haben uns geliebt und das mit den Männern hatte überhaupt keine Bedeutung, für die Linh nicht und für mich auch nicht. Das war nicht viel anders, als wenn ich so einem schwitzenden Fettwanst ein Schnitzel serviert habe."

Vierziger ließ es dabei bewenden.
„Und seit wann wusste Frau Baumgartner von Ihnen und der Nguyen?"
„Weiß ich nicht genau. Ich glaub' seit letztem Donnerstag. Da hat sie uns in meinem Büro erwischt."
„Und, wie hat sie reagiert?"
„Die Ulla hat der Linh eine geknallt und dann ist sie abgerauscht."
„Hat sie irgendwelche Drohungen ausgesprochen?"
„Nein, gesagt hat sie überhaupt nichts."
„Würden sie ihr zutrauen, dass sie die Frau Nguyen deswegen umgebracht hat?"
Sie überlegte einen Augenblick.
„Ich weiß nicht. Sie kann schon ziemlich heftig werden, aber dass sie so was bringt?"
Vierziger betrachtete lange und ausgiebig seine Fingernägel, als hätte er sie noch nie zuvor gesehen. Dabei beobachtete er aus den Augenwinkeln, wie sie auf sein Schweigen reagierte. Als sie nervös auf ihrem Sessel herumzurutschen begann und sich ein paar Mal künstlich räusperte, fand er es an der Zeit, ihr den nächsten Schlag zu versetzen.
„Frau Habringer, wen hat die Nguyen erpresst?"
„Erpresst? Die Linh? Blödsinn! Nie im Leben hat die Linh jemanden erpresst! Die konnte doch keiner Fliege etwas antun!"
„Sie hat Monat für Monat von dieser Beteiligungs-Gesellschaft, der Sie auf den Leim gegangen sind, 700 Euro kassiert.", erklärte Vierziger ungerührt. „Können Sie sich vorstellen wofür?"
„Davon hatte ich keine Ahnung, ehrlich!"
„Aha, keine Ahnung!", wiederholte er spöttisch und lehnte sich

in seinem Sessel gemütlich zurück. Hingebungsvoll massierte er mit den Fingerspitzen seinen Nacken, bevor er seine Hände hinter dem Kopf verschränkte. Dabei ließ er sie nicht aus den Augen, bis er einen dunklen Fleck an der Decke fixierte, um ihn eingehend zu studieren.

„Wie war das mit den Drogen? Woher kamen die, wohin wurden sie gebracht und wer war daran beteiligt? Oder haben Sie davon auch keine Ahnung?"

„Mit diesen verfluchten Drogen hatte ich nicht das Geringste zu tun! Das hat alles die Ulla organisiert. Sie kennt den Code für die Eingangstür und wenn's notwendig war, hab ich mir das immer so eingeteilt, dass ich nicht da war, wenn das Zeug geliefert oder wieder abgeholt worden ist. Meistens war das ja ohnehin mitten in der Nacht, wenn keiner mehr da war. Die Ulla hat ja auch das Versteck im Lager machen lassen."

„Und Sie haben da nie irgendetwas mitgekriegt?"

„Ein Mal, das war ganz am Anfang, Mitte März ungefähr, bei mir hat es an diesem Tag länger gedauert, da ist so gegen vier Uhr früh ein kleiner Lastwagen gekommen. Die Ulla hat mit zwei Männern die Schachteln hineingetragen. Nach höchstens zwanzig Minuten war alles wieder vorbei, ich bin im Büro geblieben und hab mich nicht gerührt. Wie gesagt, ich wollte damit nichts zu tun haben!"

Vierziger war sogar geneigt, ihr in diesem Punkt zu glauben. Es hatte für sie keinen Sinn mehr zu lügen, besonders weil sie ja noch nichts vom Schicksal ihrer Geschäftspartnerin und Vorgängerin als Geliebte der Vietnamesin wusste.

„Was ist mit Ihrem Koch, dem Krautgartner? Wie weit weiß der über diese Drogengeschichte Bescheid?"

„Ha, der Herbert! Der interessiert sich doch nur für seine Küche und alles andere ist dem egal. Mir war das ganz recht so, hab ich wenigstens nicht wegen jeder Kleinigkeit mit ihm auch noch reden müssen. Den hab ich damals mit einer neuen Küche ruhig gestellt und das war's dann! Von den Drogen hatte er keinen blassen Schimmer, womöglich hätte sich der Herbert im Suff auch noch verplappert. Das hätte mir gerade noch gefehlt!"
Vierziger wunderte sich, wie die Habringer jahrelang mit ihrem Koch und immerhin auch Teilhaber zusammenarbeiten konnte, wo sie doch offenbar keine besonders hohe Meinung von ihm hatte. Er stand auf und schob seinen Sessel unter den Tisch.
„Noch eine Kleinigkeit, Frau Habringer. Letzten Donnerstag, als die Sache mit Ihrer Freundin passiert ist, da war doch auch Dr. Schuhmann auf dem Schiff. Wann ist er gegangen?"
„Sie wollen doch nicht ernsthaft behaupten, der Schuhmann hätte die Linh umgebracht! Warum sollte er?"
„Wann ist er gegangen?" Vierziger war sehr leise, fast flüsterte er und ließ dabei jedes Wort mit einem gehörigen Abstand zum Nächsten stehen.
„Er ist so gegen halb elf von seinem Chauffeur abgeholt worden."
„Danke, im Moment wäre das einmal alles! Wenn ich noch etwas von Ihnen brauche, weiß ich ja, wo ich Sie finde."
Fast war er schon bei der Tür draußen, da entschloss er sich, Frau Habringer noch mit einer kleinen Information zu versorgen.
„Übrigens schade, dass wir die Frau Baumgartner zu dieser ganzen Geschichte nicht mehr befragen können!"
„Was, ist das Miststück vielleicht abgehauen und hat mich mit dem ganzen Scheiß da alleine sitzen lassen?"

„So könnte man das auch ausdrücken. Ihre Freundin ist heute Nachmittag ermordet worden!"
„Hat sie also endlich der Teufel geholt, diese verdammte Hexe!"
In ihrer Schadenfreude schwang auch eine ansehnliche Portion Wut mit. Sie hatte schnell begriffen, dass sie jetzt wirklich - wie sie es gerade genannte hatte - mit dem ganzen Scheiß alleine übrig geblieben war.

– 17 –

An diesem Freitagmorgen war seine Fitnessrunde gänzlich ohne seltsame Abwegigkeiten verlaufen. Zuhause hatte Vierziger dann noch geduscht und Frau Schmidt versorgt. Vor dem Weg zum Büro machte er einen Abstecher in die kleine Bäckerei an der Straßenecke, um zwei knusprig frische Croissants zu verhaften. Jetzt stand er vor seiner Espresso-Maschine und sah in schon fast kindlicher Vorfreude zu, wie ein dicker Faden brauner Flüssigkeit langsam die Tasse füllte. Der Duft des Kaffees mischte sich mit dem der Croissants auf seinem Schreibtisch zu einer Ahnung morgendlicher Zufriedenheit. Er war noch ganz darin vertieft, die Entstehung seines Espressos zu beobachten, als die Tür aufflog und mit einem lauten Rumms gegen die Wand knallte. Die Kollegen in den benachbarten Stockwerken machten sich vermutlich gerade daran, vor dem Erdbeben aus dem Gebäude zu flüchten.
„Na, Fräulein, so stürmisch schon in aller Herrgottsfrüh?“ Er machte sich gar nicht erst die Mühe, den Blick vom fesselnden Schauspiel der Kaffee-Entstehung abzuwenden.
„Sei froh, dass ich dir das ganze Zeug da heraufschleppe!“
Das war nicht Gabys glockenheller Wasserfallsopran, sondern Franz Hintringers fülliger Bass. Vierziger riss sich vom Anblick seiner Espresso-Maschine los, um nachzusehen, welch schwere

Last den Leiter der kriminaltechnischen Abteilung gar so außer Atem gebracht hatte. Es war eine gelbe Plastik-Box von vielleicht 60 x 40 Zentimetern, nicht einmal einen halben Meter hoch. „Eigentum der österreichischen Post AG“ war an der Breitseite in schwarzen Lettern aufgemalt.

„Wenn du derartige Lasten schleppst, hast du dir aber wirklich einen Kaffee verdient! Willst du?“ Vierziger wusste genau, dass er kein Nein hören würde und drehte sich wieder um. Als er mit zwei Kaffeetassen zum Schreibtisch zurückkehrte, schob sich Hintringer gerade den letzten Zipfel eines Croissants in den Mund.

„Na, schmeckt's wenigstens?“

„Ja, war wirklich gut!“, sagte er und griff nach dem zweiten Croissant.

„Von nix kommt nix!“, meinte Vierziger. „Bist' außer zum Frühstücken wegen sonst noch was gekommen?“

„Die Papiere aus dem Büro von deiner gestrigen Toten. Und auf diesem Baby da,“ er hob ein kleines, schwarzes Kästchen aus der gelben Kiste, „ist der komplette Inhalt von ihrem Laptop drauf. Damit kann sich dann deine Neue auseinandersetzen, wie man hört, ist die auf dem Gebiet ziemlich gut.“ Auch im Polizeipräsidium funktionierte die Klatsch- und Gerüchteküche ganz hervorragend.

„Irgendwas Aufschlussreiches?“

„Die Schränke und Schreibtischladen waren das totale Chaos. Da hat jemand gründlich gesucht. Ich kann dir natürlich nicht sagen, ob er dabei erfolgreich war. Fingerabdrücke gibt's nur von der Baumgartner und von ihrem Ex-Kellner, diesem Italiener. Aber die sind schon mehrere Tage alt.“

„Wie frisch sind die Abdrücke auf dem Computer?"
„Ja, das ist eine von zwei interessanten Sachen. Auf dem Laptop sind genau null Prints drauf! Nicht einmal fabriksneu war der so sauber. Der ist sorgfältig abgewischt worden. Aber wir haben trotzdem Spuren von einem weißen Pulver und ein paar winzige Textilfasern darauf gefunden."
„Könnte dieses Pulver Talkum von den Handschuhen der Glück sein und die Fasern von dem Tuch, mit dem er abgewischt worden ist?"
„Negativ! Warum glaubst du eigentlich bestehen wir darauf, dass ihr ausschließlich unsere eigenen Handschuhe benützt? Das Puder auf unseren Handschuhen ist eine Talkumverbindung. Dieses weiße Pulver ist irgendwas anderes, das untersuchen wir noch. Und wir haben natürlich die Fussel mit sämtlichen in Frage kommenden Stoffstücken aus dem Lokal verglichen, die passen alle nicht, obwohl sie gut von einem Geschirrtuch stammen könnten, stark saugende Baumwolle, gebrochenes Weiß. Aber der Täter muss das Tuch wohl mitgenommen haben."
Das Läuten des Telefons unterbrach Hintringers Ausführungen. Vierziger starrte den Apparat an, als ob er ihn damit zum Schweigen bringen könnte. Der Plan funktionierte nicht, die Geduld des Anrufers war länger als die von Vierziger. Genervt nahm er den Hörer ab. Der Staatsanwalt wollte wissen, ob die Ermittlungen gegen Herbert Krautgartner noch irgendetwas Neues ergeben hatten.
„Lassen Sie ihn gehen, verehrter Herr Staatsanwalt! Vorläufig ist der aus dem Spiel raus. Außer dass der arme Trottel in die Nguyen verknallt war, können wir ihm nichts Ernsthaftes vorwerfen und über den Schlag auf den Kopf kann sich die Frau ja

nicht mehr beschweren. Aber er soll sich zu unserer Verfügung halten. Einen schönen Tag noch!" Vierziger legte wieder auf.
„Ich hab einmal gehört, dass sich zwischen den Tasten ein ganz wunderbarer Misthaufen ansammelt. Habt ihr euch das angesehen?" Er setzte sein Gespräch mit dem Chef der Kriminaltechnik fort, als ob es nie eine Unterbrechung gegeben hätte.
„Hallo, willkommen im 21. Jahrhundert! Nein, ohne Spaß, da hast du schon richtig gehört. Aber wenn wir den ganzen Dreck unter den Tasten analysieren, dann sind wir nächstes Jahr noch nicht fertig! Also vergiss es!" Hintringer hatte so seine Zweifel, ob das bei Vierziger angekommen war. Der verzierte nämlich hingebungsvoll die Dame auf dem Titelfoto der vor ihm ausgebreiteten Zeitung mit einem hochgezwirbelten Dali-Schnurrbart.
„Gut! Was hast du sonst noch?" Vierziger war mit der Verschönerungsaktion fertig und betrachtete zufrieden das Ergebnis seiner Arbeit.
„Das wird dich wirklich freuen! In einem der Schränke haben wir die Personalakten ihrer Mietkellnerinnen gefunden, darunter auch die von deiner ersten Toten." Hintringer griff in die gelbe Kiste, die er bei der Post ausgeliehen hatte, zog eine Klarsichthülle heraus und warf sie auf die Ergänzung, die Vierziger seiner Zeitung hinzugefügt hatte. In der Hülle befand sich ein brauner Briefumschlag, etwas größer als ein halber Briefbogen. Vierziger betrachtete den Umschlag von beiden Seiten. Er war nicht beschriftet, links unten war ein kleines, dreieckiges Stück abgerissen.
„Das Kuvert war leer. Aber dafür passt das hier genau dazu!" Ein weiterer Griff in die gelbe Kiste förderte eine zweite

Klarsichthülle zutage, in der sich das fehlende Fleckchen Papier befand. „Das hast du gestern bei der Vietnamesin gefunden.“, erklärte Hintringer überflüssigerweise, Vierziger konnte sich noch gut erinnern.
„Damit ist wenigstens einmal klar, wer ihre Wohnung so fein säuberlich aufgeräumt hinterlassen hat. Die Baumgartner muss gewusst haben, dass ihre Ex was versteckt hatte.“
„Scheint ein Foto drin gewesen zu sein. Schau dir den Umschlag genau an, die Umrisse haben sich schön eingeprägt, sieht nach einem 13 x 18 Abzug aus.“
„Ich würde nur zu gerne wissen, was auf dem Foto drauf ist. Für mich steht jedenfalls fest, dass die Nguyen damit ein hohes Tier dieser Investitions-Gesellschaft erpresst hat und dafür sterben musste. Die Baumgartner hat das kompromittierende Bild gefunden und versucht, das Spielchen fortzusetzen. Dem Erpressten ist es dann auf eine zweite Tote auch nicht mehr angekommen. Wir müssen unbedingt das Foto finden, dann ist der ganze Fall mit einem Schlag gelöst.“
„Wenn du es hast, kann ich dir vielleicht sagen, wer es aller in Händen gehabt hat, aber suchen musst du schon selbst!“ Franz Hintringer hiefte sich ächzend aus dem für ihn viel zu engen Bürosessel. Auf dem Weg zur Tür zog er einen Schlüsselbund aus seiner Hosentasche und warf ihn Vierziger zu.
„Ich hab das Lokal zugesperrt, nachdem meine Leute abgerückt sind, und ein Schild an die Tür geklebt. Wegen Trauerfall geschlossen.“
Vierziger grinste. Hin und wieder konnte der Dicke einen ziemlich eigenwilligen Humor entwickeln. Hintringers enormer Äquatorialumfang ersparte ihm kurz darauf eine gebrochene

Nase, dennoch brachte ihn die mit Schwung auffliegende Tür ins Wanken. Letztlich verlieh ihm das Trägheitsgesetz seiner Masse genügend Standfestigkeit, um einen Sturz zu verhindern. Mit einem sportlichen Elan, wie Vierziger es bei ihm noch nie erlebt hatte, kam Dr. Liebmayer hereingestürmt.

„Verzeihen Sie vielmals, mein lieber Dr. Hintringer, aber einen Hinkelsteinlieferanten bringt man gottlob ja nicht so schnell zu Fall!" Selbst in einer einfachen Entschuldigung schaffte es der Pathologe noch, gleich mehrere Spitzen unterzubringen, legte doch Franz Hintringer größten Wert darauf, dass von seinem Titel aus dem Chemiestudium kein Gebrauch gemacht wurde.

„Was man von dürren alten Bäumen nicht gerade behaupten kann!", konterte Hintringer und entzog sich jeder weiteren Auseinandersetzung durch eilige Flucht. Vierziger konnte sich nicht erinnern, Dr. Liebmayer jemals außerhalb eines Tatortes oder seiner Diensträume gesehen zu haben.

„Was treibt den alten Fuchs aus seinem Bau, wenn Sie mir die Frage gestatten?"

Dr. Liebmayer ging auf diese Herausforderung nicht ein. Aufgeregt wedelte er mit einer Aktenmappe vor Vierzigers Gesicht herum.

„So etwas hat es hierzulande seit über hundert Jahren nicht mehr gegeben, für Europa eine absolute Sensation!"

„Eine Sensation?"

„Ihre Tote von gestern, mein lieber Herr Kriminalrat, ist vergiftet worden!" Dr. Liebmayer hatte wieder zu seinem üblichen Duktus zurück gefunden.

„Und das soll eine Sensation sein? Seit wann ist denn ein Giftmord so was Besonderes?"

„Dieser hier schon, da war eine Spezialistin am Werk, eine Künstlerin in ihrem Fach."

„Erstens ist mir nicht bekannt, dass Mord neuerdings als Kunstgattung einzustufen ist, und zweitens: warum muss es eine Frau gewesen sein?"

„Mein Gott, Vierziger, ich dachte Sie wüssten das: Ein raffiniert ausgeführter Mord ist immer so etwas wie Kunst und dafür hege ich eine tiefe Bewunderung, auch wenn ich es nicht gutheißen kann! Und neben ihren scharfen Zungen ist Gift noch immer die beliebteste Waffe von Frauen, auch das sollten Sie eigentlich wissen."

„Na schön! Und was ist jetzt die Besonderheit an diesem Giftanschlag?"

Dr. Liebmayer setzte sich in Gabys Sessel, der kurz davor noch vom Gewicht Franz Hintringers malträtiert worden war. Er machte eine kleine Pause, die er benützte, Vierzigers Neugier anzustacheln und sich daran zu weiden.

„Die Datura! Sie erinnern sich noch, die Pflanze im Büro der Dahingegangenen, die diesen anmutigen Duft verbreitet hat, bekannt auch als weißer Stechapfel. So unscheinbar dieses Pflänzchen auch aussieht, es hat ein wahrhaft letales Seelchen. Tödliches Gift von der Wurzel bis zur Blüte, fünfzig Milligramm reichen um Ihr Licht zu löschen. Zuerst bekommen Sie Halluzinationen, dann werden Sie tobsüchtig, kriegen Herzrhythmusstörungen und am Ende sterben Sie an Atemlähmung. Für eine kleine Vergiftung genügt schon die bloße Berührung. Aber in diesem Fall war eine Könnerin zugange. Sie hat ein Extrakt aus je fünfzig Milligramm Scopolamin und Hyoscyamin aus der Pflanze gezogen und es ihrem Opfer verabreicht.

Suchen Sie nach einer Botanikerin oder noch besser nach einer Pharmazeutin!"
„Wozu brauchen Sie eine Pharmazeutin, Doktor?" Vierziger hätte es nie zugegeben, aber diese kleine Vorlesung war so interessant gewesen, dass er Gaby gar nicht bemerkt hatte. Dr. Liebmayer sprang auf und schob ihr den Sessel zurecht.
„Ich hoffe, Sie vergeben mir die unbefugte Benutzung Ihrer Sitzgelegenheit. Sie sind wirklich einer der wenigen Lichtblicke in diesem Haus!"
Der Griff in den Schmalztopf hätte nicht mehr viel tiefer sein können. Gaby zog sich den Besucherstuhl heran. Dieses Mal lief sie nicht Gefahr, sich dem Vorwurf des öffentlichen Ärgernisses auszusetzen. Die knallgelbe Jean und die kurzärmelige grasgrüne Bluse hielten alle strategisch wichtigen Punkte züchtig bedeckt und um die Anlehnung an eine Verkehrsampel perfekt zu machen, steckten ihre Füße in roten Riemchensandalen.
„Vielen Dank, aber bleiben Sie ruhig sitzen! Also, wozu brauchen Sie eine Pharmazeutin?", wiederholte Gaby ihre statt einer Begrüßung gestellte Frage. Vierziger gab ihr eine Kurzfassung von Dr. Liebmayers Bericht, nicht zuletzt auch in der Hoffnung, dadurch weiteren Proben aus diversen Schmalztöpfen zu entgehen.
„Dieses Zeug wenden doch auch lateinamerikanische Kavaliere gern an, um damit unbedarfte Touristinnen flachzulegen, mit dem angenehmen Nebeneffekt, dass die sich an nichts mehr erinnern können, sobald die Wirkung der Droge nachlässt. Hab ich zumindest gehört!" Den letzten Satz ihres Kommentars betonte sie besonders, anscheinend war ihr viel daran gelegen, den Eindruck der eigenen Erfahrung erst gar nicht aufkommen zu lassen.

„Leider kann es vorkommen, dass die Probandinnen die damit verbundenen Halluzinationen ihr Leben lang nicht mehr loswerden, wenn sie Pech haben und die Dosierung ein wenig zu hoch geraten ist.“, ergänzte Dr. Liebmayer. „Aber von einem Mord mittels dieser betörenden Pflanze habe ich noch nie gehört!“

„Eine akademische Kräuterhexe also!“ Gaby war von der Entdeckung nicht halb so begeistert wie der Pathologe selbst. „Ist ja wieder einmal typisch: Weil Gift im Spiel ist, muss es natürlich gleich eine Frau gewesen sein. Das kann auch nur Männern einfallen! Ihr habt anscheinend schon ganz diesen Bürgermeister in der Wachau vergessen, oder? Und was ist mit der Giftpflanze am Tatort – ich bin mir hundertprozentig sicher, dass sie bei unserem letzten Besuch bei der Baumgartner noch nicht im Büro stand. Der Täter muss sie absichtlich dort platziert haben. So was Blödes würde keiner Frau einfallen!“

„Vielleicht wollte die Giftmischerin ein Zeichen setzen?“, versuchte Dr. Liebmayer eine Erklärung.

„Aber sicher, ein Zeichen! Männer!“ Gaby verdrehte die Augen und hob resignierend ihre Arme.

„Statt euren Chauvi-Spekulationen habe ich ein paar handfestere Neuigkeiten! Ich bin mit dieser Investment-Firma aus Liechtenstein ein Stückchen weiter gekommen.“

„Ja? Was ist mit denen?“

„Ich hab doch schon von dieser Verdandi-Holding in Vaduz erzählt, in deren Besitz diese Investissement & Participation S.A.R.L. ist.“

„Ich hab's mir gemerkt! Weiter, mach's nicht so spannend!“ Vierziger bemühte sich, seiner Stimme keinen allzu ungeduldigen Unterton mitzugeben.

„Ja ja. Also, diese Verdandi-Holding gehört zu gleichen Teilen zwei Privat-Stiftungen."
„Das wird ja immer schöner!"
„Und es kommt noch besser. Diese beiden Stiftungen heißen Urd und Skuld. Und was glaubst du, wer die Stiftungsvorstände sind? Eine gewisse Frau Dr. Dr. Jelena Obuvník und ein Herr Dr. Franz Schuhmann! Na, was sagst du dazu?" Gaby strahlte ihn triumphierend an.
Vierziger nahm einen Schluck Kaffee, um das eben Gehörte besser verdauen zu können.
„Wissen Sie, Verehrteste, wer das ist?", schaltete sich Dr. Liebmayer ein.
„Ja, klar! Diese Dr. Jelena Obuvník ist der Sozius in Schuhmanns Anwaltskanzlei oder wie auch immer das im Fall einer Frau korrekt heißt. Ich hab mir eine halbe Nacht um die Ohren geschlagen, um das herauszufinden!"
„Interessant, ich hab gar nicht gewusst, dass der einen Sozius hat!", sagte Vierziger mehr zu sich selbst als zu den Anwesenden.
„Nein, meine Teure, das hab ich nicht gemeint. Urd, Verdandi und Skuld, wissen Sie, was das bedeutet?"

„Keine Ahnung! Das werden sich die beiden wahrscheinlich einfach ausgedacht haben."
„Was bringt man den Kindern in der Schule heutzutage eigentlich noch bei?", fragte Dr. Liebmayer in gespielter Empörung und starrte dabei die Decke an, als ob er sich von oben eine Antwort erwartete. „Nein, nicht einfach ausgedacht! Schicksal, Gegenwart und Zukunft, die drei Nornen. Nordische Mythologie,

der Ring des Nibelungen und die Mordgeschichte von Macbeth, da sind es Hexen, die Weird Sisters."

„Das passt zum Schuhmann, der kommt genau aus dieser rechten Ecke!", bemerkte Vierziger.

„Ehrlich gesagt, Josef, ist es mir ziemlich wurscht, welche kranken Spielchen die mit diesen Namen treiben! Das einzig Interessante daran ist doch, dass der saubere Herr Stadtrat hinter diesem obskuren Firmengeflecht steht. Ich finde es ist jetzt wirklich allerhöchste Zeit, ihm ordentlich auf die Zehen zu treten!"

„Solche steuerschonenden Konstruktionen sind doch heutzutage Gang und Gebe. Deswegen bringt man doch nicht zwei Leute um."

„Ja, aber es ist doch ein kleiner Unterschied, ob du mithilfe von ein paar juristischen Winkelzügen Steuern an der Finanz vorbeischummelst oder ob du Drogenhandel, Prostitution und was weiß ich sonst noch alles verschleiern willst."

„Klar ist das ein Unterschied! Wir haben dabei nur ein kleines Problem. Der Schuhmann kann sich ganz einfach auf die Baumgartner ausreden und ich glaube kaum, dass die unserem Doktor hier noch was über Speed und Teilzeitnutten erzählt – oder?" Vierziger warf dem Pathologen einen herausfordernden Blick zu, den der aber geflissentlich übersah.

„Vielleicht finden wir ja in ihren Unterlagen irgendwas."

„Schon möglich. Aber so wie die ganze Sache aufgezogen ist, würde es mich schon sehr wundern, wenn es da irgendwelche schriftlichen Abmachungen gegeben hätte. Vielleicht ist es ja gar nicht so schlecht, wenn wir dem Schuhmann auf den Pelz rücken und ihn ein bisschen nervös machen."

„Na endlich, Zeit wird's! Ich hab schon geglaubt, du hast Angst vorm Herrn Stadtrat." Vierziger schaute sie nachdenklich an, bevor er sich entschloss auf ihre Äußerung nicht einzugehen. Er war gespannt, wie lange sie brauchen würde, bis das Gespür für den richtigen Zeitpunkt da war. Ihm war es seinerzeit nicht anders ergangen.

„Warst du eigentlich schon in diesem Reisebüro, in dem die Nguyen ihre Ausflüge gebucht hat?"

„Dazu bin ich bis jetzt noch nicht gekommen. Ich war ja damit beschäftigt, diese nordischen Göttinnen ausfindig zu machen."

„Hexen, keine Göttinnen!", warf Dr. Liebmayer ein, der sich bis jetzt schmunzelnd aus dem kleinen Disput der beiden herausgehalten hatte.

„Von mir aus auch Hexen.", seufzte Gaby.

„Ich werde mich dann wieder auf den Weg machen.", sagte Dr. Liebmayer. Er tippte auf die Mappe, die er auf Gabys Schreibtisch abgelegt hatte. „Der schriftliche Bericht über eure Verblichene von gestern. Noch einen schönen Tag und viel Glück bei der Suche nach der Giftmischerin!" Von der überschäumenden und für ihn ganz ungewöhnlichen Begeisterung war kaum noch etwas übrig geblieben. Vierziger sah ihm noch eine zeitlang nach, als er schon längst die Tür hinter sich geschlossen hatte. Es war anscheinend wirklich eine ganz außergewöhnliche Sache, wenn er dafür die halbe Nacht durchgearbeitet hatte, und das musste er wohl, sonst hätte er kaum um diese Zeit schon einen Bericht abliefern können. Noch dazu höchstpersönlich! Manchmal fragte er sich, was diesen Mann antrieb. Er kannte den Doktor jetzt schon fast dreißig Jahre lang, damals war er noch Assistent beim letzten Chef der Gerichtsmedizin gewesen. Aber außer der Tatsache, dass man mit ihm geistreiche Gespräche führen und er ein

Liebhaber und Kenner von Opern war, wusste er eigentlich nichts über ihn. Er hatte keine Ahnung, ob der Doktor verheiratet war oder es sonst jemanden in seinem Leben gab. Einem so seltsamen Kauz wie Dr. Liebmayer traute er es fast nicht zu. Andererseits, er selbst war auch nicht mehr der Jüngste und nicht verheiratet. Ob ihn seine Umgebung ebenfalls als seltsamen Kauz wahrnahm?

Vierziger räumte seine Zeitungen und den leeren Teller beiseite. Wenigstens hatten die Croissants an seinen Hüften keinen Schaden anrichten können. Er schwenkte seine Kaffeetasse vor Gabys Nase: „Du auch?"

„Ja bitte, ausnahmsweise!"

Sie übersiedelte auf ihren Platz und nahm sich die Mappe mit dem Bericht vor.

„Und?", fragte er, als er den Espresso vor sie hinstellte.

„Abgesehen von dem Gift, das sie intus hatte, war sie relativ gesund. Sie hat nicht geraucht und im Gegensatz zu ihrer Geliebten auch nicht gekokst oder sonst irgendwelche Drogen genommen. Mir kommt vor, als hätte sie ein bisschen mehr Gewicht vertragen. 45 Kilo bei einem Meter fünfundsechzig sind ja nicht gerade viel. Der Doktor schreibt allerdings, dass ihr das in Bezug auf die Vergiftung auch nicht geholfen hätte. Die Menge von diesem Scopolamin und Hyoscyamin ...", sie hatte Mühe, die beiden Namen auszusprechen, „wären auch für drei Menschen noch ausreichend gewesen. Er schreibt, dass sie hochgerechnet auch noch gut zehn Milligramm Aconitin im Blut gehabt hat. Ein anderes Pflanzengift von einem Gewächs namens Eisenhut. Da ist jemand auf Nummer sicher gegangen!" Gaby machte eine Pause in ihrer Vorlesung und las die nächsten paar Seiten stumm weiter.

„Da schau her! Das ist schon noch interessant! Anscheinend hatte sie Krebs, Gebärmutterhals, nicht mehr im Frühstadium. Die Gewebeproben sind noch im Labor, aber der Doktor ist sich ziemlich sicher. Vielleicht hat sie das selbst auch gewusst und es war ihr deswegen alles egal. Frei nach dem Motto: Ich hab sowieso nichts mehr zu verlieren! Ganz so gesund war sie also doch nicht!"
„Das würde zumindest erklären, warum sie sich auf all diese kriminellen Machenschaften eingelassen hat."
„Wir hätten keine freie Sekunde mehr, wenn jeder Kranke kriminell wird!"
„Gott sei Dank macht ja eine unheilbare Krankheit noch lange nicht jeden zu unserer Kundschaft. Da braucht es schon einen besonderen Charakter, solche Leute fallen früher oder später auch ohne Diagnose in unsere Zuständigkeit."
„Schon möglich, wenn sie es blöd genug anstellen.", versuchte Gaby einzuwenden.
„Glaub mir, nur wenige sind hell genug, sich nicht erwischen zu lassen! In meiner ganzen Dienstzeit sind mir genau drei untergekommen, von denen ich sicher weiß, dass sie einen Mord begangen haben, und ich kann's nicht beweisen."
„Und was ist mit denen, wo überhaupt nie irgendjemand auf die Idee gekommen ist, dass es sich um Mord handeln könnte?"
Vierziger zuckte mit den Schultern und deutete mit dem Zeigefinger nach oben. Dann kramte er aus der untersten Schublade seines Schreibtisches ein Telefonbuch heraus.
„Hätte ich mir ja denken können. Also, auf geht's!", sagte er. „Der Schuhmann. Villenviertel oben beim Stadion!", kam als Antwort auf Gabys fragenden Blick. Das Stadion lag auf einem Hügel im

Nordosten. Auf dem zur Stadt gewandten Hang befand sich, an einer Serpentinenstraße wie auf einer Perlenschnur aufgefädelt, inmitten weitläufiger Gärten eine hübsche Ansammlung von herrschaftlichen Häusern, die allesamt in den letzten Jahren der K.u.K-Monarchie dort gebaut worden waren.

Die Schuhmann'sche Residenz lag ein gutes Stück von der Straße abgesetzt. Der gemauerten Einfriedung nach musste das Grundstück schon fast parkähnliche Ausmaße haben. Das schmiedeeiserne Tor stand offen, die kiesbestreute Auffahrt zum Haus war von zu Würfeln vergewaltigten Buchsbäumen in weißen Tonquadern gesäumt. Überhaupt schien der Architekt des Hauses eine Vorliebe für diese Form gehabt zu haben. Das ganze Gebäude bestand aus ineinander verschachtelten weißen Würfeln. Auf dem kleinen Parkplatz rechts neben der Freitreppe zum Eingang des Hauses standen ein schwarzer Mercedes-Geländewagen und eine silberne Limousine der gleichen Marke. Der Blick in den Garten auf der linken Seite bewies das unermüdliche Wirken eines akkuraten Gärtners. >Dr. Franz Schuhmann und Dr. Dr. Jelena Obuvník, Anwaltssocietät, Notariat < stand auf einem schlichten Messingschild an der schweren dunklen Eichentür. Drinnen erlebte Vierziger eine kleine Überraschung. Eigentlich hätte er an dem Empfangstisch in der pompösen Eingangshalle Schuhmanns grauhaarigen Schatten erwartet. Die Dame dort war aber um mindestens fünfunddreißig Jahre jünger. Ihr Äußeres entsprach genau der Seriosität, die man in einem Anwaltsbüro erwarten durfte. Blonder Pagenkopf, grauer Nadelstreifanzug, die weiße Bluse züchtig geschlossen und nur farblos lackierte Nägel. Erst

als Gaby und Vierziger schon vor dem Schreibtisch standen, geruhte sie, ihre Aufmerksamkeit vom Flachbildschirm ihres Computers zu lösen.
„Was kann ich für Sie tun?"
„Wir wollen zu Herrn Dr. Schuhmann."
„Haben Sie einen Termin vereinbart?" Sie bemühte sich erst gar nicht ihm zu zeigen, dass sie sein Begehren für so etwas wie ein Sakrileg hielt. Als Antwort hielt ihr Vierziger seinen Dienstausweis vor die Nase: „Brauch ich nicht! Also, wo ist er?"
Die Empfangsdame griff zum Telefon und nahm den Hörer ab. Da hatte Gaby aber schon den Schreibtisch umrundet und drückte die Hand mit dem Telefonhörer wieder nach unten.
„Das lässt du schön bleiben, Schätzchen! Sag uns nur, wo wir ihn finden." Gabys Stimme war leise und sanft, gerade so, als hätte sie es mit einem unbedarften Kind zu tun. Auf so eine Situation war das Blondchen nicht vorbereitet, sie schaute Gaby an, als hätte sie eine Erscheinung.
„Links hinten, zweite Tür.", hauchte sie.
„Ganz ruhig bleiben, wir sind die Guten!", sagte Vierziger zu ihr. In der angegebenen Richtung befanden sich nach den Glasscheiben zu einem Licht durchfluteten Wintergarten zwei dunkle Türen. Dem Namensschild nach residierte hinter der ersten diese Frau Dr. Dr. Obuvník. Im Vorbeigehen warf er einen kurzen Blick in das Gewächshaus, bevor er ohne anzuklopfen in das Büro des Stadtrates trat. Gaby drückte noch immer die Hand mit dem Telefonhörer nach unten, erst als Vierziger in der Tür verschwunden war, ließ sie los und folgte ihrem Chef.
„Mein lieber Dr. Vierziger, was führt Sie denn zu mir?" Schuhmann hatte sich gut im Griff, er ließ sich nicht einmal den Anflug

von Überraschung oder gar Ärger anmerken. Seine Residenz hatte fast die gleichen Ausmaße wie die Empfangshalle draußen, und die wäre schon für eine kleine Single-Wohnung groß genug gewesen. Nur vom Boden bis zur Decke reichende Glasscheiben trennten den sattgrünen Rasen des Gartens vom Parkett des Büros. Über die gesamte Höhe der mit dem gleichen dunklen Holz wie die Tür getäfelten Wand hinter Schuhmanns gut drei Meter breiten Schreibtisches hing eine rot-weiß-rote Flagge mit dem Staatswappen in der Mitte. Das Ganze erinnerte Vierziger an das Büro seines Chefs, Dr. Zulehner. Vielleicht verstanden sie sich deshalb so gut, weil sie beide den gleichen Protz bevorzugten. Links und rechts der Flagge gruppierten sich eine Reihe von gerahmten Diplomen und Fotos vom Stadtrat. Schuhmann im dunkelblauen Blazer und mit Kapitänskäppi auf einem Segelschiff, im Reiterdress hoch zu Ross, in einer braunen Lederjacke mit Pelzkragen und weißem Seidenschal vor einem Oldtimer-Doppeldecker, im Jägeroutfit, Gewehr in der Hand und dem Fuß auf einem erlegten Bären, Schuhmann vor einem roten italienischen Sportwagen und so weiter. Das Ganze sah aus wie die Illustrationen zum offiziellen Handbuch der abgehobenen Klischees.

„Dr. Gabriele Glück, meine Mitarbeiterin.“, stellte Vierziger vor, als Gaby ins Büro kam.

„Bitte sehr, nehmen Sie doch Platz!“ Dienstfertig sprang Schuhmann auf, um Gaby einen Stuhl zurechtzurücken.

„Was darf ich Ihnen anbieten? Kaffee vielleicht?“ Ohne eine Antwort abzuwarten drückte er einen Knopf auf der Sprechanlage und bestellte beim Pagenkopf draußen zwei Espressi und einen Capuccino. Dann setzte er sich wieder und sah Vierziger gespannt an. Man konnte hören, wie sich in der Halle eine Kaffeemaschine in Gang setzte.

„Herr Dr. Schuhmann, Sie kennen doch eine Frau Paula Habringer?“, eröffnete Vierziger das Match.

Der Anwalt zog die Augenbrauen hoch. „Mit diesem Namen kann ich im Augenblick nichts anfangen. Helfen Sie mir auf die Sprünge!“

„Sie hat das Restaurantschiff unten im Hafen, auf dem Sie vorigen Donnerstag waren. Sie wissen schon, diese Mitarbeiter-Ehrung der Versicherung.“

„Ach, diese Frau Habringer! Was ist mit ihr?“ Wahrscheinlich hatte er Dutzende Paula Habringers unter seinen Klienten.

Der Pagenkopf kam herein und servierte den Kaffee; Capuccino für Gaby und Espressi für die beiden Herren.

„Wir haben sie gestern verhaftet. Davor hat sie noch versucht, Sie anzurufen. Mich wundert, dass man Ihnen das nicht gesagt hat, Herr Stadtrat!“ Vierziger war die Höflichkeit in Person.

Schuhmann gab sich erstaunt: „Das verstehe ich nicht, sie ist doch eine völlig untadelige Person! Was werfen Sie ihr denn vor?“ Er ließ nicht erkennen, ob er von der Verhaftung wusste oder nicht.

„Nur den Besitz der Kleinigkeit von fünfzig Kilo Drogen und den Betrieb eines illegalen Bordells.“

Schuhmann schüttelte den Kopf. „Das ist doch nicht die Möglichkeit, was hat Frau Habringer mit Drogen zu schaffen? Da kann es sich nur um ein Missverständnis handeln!“ Die Sache mit der Prostitution der Servierkörper schien ihn weiters nicht zu interessieren.

„Glauben Sie mir, Herr Doktor, das ist mit Sicherheit kein

Missverständnis! Gehört vielleicht auch eine Frau Ulla Baumgartner zu Ihrer Klientel? Sie wissen schon, die Frau Baumgartner, die das Angelo Azzurro in der Innenstadt betreibt."
„Ihnen ist schon klar, dass ich darüber keine Auskunft geben muss, nicht wahr? Aber gerade in meiner Eigenschaft als politischer Funktionär ist es mir natürlich ein besonders Anliegen, die Exekutive in jeder Hinsicht zu unterstützen! Ja, wir beraten sie in Rechtsfragen. Haben Sie Frau Baumgartner etwa auch verhaftet? Weswegen?"
Von so viel Schleimerei wurde es Vierziger fast übel. Er machte eine kleine Pause und fixierte dabei die Flagge hinten an der Wand.
„Nein, die haben wir nicht verhaftet, Herr Doktor." Er sah keinen Anlass, den Stadtrat über den Tod seiner Mandantin aufzuklären. Das würde er schon noch früh genug erfahren. Stattdessen zog er die Schrauben ein wenig weiter an.
„Verdandi, Urd und Skuld. Sagen Ihnen diese Namen etwas?"
Das unverbindliche Plakatlächeln Dr. Schuhmanns fror ein, seine Lippen wurden zu einem schmalen Strich und nur seine Sonnenbräune bewahrte ihn davor, die Farbe zu verlieren.
„Nein, habe ich noch nie gehört! Was soll das sein?", presste er hervor.
Gaby konnte sich nicht mehr länger zurück halten: „Sie wollen uns doch nicht weismachen, dass Sie sich nicht erinnern können, bei welchen Gesellschaften Sie im Vorstand sitzen!", fauchte sie.
Wie um sie zu beruhigen, legte Vierziger eine Hand auf ihren Arm. „Das musst du schon verstehen: Unser Herr Stadtrat hier sitzt wahrscheinlich in so vielen Gremien, da kann man doch

nicht verlangen, dass er jeden einzelnen Vorstandsposten im Kopf hat!" Dabei grinste er Schuhmann unschuldig an.
„Vierziger, Sie werden unverschämt! Mäßigen Sie sich oder ich sehe mich gezwungen, gegen Sie eine Dienstaufsichtsbeschwerde einzureichen!" Zum ersten Mal war Schuhmann laut geworden.
„Ich werde Sie nicht daran hindern, Schuhmann!" Demonstrativ ließ er den Titel unter den Tisch fallen. „Nur um Ihr Gedächtnis ein wenig aufzufrischen: Urd und Skuld sind zwei Privatstiftungen, deren Vorstandsdirektor Sie sind. Verdandi ist eine Holding-Gesellschaft im Besitz der beiden Stiftungen und dieser Holding wiederum gehören alle Firmen, auf die wir bis jetzt im Zuge unserer Ermittlungen im Mordfall Nguyen gestoßen sind. Falls Sie das auch vergessen haben sollten: Das ist die Prostituierte, die letzten Donnerstag auf dem Schiff der Frau Habringer umgebracht worden ist. An diesem Abend waren auch Sie auf dem Schiff! Im Fernsehen haben Sie dann eindringlich die Aufklärung des Falles gefordert! Na, dämmert's langsam?"
Dr. Schuhmann kochte. „Sie können mich nicht für jede Kleinigkeit verantwortlich machen, die in einer Firma passiert, an der ich beteiligt bin! Und wenn Sie mir hier einen Mord anhängen wollen, dann versuchen Sie das erst einmal zu beweisen!", brüllte er. „Und jetzt raus hier, aber schnell!" Die ganze schöne Fassade war beim Teufel.
„Mord ist ja schon ein bisschen mehr als eine Kleinigkeit, würde ich meinen."
Vierziger stand auf und wandte sich zum Gehen.
„Danke für den Kaffee, Dr. Schuhmann, ich wünsch Ihnen noch einen schönen Tag!"

Gaby war schon durch die Tür, als sich Vierziger noch einmal umdrehte: „Nur ein gut gemeinter Rat eines kleinen Polizisten: Suchen Sie sich einen guten Anwalt, ich glaube, Sie werden einen brauchen, wenn ich mit Ihnen fertig bin!"
Bei der Blonden am Empfangstisch stand die grauhaarige Dame, die sie bis jetzt als Dr. Schuhmanns Schatten bei allen offiziellen Anlässen kannte.
„Was ist denn das hier für ein Tumult? Wofür sollte Frantizek einen Anwalt brauchen?", fauchte sie Vierziger an.
„Beruhig dich, Jelena, es ist nichts! Dem Herrn Polizisten geht lediglich die Phantasie durch." Dr. Schuhmann war aus seinem Büro gekommen. Mit einer wegwerfenden Handbewegung versuchte er die Situation herunterzuspielen.
„Ah, Frau Dr. Dr. Jelena Obuvník, nehme ich an!" Vierziger streckte ihr seine Hand entgegen.
Frau Dr. Obuvník bedachte ihn mit einem eiskalten Blick. „Wagen Sie es nicht, meinen Bruder zu behelligen!" Seine ausgestreckte Hand ignorierte sie demonstrativ.

„Interessant, seine Schwester also!", dachte Vierziger, als er mit Gaby die Villa verließ.

- 18 -

„Da hast du dich ja schön getäuscht!" In Gabys Stimme schwang ein Hauch von Häme mit.

„Du meinst diese Dr. Obuvník?"

„Mmhh."

Sie fuhren die Serpentinenstraße hinunter, die vom herrschaftlichen Villenviertel wieder zurück in die Niederungen der Stadt führte.

„Ich geb's ja zu! Dass die seine Schwester ist, darauf wäre ich nicht gekommen. Was glaubst du, wie alt wird die wohl sein?"

„Sie sieht ziemlich gut erhalten aus, fit und sehr gepflegt. Wenn es kein Gottesgeschenk ist, muss sie Unsummen für ihre Kosmetikerin ausgeben."

„Tatsächlich? So alt schon!" Es gab Augenblicke, in denen Vierziger seiner zynischen Ader einfach freien Lauf lassen musste.

„Schon gut. Siebzig, vielleicht fünfundsiebzig. Das ist schwer zu beurteilen, wie gesagt, sie hat sich gut gehalten. Übrigens: Der Schuhmann ist nicht echt."

„Wie, nicht echt? Was soll denn das wieder heißen?"

„Na ja, wie soll ich sagen: Der ist von der anderen Fraktion."

„Von welcher anderen Fraktion? Schwarz, Rot, Grün, Orange oder was?"

„Mein Gott! Männer! Manchmal seid ihr so was von vernagelt. Nicht politisch: Der ist schwul, vom anderen Ufer! Eine Frau merkt so was einfach, wir haben eben ein paar Sinne mehr als ihr. Glaub's mir einfach, ja."

„Der Schuhmann! Nie! Wie kommst denn darauf? Der schaut doch gar nicht so aus!"

„Ah ja? Wie schaut denn deiner Meinung nach ein Schwuler aus? Enge Lederhosen und Lidstrich oder Rüschenhemd und an jedem Finger zwei Ringe plus fünf Goldketterl oder was?"

„Keine Ahnung, ich treib mich ja nicht mit solchen Leuten herum. Außerdem: In seiner Position!"

„Vielleicht solltest du dich einmal mit solchen Leuten herumtreiben. Ich kenn ein paar Schwule, die gehören zu den nettesten Männern, die mir je über den Weg gelaufen sind!"

„Nur so zum Spaß: Woran willst du denn das beim Schuhmann gesehen haben?"

Gaby musterte ihn von der Seite her, dann schüttelte sie ungläubig den Kopf.

„Du hast es wirklich nicht gemerkt, wie der Kerl dich mit den Augen ausgezogen hat? Na ja, ist ja auch kein Wunder! Ihr Männer macht das ja ständig mit uns, da fällt euch so was gar nicht mehr auf." Er zog es vor, darauf lieber die Aussage zu verweigern.

„Brauchst gar nicht so zu schauen! Du hast das auch schon mit mir gemacht, oder glaubst du, es ist mir nicht aufgefallen, wie du mir gestern auf den Busen gestarrt hast?" Vierziger spürte, wie er bis zu den Haarwurzeln rot anlief, einerseits weil er sich ertappt fühlte, andererseits weil ihm der Gedanke an Schuhmanns angeblich schlüpfrige Blicke beträchtliches Unbehagen bereitete. Es kam ihm vor, als würde Gaby eine völlig andere Welt wahrnehmen, mit doppelt so vielen Farben, Gerüchen und Mienen wie er selbst. Ein bisschen erinnerte ihn das an seine Katze.

„Und du meinst, die Nguyen hat das auch bemerkt und ihn damit erpresst? Ich mein, dass der Schuhmann schwul sein soll."

„Von welchem hohen Tier bei dieser Investment-Firma sollte sie sonst die Kohle bekommen haben? Als es ihm zuviel geworden ist, hat er sie dann abgemurkst. Das passt doch ganz wunderbar!"

„Stimmt, das würde schon passen. Die Sache hat nur ein paar kleine Haken."

„Und die wären?"

„Haken Nummer Eins: So wie es aussieht, war der Schuhmann gar nicht mehr auf dem Schiff, wie das mit der Nguyen passiert ist, sagt zumindest die Habringer. Wäre ein bisschen schwierig für ihn gewesen, sie zu erwürgen. Außerdem kann ich mir nicht vorstellen, dass er schwul ist. Der tritt doch bei jeder sich bietenden Gelegenheit als Hüter der heiligen Institutionen Ehe und Familie auf. Seine Hetzreden gegen Schwule und Lesben sind berüchtigt!"

„Na und, das sagt doch überhaupt nichts! Nur weil er nicht mehr in diesem Saal war, heißt das ja noch lange nicht, dass er überhaupt nicht mehr auf dem Schiff gewesen ist. Du weißt ja selbst, dass man dort jederzeit ein- und ausgehen kann, wie es einem gerade gefällt. In Wahrheit haben wir doch keine Ahnung, wer sich zur fraglichen Zeit vor diesen Kuschelzimmern herumgetrieben hat! Und dieses Gezeter gegen die Schwulen könnte doch auch die reinste Tarnung sein. Überleg doch einmal, je lauter er schreit, desto weniger kommt irgendjemand auf die Idee, dass er selbst auch lieber einen Kerl im Bett hat."

Vierziger legte eine Vollbremsung hin. Gaby war wieder einmal nicht angeschnallt und knallte mit dem Kopf gegen die Windschutzscheibe. Fast hätte er eine rote Ampel übersehen, weil er zu sehr davon abgelenkt war, sich ihre Argumente durch den Kopf gehen zu lassen.

„Spinnst du!", schrie sie und rieb sich die Stirn. Er tat so, als wäre überhaupt nichts passiert.

„Ist ja alles schön und gut, aber schwul zu sein, ist doch heutzutage keine große Sache mehr. Jeder drittklassige Schauspieler outet sich. In Berlin kann man es damit sogar bis zum Bürgermeister bringen. Deswegen bringt doch keiner zwei Leute um."

„Das gilt vielleicht für diese Glamour-Typen, die machen auch das noch zum Show-Gag. Die anderen, besonders in so einer Position wie der Schuhmann, brauchen dazu Charakter und ein stabiles Rückgrat – etwas, das dieser Mensch anscheinend nicht hat!"

Vierziger musste eingestehen, dass Gabys Sicht der Dinge etwas für sich hatte. Trotzdem mochte er nicht so recht an den Schuhmann als Mörder glauben, selbst wenn er ihm schon alleine wegen seiner politischen Einstellung alles Mögliche an den Hals wünschte, egal ob schwul oder nicht. Mit wem sich der feine Herr Stadtrat im Bett vergnügte war schließlich seine Privatangelegenheit.

„Und wie war das dann gestern? Die Habringer wollte ihn anrufen, aber da war er irgendwo im Ausland, in Polen glaub ich. Wie will er denn da gleichzeitig hier die Baumgartner vergiftet haben?"

„Mit dem seinen offensichtlichen Beziehungen ins Drogenmilieu und wer weiß sonst noch wohin dürfte ein Auftragsmord wohl kaum ein Problem sein, oder?"
Vierziger blieb auf seinem Parkplatz im Hof des Polizeipräsidiums stehen.
„Für heute ist jedenfalls einmal Schluss! Wir sehen am Montag weiter."
„Wie bitte? Du willst dir ein schönes Wochenende machen, während wir nur so kurz davor sind, diesen Mistkerl zu schnappen?"
Der Abstand zwischen Daumen und Zeigefinger, der ihre Vorstellung von kurz in diesem Fall illustrieren sollte, hätte nicht einmal einem Bleistift Platz gelassen.
„Schau: Die Baumgartner hat das Zeitliche gesegnet, die Habringer sitzt und der Schuhmann fühlt sich so sicher, dass er uns bestimmt nicht davon läuft. Falls er überhaupt unser Mörder ist! Es gibt also keinen Grund für Überstunden."
„Wenn du meinst – du bist der Boss!"
„Eben!" Vierziger war Polizist mit Leib und Seele. Er hätte Gaby gegenüber deswegen nie im Leben zugegeben, dass er schon Spuren folgte, die zu ganz anderem als Mord und Totschlag führten.

Am Samstag war Vierziger schon um halb sechs auf den Beinen. Zu seinem doppelten Espresso überflog er nur schnell die Satire-Seite der Zeitung, bevor er zum samstäglichen Jogging aufbrach. Danach musste Frau Schmidt den Vormittag auf der Veranda verbringen, damit sie in der auf Hochglanz polierten Wohnung keine Verwüstungen veranstalten konnte. Die Obst- und Gemüserunde auf dem Markt hatte er erfolgreich absolviert, es waren ihm sogar noch unvorhergesehenerweise ein paar ganz wunderbare frische Kirschtomaten in die Hände gefallen. Vor der Filiale einer der besten Konditoreien der Stadt erspähte er noch einen freien Tisch, die Einladung zu einer kleinen Kaffeepause, die er nicht ausschlagen konnte. Gerade als die Kellnerin seine Bestellung aufgenommen hatte, zog sich jemand den zweiten Stuhl von seinem Tisch heraus.

„Für mich das gleiche und einen doppelten Grappa!"

Mike Stummer hielt sich nicht mit Formalitäten auf. Als Journalist bei der größten Zeitung des Landes war er es gewohnt, direkt auf sein Ziel loszusteuern. Vierziger hatte seinerzeit gemeinsam mit ihm die Schulbank gedrückt, seither liefen sie sich immer wieder einmal über den Weg. Meistens beruflich, manchmal auch privat, so wie eben jetzt.

„Erzähl schon, was ist mit der Baumgartner passiert?"

Vierziger sah ihn überrascht an, bevor ihm klar wurde, was der Schreiberling meinte. Im Stillen hatte er gehofft, dass dieser Mord noch eine zeitlang aus den Medien herausgehalten werden konnte, aber das war wohl mehr ein frommer Wunschtraum gewesen.

„Guten Morgen. Kannst dich gerne zu mir setzen."

„Ja ja, ist schon gut! Also, was ist mit der Baumgartner? Von eurer Presseabteilung erfährt man ja wieder einmal nichts." Er legte die aufgeschlagene Zeitung mit dem Artikel vor Vierziger hin. Viel war das ja wirklich nicht. Ein uraltes Foto der Toten, eine reißerische Schlagzeile darunter zwei kurze Spalten, wahrscheinlich gefüllt mit dem üblichen Schmonzes, wenn der Autor keine Ahnung von irgendwas hatte.

„Mike, du kennst das doch: Ermittlungsgeheimnis. Aber wir können ein Geschäft machen: Du erzählst mir was, dafür kriegst du dann die ganze Geschichte aus erster Hand, wenn ich mit ihr fertig bin.“ Er ließ es offen, ob er mit „ihr“ die Geschichte oder Frau Baumgartner meinte.

„Was willst du wissen?“ Vierziger hatte richtig vermutet: Für eine Exklusiv-Story würde Mike Stummer sonst was tun.

„Der Stadtrat Schuhmann, was kannst du mir über den erzählen?“

„Willst du damit sagen, der hat mit dem Mord an der Baumgartner was zu tun?“ Der Journalist starrte ihn gierig an.

„Schreib ein einziges Wort darüber und weder du noch einer deiner Kollegen kriegen je wieder irgendeine Information von mir! Klar?“

„Aber sicher! Er hat einen guten Ruf als Wirtschaftsanwalt mit einer riesigen Kanzlei oben beim Stadion. Auf seiner Klientenliste stehen ein paar der renommiertesten Unternehmen der Stadt. Außerdem hat er angeblich seine Finger in einigen Firmen stecken: Medikamentengroßhandel, Transportgewerbe, Gastronomie und so weiter. Allerdings munkelt man, dass seine Bilanzen schon einmal besser ausgesehen haben. Aber das ist nur ein Gerücht – von mir hast du das nicht!“

„Diese Dinge finde ich bei jedem Wirtschaftsdienst heraus! Da musst du schon mit was Besserem herausrücken! Mich würde mehr sein Privatleben interessieren, zum Beispiel ob und mit wem er verheiratet ist.“

„Der Schuhmann ist überhaupt nicht verheiratet, war er auch nie, soweit ich weiß.“

„Freundin?“

„Die müsste er aber schon sehr gut verstecken, mir ist noch keine aufgefallen."
Hatte Gaby doch Recht gehabt mit ihrer Vermutung?
„Kannst du dir vorstellen, dass er schwul ist?" Vierziger hatte sich vorgebeugt. Er versuchte die Frage so leise wie nur möglich zu stellen, schließlich musste ja nicht der ganze Markt mithören.
„Schwul, der Schuhmann?" Stummers Schallpegel reichte mühelos auch noch für die Gäste am übernächsten Tisch.
„Könntest du das bitte wiederholen, aber ein bisschen lauter, die Leute am anderen Ende haben das noch nicht gehört!"
„So wie der die ganze Lesben- und Schwulenszene dauernd angreift, kann ich mir das nicht vorstellen, wenn du mich fragst." Dieses Mal flüsterte Stummer fast.
„Was macht er eigentlich in der Stadtregierung?"
„Wirtschafts-Ressort. Da ist er sehr bemüht, muss ich schon sagen. Erst diese Woche war ich mit ihm in einer Delegation in Polen."
„Was du nicht sagst! Wann denn?"
„Dienstag früh weggeflogen, Donnerstagabend wieder gelandet. Warum willst du denn das alles wissen?"
„Nur so, man muss sich ja schließlich für seine Politiker ein bisschen interessieren." Vierziger grinste unschuldig.
„Ja, du mich auch!"
Auf die Frage nach dem Mord an der Nguyen bekam Stummer ebenfalls nur den schon so oft strapazierten Hinweis auf die laufenden Ermittlungen zu hören. Stummer trank seinen Grappa in einem Zug aus, stand auf und ging. Erst nach ein paar Schritten winkte er zum Abschied, ohne sich dazu extra noch einmal umzudrehen. Vierziger blieb gar nichts anderes übrig, als auch

Mike Stummers Zeche mit zu bezahlen. Er fragte sich, wofür eigentlich – etwas Neues hatte er ja nicht erfahren. Kurz vor Mittag erstand er beim Fischhändler noch zwei kleine Kalmare und am Heimweg holte er sein Biohuhn ab.

Zuhause musste er erst einmal Frau Schmidt besänftigen. Er schenkte ihr ein Stückchen von einem der Kalmare, bevor er die heimgebrachte Beute auf dem Küchentisch ausbreitete. Die Katze verzog sich mit ihrem Tintenfisch auf die Veranda, Vierziger konnte also vorerst einmal ungestört mit seiner Kochorgie beginnen. Zuerst setzte er einen Topf mit Wasser auf den Herd, um die Mischung aus weißem und schwarzen Reis zu dünsten. Als nächstes nahm er sich das Hühnchen vor. Er löste die Bruststücke aus, alles Übrige stopfte er in einen Plastikbeutel und fror es ein. Zusammen mit Olivenöl, Zitronensaft, ein paar Körnern Meersalz und einem Löffel voll Oregano kamen die ausgelösten Filets in eine Glasschüssel und schließlich in den Kühlschrank. Dann säuberte er die beiden Kalmare unter kaltem fließendem Wasser. Vierziger drehte die Hitze unter dem Reis zurück. Die nächsten paar Minuten konnte er nun den Herd sich selbst überlassen. Er wusch die Erdbeeren, suchte die schönsten heraus, zerkleinerte sie und gab sie ebenfalls in den Kühlschrank. Die restlichen Früchte pürierte er im Mixbecher zu einem feinen Brei, versetzte sie mit Zitronensaft und stellte sie ebenfalls kalt. Dann zog er den Reistopf zur Seite und schaltete den Ofen wieder aus. Frau Schmidt hatte ihren Tintenfisch verputzt. In der Hoffnung auf weitere Köstlichkeiten strich sie ihm um die Beine.

Drei Stunden später hatte er den größten Teil seiner Kochorgie beendet. Die Grundlage für seinen Erdbeer-Daiquiri war fertig, die Tintenfische und die Hühnchenbrüste gefüllt, die einen mit der Reismischung, die anderen mit Spinat und Schafkäse, die Chili-Schoko-Balsamico-Sauce stand bereit. Aus der Mango hatte er ein Sorbet gezaubert. Auch Frau Schmidt war noch einmal zu ihrem Recht gekommen. Die Küche war wieder blitzsauber, gerade so als hätte die Schlacht nie stattgefunden. Vierziger drehte noch eine Kontrollrunde durch seine Wohnung, um zu inspizieren, ob alles dem kritischen Blick eines weiblichen Besuches standhalten würde. Er konnte nichts Bemängelnswertes entdecken, Bad und Toilette glänzten, das Bett war frisch bezogen und auch sonst befand sich seiner Meinung nach alles in einem tadellosen Zustand. Zufrieden setzte er sich mit einem Glas Wein auf die Veranda und zündete sich eine Zigarette an. Conny hatte sich für acht angesagt, es waren also noch vier Stunden übrig. Den Tisch wollte er erst später decken, sein Vertrauen in Frau Schmidt war nicht wirklich groß genug, um sie mit gefalteten Servietten und glitzernden Gläsern alleine zu lassen. Vierziger stellte den Wecker seines Handys auf sechs Uhr und legte sich für ein Nickerchen aufs Sofa, schließlich wollte er ja am Abend ausgeruht und topfit sein. Er wälzte sich aber nur unruhig von einer Seite auf die andere, an Schlaf war gar nicht zu denken. Trotzdem blieb er sich selbst gehorsam und stand erst auf, als das Läuten des Telefons es ihm erlaubte. Die kalte Dusche brachte ihn wieder ins Leben zurück, auch wenn sie seine Nervosität nicht hatte abwaschen können. Vor seinem Kleiderschrank wartete eine schwere Entscheidung auf ihn. Eigentlich hatte er ja Hemd und Krawatte zu seinem hellen

Sommeranzug herausgelegt, aber alleine der Gedanke daran verursachte ihm Unbehagen. „Du gehst ja schließlich auf keinen Maskenball!“, sagte er zu sich selbst und hängte beides wieder an seinen Platz. In dem dunkelblauen Polo-Shirt fühlte er sich schon sehr viel sicherer. Er ging ins Wohnzimmer und schaltete die Stereo-Anlage ein. Es lag noch immer die gleiche CD drin wie schon vor einer Woche, der italienische Rechtsanwalt sang zusammen mit seiner Partnerin:

Partager un dimanche avec vous
ça dépend, ça dépend
de la lune de ces mais ça dépend, tra, la, la, la, la...
ma jolie dame, de la chaleur de votre flamme...

Um fünf nach acht fühlte er sich wie im Vorhof zur siebenten Hölle. Das Besteck auf dem Esstisch hatte er schon drei Mal gerade gerückt, auf dem Herd wartete eine Pfanne mit ein paar Tropfen Olivenöl auf die gefüllten Kalmare, im Backrohr schmurgelten die Hühnerbrüstchen auf einer Sauce aus Tomaten, gerösteten Walnüssen und einer delikaten Kräutermischung leise vor sich hin und im Kühlschrank standen die Cocktailgläser mit den Daiquiris. Um sich abzulenken polierte Vierziger noch einmal den ohnehin schon blitzblanken Spiegel im Bad. Es gab überhaupt keinen Zweifel: Conny hatte ihn versetzt! Das war sonst gar nicht ihre Art, wenigstens hätte sie ihn angerufen. Er kontrollierte, ob sein Handy funktionierte. Vielleicht hatte sie ja einen Unfall gehabt. Ob er die Kollegen von der Verkehrsabteilung anrufen sollte? Fast wollte er sich zur Beruhigung mit einem Glas Wein auf die Veranda setzen. Das war aber auch keine so gute Idee. Sollte Conny doch noch auftauchen, wollte er ihr ja nicht unbedingt gleich mit einer Alkoholfahne entgegentreten. Inzwischen war eine halbe Ewigkeit vergangen: zehn Minuten nach acht! Vierziger legte eine Kapsel in seine Espressomaschine. Die Tasse war noch nicht einmal halb voll, als es klingelte: Sie war doch noch gekommen und schließlich hatte diese schöne Frau ja jedes Recht der Welt, sich ein paar klitzekleine Sekündchen zu verspäten! Er rannte zur Tür, atmete einmal tief durch und öffnete.

„Entschuldige bitte, ich habe mich ein bisschen verspätet, hoffentlich ist nichts angebrannt!"

„Aber ist doch nicht der Rede wert!" Conny sah überirdisch aus. Das kurze, weiße Leinenkleid, das vorne von oben bis unten einen Reißverschluss hatte, ließ ihre Haut noch ein wenig dunkler wirken, die Halskette und das Armband aus Korallen hatten exakt die gleiche Farbe wie die Strähnen in ihrem Haar und die riesige Handtasche sah aus, als ob Conny sie extra passend zu ihrem Kleid hätte machen lassen. Vierziger ging der Gedanke an die Nationalflagge durch den Kopf: rote Sandalen, weißes Kleid, rote Haarsträhnen.

„Du lässt mich jetzt aber nicht da vor der Tür stehen?"

„Entschuldige bitte, ich bin so ein Hornochse!" Er streckte ihr seine Hand entgegen, um sie in die Wohnung zu führen. Conny zog ihn zu sich heran, umarmte ihn und küsste ihn links und rechts auf die Wangen. Ihr Duft war eine Mischung aus frischer Sommerwiese und voll aufgeblühten, dunklen Rosen. Vierziger glaubte zu spüren, dass sich wenigstens oberhalb der Gürtellinie unter ihrem Kleid nichts als sonnengebräunte Haut befand. Gerade als sein Gefühlszustand ihm peinlich zu werden begann, löste sich Conny von ihm. Während er die Tür hinter ihr zudrückte, zog sie ein Päckchen aus ihrer Tasche: „Ein kleines Mitbringsel, ich glaube, es wird dir gefallen!“ Für das Päckchen hatte sie die gleichen Farben gewählt wie für sich selbst: rotes Papier mit einer weißen Schleife.

„Dankeschön!“

Er legte seine Hand auf ihren Rücken, so weit unten, dass es gerade noch nicht als plumpe Grapscherei aufgefasst werden konnte. Einen winzigen Augenblick lang lehnte sie sich dagegen und ließ sich dann in die Küche führen, die gleichzeitig auch als Esszimmer diente. Erst beim Kühlschrank ließ er sie wieder los, um die Daiquiris herauszuholen. Etwas linkisch drückte er ihr das Cocktailglas in die Hand. Conny pflückte die Erdbeere, die er als Dekoration auf den Glasrand gesteckt hatte, herunter und schlürfte sie langsam vom Stängel.

„Auf uns beide!“, sagte Conny und hielt ihm ihr Glas entgegen.

Sie setzten sich mit den Cocktails auf die Veranda. Frau Schmidt machte es sich neben Conny gemütlich, ließ sich den Kopf kraulen und benahm sich ganz gegen Vierzigers Befürchtungen überaus manierlich.

„Willst du dein Packerl gar nicht aufmachen?“ Conny führte den Finger mit dem sie ihren Daiquiris umgerührt hatte zum Mund. Er schälte ein kleines Büchlein aus dem roten Papier, „Das Delta der Venus“ von Anaïs Nin. Sie sahen sich ein paar Momente lang in die Augen, dann stand Vierziger auf, beugte sich zu ihr hinunter und küsste sie.

„Ich muss euch zwei jetzt fünf Minuten alleine lassen. Vielleicht zeigt dir die Schmidt ja inzwischen unsere Wohnung.“ Leichtfüßig, den Geschmack von Connys Cocktail auf dem Mund, ging er in die Küche. Als hätte sie genau verstanden, sprang die Katze auf den Boden. Sie streckte sich genüsslich durch, dann drehte sie sich mit hoch erhobenem Schwanz zu Conny um: „Also los, komm schon!“, maunzte sie ihr nachdrücklich zu. Ein paar Minuten später legte Vierziger die in Scheiben geschnittenen Kalmare ins heiße Öl, im Hintergrund hörte er, wie die Tür ins Badezimmer geöffnet wurde.

Draußen war es schon dunkel, als Conny den letzten Rest Mangosorbet in ihrem Mund verschwinden ließ. Auf dem Tisch flackerten drei Kerzen und Frau Schmidt lag zusammengerollt auf dem Sofa.

„Kaffee oder lieber ein Glas Prosecco?“

„Beides! Kaffee draußen und zum Prosecco spielst du mir was auf deinem Klavier vor, ja? Aber zuerst räumen wir den Tisch ab.“

Als sie dann beim Espresso und einer Verdauungszigarette auf der Veranda saßen, zog Conny den Reißverschluss ihres Kleides ein Stückchen nach unten: „Mir ist ganz heiß geworden von deinen Köstlichkeiten! Das Essen war einfach himmlisch!“

„Vielen Dank!“, freute sich Vierziger. Er war mit seinem Kaffee fertig. „Was soll ich spielen?“

„Ich bin sicher, du findest schon etwas Passendes!“

Beim Hineingehen legte er seinen Arm um ihre Hüften, am Weg ins Wohnzimmer nahmen sie noch den Prosecco und zwei Gläser mit. Conny setzte sich neben ihn auf das schmale Klavierbänkchen. Ihm fiel die Aragonaise ein, die er vor ein paar Tagen zusammengekratzt hatte, und er fing an zu spielen. Conny rückte ganz nah an ihn heran, sie legte den Kopf auf seine Schulter. Auf Carmen ließ er noch „La Mer“ folgen. Bei einem kleinen Seitenblick kam es ihm so vor, als ob ihr Reißverschluss noch ein Stückchen weiter nach unten gerutscht wäre. Nach den letzten Noten nahm er ihr das Glas aus der Hand und küsste sie auf den Hals. Conny ließ ihren Kopf nach hinten sinken. Nach einer Weile flüsterte sie ihm ins Ohr: „Josef, ich fürchte, ich bin heute nicht ganz fit für eine Nacht zu zweit, aber ich würde trotzdem gerne bei dir bleiben, wenn du das möchtest."

Er brauchte ein paar Sekunden, bevor er verstanden hatte, was sie meinte. Er fuhr ihr durchs Haar und küsste sie.

„Ich muss auf einen Sprung ins Bad.", murmelte Conny, bevor sie sich von ihm löste. Vierziger schloss den Klavierdeckel, nahm ihre beiden Gläser und die Flasche und stand ebenfalls auf.

Als er am nächsten Morgen aufwachte, spürte er Connys Wärme neben sich. Ein schwüler Duft nach Frau hing im Zimmer. Es musste schon eine kleine Ewigkeit her sein, dass er sich das letzte Mal so rundherum wohl und zufrieden gefühlt hatte, auch wenn sie den Weg nicht zu Ende gegangen waren. Trotz einer langen Nacht war er frisch und ausgeschlafen. Eine zeitlang hörte er Connys ruhigem, tiefem Atem zu. Bevor er sich aus dem Bett schlich, zog er vorsichtig die Bettdecke über ihre bloßen Schultern. Als er Connys Sachen im Bad auf der Ablage sah, lächelte er. In der Küche räumte er Butter und Marmelade aus dem Kühlschrank, drapierte Käse und Schinken auf einen Teller, legte gefrorene Semmeln ins Backrohr und setzte Wasser für die Eier auf. Mit zwei frisch gebrühten Tassen Kaffee kehrte er ins Schlafzimmer zurück.

Am Nachmittag unternahm er mit Conny einen kleinen Ausflug in den botanischen Garten. Vierziger wollte sich unbedingt ein paar bestimmte Pflanzen ansehen. Außerdem war um diese

Jahreszeit der Tropenpavillon eine einzige Pracht. Im Schmetterlingshaus erzählte ihm Conny von einem Tourismus-Kongress, zu dem sie nächstes Wochenende nach Venedig fahren sollte.
„Ich habe eine Einladung für zwei Personen. Am Samstag muss ich tagsüber zu diesen Vorträgen, aber den Abend hätten wir für uns!"
„Venedig mit dir wäre schön."
„Ja, ganz besonders im Daniele, und wir haben noch etwas zu Ende zu bringen.", flüsterte sie ihm zu. Er beugte sich zu ihr hinüber und küsste sie.
„Ich hab schon Karten für den Nachtzug am Donnerstag, im Schlafwagen."
Eine Stunde später gingen sie Hand in Hand wieder in die Stadt hinunter. Die feuchtschwüle, schwere Luft roch befremdend süßlich. Uralte Linden spannten ihre Kronen wie ein Dach über die Straße. Wo das Laubdach weniger dicht war, hätten sie sehen können, wie sich vom Westen her die Wolkendecke verdunkelte. Aber das alles nahmen die beiden überhaupt nicht wahr, genau so wenig wie ihnen auffiel, dass die Vögel aufgehört hatten zu singen und ein fernes Wetterleuchten ihren Weg begleitete.

- 19 -

„Sagen Sie, Doktor, können Sie eigentlich feststellen von welcher Pflanze das Gift stammt, das die Baumgartner umgebracht hat?"
Vierziger hatte gewusst, dass er Dr. Liebmayer schon in aller Herrgottsfrüh erreichen würde.
„Was ist los mit Ihnen? Verfrühte Demenz? Mein lieber Herr Kriminaloberrat, Sie werden schön langsam alt! Ich hab Ihnen doch schon letzte Woche erzählt, aus welchem Gewächs das Gift gezogen worden ist."
An jedem anderen Tag wäre Vierziger darauf irgendeine bösartige Erwiderung eingefallen, schließlich hatte der Gerichtsmediziner ja auch nicht gerade im Jungbrunnen gebadet. Er war aber von so einer fröhlichen Friedfertigkeit erfüllt, dass er gar nicht daran dachte, auf die Provokation einzugehen.
„Nein, ich meine etwas anderes! Nur einmal angenommen, ich brächte Ihnen so eine Datura, könnten Sie dann sagen, ob das Gift genau aus diesem speziellen Exemplar gewonnen worden ist?"
Für ein paar Sekunden herrschte Funkstille.
„Was wollen Sie eigentlich, mein Lieber? Sie können mir diese Pflanze gar nicht mehr bringen, wir haben sie schon längst."

„Die aus dem Büro der Baumgartner?"
„Eben diese!"
„Und Sie können mit Sicherheit sagen, dass das Gift von genau dieser Pflanze stammte?"
„Sehen Sie, so ein Gift enthält ja neben den toxischen Substanzen auch noch eine Reihe von anderen Bestandteilen, abhängig von allem, was die Pflanze aus ihrer Umgebung aufgenommen hat. Die haben zwar kaum Einfluss auf ihre Wirkung, aber sie sind je nach Standort verschieden. Um es für Sie zu verkürzen: Ja, es war genau dieses Gewächs!"
Vierziger überlegte einen Moment. So schnell wollte er seine Theorie nicht aufgeben.
„Könnten Sie vielleicht auch noch feststellen, ob dieses Exemplar vom Tatort an einem ganz bestimmten anderen Ort gewohnt hat?"
„Verehrter Dr. Vierziger, zeigen Sie mir dieses Gärtlein und ich sage Ihnen, ob unsere Datura von dort herkommen könnte oder nicht."
„Vielen Dank, ich habe gewusst, dass Sie mir in dieser Sache weiterhelfen könnten! Wie lange würde es dauern, bis Sie ein Ergebnis liefern können?"
„Höchstens zwei bis drei Tage."
„Was, so lange?" Vierziger war enttäuscht.
„Für Wunder müssen Sie sich schon an eine höhere Instanz wenden, mein Lieber!", brummte Dr. Liebmayer und legte auf.
Vierziger angelte sich einen Ordner aus der gelben Box mit den Unterlagen aus dem Büro des Angelo Azzurro. Rechnungen von verschiedenen Getränke- und Lebensmittellieferanten, Reinigungsmittel, Glühbirnen und so weiter. Er klappte den Ordner

wieder zu und suchte sich die Mappe mit den Bankauszügen aus der Kiste. Vielleicht fand sich ja dort etwas Ergiebigeres. Aber auch hier kam nichts Außergewöhnliches an den Tag, keine Buchungen, die man in einem Gastronomiebetrieb nicht hätte erwarten dürfen. Als er ungefähr die Hälfte der Kontobewegungen durch hatte, läutete das Telefon. Ohne hinzusehen nahm er den Hörer ab und schaltete die Freisprechanlage ein.

„Ja?"

„Hallo Josef, wie geht's so?"

Franz Hintringers Bass war genauso füllig wie er selbst.

„Danke, gestern ist es noch gegangen. Was gibt's?"

„Meine Leute haben sich dieses weiße Pulver von der Computertastatur der Baumgartner noch einmal genauer angesehen."

„Und?"

„Es ist ein medizinisches Puder zum Trockenhalten von Wunden. Wird auch bei bestimmten Hautkrankheiten eingesetzt."

„Heißt das, die Person, die das hinterlassen hat, müsste so eine Krankheit oder eine offene Wunde an den Händen haben?"

„Genau!"

„Ist dir bei der Baumgartner irgendwas dergleichen aufgefallen?"

„Nicht, das ich wüsste!" Auch Vierziger selbst konnte sich nicht erinnern, an der Baumgartner so etwas gesehen zu haben.

„Vielleicht fragst du einmal beim Liebmayer nach, der hat sie ja sowieso noch im Kühlschrank." Hintringer und Dr. Liebmayer standen sich in ihren respektlosen Reden über Tote in nichts nach.

„Werd ich machen! Danke und noch einen schönen Tag!" Vierziger wählte zum zweiten Mal die Nummer des Gerichtsmediziners.

Aber die Baumgartner litt weder an einer Hautkrankheit noch hatte sie irgendwelche offenen Wunden. Dieses weiße Puder musste also vom Mörder stammen, oder von der Mörderin, einer Version, die Dr. Liebmayer ja bevorzugte. Für Vierziger fügte sich allmählich ein Steinchen zum anderen. Die Beobachtungen der letzten Tage formten langsam ein klareres Bild, auch wenn er es noch immer nur mit Indizien zu tun hatte. Er füllte frisches Wasser in seine Kaffeemaschine. Ein ordentlicher Schuss Koffein würde ihm sicher beim Denken behilflich sein.

„Kann ich auch einen kriegen, bitte?“ Überraschend leise war Gaby ins Büro gekommen, nicht einmal die Tür hatte sie zugeknallt. Sie ließ ihre große, schwarze Tasche neben dem Schreibtisch auf den Boden plumpsen und stellte sich dann bei Vierziger um ihren Kaffee an.

„Guten Morgen, junge Frau! Ist das nicht ein wunderbarer Tag heute!“

„Wo ist denn da ein schöner Tag? Draußen fängt's jeden Moment zu regnen an und außerdem ...“ Sie ließ ihn im Unklaren, was außerdem sonst noch war. Vierziger drehte sich zu ihr um. Die dunkelviolette Hose passte nicht ganz zur ebenso dunklen, orangefarbenen Bluse, dafür hatten die Ringe unter ihren Augen fast die gleiche Farbe wie ihre Jean.

„Was ist los mit dir?“

„Nichts!“

Alarmstufe Rot! Vierziger war sich darüber im Klaren, dass er von Frauen nicht besonders viel Ahnung hatte. Aber eines wusste er: Bei so einer Antwort war alles andere als Nichts los. Dräuendes Ungemach hing dann meistens am Himmel.

„Giovanni?“, riet er.

„Lass mich bloß mit diesem Papagallo zufrieden!“, blaffte sie.
Er drückte ihr den Kaffee in die Hand und zog es vor, dieses Thema lieber nicht weiter zu vertiefen.
„Gibt es sonst irgendwelche Neuigkeiten?“
Gaby verkroch sich mit dem Kaffee in ihren Sessel. Sie hielt die Tasse mit beiden Händen und trank in kleinen Schlucken.
„Das Reisebüro.“, sagte sie leise nach einer kleinen Weile. „Ich schenk mir das Unwichtige. Nur vor etwas mehr als einem halben Jahr war sie ein paar Mal hintereinander in Polen: zwei Mal Warschau, einmal Krakau.“
„Und, was ist da Besonderes daran?“
„Ich hab mich in den Rechner vom Schuhmann eingeklinkt.“ Vierziger stöhnte auf. „Der hat eine interessante Reisetätigkeit. An denselben Terminen wie die Nguyen war auch er in Polen: Warschau und Krakau!“
„Aha!“
„Was, nur aha! Das ist alles, was dir dazu einfällt? Ich schlag mir deswegen die Nächte um die Ohren und du sagst aha!“ Vierziger hatte es gewusst: Nichts! Er kam sich vor wie ein gerade festgenommener Kleinkrimineller in einer amerikanischen Fernsehserie: Alles was Sie von jetzt an sagen kann und wird gegen Sie verwendet werden! Da blieb nur noch Schweigen übrig.
„Ich werd dir was sagen: Die hat Wind von seinen Männergeschichten bekommen und ist ihm nachgefahren! Sie hat ihn beobachtet und ihn dann erpresst. Eine zeitlang hat er mitgespielt, dann ist sie zu gierig geworden: Aus Maus, Ende!“
„Klingt plausibel. Und die Baumgartner hat ihr Werk fortgesetzt, mit dem gleichen Ergebnis?“
„Ganz genau!“

Vierziger erzählte ihr von seiner Theorie, die er über diese Gift-Geschichte entwickelt hatte.
„... und wenn ich mich nicht sehr getäuscht habe, dann stehen in diesem Wintergarten von Schuhmanns Büro die gleichen Pflanzen, wie wir sie bei der Baumgartner gefunden haben.", beendete er seinen Bericht.
„Das trifft sich ja hervorragend!" Schön langsam besserte sich ihre Laune wieder. „Du erinnerst dich noch an diese Dr. Dr. Obuvník?"
„Die Schwester vom Schuhmann?"
„Exakt! Weißt du, welche Art von Doktor die ist? Ich wette, da kommst du nicht drauf!"
„Na, was wird sie schon sein? Juristin, wie wir halt auch."
„Ja, das auch. Und den zweiten Doktor hat sie in Biologie! Klingelt da was?"
„Wieder einmal kreativ ermittelt?"
„Sie ist zweifacher Doktor, also muss sie auch zwei Doktorarbeiten geschrieben haben. Und die findest du in der Nationalbibliothek. Das war also ganz leicht und völlig legal herauszufinden, du brauchst dir deswegen keine Gedanken machen!"
„Das könnte bedeuten, dass diese Obuvník unsere Giftmischerin ist. Aber welchen Grund sollte die haben, die beiden Frauen zu ermorden? Es sei denn, wir haben uns geirrt und das Ganze hat überhaupt nichts mit einer Erpressung vom Schuhmann zu tun."
„Bleibt immer noch die Drogengeschichte, Prostitution und dieses ominöse Firmengeflecht, in dem sie sehr wohl mit drin hängt. Bei manchen Leuten reicht das allemal für eine kleine Erpressung und zwei Morde."

Vierziger erzählte ihr die Sache mit dem medizinischen Puder.
„Ich hab mich ja gewundert, warum diese Dr. Obuvník immer Handschuhe trägt! Wär doch möglich, dass sie irgend so eine Hautkrankheit hat. Das würde doch perfekt passen. Und du erinnerst dich noch an diese Baumwollfasern auf dem Strumpf, mit dem die Linh Phung erwürgt worden ist. Auf die konnten wir uns ja auch keinen Reim machen. Wenn diese Fasern von ihren Handschuhen stammen, müsste doch darauf auch dieses Pulver zu finden sein. Der Liebmayer und der Hintringer sollen sich ein bisschen anstrengen, das lässt sich sicher nachweisen!"
Vierziger griff zum Telefon, um in der Gerichtsmedizin anzurufen, als es klopfte.
„Immer herein in die gute Stube!", rief Vierziger und legte den Hörer wieder auf.
Ein etwas fülliger älterer Herr mit Glatze und schwarzem Anzug trat durch die Tür.
„Sie sind Dr. Josef Vierziger." Die Stimme war so ausdruckslos, dass sich nicht sagen ließ, ob es sich dabei um eine Frage oder eine Feststellung handelte. Der Mann war überhaupt die Farblosigkeit in Person, das einzig Auffällige an ihm war die Fliege in gewagten blau-braunen Streifen, die er statt einer Krawatte trug.
„Der bin ich, und mit wem habe ich die Ehre?"
„Dr. Valentin Pfoser, Notar. Sie befassen sich mit dem Tod einer gewissen Frau Ulla Baumgartner?"
„Wieso wollen Sie das wissen?"
„Frau Baumgartner ist meine Mandantin und sie hat mich vor kurzem beauftragt, ein Paket an Sie auszuhändigen, wenn sie aus irgendeinem Grund selbst nicht mehr dazu in der Lage sein

sollte. Wie ich den Zeitungen entnehmen konnte, scheint dieser Fall wohl eingetreten zu sein."

Vierziger hatte bisher gedacht, Dr. Liebmayer hätte eine gestelzte Ausdrucksweise, aber dieser Notar hatte gute Chancen, ihn in den Schatten zu stellen. Man müsste diesen Menschen mit dem Pathologen zusammenbringen.

„Was für ein Paket soll das sein?"

„Ich bin untröstlich, aber ich bin nicht befugt, darüber Auskunft zu erteilen. Sie müssen es schon annehmen, wenn sie sich über den Inhalt kundig machen wollen."

„Geben Sie schon her!" Schön langsam wurde Vierziger ungeduldig.

„In diesem Fall darf ich Sie ersuchen, sich auszuweisen."

Es ging Vierziger zwar ziemlich gegen den Strich, in seinem eigenen Büro nach einem Ausweis gefragt zu werden, er langte aber trotzdem in seine Tasche.

„Das reicht Ihnen ja hoffentlich!"

Der Notar nahm den Dienstausweis entgegen, las ihn durch und hielt ihn dann gegen das Licht, als würde er damit rechnen, mit einer Fälschung getäuscht zu werden. Als er das Papier wieder zurückgegeben hatte, holte er aus seiner Aktentasche ein kleines Päckchen und ein Formular.

„Wenn Sie hier den Empfang bestätigen würden."

Er prüfte auch die Unterschrift genau, bevor er den sorgfältig zusammengefalteten Schein wieder einsteckte.

„Vielen Dank und einen schönen Tag. Ich darf Ihnen noch mitteilen, dass in diesem Moment identische Pakete an die Redaktionen der hiesigen Zeitungen zugestellt werden." Er nickte kurz mit dem Kopf und verschwand.

„Jetzt komm schon, mach endlich auf! Trödl doch nicht so herum!“, quengelte Gaby, kaum dass die Tür ins Schloss gefallen war.
Das Päckchen war kaum größer als ein kleiner Briefumschlag und nicht einmal einen Zentimeter dick. Mit seinem Taschenmesser schnitt Vierziger die Klebebänder auf, die das braune Packpapier zusammenhielten. Unter einer gelben Kunststoffhülle mit einer CD lag ein zusammengefaltetes Blatt Papier mit ein paar Fotos. Vierziger sah sich eines nach dem anderen an. Inzwischen war Gaby um den Schreibtisch herum gekommen.
„Dieses verdammte Schwein! Und ich hab geglaubt, der ist bloß schwul!“, Gaby kochte.
Die Fotos waren anscheinend durch die Oberlichte eines schäbigen Hotelzimmers geschossen worden. Insgesamt waren es fünf Bilder, sie waren nicht besonders hell und etwas grobkörnig, aber immerhin gut genug, um zu erkennen, was sich in dem Zimmer abgespielt hatte. Vor dem Bett kniete ein magerer Bub. Er war nackt, vielleicht acht, höchstens zehn Jahre alt. Der Kopf war nicht zu erkennen, er wurde von den Händen des Mannes dahinter umklammert, der ihn in seinen Schoß drückte. Über den Rücken des Buben zogen sich kreuz und quer dunkle Striemen. Ein anderes Foto zeigte ihn bäuchlings auf dem Bett liegend, der Mann kniete dahinter, zwischen den gespreizten Beinen des Buben. Auf dem letzten Foto sah man ein Detail des Nachttisches, mit einer anscheinend gebrauchten Spritze. Auch wenn die Aufnahmen dunkel waren, es gab nicht den geringsten Zweifel, der Perverse war eindeutig der Stadtrat Schuhmann!
Vierziger legte die Fotos wieder zwischen die beiden Papierhälften.

„Ich nehme einmal an, auf der CD sind die gleichen Fotos, die können wir uns später ansehen.“, sagte er leise. Aus einer seiner Schreibtischladen holte er ein Wertkartenhandy, das er sich extra für solche Zwecke einmal angeschafft hatte. Aus den Akten suchte er sich die Nummer von Schuhmanns Büro heraus.

„Hallo, Herbert Krautgartner hier, ist der Dr. Schuhmann da?“ Vierziger versuchte seine Stimme so gut zu verstellen wie er konnte.

„Nein, ich muss ihn persönlich sprechen ... In einer Stunde? ... In seiner Villa? ... Ist gut!“ Das Manöver war offenbar gelungen.

„Ruf bitte in der Einsatzzentrale an, wir brauchen zwei Zivilstreifen vor dem Anwesen vom Schuhmann, aber unauffällig. Ich geh zum Chef rauf.“

Die Sekretärin Dr. Zulehners nickte, als er stumm auf die gepolsterte Tür des Polizeipräsidenten zeigte.

„Ich darf doch kurz bei dir telefonieren, Helmuth!“ sagte Vierziger statt eines Grußes, den der Chef der Kriminalpolizei sowieso nicht registriert hätte, und griff zum Apparat auf dem Schreibtisch. Als sich der Staatsanwalt meldete, schaltete Vierziger den Lautsprecher ein. Bei einem so prominenten Kunden wie dem Stadtrat wollte er sich lieber doppelt absichern und auf diese Weise brauchte er die Predigt nicht zweimal zu halten. Dr. Zulehner kam sogar in den zweifelhaften Genuss, eines der Fotos sehen zu können. Der Staatsanwalt musste sich mit der Beschreibung zufrieden geben, aber die war ohnehin eindrucksvoll genug. Nach einer halben Stunde hatte er grünes Licht für die geplante Aktion.

„Die Zivilstreifen mit je vier Kollegen stehen oben bei der Villa bereit, links und rechts von der Einfahrt. Gehen wir?“ Gaby war

ungeduldig wie ein Jagdhund, der eine Fährte aufgenommen hatte.
Die Wolken am Himmel waren fast schwarz geworden, als Vierziger mit Gaby den Kiesweg zwischen den Buchsbaumwürfeln hinauf fuhr. Im Rückspiegel sah er, wie zwei Wagen mit langen Funkantennen vor das Tor rollten und es blockierten. Sie ignorierten den blonden Pagenkopf am Empfangstisch und gingen einfach zu Schuhmanns Büro durch. Beim Wintergarten blieb Gaby kurz stehen und warf einen Blick auf die Pflanzen.
„Der Herr Polizist!" Dr. Schuhmann fand es nicht der Mühe wert, seine Arbeit zu unterbrechen. Er las einfach in seinen Papieren weiter. „Aus welchem fragwürdigen Grund belästigen Sie mich heute?"
Gaby lehnte sich an die Glaswand, die das Büro vom Park trennte, während Vierziger an den Schreibtisch herantrat. Schuhmann tat noch immer so, als wäre er beschäftigt, obwohl er in Wirklichkeit längst aufgehört hatte zu lesen.
„Ich muss mich entschuldigen, Herr Stadtrat, aber bei unserem letzten Besuch habe ich eine Kleinigkeit vergessen! Nicht der Rede wert, reine Routine, Sie wissen ja, wie das ist, man muss halt den Vorschriften genügen." Gaby sah ihn entgeistert an. Sie fragte sich, ob ihr Chef plötzlich verrückt geworden war.
Schuhmann grinste ihn leutselig an: „Ist schon gut, Vierziger, es kann ja jeder einmal etwas vergessen, besonders wenn man nicht mehr der Jüngste ist! Also, was gibt's noch?"
Dieses Mal unterließ er es, ihnen einen Kaffee oder sonst irgendetwas anzubieten.
„Wie gesagt, nichts Besonderes, wir brauchen es nur zur Vollständigkeit der Akten: Wo waren Sie vorletzten Donnerstag

zwischen 22:30 und 24:00 Uhr, Herr Stadtrat?“ Die Rolle des servilen Staatsdieners begann Vierziger zu gefallen, obwohl sein Magen sich anschickte, heftig dagegen zu protestieren.

„Da war ich bei dieser Mitarbeiter-Ehrung auf dem Schiff der Frau Habringer, aber das wissen Sie doch schon!“ Die Leutseligkeit war wieder aus seinem Gesicht verschwunden.

„Nicht ganz, Herr Dr. Schuhmann. Dort sind Sie eben bis 22:30 gesehen worden. Die Frage ist ja, wo waren Sie danach?“

„Wenn ich mich recht entsinne, hat mich mein Chauffeur abgeholt und hierher gebracht. Ich habe noch bis kurz nach Mitternacht gearbeitet und bin dann schlafen gegangen. Sie können meinen Fahrer gerne danach fragen, er wohnt in dem Häuschen hinter der Garage!“ Schuhmann lehnte mit übereinander geschlagenen Beinen und verschränkten Armen in seinem Sessel. Seine Stimme war einigermaßen frostig geworden.

„Sind Sie eigentlich jemals erpresst worden, zum Beispiel von Frau Nguyen?“

„Wie kommen Sie denn auf diese abstruse Idee? Womit hätte mich diese Gelegenheitshure schon erpressen sollen?“

Vierziger zog das zusammengefaltete Blatt Papier mit den Fotos aus der Innentasche seines Sakkos. Er legte eines der Bilder nach dem anderen vor Schuhmann auf den Schreibtisch.

„Damit!“, sagte er leise und zeigte auf die Fotos. „Sie wollen doch nicht leugnen, dass Sie das sind, oder?“

Schuhmann starrte die Bilder an.

„Fälschungen! Alles plumpe Fälschungen!“, schrie er. „Da will mich jemand ruinieren und meine Arbeit für Recht und Ordnung in diesem Lande in den Dreck ziehen! Glauben Sie wirklich, ich lass mich bei solchen Schweinereien erwischen?“ Schuhmann

war von seinem Sessel aufgesprungen, vornübergebeugt stützte er sich mit beiden Händen auf dem Schreibtisch ab.
„Wir haben das noch nicht überprüfen lassen, ich glaube aber nicht, dass diese Fotos gefälscht sind."
Der Stadtrat starrte Vierziger hasserfüllt an. Er setzte ein paar Mal zum Reden an, brachte aber kein Wort heraus.
„Wissen Sie, ich versteh das nicht! Da treten Sie Jahr und Tag für Moral und Gerechtigkeit auf, für eine moralische Gesellschaft mit ethischen Werten, und dann das hier! Was ist mit all diesen Werten, die Sie Ihren Wählern, den so genannten kleinen Leuten, versprechen?"
„Sind Sie wirklich so naiv, Vierziger, oder reicht dafür Ihr kleines Polizistenhirn nicht aus? Was kümmern mich die Wähler? Kein Mensch geht wegen des gemeinen Volks in die Politik!" Knallrot vor Wut brüllte er Vierziger an. „Sie können doch jemand wie mich nicht mit dem Pöbel in einen Topf werfen! In der Politik geht es um Macht. Macht, die mich weit über dieses hergelaufene Gesindel hinaushebt!"
„Und was ist mit dem Gesetz? Law and Order, wie Sie das immer nennen?", warf Gaby vom Fenster her ein.
„Halten Sie bloß den Mund! Sie haben doch keine Ahnung! Die Gesetze sind für die Beherrschten da, nicht für die Herrscher. Das war schon immer so, und das wird sich auch nie ändern! Glauben Sie wirklich, Sie könnten die Naturgesetze außer Kraft setzen? Fressen oder gefressen werden, darum geht es. Ich habe mich für die entschieden, die fressen!"
„Und was haben Sie jetzt davon? Mord, Drogenhandel, Unterstützung illegaler Prostitution: das reicht, um Sie für die nächsten zwanzig Jahre hinter Gittern verschwinden zu lassen!"

„Ich habe gelebt, und zwar besser als die meisten anderen! Oder können Sie kleines Würstchen auch nur annähernd so etwas vorweisen?“ Er deutete auf die Bilder an der Wand hinter ihm.
„Und jetzt gehen Sie wie das normale Gesindel ins Gefängnis, ohne all diese Spielsachen.“, entgegnete ihm Vierziger trocken.
Schuhmann setzte sich wieder hin. „Schauen Sie, ich zeige Ihnen etwas!“ Er zog eine Schublade seines Schreibtisches auf. Plötzlich richtete er einen schweren Revolver auf Vierziger.
„Dr. Schuhmann, machen Sie sich nicht unglücklich! Das bringt doch nichts! Nehmen Sie die Waffe herunter!“
„Den Teufel werde ich tun! Mich bringen Sie niemals ins Gefängnis!“
„Draußen auf der Straße wartet die Besatzung von zwei Einsatzwagen, da werden Sie nicht durchkommen. Legen Sie den Revolver weg und lassen Sie uns reden. Vielleicht finden wir einen Weg, Sie einigermaßen heil aus dieser Sache herauszubringen.“ Aus den Augenwinkeln sah Vierziger, wie Gaby in ihre Tasche griff. Er wusste, dass sie ihre Dienstpistole immer mit sich herumschleppte. So ein Blödsinn von der hätte mir jetzt gerade noch gefehlt, dachte er.
„Gaby, lass den Dr. Schuhmann und mich alleine! Vielleicht kannst du ja den Kollegen draußen Gesellschaft leisten.“
Ein scharfer Blick und eine unmissverständliche Geste folgten der Aufforderung. Gaby trottete die Augen verdrehend aus dem Büro, ließ aber die Tür offen stehen. Als Vierziger das Portal zur Villa ins Schloss fallen hörte, wandte er sich wieder Dr. Schuhmann zu.
„Jetzt sind wir unter uns, wir können unter vier Augen reden, sozusagen von Mann zu Mann. Sie werden sicher wissen, dass

die Baumgartner tot ist. Mit einem guten Anwalt können Sie der die Sache mit den Drogen und der Prostitution anlasten." Die beiden Morde erwähnte er lieber nicht.
„Vierziger, Sie sollten mich nicht für blöder halten als Sie selbst sind! Ich habe weder mit Drogen noch mit Prostitution irgendetwas zu tun, und mit den zwei Morden schon gar nicht, das wissen auch Sie ganz genau! Und diese Sache hier ...," er deutete mit dem Revolver auf die Fotos, die vor ihm auf dem Schreibtisch lagen, „... diese Sache gedenke ich wie ein Ehrenmann zu behandeln!" Er steckte sich den Lauf der Waffe in den Mund.
„Schuhmann, wollen Sie wirklich sterben wie ein dahergelaufener Halunke?" Vierzigers Versuch kam zu spät. Die Flagge hinter dem Schreibtisch des Stadtrates samt den dort hängenden Bildern war voll mit dunklen, roten Flecken. Der Schuss hatte die Sekretärin draußen im Foyer aufgeschreckt. Sie kam ins Büro gestürzt, erblickte die Spritzer an der Wand und rannte um den Schreibtisch. Als sie den Stadtrat blutüberströmt am Boden liegen sah, begann sie hysterisch zu schreien. Der Krach in Schuhmanns Büro hatte auch seine Partnerin, Dr. Obuvník, aufgeschreckt. Als sie herein kam, brüllte ihr die Sekretärin entgegen: „Der Chef, Jelena, er hat den Chef erschossen!"
„Sie elender Mistkerl! Warum haben Sie meinen Bruder umgebracht? Er hat doch überhaupt nichts getan!" Ein paar Kinder in Polen würden das wahrscheinlich etwas anders sehen, dachte Vierziger. Die Frau schlug wie von Sinnen auf ihn ein und schrie immer wieder: „Sie haben meinen Bruder umgebracht, meinen kleinen Bruder!" Vierziger hatte überhaupt keine Chance, ihr zu erklären, was wirklich passiert war. Auch Gaby war von dem Lärm alarmiert worden und kam samt der Besatzung

der beiden Zivilstreifen ins Büro. Die Kollegen befreiten Vierziger von der tobenden Frau. Es dauerte eine zeitlang, bis sie soweit beruhigt war, dass man sie auf einen Sessel setzen konnte. Sie atmete schwer und starrte Vierziger hasserfüllt an. Die Sekretärin kauerte am Boden vor Schuhmanns Schreibtisch. Sie hatte eines der Erpresserfotos in den Händen und schluchzte haltlos. Plötzlich glitt die Obuvník vom Sessel, blieb keuchend am Boden liegen, griff sich an die Brust und verlangte nach ihren Tabletten. Die blonde Sekretärin rannte hinaus und kehrte mit einer bunt bemalten Porzellandose wieder. Sie wollte schon den Pillenbehälter öffnen, um ihrer Chefin eine der Tabletten zu geben, als diese hastig danach griff und sich selbst zwei heraussuchte. Kurz darauf nahm Vierziger den scharfen Bittermandel-Geruch wahr. Er musste sich eingestehen, dass er an diesem Tag zum zweiten Mal zu spät kam. Schuhmann und diese Dr. Obuvník hatten sich feige aus dem Leben gestohlen, statt sich ihrer Verantwortung zu stellen. Aber er kannte das ja von Politikern, die diesen Begriff oft und gerne gebrauchten. Bei den meisten war er nicht einmal die warme Luft wert, die sie brauchten, um das Wort auszusprechen. Vierziger nahm es als persönliche Niederlage, dass er den Selbstmord der beiden nicht hatte verhindern können. Er ekelte sich. Ekelte sich vor dem Geruch nach warmen Blut und bitteren Mandeln, vor den Bildern am Schreibtisch. Vor allen Dingen aber war er angeekelt von der Moral, welche die Geschwister verkörpert hatten. Vierziger musste nach draußen, an die frische Luft. Er stand gerade ein paar Minuten auf dem mit Kies bestreuten Platz vor dem Haus, als oben beim Stadion ein Blitz einschlug, unmittelbar gefolgt von einem gewaltigen Donnerschlag. Die Spannung der letzten Wochen entlud sich, die schwarzen Wolken konnten ihre nasse Fracht nicht mehr halten und es begann in Strömen zu regnen. Vierziger ging zurück ins Haus. Er händigte Gaby seine Autoschlüssel aus und machte sich zu Fuß auf den Weg nach Hause. Sturmböen peitschten ihm den Regen ins Gesicht und er hegte die unsinnige Hoffnung, das Unwetter würde diesen ganzen ekelhaften Gestank von ihm abspülen.

– 20 –

Der Abend war lau. Der kräftige Wind nach dem Unwetter vom Montag hatte zwei Tage gebraucht, um die heiße, verdreckte Luft wegzublasen. Für einige Zeit würde der Himmel klar und rein sein, bevor sich die Abgase des Verkehrs und der Industrie von Neuem wieder wie eine Glocke über die Stadt stülpen konnten.

Vierziger saß mit Frau Schmidt und einem Glas kühlen Bucciato aus dem Veneto auf seiner Veranda und betrachtete die ersten Sterne, ein Anblick der selten genug war. Sein Koffer stand fertig gepackt im Vorzimmer, die Nachbarin hatte den Schlüssel zu seiner Wohnung, damit die Katze versorgt wurde, bis er wieder zurückkam. Die letzten Tage hatte er mit dem Papierkrieg verbracht, der jedes Mal nach Abschluss eines Falles auszufechten war. Obwohl den Zeitungen die Fotos von den perversen Spielen Dr. Schuhmanns vorlagen, konnte man nicht eine einzige Zeile darüber lesen, genauso wenig wie über die Verwicklungen ins Drogengeschäft und die Verbindungen zur Prostitution. Freitod aus privaten Gründen – das war die Formulierung, auf die sich die Berichterstattung beschränkte. Nicht einmal in der Zeitung Mike Stummers fand sich etwas über das Warum und Weshalb, dabei hatte Vierziger sein Versprechen gehalten und dem Journalisten haarklein jede Einzelheit berichtet. Frau Dr. Dr. Obuvník war neben ihrer Eigenschaft als Schuhmanns Kanzleipartnerin tatsächlich seine um fünfzehn Jahre ältere Schwester gewesen. Die beiden waren 1948 aus Böhmen geflohen. Die Eltern waren in den letzten Wirrnissen des Krieges ums Leben gekommen. Damals war Schuhmann gerade einmal ein Jahr alt gewesen. Jelena Obuvník hatte den kleinen Bruder neben ihrem eigenen Studium wie eine Mutter großgezogen. Als er sich dann in die Politik stürzte, ließ er seinen Namen eindeutschen, und während er den korrekten Volksvertreter mimte, führte seine Schwester die Geschäfte des Anwaltsbüros alleine weiter. Aus den Unterlagen, die in ihrem Büro gefunden wurden, ging auch hervor, dass sie das Gehirn hinter diesem Firmengeflecht war, das einzig und alleine der Verschleierung aller möglichen illegalen Aktivitäten diente. Um ihren abgöttisch geliebten Bruder und seine Karriere zu schützen, hatte sie auch vor zwei Morden nicht zurückgeschreckt.

Bei einem Gespräch mit seinem Chef und hochrangigen Politikern aller Couleurs war Vierziger klar gemacht worden, dass es seinem Wohlbefinden zuträglich wäre, wenn er die Fotos aus der polnischen Absteige ganz schnell vergessen würde. Was ihm umso leichter fiel, als eben diese Fotos auf unerklärliche Art und Weise schon in der Nacht von Montag auf Dienstag aus seinem Büro verschwunden waren. Vierziger nahm das zur Kenntnis, er zog sich, soweit es ihm möglich war, aus dem Fall zurück und überließ Gaby den größten Teil der Aufarbeitung. Die war ohnehin voller Tatendrang, nachdem sie sich wieder mit ihrem

Giovanni versöhnt hatte. Schon am heutigen Tag war die Geschichte für die Zeitungen kein Thema mehr, in einem halben Jahr würde sich niemand mehr daran erinnern.

Er schenkte sich noch einen Schluck Wein ein und hörte Paolo Conte bei seinem letzten Lied auf der CD zu. Während sich seine Gedanken schon auf der Reise in den Süden befanden, drangen hin und wieder ein paar Textbrocken zu ihm vor.

... in un albergo illuminato
una stanza ce per noi
noi che abbiam tanto viaggiato ...

Es klang fast ein wenig traurig, obwohl die Geschichte doch von zwei Liebenden handelte – vielleicht aber auch gerade deswegen. Wenn er wieder nach Hause kam, würde er endlich etwas anderes in seine Stereoanlage füllen müssen, dachte er.

Luna di marmellata per noi due ...
ma abbiam sorriso senza alcun pudore
all idea di un ultimo amore ...

Der italienische Anwalt war mit seinem Lied fertig, Vierziger stellte sein leeres Glas in die Spüle, verabschiedete sich von Frau Schmidt und verließ die Wohnung. Der Zug nach Santa Lucia fuhr zwar erst in einer Stunde, aber das Wiedersehen mit Conny konnte ihm gar nicht schnell genug gehen. Außerdem war er froh, diesem unappetitlichen Sumpf aus Verbrechen und Politik wenigstens eine zeitlang zu entkommen. In Venedig warteten erfreulichere Aussichten auf ihn, um die dortige Kriminalität mussten sich andere kümmern.

Auf seinem Weg zur Bushaltestelle beobachtete er, wie sich hinter den Silhouetten der Dächer ein fetter gelber Mond in den dunkel werdenden Himmel der beginnenden Nacht schob.

* Fußnote zu Seite 109:
Das Sprichwort »Cherchez la femme« bzw. »Macht die Frau ausfindig« bedeutet so viel wie: gewiss steckt eine Frau dahinter!
Er kommt in dieser Form zuerst in dem Drama »Les Mohicains de Paris« (1864) des älteren Alexandre Dumas vor, und zwar als Schlagwort eines Pariser Polizeibeamten. Meist wird dieser international verbreitete Ausspruch »Cherchez la femme« von einem vielsagenden Augenzwinkern begleitet.

Vierzigers Menü für Conny

Erdbeer-Daiquiri

• 150 g Erdbeeren, geputzt • 1 EL Himbeeren • 4 TL Zucker
• Saft von einer Zitrone • 5 Eiswürfel • 8 cl weißer Rum
• 2 cl Himbeergeist

• Zwei Erdbeeren zum Dekorieren beiseite legen. • Die restlichen Erdbeeren und die Himbeeren mit Zucker und dem Saft der Zitrone pürieren. • Eiswürfel in einen Shaker geben. • Erdbeerpüree zufügen, mit dem weißen Rum und dem Himbeergeist auffüllen.
• Kräftig schütteln und in zwei Cocktailgläser abseihen.
• Den Rand mit je einer Erdbeere dekorieren.

Gefüllte Kalmare in Weißweinsauce mit Chili-Schokolade

• 2 kleine Kalmare • Saft von einer halben Zitrone

• 2 Sardellenfilets • 1 EL Kapern

• 1 Tasse Langkornreis • 1 EL Wildreis (schwarzer Reis)

• 1 EL gehackte Petersilie • 1 TL fein gehackte Zitronenmelisse

• Meersalz • Schwarze Pfefferkörner • 3 EL Olivenöl

• 50 cl Metaxa • 1/8 l trockener Weißwein

• 3 halbierte Kirschtomaten • 50 g Edelbitter-Schokolade • Chilipulver • 2–3 TL Butter • Alter Balsamico • Bunte Pfefferkörner

• Kopf und Fangarme vorsichtig aus dem Tintenfischmantel herausziehen. • Tintenbeutel (falls vorhanden) vorsichtig entfernen.

• Fangarme öffnen, Kauwerkzeuge herausdrücken, abschneiden und entfernen. • Kopf und Innereien von den Fangarmen trennen und entsorgen. • Körperbeutel innen und außen unter fließendem Wasser gründlich waschen. • Trocken tupfen und innen mit Zitronensaft beträufeln.

• Reissorten mischen und weich dünsten.

• Fangarme zerkleinern und kurz anbraten. • Sardellenfilets abspülen und trocken tupfen. • Sardellenfilets und Kapern fein hacken.

• Die Hälfte der Kräuter, Sardellen und Kapern mit den gebratenen Fangarmen und dem Reis mischen. • Mit frisch gemahlenem Meersalz und frisch gemahlenem Pfeffer würzen.

• Kalmare mit der Mischung füllen. • Dabei die Füllung nicht zu fest in die Kalmare drücken, da sie während des Garens aufgeht.

• Kalmare mit weißem Zwirn fest zunähen.

• (Backrohr auf 160 °C vorheizen.)

• Olivenöl in einer Kasserolle erhitzen. • Gefüllte Kalmare einlegen und auf allen Seiten gut anbraten (ca. ein bis zwei Minuten).

• Mit Metaxa übergießen und flambieren. Sobald die Flammen erloschen sind, die restlichen Kräuter, Sardellen und Kapern beigeben.
• Mit Wein ablöschen und kurz aufkochen lassen. • Temperatur reduzieren und zugedeckt bei schwacher Hitze auf dem Herd oder im vorgeheizten Backrohr ca. 45 Minuten garen lassen, bis das Fleisch zart ist (zur Probe mit einer Gabel einstechen).
• Kalmare herausnehmen, auskühlen lassen (eventuell kurz kühl stellen) und anschließend in ca. 8 mm dicke Scheiben schneiden. Bratensaft beiseite stellen.
• Edelbitter-Schokolade vorsichtig über Wasserbad schmelzen.
• Unter ständigem Rühren Butter beigeben (so lange, bis die Schokolade eine leicht flüssige Konsistenz erreicht hat)
• Nach Geschmack Chilipulver hinzufügen • Mit einem Schuss Metaxa und ein paar Tropfen altem Balsamico abschmecken.
• Vor dem Servieren etwas Olivenöl in einer Pfanne erhitzen.
• Kalmarescheiben und Tomatenhälften einlegen. Kalmare beidseitig kurz anbraten.
• Bratensaft nochmals erhitzen und auf die vorbereiteten Teller gießen. • Je drei Kalmarescheiben und je drei Tomatenhälften darauf anrichten. • Mit der Chili-Schokolade beträufeln.
• Tellerrand mit grob gemahlenen buntem Pfeffer garnieren.

Hühnerbrüstchen mit Spinat und Schafkäse

• 2 Hühnerbrüste • 50 ml Olivenöl • Saft von einer Zitrone
• 100 g Blattspinat (tiefgekühlt) • 50 g Schafkäse • Meersalz
• Weißer Pfeffer • Muskat • Oregano • Scharfer Senf
• 250 g Joghurt • 1 Eigelb • 1/8 l Weißwein (Chardonnay)
• 1 kleiner Steinpilz • ca. 250 g Farfalle rosso

Olivenöl und Zitronensaft mischen. • Hühnerbrüste damit marinieren, abgedeckt und etwa eine Stunde im Kühlschrank ziehen lassen.
• Spinat auftauen lassen, gut ausdrücken und grob hacken.
• Schafkäse in kleine Würfel schneiden. • Spinat und Schafkäse mischen, mit Salz, Pfeffer und Muskat würzen.
• Hühnerbrüste in der Mitte einschneiden, mit der Spinat-Schafkäse-Mischung füllen und mit zwei bis drei Zahnstochern verschließen. • Mit Senf, Salz und Pfeffer würzen.
• *Backrohr auf 220 °C vorheizen.*
• Olivenöl in einer Pfanne erhitzen. • Hühnerbrüste einlegen und scharf anbraten. Herausnehmen und in einen Bräter oder eine Auflaufform geben.
• Den Bratenrückstand (Röststoffe) mit Weißwein ablöschen.
• Mit einem Teil dieses Bratensaftes die Hühnerbrüste übergießen.
• Im vorgeheizten Backrohr ca. 30 Minuten garen, dabei zwischendurch immer wieder mit Bratensaft übergießen.
• Joghurt und Eigelb mischen, mit Meersalz, Pfeffer und etwas Oregano würzen und über den Hühnerbrüsten verteilen.
• 10 Minuten überbacken.
• Den gesäuberten und in kleine Würfel geschnittenen Steinpilz leicht mit Salz und Pfeffer würzen und mit Butter in einer heißen Pfanne sautieren.
• Die Farfalle „al dente" kochen und nach kurzem Rasten mit den sautierten Steinpilzwürfeln mischen.
• Hühnerbrüste aus dem Backrohr nehmen und in der Mitte schräg durchschneiden. • Farfalle in Form eines Nestes auf den vorbereiteten Tellern anrichten. • Je zwei Hühnerbrusthälften in die Mitte setzen. • Den restlichen Bratensaft auf den Farfalle verteilen.

Mango-Grand-Marnier-Sorbet

• 1 Limette • 75 cl Wasser • 50 g Zucker

• 2 reife Mangos (ca. 300 g) • 2 Blatt Gelatine

• 4 cl Grand Marnier • Minzeblätter • 2 Himbeeren

• Limette heiß waschen, abtrocknen und die Schale dünn abreiben.

• Limette halbieren und auspressen.

• Aus Wasser, Zucker und Limettensaft einen Sirup kochen. • Etwas abgeriebene Limettenschale beigeben und leicht überkühlen lassen.

• Gelatine in kaltem Wasser einweichen und ausdrücken. • Den noch heißen Limettensaft beigeben und darin auflösen.

Mangos schälen. • Fruchtfleisch mit Limettensirup und Grand Marnier pürieren.

• Mangopüree in eine Schüssel füllen und drei bis vier Stunden gefrieren lassen, dabei zwischendurch immer wieder mit einem Schneebesen gut durchrühren.

• Mangosorbet in vorgekühlte Gläser füllen.

• Mit Minzeblatt und je einer Himbeere garnieren und sofort servieren.